50 GREAT
CHINESE SHORT STORIES
伟大的中国短篇小说

果麦——编

（下）

花城出版社
中国·广州

果麦文化 出品

热包子

老舍

1934

爱情自古时候就是好出轨的事。不过，古年间没有报纸和杂志，所以不像现在闹得这么血花。不用往很古远里说，就以我小时候说吧，人们闹恋爱便不轻易弄得满城风雨。我还记得老街坊小邱。那时候的"小"邱自然到现在已是"老"邱了。可是即使现在我再见着他，即使他已是白发老翁，我还得叫他"小"邱。他是不会老的。我们一想起花儿来，似乎便看见些红花绿叶，开得正盛；大概没有一人想花便想到落花如雨，色断香销的。小邱也是花儿似的，在人们脑中他永远是青春，虽然他长得离花还远得很呢。

小邱是从什么地方搬来的，和哪年搬来的，我似乎一点也不记得。我只记得他一搬来的时候就带着个年轻的媳妇。他们住我们的外院一间北小屋。从这小夫妇搬来之后，似乎常常听人说：他们俩在夜半里常打架。小夫妇打架也是自古有之，不足为奇；我所希望的是小邱头上破一块，或是小邱嫂手上有些伤痕……我那时候比现在天真得多多了；很欢迎人们打架，并且多少要挂点伤。可是，小邱夫妇永远是——在白天——那么快活和气，身上确是没伤。我说身上，一点不假，连小邱嫂的光脊梁我都看见过。

我那时候常这么想：大概他们打架是一人手里拿着一块棉花打的。

小邱嫂的小屋真好。永远那么干净永远那么暖和，永远有种味儿——特别的味儿，没法形容，可是显然地与众不同。小两口味儿，对，到现在我才想到一个适当的形容字。怪不得那时候街坊们，特别是中年男子，愿意上小邱嫂那里去谈天呢，谈天的时候，他们小夫妇永远是欢天喜地的，老好像是大年初一迎接贺年的客人那么欣喜。可是，客人散了以后，据说，他们就必定打一回架。有人指天起誓说，曾听见他们打得咚咚地响。

小邱，在街坊们眼中，是个毛腾厮火的小伙子。他走路好像永远脚不贴地，而且除了在家中，仿佛没人看见过他站住不动，哪怕是一会儿呢。就是他坐着的时候，他的手脚也没老实着的时候。他的手不是摸着衣缝，便是在凳子沿上打滑溜，要不然便在脸上搓。他的脚永远上下左右找事做，好像一边坐着说话，还一边在走路，想象地走着。街坊们并不因此而小看他，虽然这是他永远成不了"老邱"的主因。在另一方面，大家确是有点对他不敬，因为他的脖子老缩着。不知道怎么一来二去的"王八脖子"成了小邱的另一称呼。自从这个称呼成立以后，听说他们半夜里更打得欢了。可是，在白天他们比以前更显着欢喜和气。

小邱嫂的光脊梁不但是被我看见过，有些中年人也说看见过。古时候的妇女不许露着胸部，而她竟自被人参观了光脊梁，这连我——那时还是个小孩子——都觉着她太洒脱了。这又是我现在才想起的形容字——洒脱。她确是洒脱：自天子以至庶人好像没有和她说不来的。我知道门外卖香油的、卖菜的，永远给她比给旁人多些。她在我的孩子眼中是非常的美。她的牙顶美，到如今我还记得她的笑容，她一笑便会露出世界上最白的一点牙来。只是那么一点，可是这一点白色能在人的脑中延展开无穷的幻想，这些幻想是以她的笑为中心，以她的白牙为颜色。拿着落花生，或铁蚕豆，或大酸枣，在她的小屋里去吃，是我儿时生命里一个最美的事。剥了花生豆往小邱嫂嘴里送，那个报酬是永生的欣悦——能看看她的牙。把一口袋花生都送给她吃了也甘心，虽然在事实上没这么办过。

小邱嫂没生过小孩。有时候我听见她对小邱半笑半恼地说，凭你个软货也配有小孩?！小邱的脖子便缩得更厉害了，似乎十分伤心的样子；他能半天也不发一语，呆呆地用手擦脸，直等到她说："买洋火！"他才又笑一笑，脚不擦地飞了出去。

记得是一年冬天，我刚下学，在胡同口上遇见小邱。他的气色非常的难看，我以为他是生了病。他的眼睛往远处看，可是手摸着我的绒帽的红绳结子，问："你没看见邱嫂吗？"

"没有哇。"我说。

"你没有？"他问得极难听，就好像为儿子害病而占卦的妇人，又愿意听实话，又不愿意相信实话，要相信又愿反抗。他只问了这么一句，就向街上跑了去。

那天晚上我又到邱嫂的小屋里去，门，锁着呢。我虽然已经到了上学的年纪，我不能不哭了。每天照例给邱嫂送去的落花生，那天晚上居然连一个也没剥开。

第二天早晨，一清早我便去看邱嫂，还是没有；小邱一个人在炕沿上坐着呢，手托着脑门。我叫了他两声，他没搭理我。

差不多有半年的工夫，我上学总在街上寻望，希望能遇见邱嫂，可是一回也没遇见。

她的小屋，虽然小邱还是天天晚上回来，我不再去了。还是那么干净，还是那么暖和，只是邱嫂把那点特别的味儿带走了。我常在墙上、空中看见她的白牙，可是只有那么一点白牙，别的已不存在；那点牙也不会轻轻嚼我的花生米。

小邱更毛腾厮火了，可是不大爱说话。有时候他回来得很早，不做饭，只呆呆地愣着。每遇到这种情形，我们总把他让过来，和我们一同吃饭。他和我们吃饭的时候，还是有说有笑，手脚不识闲。可是他的眼时时往门外或窗外瞭那么一下。我们谁也不提邱嫂。有时候我忘了，说了句："邱嫂上哪儿了呢？"他便立刻搭讪着回到小屋里去，连灯也不点，在炕沿上坐着。有半年多，这么着。

忽然有一天晚上，不是五月节前，便是五月节后，我下学后同着学伴去玩，回来晚了。正走在胡同口，遇见了小邱。他手里拿着个碟子。

"干什么去？"我截住了他。

他似乎一时忘了怎样说话了，可是由他的眼神我看得出，他是很喜欢，喜欢得说不出话来。待了半天，他似乎趴在我的耳边说的：

"邱嫂回来啦，我给她买几个热包子去！"他把个"热"字说得分外的真切。

我飞了家去。果然她回来了。还是那么好看，牙还是那么白，只是瘦了些。

我直到今日，还不知道她上哪儿去了那么半年。我和小邱，在那时候，一样地只盼望她回来，不问别的。到现在想起来，古时候的爱情出轨似乎也是神圣的，因为没有报纸和杂志们把邱嫂的相片登出来，也没使小邱的快乐得而复失。

断魂枪

老舍　　　　　　　　　　　　1935

"生命是闹着玩，事事显出如此：从前我这么想过，现在我懂得了。"

沙子龙的镖局已改成客栈。

东方的大梦没法子不醒了。炮声压下去马来与印度野林中的虎啸。半醒的人们，揉着眼，祷告着祖先与神灵：不大会儿，失去了国土、自由与主权。门外立着不同面色的人，枪口还热着。他们的长矛毒弩，花蛇斑彩的厚盾，都有什么用呢：连祖先与祖先所信的神明全不灵了啊！龙旗的中国也不再神秘，有了火车呀，穿坟过墓破坏着风水。枣红色多穗的镖旗，绿鲨皮鞘的钢刀，响着串铃的口马，江湖上的智慧与黑话，义气与声名，连沙子龙，他的武艺、事业，都梦似的成昨夜的。今天是火车、快枪，通商与恐怖。听说，有人还要杀下皇帝的头呢！

这是走镖已没有饭吃，而国术还没被革命党与教育家提倡起来的时候。

谁不晓得沙子龙是短瘦、利落、硬棒，两眼明得像霜夜的大星？可是，现在他身上放了肉。镖局改了客栈，他自己在后小院占着三间北房，大枪立在墙角，院子里有几只楼鸽。只是在夜间，他把小院的门关好，熟悉熟悉他的"五虎断魂枪"。这条枪与这套枪，二十年的工夫，在西北一带，给他创出来："神枪沙子龙"五个字，没遇见过敌手。现在，这条枪与这套枪不会再替他增光显胜了：只是摸摸这凉、滑、硬而发颤的杆子，使他心中少难过一些而已。只有在夜间独自拿起枪来，才能相信自己还是"神枪沙"。在白天，他不大谈武艺与往事：他的世界已被狂风吹了走。

在他手下创练起来的少年们还时常来找他。他们大多数是没落子的，都有点武艺，可是没地方去用。有的在庙会上去卖艺：踢两趟腿，练套家伙，翻几个跟头，附带着卖点大力丸，混个三吊两吊的。有的实在闲不起了，去弄筐果子，或挑些毛豆角，赶早儿在街上论斤吆喝出去。那时候，米贱肉贱，肯卖膀子力气本来可以混个肚儿圆，他们可是不成：肚量既大，而且得吃口管事儿的，干饽饽、辣饼子咽不下去。况且他们还时常去走会：五虎棍，开路，太狮少狮……虽然算不了什么——比起走镖来——可是到底有个机会活动活动，露露脸。是的，走会捧场是买脸的事，他们打扮的得像个样儿，至少得有条青洋绉裤子，新漂白细市布的小褂，和一双鱼鳞洒鞋——顶好是青缎子抓地虎靴子。他们是神枪沙子龙的徒弟——虽然沙子龙并不承认——得到处露脸，走会得赔上俩钱，说不定还得打场架。没钱，上沙老师那里去求。沙老师不含糊，多少不拘，不让他们空着手儿走。可是，为打架或献技去讨教一个招数，或是请给说个"对子"——什么空手夺刀，或虎头钩进枪——沙老师有时说句笑话，马虎过去："教什么？拿开水浇吧！"有时直接把他们赶出去。他们不大明白沙老师是怎么了，心中也有点不乐意。

可是，他们到处为沙老师吹腾，一来是愿意使人知道他们的武艺有真传授，受过高人的指教；二来是为激动沙老师：万一有人不服气而找上老师来，老师难道还不露一两手真的么？所以：沙老师一拳就砸倒了个牛！沙老师一脚把人踢到房上去，并没使多大的劲！他们谁也没见过这种事，但是说着说着，他们相信这是真的了，有年月，有地方，千真万确，敢起誓！

王三胜——沙子龙的大伙计——在土地庙拉开了场子，摆好了家伙。抹了一鼻子茶叶末色的鼻烟，他抡了几下竹节钢鞭，把场子打大一些。放下鞭，没向四围作揖，叉着腰念了两句："脚踢天下好汉，拳打五路英雄！"向四围扫了一眼，"乡亲们，王三胜不是卖艺的：玩意儿会几套，西北路上走过镖，会过绿林中的朋友。现在闲着没事，拉个场子陪诸位玩玩。有爱练的尽管下来，王三胜以武会友，有赏脸的，我陪着。神枪沙子龙是我的师傅：玩意儿地道！诸位，有愿下来的没有？"他看着，准知道没人敢下来，他的话硬，可是那条钢鞭更硬，十八斤重。

王三胜，大个子，一脸横肉，努着对大黑眼珠，看着四围。大家不出声。他脱了小褂，紧了紧深月白色的"腰里硬"，把肚子杀进去。给手心一口唾沫，抄起大刀来：

"诸位，王三胜先练趟瞧瞧。不白练，练完了，带着的扔几个；没钱，给喊个好，助助威。这儿没生意口。好，上眼！"

大刀靠了身，眼珠努出多高，脸上绷紧，胸脯子鼓出，像两块老桦木根子。一跺脚，刀横起，大红缨子在肩前摆动。削砍劈拨，蹲越闪转，手起风生，忽忽直响。忽然刀在右手心上旋转，身弯下去，四围鸦雀无声，只有缨铃轻叫。刀顺过来，猛的一个"跺泥"，身子直挺，比众人高着一头，黑塔似的。收了势："诸位！"一手持刀，一手叉腰，看着四围。稀稀的扔下几个铜钱，他点点头。"诸位！"

他等着,等着,地上依旧是那几个亮而削薄的铜钱,外层的人偷偷散去。他咽了口气:"没人懂!"他低声地说,可是大家全听见了。

"有功夫!"西北角上一个黄胡子老头儿答了话。

"啊?"王三胜好似没听明白。

"我说:你——有——功——夫!"老头子的语气很不得人心。

放下大刀,王三胜随着大家的头往西北看。谁也没看重这个老人:小干巴个儿,披着件粗蓝布大衫,脸上窝窝瘪瘪,眼陷进去很深,嘴上几根细黄胡,肩上扛着条小黄草辫子,有筷子那么细,而绝对不像筷子那么直顺。王三胜可是看出这老家伙有功夫,脑门亮,眼睛亮——眼眶虽深,眼珠可黑得像两口小井,深深地闪着黑光。王三胜不怕:他看得出别人有功夫没有,可更相信自己的本事,他是沙子龙手下的大将。

"下来玩玩,大叔!"王三胜说得很得体。

点点头,老头儿往里走。这一走,四外全笑了。他的胳臂不大动:左脚往前迈,右脚随着拉上来,一步步地往前拉扯,身子整着,像是患过瘫痪病。蹭到场中,把大衫扔在地上,一点没理会四围怎样笑他。

"神枪沙子龙的徒弟,你说?好,让你使枪吧,我呢?"老头子非常的干脆,很像久想动手。

人们全回来了,邻场耍狗熊的无论怎么敲锣也不中用了。

"三截棍进枪吧?"王三胜要看老头子一手,三截棍不是随便就拿得起来的家伙。

老头子又点点头,拾起家伙来。

王三胜努着眼,抖着枪,脸上十分难看。

老头子的黑眼珠更深更小了,像两个香火头,随着面前的枪尖儿转,王三胜忽然觉得不舒服,那俩黑眼珠似乎要把枪尖吸进去!四外已围得风雨不透,大家都觉出老头子确是有威。为躲那对眼睛,王三胜耍了个枪花。老头子的黄胡子一动:"请!"王三胜一扣枪,向前躬步,枪尖奔了老头子的喉头去,枪缨打了一个红旋。老人的身子忽然活展了,将身微偏,让过枪尖,前把一挂,后把撩王三胜的手。拍,拍,两响,王三胜的枪撒了手。场外叫了好。王三胜连脸带胸口全紫了,抄起枪来;一个花子,连枪带人滚了过来,枪尖奔了老人的中部。老头子的眼亮得发着黑光;腿轻轻一屈,下把掩裆,上把打着刚要抽回的枪杆;拍,枪又落在地上。

场外又是一片彩声。王三胜流了汗,不再去拾枪,努着眼,木在那里。老头子扔下家伙,拾起大衫,还是拉拉着腿,可是走得很快了。大衫搭在臂上,他过来拍了王三胜一下:

"还得练哪,伙计!"

"别走!"王三胜擦着汗:"你不离,姓王的服了!可有一样,你敢会会沙老师?"

"就是为会他才来的!"老头子的干巴脸上皱起点来,似乎是笑呢。"走,收了吧;晚饭我请!"

王三胜把兵器拢在一处,寄放在变戏法二麻子那里,陪着老头子往庙外走。后面跟着不少人,他把他们骂散了。

"你老贵姓?"他问。

"姓孙哪,"老头子的话与人一样,都那么干巴,"爱练;久想会会沙子龙。"

沙子龙不把你打扁了!王三胜心里说。他脚底下加了劲,可是没把孙老头落下。他看出来,老头子的腿是老走着查拳门中的连跳步;交起手来,必定很快。但是,无论他怎么快,沙子龙是没对手的。准知道孙老头要吃亏,他心中痛快了些,放慢了些脚步。

"孙大叔贵处?"

"河间的,小地方。"孙老者也和气了些:"月棍年刀一辈子枪,不容易见功夫!说真的,你那两手就不坏!"

王三胜头上的汗又回来了,没言语。

到了客栈,他心中直跳,唯恐沙老师不在家,他急于报仇。他知道老师不爱管这种事,师弟们已碰过不少回钉子,可是他相信这回必定行,他是大伙计,不比那些毛孩子;再说,人家在庙会上点名叫阵,沙老师还能丢这个脸么?

"三胜,"沙子龙正在床上看着本《封神榜》,"有事吗?"三胜的脸又紫了,嘴唇动着,说不出话来。

沙子龙坐起来,"怎么了,三胜?"

"栽了跟头!"

只打了个不甚长的哈欠,沙老师没别的表示。

王三胜心中不平,但是不敢发作。他得激动老师:"姓孙的一个老头儿,门外等着老师呢;把我的枪,枪,打掉了两次!"他知道"枪"字在老师心中有多大分量。没等吩咐,他慌忙跑出去。

客人进来,沙龙在外间屋等着呢。彼此拱手坐下,他叫三胜去泡茶。三胜希望两个老人立刻交了手,可是不能不沏茶去。孙老者没话讲,用深藏着的眼睛打量沙子龙。沙很客气:

"要是三胜得罪了你,不用理他,年纪还轻。"

孙老者有些失望,可也看出沙子龙的精明。他不知怎样好了,不能拿一个人的精明断定他的武艺。"我来领教领教枪法!"他不由得说出来。

沙子龙没接碴儿。王三胜提着茶壶走进来——急于看二人动手,他没管水开了没有,就沏在壶中。

"三胜，"沙子龙拿起个茶碗来，"去找小顺们去，天汇见，陪孙老者吃饭。"

"什么！"王三胜的眼珠几乎掉出来。看了看沙老师的脸，他敢怒而不敢言地说了声"是啦！"走出去，撅着大嘴。

"教徒弟不易！"孙老者说。

"我没收过徒弟。走吧，这个水不开！茶馆去喝，喝饿了就吃。"沙子龙从桌子上拿起缎子褡裢，一头装着鼻烟壶，一头装着点钱，挂在腰带上。

"不，我还不饿！"孙老者很坚决，两个"不"字把小辫从肩上抡到后边去。

"说会子话儿。"

"我来为领教领教枪法。"

"功夫早搁下了，"沙子龙指着身上，"已经放了肉！"

"这么办也行，"孙老者深深地看了沙老师一眼，"不比武，教给我那趟五虎断魂枪。"

"五虎断魂枪？"沙子龙笑了："早忘干净了！早忘干净了！告诉你，在我这儿住几天，咱们各处逛逛，临走，多少送点盘缠。"

"我不逛，也用不着钱，我来学艺！"孙老者立起来，"我练趟给你看看，看够得上学艺不够！"一屈腰已到了院中，把楼鸽都吓飞起去。拉开架子，他打了趟查拳；腿快，手飘洒，一个飞脚起去，小辫儿飘在空中，像从天上落下来一个风筝；快之中，每个架子都摆得稳、准、利落；来回六趟，把院子满都打到，走得圆，接得紧，身在一处，而精神贯穿到四面八方。抱拳收势，身儿缩紧，好似满院乱飞的燕子忽然归了巢。

"好！好！"沙子龙在台阶上点着头喊。

"教给我那趟枪！"孙老者抱了抱拳。

沙子龙下了台阶,也抱着拳:"孙老者,说真的吧:那条枪和那套枪都跟我入棺材,一齐入棺材!"

"不传?"

"不传!"

孙老者的胡子嘴动了半天,没说出什么来。到屋里抄起蓝布大衫,拉拉着腿:"打搅了,再会!"

"吃过饭走!"沙子龙说。

孙老者没言语。

沙子龙把客人送到小门,然后回到屋中,对着墙角立着的大枪点了点头。

他独自上了天汇,怕是王三胜们在那里等着。他们都没有去。

王三胜和小顺们都不敢再到土地庙去卖艺,大家谁也不再为沙子龙吹腾,反之,他们说沙子龙栽了跟头,不敢和个老头儿动手;那个老头子一脚能踢死个牛。不要说王三胜输给他,沙子龙也不是他的对手。不过呢,王三胜到底和老头子见了个高低,而沙子龙连句硬话也没敢说。"神枪沙子龙"慢慢似乎被人们忘了。

夜静人稀,沙子龙关好了小门,一气把六十四枪刺下来;而后,拄着枪,望着天上的群星,想起当年在野店荒林的威风。叹一口气,用手指慢慢摸着凉滑的枪身,又微微一笑:"不传!不传!"

上任

老舍

1935

尤老二去上任。

看见办公的地方,他放慢了脚步。那个地方不大,他晓得。城里的大小公所和赌局烟馆,差不多他都进去过。他记得这个地方——开开门就能看见千佛山。现在他自然没心情去想千佛山;他的责任不轻呢!他可是没透出慌张来;走南闯北的多年了,他沉得住气,走得更慢了。胖胖的,四十多岁,重眉毛,黄净子脸。灰哗叽夹袍,肥袖口;青缎双脸鞋。稳稳地走,没看千佛山;倒想着:似乎应当坐车来。不必,几个伙计都是自家人,谁还不知道谁;大可以不必讲排场。况且自己的责任不轻,干吗招摇呢。这并不完全是怕;青缎鞋,灰哗叽袍,恰合身分;慢慢地走,也显着稳。没有穿军衣的必要。腰里可藏着把硬的。自己笑了笑。

办公处没有什么牌匾;和尤老二一样,里边有硬家伙。只是两间小屋。门开着呢,四位伙计在凳子上坐着,都低着头吸烟,没有看千佛山的。靠墙的八仙桌上有几个茶杯,地上放着把新洋铁壶,壶的四围趴着好几个香烟头儿,有一个还冒着烟。尤老二看见他们立起来,又想起车来,到底这样上任显着"秃"一点。可是,老朋友们都立得很规矩。虽然大家是笑着，可是在亲热中含着敬意。他们没因为他没坐车而看不起他。说起来呢，稽察长和稽查是作暗活的，越不惹人注意越好。他们自然晓得这个。他舒服了些。

尤老二在八仙桌前面立了会儿，向大家笑了笑，走进里屋去。里屋只有一条长桌，两把椅子，墙上钉着月份牌，月份牌的上面有一条臭虫血。办公室太空了些，尤老二想，可又想不出添置什么。赵伙计送进一杯茶来，漂着根茶叶棍儿。尤老二和赵伙计全没的说，尤老二擦了下脑门。啊，想起来了：得有个洗脸盆，他可是没告诉赵伙计去买。他得细细地想一下：办公费都在他自己手里呢，是应该公开地用，还是自己一把死拿？自己的薪水是一百二，办公费八十。卖命的事，把八十全拿着不算多。可是伙计们难道不是卖命？况且是老朋友们？多少年不是一处吃，一处喝呢；睡土窑子不是一同住大坑？不能独吞。赵伙计走出去，老赵当头目的时候，可曾独吞过钱？尤老二的脸红起来。刘伙计在外屋目溜了他一眼。老刘，五十多了，倒当起伙计来，三年前手里还有过五十支快枪！不能独吞。可是，难道白当头目？八十块大家分？再说，他们当头目是在山上。尤老二虽然跟他们不断地打联络，可是没正式上过山。这就有个分别了。他们，说句不好听的，是黑面上的；他是官。做官有做官的规矩。他们是弃暗投明，那么，就得官事官办。八十元办公费应当他自己拿着。可是，洗脸盆是要买的；还得来两条毛巾。

除了洗脸盆该买，还似乎得做点别的。比如说，稽察长看看报纸，或是对伙计们训话。应当有份报纸，看不看的，摆着也够样儿。训话，他不是外行。他当过排长，做过税卡委员；是的，他得训话；不然，简直不像上任的样儿。况且，伙计们都是住过山的，有时候也当过兵；不给他们几句漂亮的，怎能叫他们佩服。

老赵出去了。老刘直咳嗽。必定得训话,叫他们得规矩着点。尤老二咳嗽了一声,立起来,想擦把脸;还是没有洗脸盆与毛巾。他又坐下。训话,说什么呢?不是约他们帮忙的时候已经说明白了吗,对老赵老刘老王老褚不都说的是那一套么?"多年的朋友,捧我尤老二一场。我尤老二有饭吃,大家伙儿就饿不着;自己弟兄!"这说过不止一遍了,能再说么?至于大家的工作,谁还不明白——反正还不是用黑面上的人拿黑面上的人?这只能心照,不便实对实地点破。自己的饭碗要紧,脑袋也要紧。要真打算立功的话,拿几个黑道上的朋友开刀,说不定老刘们就会把盒子炮往里放。睁一眼闭一眼是必要的,不能赶尽杀绝;大家日后还得见面。这些话能明说么?怎么训话呢?看老刘那对眼睛,似乎死了也闭不上,帮忙是义气,真把山上的规矩一笔勾个净,做不到。不错,司令派尤老二是为拿反动分子。可是反动分子都是朋友呢。谁还不知道谁吃几碗干饭?难!

尤老二把灰哔叽袍脱了,出来向大家笑了笑。

"稽察长!"老刘的眼里有一万个"看不起尤老二","分派分派吧。"

尤老二点点头。他得给他们一手看。"等我开个单子。咱们的事儿得报告给李司令。昨儿个,前两天,不是我向诸位弟兄研究过?咱们是帮助李司令拿反动派。我不是说过:李司令把我叫了去,说,老二,我地面上生啊,老二你得来帮帮忙。我不好意思推辞,跟李司令也是多年的朋友。我这一想,有办法。怎么说呢,我想起你们来。我在地面上熟哇,你们可知底呢。咱们一合作,还有什么不行的事!司令,我就说了,交给我了,司令既肯赏饭吃,尤老二还能给脸不兜着?弟兄们,有李司令就有尤老二,有尤老二就有你们。这我早已研究过了。我开个单子,谁管哪里,谁管哪里，合计好了，往上一报，然后再动手，这像官事，是不是？"尤老二笑着问大家。

老刘们都没言语。老褚挤了挤眼。可是谁也没感到僵得慌。尤老二不便再说什么，他得去开单子。拿笔刷刷地一写，他想，就得把老刘们唬背过气去。那年老褚绑王三公子的票，不是求尤老二写的通知书么？是的，他得刷刷地写一气。可是笔墨砚呢？这几个伙计简直没办法！"老赵，"尤老二想叫老赵买笔去。可是没说出来。为什么买东西单叫老赵呢？一来到钱上，叫谁去买东西都得有个分寸。这不是山上，可以马马虎虎。这是官事，谁该买东西去，谁该送信去，都应当分配好了。可是这就不容易，买东西有扣头，送信是白跑腿，谁活该白跑腿呢？"啊，没什么，老赵！"先等等买笔吧，想想再说。尤老二心里有点不自在。没想到做稽察长这么啰唆。差事不算很甜；也说不上苦来，假若八十元办公费都归自己的话。可是不能都归自己，伙计们都住过山；手儿一紧，还真许尝个"黑枣"，是玩的吗？这玩意儿不好办，做着官而带着土匪，算哪道官呢？不带土匪又真不行，专凭尤老二自己去拿反动分子？拿个屁！尤老二摸了摸腰里的家伙："哥儿们，硬的都带着哪？"

大家一齐点了点头。

"妈的，怎么都哑巴了？"尤老二心里说。是什么意思呢？是不佩服咱尤老二呢，还是怕呢？点点头，不像自己朋友，不像；有话说呀。看老刘！一脸的官司。尤老二又笑了笑。有点不够官派，大概跟这群家伙还不能讲官派。骂他们一顿也许就骂欢喜了？不敢骂，他不是地道土匪。他知道他是脚踩两只船。他恨自己不是地道土匪，同时又觉得他到底高明，不高明能做官么？点上根烟，想主意，得喂喂这群家伙。办公费可以不撒手；得花点饭钱。

"走哇,弟兄们,五福馆!"尤老二去穿灰哔叽夹袍。

老赵的倭瓜脸裂了纹,好似是熟透了。老刘五十多年制成的石头腮帮笑出两道缝。老王老褚也都复活了,仿佛是。大家的嗓子里全有了津液,找不着话说也舔舔嘴唇。

到了五福馆,大家确是自己朋友了,不客气:有的要水晶肘,有的要全家福,老刘甚至于想吃锅火晶鸡,而且要双上。吃到半饱,大家觉得该研究了。老刘当然先发言,他的岁数顶大。石头腮帮上红起两块,他喝了口酒,夹了块肘子,吸了口烟。"稽察长!"他扫了大家一眼,"烟土,暗门子,咱们都能手到擒来。那反——反什么?可得小心!咱们是干什么的?伤了义气,可合不着。不是一共才这么一小堆洋钱吗?"尤老二被酒劲催开了胆量:"不是这么说,刘大哥!李司令派咱们哥几个,就为拿反动派。反动派太多了,不赶紧下手,李司令就坐不稳;他吹了,还有咱们?"

"比如咱们下了手,"老赵的酒气随着烟喷出老远,"毙上几个,咱们有枪,难道人家就没有?还有一说呢,咱们能老吃这碗饭吗?这不是怕。"

"谁怕谁不是人养的!"老褚马上研究出来。

老赵接了过来:"不是怕,也不是不帮李司令的忙。义气,这是义气!好尤二哥的话,你虽然帮过我们,公面私面你也比我们见的广,可是你没上过山。"

"我不懂?"尤老二眼看空中,冷笑了声。

"谁说你不懂来着?"葫芦嘴的王小四冒出一句来。"是这么着,哥儿们,"尤老二想烹他们一下:"捧我尤老二呢,交情;不捧呢,"又向空中一笑,"也没什么。""稽察长,"又是老刘,这小子的眼睛老瞪着:"真干也行呀,可有一样,我们是伙计,你是头目;毒儿可全归到你身上去。自己朋友,歹话先说明白了。叫我们去掏人,那容易,没什么。"

尤老二胃中的海参全冰凉了。他就怕的是这个。伙计办下来的,他去报功;反动派要是请吃"黑枣"可也先请他!

但是他不能先害怕,事得走着瞧。吃"黑枣"不大舒服,可是报功得赏却有劲呢。尤老二混过这么些年了,哪宗事不是先下手的为强?要干就得玩真的!四十多了,不为自己,还不为儿子留下点什么?都像老刘们还行,顾脑袋不顾屁股,干一辈子黑活,连坟地都没有。尤老二是虚子[1],会研究,不能只听老刘的。他决定干。他得捧李司令。弄下几案来,说不定还会调到司令部去呢。出来也坐坐汽车什么的!尤老二不能老开着正步上任!

汤使人的胃与气一齐宽畅。三仙汤上来,大家缓和了许多。尤老二虽然还很坚决,可是话软和了些:"伙计们,还得捧我尤老二呀,找没什么刺儿的弄吧——活该他倒霉,咱们多少露一手。你说,腰里带着硬的,净弄些个暗门子,算哪道呢?好啦!咱们就这么办,先找小的,不棘手的办,以后再说。办下来,咱们还是这儿,水晶肘还不坏,是不是?"

"秋天了,以后该吃红焖肘子了。"王小四不大说话,一说可就说到根上。

尤老二决定留王小四陪着他办公,其余的人全出去踩访。不必开单子了,等他们踩访回来再作报告。是的,他得去买笔墨砚和洗脸盆。他自己去买,省得有偏有向。应当来个文书,可是忘了和李司令说。暂时先自己写吧,等办下案来再要求添文书;不要太心急,尤老二有根。二爷的儿子,听说,会写字,提拔他一下吧。将来添文书必用二爷的儿子,好啦,头一天上任,总算不含糊。

---

[1] 虚子:精明能干、有经验的人。

只顾在路上和王小四瞎扯,笔墨砚到底还是没有买。办公室简直不像办公室。可是也好:刷刷地写一气,只是心里这么想;字这种玩意儿刷刷的来的时候,说真的,并不多;要写哪个,哪个偏偏不在家。没笔墨砚也好。办什么呢,可是?应当来份报纸,哪怕是看看广告的图呢。不能老和王小四瞎扯,虽然是老朋友,到底现在是官长与伙计,总得有个分寸。门口已经站过了,茶已喝足,月份牌已翻过了两遍。再没有事可干。盘算盘算家事,还有希望。薪水一百二,办公费八十——即使不能全数落下——每月一百五可靠。慢慢地得买所小房。妈的商二狗,跟张宗昌走了一趟,干落十万!没那个事了,没了。反动派还不就是他们么?哪能都像商二狗,资资本本地看着?谁不是钱到手就迷了头?就拿自己说吧,在税卡子上不是也弄了两三万吗?都哪儿去了?难怪反动呀,吃喝玩乐的惯了,再天天啃窝窝头?受不了,谁也受不了!是的,他们——凭良心说,连尤老二自己——都盼着张督办回来,当然的。妈的,丁三立一个人就存着两箱军用票呢!张要是回来,打开箱子,老丁马上是财主!拿反动派,说不下去,都是老朋友。可是月薪一百二,办公费八十,没法儿。得拿!妈的脑袋掉了碗大的疤,谁能顾得了许多!各自奔前程,谁叫张大帅一时回不来呢。拿,毙几个!尤老二没上过山,多少跟他们不是一伙。

四点多了,老刘们都没回来。这三个家伙是真踩窝子[1]去了,还是玩去了?得定个办公时间,四点半都得回来报告。假如他们干铲儿不回来,像什么公事?没他们是不行,有他们是个累赘,他妈的。到五点可不能再等;八点上班,五点关门;伙计们可以随时出去,半夜里拿人是常有的事;长官可不能老伺候着。得告

---

[1] 踩窝子:探查贼巢。

诉他们,不大好开口。有什么不好开口,尤老二你不是头目么?马上告诉王小四。王小四哼了一声。什么意思呢?

"五点了,"尤老二看了千佛山一眼,太阳光儿在山头上放着金丝,金光下的秋草还有点绿色,"老王你照应着,明儿八点见。"

王小四的葫芦嘴闭了个严。

第二天早晨,尤老二故意地晚去了半点钟,拿着点劲儿。

万一他到了,而伙计们没来,岂不是又得为难?

伙计们却都到了,还是都低着头坐在板凳上吸烟呢。尤老二想揪过一个来揍一顿,一群死鬼!他进了门,他们照旧又都立起来,立起来得很慢,仿佛都害着脚气。尤老二反倒笑了;破口骂才合适,可是究竟不好意思。他得宽宏大量,谁叫轮到自己当头目人呢,他得拿出虚子劲儿,嘻嘻哈哈,满不在乎。

"嗨,老刘,有活儿吗?"多么自然,和气,够味儿——尤老二心中夸赞着自己的话。

"活儿有,"老刘瞪着眼,还是一脸的官司,"没办。"

"怎么不办呢?"尤老二笑着。

"不用办,待会了他们自己来。"

"呕!"尤老二打算再笑,没笑出来。"你们呢?"他问老赵和老褚。

两人一齐摇了摇头。

"今天还出去吗?"老刘问。

"啊,等等,"尤老二进了里屋,"我想想看。"回头看了一眼,他们又都坐下了,眼看着烟头,一声不发,一群死鬼。

坐下,尤老二心里打开了鼓——他们自己来?不能细问老刘,硬输给他们,不能叫伙计小看了。什么意思呢,他们自己来?不能和老刘研究,等着就是了。还打发老刘们出去不呢?这得马上决定："嗨,老褚!你走你的,睁着点眼,听见没有?"他等着大家笑,大家一笑便是欣赏他的胆量与幽默;大家没笑。"老刘,你等等再走。他们不是找我来吗?咱俩得陪陪他们。都是老朋友。"他没往下分派,老王老赵还是不走好,人多好凑胆子。可是他们要出去呢,也不便拦阻;干这行儿还能不要玄虚么?等他们问上来再讲。老王老赵都没出声,还算好。"他们来几个?"话到嘴边上又咽了回去。反正尤老二这儿有三个伙计呢,全有硬家伙。他们要是来一群呢,那只好闭眼,走到哪儿说哪儿!

还没报纸!哪像办公的样!况且长官得等着反动派,太难了。给司令部个电话,派一队来,来一个拿一个,全毙!不行,别太急了,看看再讲。九点半了,"嗨,老刘,什么时候来呀?"

"也快,稽察长!"老刘这小子有点故意地看哈哈笑。

"报!叫卖报的!"尤老二非看报不可了。

买了份大早报,尤老二找本地新闻,出着声儿念。非当当地念,念不上句来。他妈的女招待的姓别扭,不认识。别扭!当当,软一下,女招待的姓!

"稽察长!他们来了。"老刘特别地规矩。

尤老二不慌,放下姓别扭的女招待,轻轻地:"进来!"摸了摸腰中的家伙。

进来了一串。为首的是大个儿杨;紧跟着花眉毛,也是傻大个儿;猴四被俩大个子夹在中间,特别显着小;马六、曹大嘴、白张飞,都跟进来。

"尤老二!"大家一齐叫了声。

尤老二得承认他认识这一群,站起来笑着。

大家都说话,话便挤到了一处。嚷嚷了半天,全忘记了自己说的是什么。

"杨大个儿，你一个人说；嗨，听大个儿说！"大家的意见渐归一致，彼此劝告："听大个儿的！"

杨大个儿——或是大个儿杨，全是一样的——拧了拧眉毛，弯下点腰，手按在桌上，嘴几乎顶住尤老二的鼻子："尤老二，我们给你来贺喜！"

"听着！"白张飞给猴四背上一拳。

"贺喜可是贺喜，你得请请我们。按说我们得请你，可是哥儿们这几天都短这个，"食指和拇指成了圈形。"所以呀，你得请我们。"

"好哥儿们的话啦。"尤老二接了过去。

"尤老二，"大个儿杨又接回去。"倒用不着你下帖，请吃馆子，用不着。我们要这个，"食指和拇指成了圈形，"你请我们坐车就结了。"

"请坐车？"尤老二问。

"请坐车！"大个儿有心事似的点点头。"你看，尤老二，你既然管了地面，我们弟兄还能做活儿吗？都是朋友。你来，我们滚。你来，我们渡；咱们不能抓破了脸。你做你的官，我们上我们的山。路费，你的事。好说好散，日后咱们还见面呢。"大个儿杨回头问大家，"是这么说不是？"

"对，就是这几句；听尤老二的了！"猴四把话先抢到。

尤老二没想到过这个。事情容易，没想到能这么容易。可是，谁也没想到能这么难。现在这群是六个，都请坐车；再来六十个，六百个呢，也都请坐车？再说，李司令是叫抓他们；若是都送车费，好话说着，一位一位地送走，算什么办法呢？钱从哪儿来呢？这大概不能向李司令要吧？就凭自己的一百二薪水，八十块办公费，送大家走？可是说回来，这群家伙确是讲面子，一声难听的没有："你来，我们滚。"多么干脆，多么自己。事情又真容易，假如有人肯出钱的话。他笑着,让大家喝水,心中拿不定主意。他不敢得罪他们,他们会说好的,也有真厉害的。他们说滚,必定滚;可是,不给钱可滚不了。他的八十块办公费要连根烂。他还得装作愿意拿的样子,他们不吃硬的。

"得多少?朋友们!"他满不在乎似的问。

"一人十来块钱吧。"大个儿杨代表大家回答。

"就是个车钱,到山上就好办了。"猴四补充上。"今天后晌就走,朋友,说到哪儿办到哪儿!"曹大嘴说。尤老二不能脆快,一人十块就是六十呀!八十办公费,去了四分之三!

"尤老二,"白张飞有点不耐烦,"干脆拍出六十块来,咱们再见。有我们没你,有你没我们,这不痛快?你拿钱,我们滚。你不——不用说了,咱们心照。好汉不必废话,三言两语。尤二哥,咱老张手背向下,和你讨个车钱!""好了,我们哥儿们全手背朝下了,日后再补付,哥儿们不是一天半天的交情!"杨大个儿领头,大家随着;虽然词句不大一样,意思可是相同。

尤老二不能再说别的了,从"腰里硬"里掏出皮夹来,点了六张十块的:"哥儿们!"他没笑出来。

杨大个儿们一齐叫了声"哥儿们"。猴四把票子卷巴卷巴塞在腰里:"再见了,哥儿们!"大家走出来,和老刘们点了头:"多咱山上见哪?"老刘们都笑了笑,送出门外。

尤老二心里难过得发空。早知道,调兵把六个家伙全扣住!可是,也许这么善办更好;日后还要见面呀。六十块可出去了呢;假如再来这么几档儿,连一百二的薪水赔上也不够!做哪道稽察长呢?稽察长叫反动派给炸了酱,哑巴吃黄连,有苦说不出!老刘是好意呢,还是玩坏?得问问他!不拿土匪,而把土匪叫来,什么官事呢?还不能跟老刘太紧了,他也会上山。不用他还不行呢;得罪了谁也不成,这年头。假若自己一上任就带几个生手,哼,还许登时就吃了"黑枣儿";六十块钱买条命,前后一合算,也还值得。尤老二没办法,过去的不用再提,就怕明天又来一群要路费的!不能对老刘们说这个,自己得笑,得让他们看清楚:尤老二对朋友不含糊,六十就六十,一百就一百,不含糊;可是六十就六十,一百就一百,自己吃什么呢,稽察长喝西北风,那才有根!

尤老二又拿起报纸来,没劲!什么都没劲,六十块这么窝窝囊囊地出去,真没劲。看重了命,就得看不起自己;命好像不是自己的,得用钱买,他妈的!总得佩服猴四们,真敢来和稽察长要路费!就不怕登时被捉吗?竟自不怕,邪!丢人的是尤老二,不用说拿他们呀,连句硬张话都没敢说,好泄气!以后再说,再不能这么软!为当稽察长把自己弄软了,那才合不着。稽察长就得拿人,没第二句话!女招待的姓真别扭。老褚回来了。

老褚反正得进来报告,稽察长还能赶上去问么?老褚和老赵聊上天了;等着,看他进来不;土匪们,没有道理可讲。老褚进来了:"尤——稽察长!报告!城北窝着一群朋——啊,什么来着?动——动子!去看看?"

"在哪儿?"尤老二不能再怕;六十块已被敲出去,以后命就是命了,太爷哪儿也敢去。

"湖边上。"老褚知道地方。

"带家伙,老褚,走!"尤老二不含糊。堵窝儿掏!不用打算再叫稽察长出路费。

"就咱俩去?"老褚真会激人哪。

"告诉我地方,自己去也行,什么话呢!"尤老二拼了,大玩命,他们也不晓得稽察长多钱一斤。好吗,净开路费,一案办不下来,怎么对李司令呢?一百二的薪水!

老褚没言语，灌了碗茶，预备着走的样儿。尤老二带理不理地走出来，老褚后面跟着。尤老二觉得顺了点气，也硬起点胆子来。说真的，到底两人比一个挡事的多，遇到事多少可以研究研究。

湖边上有个鼻子眼大小的胡同，里边会有个小店。尤老二的地面多熟，竟自会不知道这家小店。看着就像贼窝！忘了多带伙计！尤老二，他叫着自己，白闯练了这么多年，还是气浮哇！怎么不多带人呢？为什么和伙计们斗气呢？可是，既来之则安之，走哇。也得给伙计们一手瞧瞧，咱尤老二没住过山哪，也不含糊！咱要是掏出那么一个半个的来，再说话可就灵验多了。看运气吧；也许是玩完，谁知道呢。"老褚，你堵门是我堵门？"

"这不是他们？"老褚往门里一指，"用不着堵，谁也不想跑。"

又是活局子！对，他们讲义气，他妈的。尤老二往门里打了一眼，几个家伙全在小过道里坐着呢。花蝴蝶、鼻子六儿、宋占魁、小得胜，还有俩不认识的——完了，又是熟人！"进来，尤老二，我们连给你贺喜都不敢去，来吧，看看我们这群。过来见见，张狗子，徐元宝。尤老二。老朋友，自己弟兄。"大家东一句西一句，扯得非常亲热。"坐下吧，尤老二。"小得胜——爸爸老得胜刚在河南正了法——特别的客气。

尤老二恨自己，怎么找不到话说呢？倒是老褚漂亮："弟兄们，稽察长亲自来了，有话就说吧。"

稽察长笑着点了点头。

"那么，咱们就说干脆的，"鼻子六儿扯了过来："宋大哥，带尤二哥看看吧！"

"尤二哥，这边！"宋占魁用大拇指往肩后一挑，进了间小屋。

尤老二跟过去，准没危险，他看出来。要玩命都玩不成，别扭不别扭？小屋里漆黑，地上潮得出味儿，靠墙有个小床，铺着点草。宋占魁把床拉出来，蹲在屋角，把湿漉漉的砖起了两三块，掏出几杆小家伙来，全扔在了床上。"就是这一堆！"宋占魁笑了笑，在襟上擦擦手，"风太紧，带着这个，我们连火车也上不去！弟兄们就算困在这儿了。老褚来，我们才知道你上去了。我们可就有了办法。这一堆交给你，你给点车钱，叫老褚送我们上火车。行也得行，不行也得行，弟兄们求到你这儿了！"

尤老二要吐！潮气直钻脑子。他捂上了鼻子。"交给我算怎么回事呢？"他退到屋门那溜儿，"我不能给你们看着家伙！"

"可我们带不了走呢，太紧！"宋占魁非常的恳切。"我拿去也可以，可是得报官；拿不着人，报点家伙也是好的！也得给我想想啊，是不是？"尤老二自己听着自己的话都生气，太软了，尤老二！

"尤老二，你随便吧！"

尤老二本希望说僵了哇。

"随便吧，尤老二你知道，干我们这行的但分有法，能扔家伙不能？你怎办怎好。我们只求马上跑出去。没有你，我们走不了；叫老褚送我们上车。"

土匪对稽察长下了命令，自己弟兄！尤老二没的可说，没主意，没劲。主意有哇，用不上！身份是有哇，用不上！他显露了原形，直抓头皮。拿了家伙敢报官吗？况且，敢不拿着吗？嘿，送了车费，临完得给他们看家伙，哪道公事呢？尤老二只有一条路：不拿那些家伙，也不送车钱，随他们去。可是，敢吗？下手拿他们，更不用想。湖岸上随时可以扔下一个半个的死尸；尤老二不愿意来个水葬。

"尤老二，"宋大哥非常地诚恳，"狗养的不知道你为难；我们可也真没法。家伙你收着，给我们俩钱。后话不说，心照！"

"要多少？"尤老二笑得真伤心。

"六六三十六，多要一块是杂种！三十六块大洋！""家伙我可不管。"

"随便，反正我们带不了走。空身走，捉住不过是半年；带着硬的，不吃'黑枣'也差不多！实话！怕不怕，咱们自己哥儿们用不着吹腾；该小心也得小心。好了，二哥，三十六块，后会有期！"宋大哥伸了手。

三十六块过了手。稽察长没办法。"老褚，这些家伙怎办？""拿回去再说吧。"老褚很有根。

"老褚，"他们叫，"送我们上车！"

"尤二哥，"他们很客气，"谢谢啦！"

尤二哥只落了个"谢谢"。把家伙全拢起来，没法拿。只好和老褚分着插在腰间。多威武，一腰的家伙。想开枪都不行，人家完全信任尤二哥，就那么交出枪来，人家想不到尤二哥也许会翻脸不认人。尤老二连想拿他们也不想了，他们有根，得佩服他们！八十块办公费以外，又赔出十六块去！尤老二没办法。一百二的薪水也保不住，大概！

尤老二的午饭吃得不香，倒喝了两盅窝心酒。什么也不用说了，自己没本事！对不起李司令，尤老二不是不顾脸的人。看吧，再有这么一档子，只好辞职，他心里研究着。多么难堪，辞职！这年头哪里去找一百二的事？再找李司令，万难。拿不了匪，倒叫匪给拿了，多么大的笑话！人家上了山以后，管保还笑着俺尤老二。尤老二整个是个笑话！越想越懊心。

只好先办烟土吧。烟土算反动不算呢？算，也没劲哪！反正不能辞职，先办办烟土也好。尤老二决定了政策。不再提反动。过些日子再说。老刘们办烟土是有把握的。

一个星期里，办下几件烟土来。李司令可是嘱咐办反动派！他不能催伙计们，办公费而外已经贴出十六块了。是个星期一吧，伙计们都出去踩烟土，（烟土！）进了个傻大黑粗的家伙，大摇大摆的。

"尤老二！"黑脸上笑着。

"谁？钱五！你好大胆子！"

"有尤二哥在这儿，我怕谁！"钱五坐下了，"给根烟吃吃。"

"干吗来了？"尤老二摸了摸腰里——又是路费！"来？一来贺喜，二来道谢！他们全到了山上，很念你的好处！真的！"

"呕？他们并没笑话我！"尤老二心里说。

"二哥！"钱五掏出一卷票子来："不说什么了，不能叫你赔钱。弟兄们全到了山上，永远念你的好处。""这——"尤老二必须客气一下。

"别说什么，二哥，收下吧！宋大哥的家伙呢？""我是管看家伙的？"尤老二没敢说出来。"老褚手里呢。""好啦，二哥，我和老褚去要。"

"你从山上来？"尤老二觉得该闲扯了。

"从山上来，来劝你别往下干了。"钱五很诚恳。"叫我辞职？"

"就是！你算是我们的人也好，不算也好。论事说，有你没我们，有我们没你。论人说，你待弟兄们好，我们也待你好。你不用再干了。话说到这儿为止。我在山上有三百多人，可是我亲自来了，朋友！我叫你不干，你顶好就不干。明白人不用多说话，我走了，二哥。告诉老褚我在湖边小店里等他。"

"再告诉我一句，"尤老二立起来，"我不干了，朋友们怎想？"

"没人笑话你！怕笑，二哥？好了，再见！"

稽察长换了人，过了两三天吧。尤老二，胖胖的，常在街上遛着，有时候也看千佛山一眼。

大鼻子的故事

茅盾

1936

在"大上海"的三百万人口中，我们这里的主角算是"最低贱"的。

我们有时瞥见他偷偷地溜进了三层楼"新式卫生设备"的什么"坊"什么"村"的乌油大铁门，爬在水泥的大垃圾箱旁边，和野狗们一同，掏摸那水泥箱里的发霉的"宝贝"。他会和野狗抢一块肉骨头，抢到手时细看一下，觉得那沾满了尘土的骨头上实在一无可取，也只好丢还给本领比他高强的野狗。偶然他捡得一只烂苹果或是半截老萝卜，——那是野狗们嗅了一嗅掉头不顾的，那他就要快活得连他的瘦黑指头都有点发抖。他一边吃，一边就更加勇敢地挤在狗群中到那水泥箱里去掏摸，他也像狗们似的伏在地上，他那瘦黑的小脸儿竟会钻进水泥箱下边的小门里去。也许他会看见水泥箱里边有什么发亮的东西，——约莫是一个旧酒瓶或是少爷小姐们弄坏了的玩具，那他就连肚子饿也暂时忘记，他伸长了小臂膊去抓着掏着，恨不得连身子都钻进水泥箱去。可是，往往在这当儿，他的屁股上就吃了粗牛皮靴的重重的一脚；凭经验，他知道这一脚是这"村"或"坊"的管门巡捕赏给他的。

于是他只好和那些尾巴夹在屁股间的野狗们一同，悄悄逃出那乌油大铁门，再到别地方进行他的"冒险"事业。

有时他的运气来了，他居然能够避过管门巡捕的眼睛，踅到三层楼"新式卫生设备"的一家的后门口，而又凑巧那家的后门开着，烧饭娘姨正在把隔夜的残羹冷饭倒进"泔脚桶"去，那时他可要开口了；他的声音是低弱到听不明白的，——听不明白也不要紧，反正那烧饭娘姨懂得他的要求，这时候，他或者得半碗酸粥，或者只得一个白眼，或者竟是一句同情的然而于他毫无益处的话语："去，不能给你！泔脚是有人出钱包了去的！"

以上这些事，大概发生在每天清早，少爷小姐们还睡在香喷喷的被窝里的时候。

这以后，我们也许会在繁华的街角看见他跟在大肚子的绅士和水蛇腰长旗袍高跟鞋的太太们的背后，用发抖的声音低唤着"老爷，太太，发好心呀"。

在横跨苏州河的水泥钢骨的大洋桥脚下，也许我们又看见他忽然像一匹老鼠从人堆里钻出来，蹿到一辆正在上桥的黄包车旁边，帮着车夫拉上桥去；他一边拉，一边向坐车的哀告："老爷，（或是太太……）发发好心！"这是他在用劳力换取食粮了，然而他得到的至多是一个铜子，或者简直没有。

他这样的"出卖劳力"，也是一种"冒险生意"。巡捕见了，会用棍子教训他。有时巡捕倒会"发好心"，装作不见，可是在桥的两端有和他同样境遇然而年纪比他大，资格比他老的同业们，却毫不通融，会骂他、打他，不许他有这样"出卖劳力"的自由！

就是这样的"冒险生意"也有人分了地盘在"包办"，而且他们又各有后台老板，不是随便可以自由营业的。

但是我们这位主角也有极得意的时候。

这，通常是在繁华的马路上耀亮着红绿的"霓虹灯"，而僻静的小巷里却只有巷口一盏路灯的冷光的时候。我们的主角，这时候，也许机缘凑巧，联合了五六个乃至十来个和他年纪相仿的同志，守在这僻静的小巷里。于是守着守着，巷口会发现了一副饭担子，也是不过十二三岁的一个孩子挑着，是从什么小商店里回来的。这是一副吃过的饭担子了，前面的竹篮里也许只有些还剩得薄薄一层油水的空碗空碟子，后面的紫铜饭桶里也许只有不够一人满足的冷饭，但是也许运气好，碗里和碟里居然还有呷得起的油汤或是几根骨头、几片癞菜叶，桶里的冷饭居然还够喂一条壮健的狗；那时候，因为优势是在我们的主角和他的同志这边，挑空饭担的孩子照例是无抵抗的。我们的主角就此得了部分的满足，舐过了油腻的碟子以后，呼啸而去。

然而我们这位主角的"家常便饭"终究还是挨骂，挨棍子，挨皮靴；他的生活比野狗的还艰难些。

在"大上海"的三百万人口中，像我们这里的主角那样的孩子究竟有多少，我们是不知道的。

反过来说，在"大上海"的三百万人口中，究竟有多少孩子睡在香喷喷的被窝而且他们的玩厌了弄坏了的玩具丢在垃圾箱里引得我们的主角爬进去掏摸，因此吃了管门巡捕的一脚的，我们也不大晓得。或者两方面的数目差得不多罢，或者睡香喷喷的被窝的，数目少些，我们也暂且不管。

可是我们却有凭有据地晓得：在"大上海"的三百万人口当中，大概有三十万到四十万的跟我们的主角差不多年纪的孩子，在丝厂里，火柴厂里，电灯泡厂里，以及其他各式各样的工厂里，从早上六点钟到下午六点钟让机器吮吸他们的血！是他们的血——说一句不算怎么过分的话——养活了睡香喷喷被窝的孩子们以及他们的爸爸妈妈的。

我们的主角也曾在电灯泡厂或别的什么厂的大门外看见那些工作得像人蜡似的孩子们慢慢地走出来。那时候，如果他的肚子正在咕咕地叫，他是羡慕他们的，他知道他们这一出来，至少有个"家"（即使是草棚）可归，至少有大饼可咬，而且至少能够在一个叫作屋顶的下面睡到明天清早五点钟。

他当然想不到眼前他所羡慕的小朋友们过不了几年就会被机器吮吸得再不适用，于是被吐了出来，掷在街头，于是就连和野狗抢肉骨头的本领也没有，就连"拉黄牛"过桥的力气也没有，就连……不过，这方面的事，我们还是少说些罢，我们还是回到我们的主角身上。

他不是生下来就没有"家"的。怎样的一个"家"，他已经记不明白。他只模糊记得：那一年忽然上海打起仗来，"大铁鸟"在半空里撒下无数的炸弹，有些落在高房子上，然而更多的却落在他"家"所在的贫民窟，于是他就没有"家"了。

同时他亦没有爸爸和妈妈了。怎样没有了的，他也不知道；爸爸妈妈是怎样个面目，现在他也记不清了，那时他只有七八岁光景，实在太小一点；而且爸爸妈妈在日，他也不曾看清过他们的面目。天还黑的时候他们就出去，天又黑了他们才回来，他们也是喂什么机器的。

不过，他有过爸爸妈妈，而且怎样他变成没有爸爸妈妈，而且是谁夺了他的爸爸妈妈去，他是永久不能忘记的。他又明白记得：没有了爸爸妈妈以后，他夹在一大群的老婆子和孩子们中间被送进了一个地方，倒也有点薄粥或是发霉的大饼吃。约莫过了半年，忽然有一天一位体面先生叫他们一伙儿到一间屋子里去一

个一个问,问到他的时候,他记得是这样的:

"你有家么?"

他摇头。

"你有亲戚么?"

他又摇头。

于是那位体面先生也摇了摇头。用一支铅笔在一张纸上画一笔,就叫着另外一个号头了。

这以后,不多几天,他就糊里糊涂被掷在街头了,他也糊里糊涂和别的同样情形的孩子们做伴,有时大家很要好,有时也打架,他也和野狗做伴,也和野狗打架;这样居然拖过了几年,他也惯了,他莽莽漠漠只觉得像他这样的人大概是总得这样活过去的。

照上面所说,我们这里的主角的生活似乎颇不平凡然而又实在平凡得很。他天天有些"冒险"经历,然而他这样的"冒险"经历连搜奇好异的"本埠新闻"版的外勤记者也觉得不够新闻资格呢。

好吧,那么,我们总得从他的不平凡而又平凡的生活中挑出一件"奇遇"来开始。

何年何月何日弄不清楚,总之是一个不冷不热没有太阳也没刮风也没下雨的好日子。

这一天之所以配称为他生活史上的"奇遇",因为有这么一回事。

大约是午后两点钟光景,他蹲在一个"公共茅厕"的墙脚边打瞌睡。这是他的地盘,是他发现,而且曾经流了血来确定了他的所有权的。提到他这发现,倒也有一段小小的历史,那是很久的事了,他第一次看见这漂亮的公共茅厕就觉得诧异:这小小的盖造得颇讲究的房子到底是"人家"呢,还是"公司"?那时正有一位大肚子穿黑长衫的走了进去，接着又是一位腰眼里挂着手枪的巡捕，接着又是一位洋装先生，——嘿，都是阔人，都是随时有权力在他身上踢一脚的阔人，他就不敢走近去。他断定这小屋子至少也是"写字间"了，不免肃然起敬。然而忽然他又看见从另一门里走出一个女人来，却不像阔人们的女人。接着又有一个和他差不多的孩子也进去了，这可使得他大大不平，而且也胆壮起来了，他偷偷地趱近些一看，这才恍然大悟：原来那些阔人们进去办的是那么一桩"公"事！他觉得被欺骗了，被冤枉地吓一下了，他便要报仇；他首先是想进去也撒他妈的一泡尿，然而蓦地又见新进去一人把一个铜子给了门口的老婆子，他又立即猜想到中间一定还有"过门"，不可冒昧，便改变方针，只朝那小屋子重重吐一口唾沫，同时拣定门边不远的墙脚蹲了下去，算是给这骇了他的小屋子一种侮辱。

那时，他并没有把这公共茅厕的墙脚作为他的地盘的意思。然而先前进去的和他差不多的那个孩子这当儿出来了，忽然也蹲到他身边，也像他那样背靠着墙，伸长两条腿，摆成一个"八"字。他又大大的不平。

"嗨！哪里来的小乌龟！"他自言自语地骂起来。

"骂谁？小瘪三！"那一个也不肯示弱。

于是就扭打起来了。本来两方是势均力敌的，但不知怎的，他的脑袋撞在墙壁上，见了红，那一个觉得已经闯祸，而且也许觉得已经胜利，便一溜烟逃走。只留下我们的主角，从此就成为这公共茅厕墙脚的占有人。

现在呢，他对于这公共茅厕的"知识"，早已"毕业"了；他和那"管门"的老婆子也居然好像有点"交情"。现在，当这不冷不热又没太阳又不下雨刮风的好日子，他蹲在他的地盘上，打着瞌睡，似乎很满意。

这当儿，公共茅厕也不是"闹汛"，那老婆子扭动着她的扁嘴，似乎在咀嚼什么东西。她忽然咀嚼出说话来了，是对墙脚地盘的"领主"：

"喂，喂，大鼻子！你来代我管一管，我一会儿就回来的。"

什么？大鼻子！谁是大鼻子？打瞌睡的他抬起头来朝四面看一下，想不到是唤他自己，然而那老婆子又叫过来了：

"代我管一管吧，大鼻子；我一会儿就回来。谢谢你！"

他明白"大鼻子"就是他了，就老大不高兴。他的爸爸妈妈还在的时候，他有过一个极体面的名字，他自己也叫得出来；可是自从做了街头流浪儿以后，他就没有一定的名字。最初，他也曾把爸妈叫他的名字告诉了要好的伙伴，不料伙伴们都说"不顺口"，还是瞎七瞎八乱叫一阵，后来他就连自己也忘记了他的本名。然而，伙伴们却从没叫过他"大鼻子"。他的鼻子也许比别人的大一些，可是并没大到惹人注意。他和他的伙伴对于名字是有一种"信条"的：凡是自己身体上的特点被人取作名字，他们便觉得是侮辱。例如他们中间有一个叫作小毛的癞痢孩子，他们有时和他过不去，便叫他"癞痢"。

因此，他忽然听得那老婆子叫他"大鼻子"，他就老大不高兴，然而不高兴中间又有点高兴，因为从来没有谁把他当一个人托付他什么事情。

"代你管管么？好！可是你得赶快回来呢！我也还有事情。"

他一边说，一边就装出"忙人"的样子来，伸个懒腰站起了身子。

老太婆把一沓草纸交给他，就走了。但是走不了几步，又回头来叫道：

"廿五张草纸，廿五张，大鼻子！"

"嘿嘿，那我倒要数一数。"

他头也不抬地回答，一边当真就数那一沓草纸。

过不了十分钟，他就觉得厌倦了。往常他毫无目的、毫不"负责"地站在一个街角或蹲在什么路旁，不但是十分钟就是半点钟他也不会厌倦，可是现在他却在心里想道：

"他妈的，老太婆害人！带住了我的脚了！走他妈的！"

他感到负责任的不自由，正想站起来走，忽然有人进来了，噗的一声，丢下一个铜子。

从手里递出一张草纸去的时候，"大鼻子"就感到一种新鲜的趣味。他居然"做买卖"了，而且颇像有点威权；没有他的一张草纸，谁也不能进去办他的"公"事。

他很正经地把那个铜子摆在那一沓草纸旁边，又很正经地将草纸弄整齐起来。

似乎公共茅厕也有一定的时间是"闹市"，而现在呢，正是适当其时了。各色人等连串地进来，铜子噗噗地接连丢在那放草纸的纸匣里，顷刻之间就有五六枚之多。这位代理人倒有点手忙脚乱了。一则，"做买卖"他到底还是生手；二则，他从来不曾保有过那么多的铜子。

他乘空儿把铜子叠起来。叠到第四个时，他望了望已经叠好的三个，又将手里的一个掂掂分量，似乎很不忍和它分手。可是他到底叠在那第三个上面，接着又叠上第五第六个去。

还是有人接连着进来。终于铜子数目增加到十二。这是最高的纪录了。以后，这位代理人便又清闲了。

十二个铜子呢！寸把高的一个铜柱子。像捉得了老鼠的猫儿似的，不住手地搬弄这根铜柱子，他掐断了一半，托在手掌里轻轻掂了几下,又还过一个去,然后那手——自然连铜子!——便往他的破短衫的口袋边靠近起来了。然而,蓦地他又——像猫儿噙住了老鼠的半个身子却又吐了出来似的,把手里的铜子叠在纸匣里的铜子上面,依然成为寸把高的铜柱子。

第二次再把铜柱掐断,却不托在手掌里掂几掂了,只是简洁老练地移近他的破口袋去。手在口袋边,可又停住了,他的眼光却射住了纸匣里的几个铜子;如果不是那老太婆正在这当口回来,说不定他还要吐出来一次。

"啊,老太婆,回来了么?"

他稍稍带点意外的惊异说,同时他那捏着铜子的手便渐渐插进了衣袋里。

老太婆走得上气不接下气似的,只把扁嘴扭了几扭,她的眼光已经落在那一叠减少了的草纸以及压在草纸上面的铜子。

"你看!管得好不好?明天你总得谢谢我呢!"

他说着,眨了一下眼睛,站起来就走。

走了几步,他又回头来看时,那老婆子数过了铜子,正在数草纸。于是他便想到赶快溜,却又觉得不必溜。他高声叫道:

"老太婆!风吹了几张草纸到尿坑里去了!你去拾了来晒干,还好用的!"

老婆子也终于核算出铜子数目和草纸减少的数目不对,她很费力地扭动着扁嘴说道:

"不老实,大鼻子!"

"怪得我?风吹了去的!"

他生气似的回答,转身便跑。然而跑得不多几步又转身擎起一个拳头来叫道:

"老太婆!猜一猜,什么东西?猜着了就是你的。哈哈哈!"

他一边笑,一边就飞快地跑过了一条马路。

我们这位主角终于由跑步变为慢步了,手在衣袋里数弄着那些铜子。

一共是五枚。同时手里有五个铜子,在他确是第一次。他觉得这是一笔不小的财产了,可以派许多正用。他走得更慢了,肚子里在盘算:"弄点什么来修修肚脏庙罢?"然而他又想买一颗糖来尝尝滋味。对于装饱肚子这一问题,他和他的伙伴们是另有一番见解的:大凡可以用讨乞或者比讨乞强硬的手段(例如在冷巷里拦住了一副吃过的饭担子)弄得到的东西,就不应该花钱去买;花钱去买的,就是傻子!

至于糖呢,可就不同了。向人家讨一粒糖,准得吃一记耳光,而且空饭担里也绝不会有一粒糖的。现在我们的主角手里有了五个铜子,就转念到糖一类的东西上了。特别是因为他一次吃过半粒糖,所以糖的引诱力非常大。

他终于站住了。在一个不大干净的弄堂口,有三四个小孩子(其中也有比他高明不了多少的)围住一个摊子。这却不是卖糖,而是出租"小书"(连环图画故事)的"街头图书馆"。

对于这一类的"小书",我们的主角也早已有过非分之想的。他曾经躲在人家的背后偷偷地张过几眼,然而往往总是他正看得有点懂了,人家就嗤的一声翻了过去。这回他可要自己租几本来享受个满足了。

"一个铜子租二十本罢?当场看过还你。"

他装出极老练的样子来,对那摆摊子的人说。

那位"街头图书馆馆长"朝他睄了一眼,就轻声喝道:

"小瘪三!走你的!"

"什么!开口骂人!我有铜子,你看!"

他将手掌摊开来,果然有五个铜子,汗渍得亮晶晶。

书摊子的人伸手就想抓过那五个铜子去,一面说:

"一个铜子看五本,五个铜子,便宜些,看三十本。"

"不成不成!十五本!喂,十五本还不肯?"

他将铜子放回衣袋去,一面忙着偷看别人手里的"小书"。

成交的数目是十本。他只付了两个铜子,拣了二十本,都是道士放飞剑,有使刀的女人的。

他不认识"小书"上面的字,但是他会照了自己的意思去解释"小书"里的图画。那些图画本来是"连环故事",然而因为画手不大高明,他又不认识字,所以前后两幅画的故事他往往接不起榫来。

可是他还是耐心地看下去。

有一幅画是几个凶相的男子(中间也有道士)围住了一个女子和一个小孩子打架。半空中还有一把飞剑向那女的和那孩子刺去。飞剑之类,他本来佩服得很,然而这里的飞剑却使他起了恶感。

"妈的!打落水狗,不算好汉!"

他轻声骂着,就翻过一页。这新一页上仍旧是那女人和孩子,可是已经打败了,正要逃到一个树林里去,另外那几个凶相的男子和半空中那把飞剑在后追赶。他有点替那女人和孩子着急。赶快再看第二页。还好,那女人在树林边反身抵抗那些"追兵"了。然而此时图画里又加添出一个和尚,也拿着刀,正从远处跑来,似乎要加入"战团"。

"和尚来帮谁呢?"他心焦地想着,就再翻过一页。他觉得那和尚如果是好和尚一定要帮那女人和小孩子,他要是自己在场一定也帮女人和小孩子的。然而翻过来的一页虽然仍旧画着那一班人,却已经不打架了,他们站在那里像是说话,和尚也在内。

如果他识字,他一定可以知道那班人讲些什么,并且也可以知道那和尚到底帮谁,因为和尚的嘴里明明喷出两道线,而且线里写着一些字,——这是和尚在说话。

他闷闷地再看下面一幅画,可是仍旧看不出道理来。打架确是告一结束了,这回是轮到那女人嘴里喷出两道线,而且线里也有字。

再下一幅图仍有那女人和孩子,其余的一些人(凶相的男子们、道士、连和尚),都已经不见;并且也不是在树林边,而是在房子里了,女人手里也没有刀,她坐在床前,低着头,似乎很疲倦,又似乎在想心事;孩子站在她跟前,孩子的嘴里也喷出两道线,线里照例有一些可恨的方块字。

这可叫他摸不着头脑了。他不满意那画图的人:"要紧关口,他就画不出来,只弄些字眼来搪塞。"他又觉得那女人和孩子未免不中用,怎么就躲到家里去了。然而他又庆幸那女人和孩子终于能够平安回到了家——他猜想他们本来就是要回家去。

总而言之,对于这"来历不明"的女人和孩子,他很关心,他断定他们一定是好人。他热心地要知道他们后来怎样,他单拣那些画着这女人和这孩子的画儿仔细看。有时他们又在和别人打架了,他就由着自己的意思解释起来,并且和前面的故事连串起来。不多一会儿,二十本"小书"已经翻完。

"喂,拿回去,二十本!还有么,讲女人和孩子的?"

他朝那书摊子的人说,同时扣着自己的肚子;这肚子现在轻轻地在叫了。

书摊子的人一面招呼着另一个"小读者",一面随手取了一套封面上画着个女人的"小书"给了我们的主角。

然而这个"女人"不是先前那个"女人"了,从她的装束上就看得出来。她不拿刀,也不使枪,可是她在书里好像"势头"大得很,到处摆架子。

我们的主角匆匆翻了一遍,老大不高兴;蓦地他又想起这一套新的"小书"还没付租钱,便赶快叠齐了还给那书摊子的人,很大方地说一声"不好看",就打算走了。"钱呢?"书摊子的人说,查点着那一套书的数目。"也算你两个铜子罢!"

"什么,看看货色对不对,也要钱么?"

"你没有先说是看样子,你没有罢?看样子,只好看一本,你刚才是看了一套呢!不要多赖,两个铜子!"

"谁赖你的!谁……"我们的主角有点窘了,却越想越舍不得两个铜子。"那么,挂在账上,明天——"

"知道你是哪里来的杂种;不挂账。"

"连我也不认识么?我是大鼻子。你去问那边管公坑的老太婆,她也晓得!"

一边说,一边就跑,我们的主角在这种事情上往往有他的特别方法的。

他保全了两个铜子,然而他也承认了自己是"大鼻子"了。他觉得就叫作"大鼻子"也不坏,因为在他和他的伙伴中间,"鼻子",也算身体上名贵的部分,他们要表示自己是一条"好汉"的时候总指自己的"鼻子",可不是?

我们的主角,——不,既然他自己也愿意,我们就称他为"大鼻子"罢,也还有些更出色的事业。

照例是无从查考出何年何月何日,总之是离开上面讲过的"奇遇"很久了,也许已经隔开一个年头,而且是一个忽而下雨忽而出太阳的闷热天。

是大家正要吃午饭的时候,马路上人很多。我们的"大鼻子"

站在一个很妥当的地点,猫一样地窥伺着"幸福的"人们,想要趁便也沾点"幸福"。

他忽然轻轻一跳,就跟在一对漂亮的青年男女的背后,用了低弱的声音求告道:"好小姐,好少爷,给一个铜子。"凭经验,他知道只要有耐心跟的时候多了,往往可以有所得的。他又知道,在这种场合,如果那女的噘起嘴唇似嗔非嗔地说一句"讨厌,小瘪三",那男的就会摸出一个铜子或者竟是两个,来买得耳根的清静,——也就是买得那女人的高兴。

可是这一次跟走了好远一段路,却还不见效。这一男一女手臂挽着手臂,一路走着,自顾咬耳朵说话。

他们又转弯了。那马路的转角上有一个巡捕。大鼻子只好站住了,让那一对儿去了一大段,这才他自己不慌不忙在巡捕面前踱过。

过了这一道关口,他赶快寻觅他的目的物,不幸得很,相离已经太远,他未必追得上。然而也还不至于失望,因为这一对儿远远站在那里不动了。

大鼻子立刻用了跑步。他也看清了另外有一个女人正在和那一对儿讲话。忽然两个女的争执起来,扭打起来了,那男的急得团团转,夹在中间,劝劝这个,又劝劝那个。大鼻子跑到了他们近旁时,已经有好几个闲人围住了他们乱出主意了。忽然有一个小小的纸袋(那是讲究的店铺子装着十来个铜子做找头的),落在地下了,只有大鼻子看到。他立刻"当仁不让"地拾了起来,很坚决地往口袋里一放,就从人层的大腿间钻出去,吹着口笛走到对面的马路上。

逢到这样的机会,大鼻子常常是勇敢的。他就差点还没学会怎样到人家口袋里去挖。

逢到这样的机会，他又是十分坚决的，如果从前他"揩油"了管公共茅厕的那个老婆子的五个铜子，——这一项"奇遇"的当时，他颇显得优柔寡断，那亦不是因为那时还"幼稚"，而是因为他不肯不顾信用：人家当他朋友似的托付他的，他倒不好意思全盘没收。

天气暖和时，大鼻子很可以到处为"家"。像他这样的人很有点古怪：白天，我们在马路上几乎时时会碰见他，但晚上他睡在什么地方，我们却难得看见。不过他到晚上一定还是在这"大上海"的地面，而不会飞上天去，那是可以断言的。

也许他会像老鼠一样有个"地下"的"家"罢？作者未曾调查过，相应作为悬案。

然而作者可以负责声明：大鼻子的许多无定的"家"之一，却是既不在天上又不在地下的。

想来读者也都知道，在"大上海"的北区，"华""洋""交界"之地带，曾经受过"一·二八"炮火之洗礼的一片瓦砾场，这几年来依然满眼杂草，不失纪念。这可敬的"大上海"的疮疤上，有几堵危墙依然高耸着，好像永远不会塌。墙近边有从前"繁华"时代的一口水泥垃圾箱，现在被断砖碎瓦和泥土遮盖了，远看去只像一个土堆。不知怎的，也不知是何年何月，我们的大鼻子发现了这奇特的"地室"，而且立刻很中意，而且大概也颇费了点劳力罢，居然把它清理好，作为他的"冬宫"了。

这，大概不是无稽之谈，因为有人确实看见他从这不在天上也不在地下的"家"很大方地爬了出来。

这一天不是热天，照日历上算，恰是一年的第一个月将到尽头，然而这一天又不怎样冷。

这一天没有太阳。对了，没有太阳。老天从清晨起，就摆出一副哭丧脸。

这一头，在"大上海"的什么角落里，一定有些体面人温良地坐着，起立，"静默三分钟"。于是上衙门的上衙门，到"写字间"的到"写字间"……

然而这一天，在"大上海"纵贯南北的一条脉管（马路）上，却奔流着一股各色人等的怒潮，用震动大地的呐喊，回答四年前的炮声。

我们的大鼻子那时正从他的"家"出来往南走，打算找到一顿早饭。

他迎头赶上了这雄壮的人流，以为这是什么"大出丧"呢。"妈的！小五子不够朋友！有人家大出丧，也不来招呼我一声么！"大鼻子这样想着，觉得错过了一个得"外快"的机会。他站在路边，想看看那"不够朋友"的小五子是不是在内掮什么"挽联"或是花圈之类。

没有"开路神"，也不见什么"顶马"。走在前头的，是长衫先生、洋装先生、旗袍大衣的小姐、旗袍不穿大衣的小姐，长衣的像学生，短衣的像工人、像学徒，——这样一群人，手里大都有小旗。

这样的队伍浩浩荡荡前来，看不见它的尾巴。不，它的尾巴在时时加长起来，它沿路吸收了无数人进去，长衣的和短衣的，男的和女的，老的和小的。

有些人（也有骑脚踏车的），在队伍旁边，手里拿着许多纸分给路边的看客，也和看客们说些话语。忽然，震天动地的一声喊——

"中华民族解放万万岁！"

这是千万条喉咙里喊出来的！这是千万条喉咙合成一条大喉

咙喊出来的！大鼻子不懂这喊的是一句什么话，但他却懂得这队伍确不是什么"大出丧"了。他感到有点失望，但也觉得有趣。这当儿，有个人把一张纸放在他手里，并且说：

"小朋友！一同去！加入爱国示威运动！"

大鼻子不懂得要他去干吗，——这里没有"挽联"可掮，也没有"花圈"可背，然而大鼻子在人多热闹的场所总是很勇敢很坚决的，他就跟着走。

队伍仍在向前进。大鼻子的前面有三个青年，男的和女的；他们一路说些大鼻子听不懂的话，中间似乎还有几个洋字。大鼻子向来讨厌说洋话的，因为全说洋话的高鼻子固然打过他，只夹着几个洋字的低鼻子也打过他，而且比高鼻子打得重些。这时有一片冷风像钻子一般刺来，大鼻子就觉得他那其实不怎么大的鼻子里酸酸的有些东西要出来了。他随手一把捞起，就偷偷地撩在一个说洋话的青年身上。谁也没有看见。大鼻子感到了胜利。

似乎鼻涕也有灵性的。它看见初出茅庐的老哥建了功，就争着要露脸了。大鼻子把手掌掩在鼻孔上，打算多储蓄一些，这当儿，队伍的头阵似乎碰着了阻碍，骚乱的声浪从前面传下来，人们都站住了，但并不安静，大鼻子的左右前后尽是愤怒的呼声。大鼻子什么都不理，只伸开了手掌又这么一撩，不歪不斜，许多鼻涕都爬在一个女郎的蓬松的头发上了，那女郎大概也觉得头上多一点东西，但只把头一缩，便又胀破了喉咙似的朝前面喊道：

"冲上去！打汉奸！打卖国贼！"

大鼻子知道这是要打架了，但是他眯着眼得意地望着那些鼻涕像冰丝似的从女郎的头发上挂下来，颤巍巍地发抖，他觉得很有趣。

队伍又在蠕动了。从前面传来的雄壮的喊声像晴天霹雳似的落到后面人们的头上——

"打倒一切汉奸!"

"'一·二八'精神万岁!"

"打倒×——"

断了!前面又发生了扰动。但是后面却拾起这断了的一句,加倍雄壮地喊道:

"打倒××帝国主义!"

大鼻子跟着学了一句。可是同时,他忽然发现他身边有一个学生,披一件大衣,没有扣好,大衣襟飘飘地,大衣袋口子露出一个钱袋的提手。根据新学会的本领,大鼻子认定这学生的手袋分明在向他招手。他嘴里哼着"打倒——他妈的!"身子便往那学生这边靠近去。

但是正当大鼻子认为时机已到的一刹那,几个凶神似的巡捕从旁边冲来,不问情由便夺队伍里人们的小旗,又喝道:

"不准喊口号!不准!"

大鼻子心虚,赶快从一个高个儿的腿缝间钻到前面去。可是也明明看见那个穿大衣的学生和那头发上顶着鼻涕的女郎同巡捕扭打起来了,——他们不肯放弃他们的旗子!

许多人帮着学生和那女子。骑脚踏车的人叮令令急驰向前面去。前面的人也回身来援救。这里立刻是一个争斗的旋涡。

喊"打"的声音从人圈中起来,大鼻子也跟着喊。对于眼前的事,大鼻子是懂得明明白白的。他脑筋里立刻排出一个公式来:"他自己常常被巡捕打,现在那学生和那女郎也被打;他自己是好人,所以那二个也是好人;好人要帮好人!"

谁的一面旗子落在地下了,大鼻子立刻拾在手中,拼命舞动。

这时,纷乱也已过去,队伍仍向前进。那学生和那女郎到底

放弃了一面旗子,他们和大鼻子又走在一起。大鼻子把自己的旗子送给那学生道:

"不怕!还有一面呢!算是你的!"

学生很和善地笑了。他朝旁边一个也是学生模样的人说了一句话,而是大鼻子听不懂的。大鼻子觉得不大高兴,可是他忽然想起了似的问道:

"你们到哪里去?"

"到庙行去!"

"去干吗?这旗子可是干吗的?"

"哦!小朋友!"那头发上有大鼻子的鼻涕的女郎接口说,"你记得么,四年前,上海打仗,大炮,飞机,××飞机,炸弹,烧了许多许多房子。"

"我记得的!"大鼻子回答,一只眼偷偷地望着那女郎的头发上的鼻涕。

"记得就好了!要不要报仇?"

这是大鼻子懂得的。他做一个鬼脸表示他"要",然而他的眼光又碰着了那女郎头发上的鼻涕,他觉得怪不好意思,赶快转过脸去。

"中华民族解放万万岁!"

这喊声又震天动地来了。大鼻子赶快不大正确地跟着学一句,又偷眼看一下那女郎头发上的鼻涕,心里盼望立刻有一阵大风把这一抹鼻涕吹得干干净净。

"打倒××帝国主义!"

"'一·二八'精神万岁!"

怒潮似的,从大鼻子前后左右掀起了这么两句。头上四个字是大鼻子有点懂的,他胀大了嗓子似的就喊这四个字。他身边那个穿大衣的学生一面喊一边舞动着两臂。那钱袋从衣袋里跳了出来。只有大鼻子是看见的。他敏捷地拾了起来,在手里掂了一掂,这时——

"打倒一切汉奸!"

"到庙行去!"

大鼻子的熟练的手指轻轻一转,将那钱袋送回了原处。他忽然觉得精神百倍,也舞动着臂膊喊道:

"打倒——他妈的!到庙行去!"

他并不知道庙行是什么地方,是什么东西,然而他相信那学生和那女郎不会骗他,而且他应该去!他恍惚认定到那边去一定有好处!

"中华民族解放万岁!"

这时队伍正走过了大鼻子那个"家"所在的瓦砾场了。队伍像通了电似的,像一个人似的,又一句:

"中华民族解放万万岁!"

桥

萧红

1936

夏天和秋天,桥下的积水和水沟一般平了。

"黄良子,黄良子……孩子哭了!"

也许是夜晚,也许是早晨,桥头上喊着这样的声音。久了,住在桥头的人家都听惯了,听熟了。

"黄良子,孩子要吃奶了!黄良子……黄良……子。"

尤其是在雨夜或刮风的早晨,静穆里的这声音受着桥下的水的共鸣,或者借助于风声,也送进远处的人家去。

"黄……良子。黄……良……子……"听来和歌声一般了。

月亮完全沉没下去,只有天西最后的一颗星还在挂着。从桥东的空场上黄良子走了出来。

黄良是她男人的名字,从她做了乳娘那天起,不知是谁把"黄良"的末尾加上个"子"字,就算她的名字。

"啊?这么早就饿了吗?昨晚上吃得那么晚!"

开始的几天,她是要跑到桥边去,她向着桥西来唤她的人颤一颤那古旧的桥栏,她的声音也就仿佛在桥下的水上打着回旋:

"这么早吗!……啊?"

现在她完全不再那样做。"黄良子"这字眼好像号码一般，只要一触到她，她就紧跟着这字眼去了。

在初醒的蒙眬中，她的呼吸还不能够平稳。她走着，她差不多是跑着，顺着水沟向北面跑去。停在桥西第一个大门楼下面，用手盘卷着松落下来的头发。

"怎么！门还关着？……怎么！"

"开门呀！开门呀！"她弯下腰去，几乎是把脸伏在地面。从门槛下面的缝际看进去，大白狗还睡在那里。

因为头部过度下垂，院子里的房屋似乎旋转了一阵，门和窗子也都旋转着，向天的方向旋转着"开门呀！开门来——"

"怎么！鬼喊了我来吗？不，……有人喊的，我听得清清楚楚吗……一定，那一定……"

但是，她只得回来，桥西和桥东一个人也没有遇到。她感到潮湿的背脊凉下去。

"这不就是百八十步……多说二百步……可是必得绕出去一里多！"

起初她试验过，要想扶着桥栏爬过去。但是，那桥完全没有底了，只剩两条栏杆还没有被偷儿拔走。假若连栏杆也不见了，那她会安心些，她会相信那水沟是天然的水沟，她会相信人没有办法把水沟消灭。

不是吗？搭上两块木头就能走人的……就差两块木头……这桥，这桥，就隔一道桥……

她在桥边站了一会儿，想了一会儿：

"往南去，往北去呢？都一样，往北吧！"

她家的草屋正对着这桥，她看见门上的纸片被风吹动。在她理想中，好像一伸手她就能摸到那小丘上面去似的。

当她顺着沟沿往北走时,她滑过那小土丘去,远了,到半里路远的地方(水沟的尽头)再折回来。

"谁还在喊我?哪一方面喊我?"

她的头发又散落下来,她一面走着,一面挽卷着。

"黄良子,黄良子……"她仍然好像听到有人在喊她。

"黄——瓜茄——子,黄——瓜茄——子……"菜担子迎着黄良子走来了。

"黄瓜茄子,黄——瓜茄子——"

黄良子笑了!她向着那个卖菜的人笑了。

主人家的墙头上的狗尾草肥壮起来了,桥东黄良子的孩子哭声也大起来了!那孩子的哭声会飞到桥西来。

走——走——推着宝宝上桥头,
桥头捉住个大蝴蝶,
妈妈坐下来歇一歇,
走——走——推着宝宝上桥头。

黄良子再不像夏天那样在榆树下扶着小车打瞌睡,虽然阳光仍是暖暖的,虽然这秋天的天空比夏天更好。

小主人睡在小车里面,轮子呱啦呱啦地响着,那白嫩的圆面孔,眉毛上面齐着和霜一样白的帽边,满身穿着洁净的可爱的衣裳。

黄良子感到不安了,她的心开始像铃铛似的摇了起来:

"喜欢哭吗?不要哭啦……爹爹抱着跳一跳,跑一跑……"

爹爹抱着,隔着桥站着,自己那个孩子黄瘦,眼圈发一点蓝,脖子略微长一些,看起来很像一条枯了的树枝。但是黄良子总觉得比车里的孩子更可爱一点。哪里可爱呢?他的笑也和哭差不多。

他哭的时候也从不滚着发亮的肥大的泪珠,并且他对着隔着桥的妈妈一点也不亲热,他看着她也并不拍一下手。托在爹爹手上的脚连跳也不跳。

但她总觉得比车里的孩子更可爱些,哪里可爱呢?她自己不知道。

走——走——推着宝宝上桥头,
走——走——推着宝宝上桥头。

她对小主人说的话,已经缺少了一句:"桥头捉住个大蝴蝶,妈妈坐下来歇一歇。"

在这句子里边感不到什么灵魂的契合,不必要了。

"走——走——上桥头,上桥头……"

她的歌词渐渐地干枯了,她没有注意到这样的几个字孩子喜欢听不喜欢听。同时在车轮呱啦呱啦地离开桥头时,她同样唱着:

"上桥头,上桥头……"

后来连小主人躺在床上睡觉的时候,她还是哼着:"上桥头,上桥头……"

"啊?你给他擦一擦呀……那鼻涕流过了嘴啦……怎么,看不见吗?唉唉……"

黄良子,她简直忘记了她是站在桥这边,她有些暴躁了。当她的手隔着桥伸出去的时候,那差不多要使她流眼泪了!她的脸为着急完全是涨红的。

"爹,爹是不行的呀……到底不中用!可是这桥,这桥……若没有这桥隔着……"借着桥下的水的反应,黄良子响出来的声音很空洞,并且横在桥下面的影子有些震撼:"你抱他过来呀!就这么看着他哭！绕一点路，男人的腿算是什么？我……我是推着车的呀！"

桥下面的水浮着三个人影和一辆小车。但分不出站在桥东和站在桥西的。

从这一天起，"桥"好像把黄良子的生命缩短了。但她又感到太阳挂在空中，整天也没有落下去似的……究竟日长了，短了？她也不知道。天气寒了，暖了？她也不能够识别。虽然她也换上了夹衣，对于衣裳的增加，似乎别人增加起来，她也就增加起来。

沿街扫着落叶的时候，她仍推着那辆呱啦呱啦的小车。

主人家墙头上的狗尾草，一些水分也没有了，全枯了，只有很少数的还站在风里面摇着。桥东孩子的哭声一点也没有瘦弱，随着风声送到桥头的人家去，特别是送进黄良子的耳里，那声音扩大起来，显微镜下面苍蝇翅膀似的……

她把馒头、饼干，有时就连那包着馅、发着油香不知名的点心，也从桥西抛到桥东去。

"只隔一道桥，若不……这不是随时可以吃得到的东西吗？这小穷鬼，你的命上该有一道桥啊！"

每次她抛的东西若落下水的时候，她就向着桥东的孩子说：

"小穷鬼，你的命上该有一道桥啊！"

向桥东抛着这些东西，主人一次也没有看到过。可是当水面上闪着一条线的时候，她总是害怕的，她像她的心上已经照着一面镜子了。

"这明明是啊……这是偷的东西……老天爷也知道的。"

因为在水面上反映着蓝天，反映着白云，并且这蓝天和她很接近，就在她抛着东西的手底下。

有一天，她得到无数东西，月饼、梨子，还有早饭剩下的饺子。这都不是公开的，这都是主人不看见她才包起来的。

她推着车,站在桥头了,那东西放在车箱里孩子摆着玩物的地方。

"他爹爹……他爹爹……黄良,黄良!"

但是什么人也没有,土丘的后面闹着两只野狗。门关着,好像是正在睡觉。

她决心到桥东去,推着车跑得快时,车里面孩子的头都颠起来,她最怕车轮响。

"到哪里去啦?推着车子跑……这是干吗推着车子跑……跑什么?……跑什么?往哪里跑?"

就像女主人在她的后面喊起来:

"站住!站住!"她自己把她自己吓得出了汗,心脏快要跑到喉咙边来。

孩子被颠得要哭,她就说:

"老虎!老虎!"

她亲手把睡在炕上的孩子唤醒起来,她亲眼看着孩子去动手吃东西。

不知道怎样的愉快从她的心上开始着,当那孩子把梨子举起来的时候,当那孩子一粒一粒把葡萄触破了两三粒的时候。

"呀!这是吃的呀,你这小败家子!暴珍天物……还不懂得是吃的吗?妈,让妈给你放进嘴里去,张嘴,张嘴。嘿……酸哩!看这小样。酸得眼睛像一条缝了……吃这月饼吧!快到一岁的孩子什么都能吃的……吃吧……这都是第一次吃呢……"

她笑着。她总觉得这是好笑的,连笑也笑不完整的孩子,比坐在车里边的孩子更可爱些。

她走回桥西去的时候,心平静了。顺着小沟向北去,生在水沟旁的紫小菊,被她看到了,她兴致很好,想要伸手去折下来插到头上去。

"小宝宝！哎呀，好不好？"花穗在她的一只手里面摇着，她喊着小宝宝，那是完全从内心喊出来的，只有这样喊着，在她临时的幸福上才能够闪光。心上一点什么隔线也脱掉了，第一次，她感到小主人和自己的孩子一样可爱了！她在他的脸上扭了一下，车轮在那不平坦的道上呱啦呱啦地响……

她偶然看到孩子坐着的车是在水沟里颠乱着，于是她才想到她是来到桥东了。不安起来，车子在水沟里的倒影跑得快了，闪过去了。

"百八十步……可是偏偏要绕一里多路……眼看着桥就过不去……"

"黄良子，黄良子！把孩子推到哪里去啦！"就像女主人已经喊她了："你偷了什么东西回家的？我说黄良子！"

她自己的名字在她的心上跳着。

她的手没有把握地使着小车在水沟旁乱跑起来，跑得太与水沟接近的时候，要撞进水沟去似的。车轮子两只高了，两只低了，孩子要从里面被颠出来了。

还没有跑到水沟的尽端，车轮脱落了一只。脱落的车轮，像用力抛着一般旋进水沟里去了。

黄良子停下来看一看，桥头的栏杆还模糊得可以看见。

"这桥！不都是这桥吗？"

她觉到她应该哭了！但那肺叶在她的胸内颤了两下，她又停止住。

"这还算是站在桥东啊！应该快到桥西去。"

她推起三个轮子的车来，从水沟的东面，绕到水沟的西面。

"这可怎么说？就说在水旁走走，轮子就掉了；就说抓蝴蝶吧？这时候没有蝴蝶了。就说抓蜻蜓吧……瞎说吧！反正车子站在桥西,并没有桥东去……"

"黄良……黄良……"一切忘掉了,在她好像一切都不怕了。

"黄良……黄良……"她推着三个轮子的小车顺着水沟走到桥边去招呼。

当她的手拿到那车轮的时候,黄良子的泥污已经满到腰的部分。

推着三个轮子的车走进主人家的大门去,她的头发是挂下来的,在她苍白的脸上划着条痕。

"这不就是这轮子吗？掉了……是掉了的,滚下沟去的……"

她依着大门扇,哭了！桥头上没有底的桥栏杆,在东边好像看着她哭！

第二年的夏天,桥头仍响着"黄良子,黄良子"的喊声。尤其是在天还未明的时候,简直和鸡啼一样。

第三年,桥头上"黄良子"的喊声没有了,像是同那颤抖的桥栏一同消灭下去。黄良子已经住到主人家去。

在三月里,新桥就开始建造起来。夏天,那桥上已经走着马车和行人。

黄良子一看到那红漆的桥杆,比所有她看到过的在夏天里开着的红花更新鲜。

"跑跑吧！你这孩子！"她每次看到她的孩子从桥东跑过来的时候,无论隔着多远,不管听见听不见,不管她的声音怎样小,她却总要说的：" 跑跑吧！这样宽大的桥啊！"

爹爹抱着他,也许牵着他,每天过桥好几次。桥上面平坦和发着哄声,若在上面跺一下脚,会咚咚地响起来。

主人家墙头上的狗尾草又是肥壮的,墙根下面有的地方也长着同样的狗尾草,墙根下也长着别样的草：野罂粟和洋雀草,还有不知名的草。

黄良子拔着洋雀草做起哨子来，给瘦孩子一个，给胖孩子一个。她们两个都到墙根的地方去拔草，拔得过量的多，她的膝盖上尽是些草了。于是他们也拔着野罂粟。

"吱吱，吱吱！"在院子的榆树下闹着、笑着和响着哨子。

桥头上孩子的哭声，不复出现了。在妈妈的膝头前，变成了欢笑和歌声。

黄良子，两个孩子都觉得可爱，她的两个膝头前一边站着一个。有时候，他们两个装着哭，就一边膝头上伏着一个。

黄良子把"桥"渐渐地遗忘了，虽然她有时走在桥上，但她不记起还是一座桥，和走在大道上一般平常，一点也没有两样。

有一天，黄良子发现她的孩子的手上划着两条血痕。

"去吧！去跟爹爹回家睡一觉再来……"有时候，她也亲手把他牵过桥去。

以后，那孩子在她膝盖前就不怎样活泼了，并且常常哭，并且脸上也发现着伤痕。

"不许这样打的呀！这是干什么……干什么？"在墙外，或是在道口，总之，在没有人的地方，黄良子才把小主人的木枪夺下来。

小主人立刻倒在地上，哭和骂，有时候立刻就去打着黄良子，用玩物，或者用街上的泥块。

"妈！我也要那个……"

小主人吃着肉包子的样子，一只手上抓着一个，有油流出来了，小手上面发着光。并且那肉包子的香味，不管站得怎样远也像绕着小良子的鼻管似的。

"妈……我也要……要……"

"你要什么？小良子！不该要呀……羞不羞？馋嘴巴！没有脸

皮了？"

当小主人吃着水果的时候，那是歪着头，很圆的黑眼睛，慢慢地转着。

小良子看到别人吃，他拾了一片树叶舔一舔，或者把树枝放在舌头上，用舌头卷着，用舌头吮着。

小主人吃杏的时候，很快地把杏核吐在地上，又另吃第二个。
他围裙的口袋里边，装着满满的黄色的大杏。

"好孩子！给小良子一个……有多好呢……"黄良子伸手去摸他的口袋，那孩子摆脱开，跑到很远的地方把两个杏子抛到地上。

"吞吧！小良子，小鬼头……"黄良子的眼睛弯曲地看到小良子的身上。

小良子吃杏，把杏核使嘴和牙齿相撞着，撞得发响，并且他很久很久地吮着杏核。后来，他在地上拾起那胖孩子吐出来的杏核。

有一天，黄良子看到她的孩子把手插进一个泥洼子里摸着。

妈妈第一次打他，那孩子倒下来，把两只手都插进泥坑去时，他喊着：

"妈！杏核呀……摸到的杏核丢了……"

黄良子常常送她的孩子过桥：

"黄良！黄良……把孩子叫回去……黄良！不再叫他跑过桥来……"

也许是黄昏，也许是晌午，桥头上黄良的名字又开始送进人家去。两年前人们听惯了的"黄良子"这歌好像又复活了。

"黄良，黄良，把这小死鬼绑起来吧！他又跑过桥来啦……"

小良子把小主人的嘴唇打破的那天早晨，桥头上闹着黄良的全家。黄良子喊着，小良子跑着叫着：

"爹爹呀……爹爹呀……啊……啊……"

到晚间，终于小良子的嘴也流着血了。在他原有的，小主人给他打破的伤痕上，又流着血了。这次却是妈妈给打破的。

小主人给打破的伤口，是妈妈给揩干的；给妈妈打破的伤口，爹爹也不去揩干它。

黄良子带着东西，从桥西走回来了。

她家好像生了病一样，静下去了，哑了，几乎门扇整日都没有开动，屋顶上也好像不曾冒过烟。

这寂寞也波及桥头。桥头附近的人家，在这个六月里失去了他们的音乐。

"黄良，黄良，小良子……"这声音再也听不到了。

桥下面的水，静静地流着。

桥上和桥下再没有黄良子的影子和声音了。

黄良子重新被主人唤回去上工的时候，那是秋末，也许是初冬，总之，道路上的雨水已经开始结集着闪光的冰花。但水沟还没有结冰，桥上的栏杆还是照样的红。她停在桥头，横在面前的水沟，伸到南面去的也没有延展，伸到北面去的也不见得缩短。桥西，人家的房顶，照旧发着灰色。门楼，院墙，墙头的萎黄狗尾草，也和去年秋末一样地在风里摇动。

只有桥，她忽然感到高了！使她踏不上去似的。一种软弱和怕惧贯穿着她。

"还是没有这桥吧！若没有这桥，小良子不就是跑不到桥西来了吗？算是没有挡他腿的啦！这桥，不都这桥吗？"

她怀念起旧桥来，同时，她用怨恨过旧桥的情感再建设起旧桥来。

小良子一次也没有踏过桥西去，爹爹在桥头上张开两个胳膊，笑着，哭着，小良子在桥边一直被阻挡下来；他流着过量的鼻涕的时候,爹爹把他抱了起来,用手掌给暖一暖他冻得很凉的耳朵的轮边。于是桥东的空场上有个很长的人影在踱着。

也许是黄昏了,也许是孩子终于睡在他的肩上,这时候,这曲背的长的影子不见了。这桥东完全空旷下来。

可是空场上的土丘透出了一片灯光,土丘里面有时候也起着燃料的爆炸。

小良子吃晚饭的碗举到嘴边去,同时,桥头上的夜色流来了!深色的天,好像广大的帘子从桥头挂到小良子的门前。

第二天,小良子又是照样向桥头奔跑。

"找妈去……吃……馒头……她有馒头……妈有呵……妈有糖……"一面奔跑着,一面叫着……头顶上留着一堆毛发,逆着风,吹得竖起来了。他看到爹爹的大手就跟在他的后面。

桥头上喊着"妈"和哭声……

这哭声借着风声,借着桥下水的共鸣,也送进远处的人家去。

等这桥头安息下来的时候,那是从一年中落着最末的一次雨的那天起。

小良子从此丢失了。

冬天,桥西和桥东都飘着云,红色的栏杆被雪花遮断了。

桥上面走着行人和车马,到桥东去的,到桥西去的。

那天,黄良子听到她的孩子掉下水沟去,她赶忙奔到了水沟边去。看到那被捞在沟沿上的孩子,连呼吸也没有的时候,她站起来,她从那些围观的人们的头上面望到桥的方向去。

那颤抖的桥栏,那红色的桥栏,在模糊中她似乎看到了两道桥栏。

于是肺叶在她胸的里面颤动和放大。这次,她真的哭了。

华威先生

张天翼

1938

转弯抹角算起来——他算是我的一个亲戚。我叫他"华威先生"。他觉得这种称呼不大好。

"嗳，你真是！"他说，"为什么一定要个'先生'呢。你应当叫我'威弟'。再不然叫'阿威'。"

把这件事交涉过了之后，他立刻戴上了帽子：

"我们改日再谈好不好？我总想畅畅快快跟你谈一谈——唉，可总是没有时间。今天刘主任起草了一个县长公余工作方案，便叫我参加意见，叫我替他修改。三点钟又还有一个集会。"

这里他摇摇头，没奈何地苦笑了一下。他声明他并不怕吃苦：在抗战时期大家都应当苦一点。不过——时间总要够支配呀。

"王委员又打了三个电报来，硬要请我到汉口去一趟。这里全省文化界抗敌总会又成立了，一切抗战工作都要领导起来才行。我怎么跑得开呢，我的天！"

于是匆匆忙忙跟我握了握手，跨上他的包车。

他永远挟着他的公文皮包，并且永远带着他那根老粗老粗的黑油油的手杖。左手无名指上戴着他的结婚戒指。拿着雪茄的时候就叫这根无名指微微地弯着，而小指翘得高高的，构成一朵兰花的图样。

这个城市里的黄包车谁都不作兴跑，一脚一脚挺踏实地踱着，好像饭后千步似的。

可是包车例外：叮当，叮当，叮当，——一下子就抢到了前面。黄包车立刻就得往左边躲开，小推车马上打斜，担子很快地就让到路边，行人赶紧就避到两旁的店铺里去。

包车踏铃不断地响着，钢丝在闪着亮。还来不及看清楚——它就跑得老远老远的了，像闪电一样快。

而——据这里有几位抗战工作者的上层分子的统计——跑得顶快的是那位华威先生的包车。

他的时间很要紧。他说过——

"我恨不得取消晚上睡觉的制度，我还希望一天不止二十四小时，抗战工作实在太多了。"

接着掏出表来看一看，他那一脸丰满的肌肉立刻紧张了起来。眉毛皱着，嘴唇使劲撮着，好像他在把全身的精力都要收敛到脸上似的。他立刻就走：他要到难民救济会去开会。

照例——会场里的人全到齐了坐在那里等着他。他在门口下车的时候总得顺便把踏铃踏它一下：叮！

同志们彼此看着：唔，华威先生到会了。有几位透了一口气。有几位可就拉长了脸瞧着会场门口，有一位甚至于要准备决斗似的——抓着拳头瞪着眼。

华威先生的态度很庄严，用种从容的步子走进去，他先前那副忙劲儿好像被他自己的庄严态度消解掉了。他在门口稍微停了一会儿，让大家好把他看个清楚，仿佛要唤起同志们的一种信任心，仿佛要给同志们一种担保——什么困难的大事也都可以放下心来。他并且还点点头。他眼睛并不对着谁,只看着天花板。他是在对整个集体打招呼。

会场里很静,会议就要开始。有谁在那里翻着什么纸张,窸窸窣窣的。

华威先生很客气地坐到一个冷角落里,离主席位子顶远的一角,他不大肯当主席。

"我不能当主席,"他拿着一支雪茄烟打手势,"工人抗战工作协会的指导部今天开常会。通俗文艺研究会的会议也是今天。伤兵工作团也要去的,等一下。你们知道我的时间不够支配:只容许我在这里讨论十分钟。我不能当主席,我想推举刘同志当主席。"

说了就在嘴角上闪起一丝微笑,轻轻地拍几下手板。

主席报告的时候,华威先生不断地在那里刮洋火点他的烟。把表放在面前,时不时像计算什么似的看看它。

"我提议!"他大声说,"我们的时间是很宝贵的:我希望主席尽可能报告得简单一点。我希望主席能够在两分钟之内报告完。"

他刮了两分钟洋火之后,猛地站了起来。对那正在哇啦哇啦的主席摆摆手:

"好了,好了。虽然主席没有报告完,我已经明白了。我现在还要赴别的会,让我先发表一点意见。"

停了一停。抽两口雪茄,扫了大家一眼。

"我的意见很简单,只有两点,"他舔舔嘴唇。"第一点,就是——每个工作人员不能够怠工。而是相反,要加紧工作。这一点不必多说,你们都是很努力的青年,你们都能热心工作。我很感谢你们。但是还有一点——你们时时刻刻不能忘记,那就是我要说的第二点。"

他又抽了两口烟,嘴里吐出来的可只有热气。这就又刮了一根洋火。

"这第二点呢就是：青年工作人员要认定一个领导中心。你们只有在这一个领导中心的领导之下，抗战工作才能够展开。青年是努力的，是热心的，但是因为理解不够，工作经验不够，常常容易犯错误。要是上面没有一个领导中心，往往要弄得不可收拾。"

瞧瞧所有的脸色，他脸上的肌肉耸动了一下——表示一种微笑。他往下说：

"你们都是青年同志，所以我说得很坦白，很不客气。大家都要做抗战工作，没有什么客气可讲。我想你们诸位青年同志一定会接受我的意见。我很感激你们。好了，抱歉得很，我要先走一步。"

把帽子一戴，把皮包一挟，瞧着天花板点点头，挺着肚子走了出去。

到门口可又想起了一件什么事。他把当主席的同志拽开，小声儿谈了几句。

"你们工作——有什么困难没有？"他问。

"我刚才的报告提到了这一点，我们……"

华威先生伸出个食指顶着主席的胸脯：

"唔，唔，唔。我知道，我知道。我没有多余的时间来谈这件事。以后——你们凡是想到的工作计划，你们可以到我家里去找我商量。"

坐在主席旁边那个长头发青年注意地看着他们，现在可忍不住插嘴了：

"星期三我们到华先生家里去过三次，华先生不在家……"

那位华先生冷冷地瞅他一眼，带着鼻音哼了一句——"唔，我有别的事。"又对主席低声说下去："要是我不在家，你们跟密司黄接头也可以。密司黄知道我的意见,她可以告诉你们。"

密司黄就是他的太太。他对第三者说起她来,总是这么称呼她的。

他交代过了这才真的走开。这就到了通俗文艺研究会的会场。他发现别人已经在那里开会,正有一个人在那里发表意见。他坐了下来,点着了雪茄,不高兴地拍了三下手板。

"主席!"他叫,"我因为今天另外还有一个集会,我不能等到终席。我现在有点意见,想要先提出来。"

于是他发表了两点意见:第一,他告诉大家——在座的人都是当地的文化人,文化人的工作是很重要的,应当加紧地做去。第二,文化人应当认清一个领导中心,文化人在文抗会的领导中心的领导之下团结起来,统一起来。

五点三刻他到了文化界抗敌总会的会议室。

这回他脸上堆上了笑容,并且对每一个人点头。

"对不住得很,对不住得很:迟到了三刻钟。"

主席对他微笑一下,他还笑着伸了伸舌头,好像闯了祸怕挨骂似的。他四面瞧瞧形势,就拣在一个小胡子的旁边坐下来。

他带着很机密很严重的脸色——小声儿问那个小胡子:

"昨晚你喝醉了没有?"

"还好,不过头有点子晕。你呢?"

"我啊——我不该喝了那三杯猛酒,"他严肃地说,"尤其是汾酒,我不能猛喝。刘主任硬要我干掉——嗨,一回家就睡倒了。密司黄说要跟刘主任去算账呢:要质问他为什么要把我灌醉。你看!"

一谈了这些,他赶紧打开皮包,拿出一张纸条——写几个字递给了主席。

"请你稍微等一等,"主席打断了一个正在发言的人的话。"华威先生还有别的事情要走。现在他有点意见；要求先让他发表。"

华威先生点点头站了起来。

"主席！"腰板微微地一弯，"各位先生！"腰板微微地一弯。

"兄弟首先要请求各位原谅：我到会迟了点，而又要提前退席。"

随后他说出了他的意见。他声明——这文化界抗敌总会的常务理事会，是一切救亡工作的领导机关，应该时时刻刻起领导中心作用。

"群众是复杂的，工作又很多。我们要是不能起领导作用，那就很危险，很危险。事实上，此地各方面的工作也非有个领导中心不可。我们的担子真是太重了，但是我们不怕怎样的艰苦，也要把这担子担起来。"

他反复地说明了领导中心作用的重要，这就戴起帽子去赴一个宴会。他每天都这么忙着，要到刘主任那里去联络，要到各学校去演讲，要到各团体去开会。而且每天——不是别人请他吃饭，就是他请别人吃饭。

华威太太每次遇到我，总是代替华威先生诉苦。

"唉，他真苦死了！工作这么多，连吃饭的工夫都没有。"

"他不可以少管一点，专门去做某一种工作么？"我问。

"怎么行呢？许多工作都要他去领导呀。"

可是有一次，华威先生简直吃了一大惊。妇女界有些人组织了一个战时保婴会，竟没有去找他！

他开始打听，调查。他设法把一个负责人找来。

"我知道你们委员会已经选出来了。我想还可以多添加几个。由我们文化界抗敌总会派人来参加。"

他看见对方在那里踌躇，他把下巴挂了下来：

"问题是在这一点：你们委员是不是能够真正领导这工作？你

能不能够对我担保——你们会内没有汉奸,没有不良分子?你能不能担保——你们以后工作不至于错误,不至于怠工?你能不能担保,你能不能?你能够担保的话,那我要请你写个书面的东西,给我们文抗会常务理事会。以后万一——如果你们的工作出了毛病,那你就要负责。"

接着他又声明:这并不是他自己的意思。他不过是一个执行者。这里他食指点点对方胸脯:

"如果我刚才说的那些你们办不到,那不是就成了非法团体了么?"

这么谈判了两次,华威先生当了战时保婴会的委员。于是在委员会开会的时候,华威先生挟着皮包去坐这么五分钟,发表了一两点意见就跨上了包车。

有一天他请我吃晚饭,他说因为家乡带来了一块腊肉。

我到他家里的时候,他正在那里对两个学生样的人发脾气。他们都挂着文化界抗敌总会的徽章。

"你昨天为什么不去,为什么不去?"他吼着,"我叫你拖几个人去的。但是我在台上一开始演讲,一看——连你都没有去听!我真不懂你们干了些什么?"

"昨天——我去出席日本问题座谈会的。"

华威先生猛地跳起来了:

"什么!什么!日本问题座谈会?怎么我不知道,怎么不告诉我?"

"我们那天部务会议决议了的。我来找过华先生,华先生又是不在家——"

"好啊,你们秘密行动!"他瞪着眼。"你老实告诉我——这个座谈会到底是什么背景,你老实告诉我!"

对方似乎也动了火：

"什么背景呢，都是中华民族！部务会议议决的，怎么是秘密行动呢。……华先生又不到会，开会也不终席，来找又找不到……我们总不能把部里的工作停顿起来。"

"混蛋！"他咬着牙，嘴唇在颤抖着。"你们小心！你们，哼，你们！你们！……"他倒到了沙发上，嘴巴痛苦地抽得歪着，"妈的！这个这个——你们青年！……"

五分钟之后他抬起头来，害怕地四面看一看。那两个客人已经走了。他叹一口长气，对我说："唉，你看你看！现在的青年怎么办，现在的青年！"

这晚他没命地喝了许多酒，嘴里嘶嘶地骂着那些小伙子。他打碎了一只茶杯。密司黄扶着他上了床，他忽然打个寒噤说：

"明天十点钟有个集会……"

月黑夜

杨朔

1942

秋头夏尾,天气动不动就变颜变色地阴起来,闹一场大风大雨。在这样风雨的黑夜,最惯于夜行的人也会弄得迷失方向。

李排长不是个怯懦的人。虽然在惊天动地的大战争中,他依旧笔直地梗着脖子,挺起胸脯,不慌不忙地同敌人周旋。但在这样的大自然所掀起的情况中,他带领一班骑兵转来转去,却终于疑惑地勒住了马。最初,他还企图凭着自己的智慧,辨清道路。可是夜空不见指路的大熊星,四围又是黑乎乎的平原。电光偶尔一闪,照见的只是狂乱地摆动在大风中的庄稼。不见一棵树木,可以供他摸摸阴面阳面的树皮;不见一块岩石,可以供他探探背阴处的苔藓;更不见一座朝南开门的土地庙。黑暗形成一所无情的监狱,把李排长一群人牢牢地禁锢起来。

身背后,一个骑兵对他大声嘶喊道:

"俺看该往左手拐……"

一阵急风暴雨劫走这个人下边的话,不知抛到哪里去了。

李排长掉过头,也喊道:

"上来,杨香武……你路熟么?"

杨香武抖抖马嚼子,把马带上前去,用手遮着嘴,继续张大嘴喊:

"要熟就好啦!你想想看,咱们刚出发的时候,西南风不是正对着左腮帮子吹么?这会风没变,倒吹起后脊梁来,咱们准是错往东北岔下去啦。"

杨香武不等对方答话,怪洒脱地把马头扯向西北方,用手中的柳条鞭鞭马屁股,先自走了。后边的马队紧跟着他,一匹连着一匹。杨香武不管有路无路,只朝前走。一会马蹄子陷进泥沟,一会闯进棉花地,一会又插着高粱棵子乱走。风雨的势头不但不减,反倒更加蛮横。他们每个人的军衣都淋透了,冷冰冰地贴在身上,冻得他们打着寒战。西南风夹着大雨点,狂怒似的呼啸着,越吹越紧,把马的脚步都吹得摇摇晃晃的。但是这群畜生反而更有精神,四只蹄子蹬着田野的积水吃力地拔着泥腿,半步也不差错。

前边不远,忽然亮起几团银白色的灯光,东一个,西一个,互相照耀着,仿佛有人在用灯光打什么暗语。李排长的心头疑惑起来。他们已经走进敌区,据点决不会远,像这样的方向不清,道路不熟,或许会跑到据点附近,滚入敌人的网罗。这次,他接到冀南军区司令部的命令,派他到阳河北岸取回一包从前反"扫荡"时坚壁的重要文件。这是个艰难的使命。他须要带着这一小队轻骑兵,通过几道封锁线,才能到达指定的地点。今夜正准备偷过滏阳河。于今是夏涝的季节,河水涨得又深又宽,过河的路子只是一座离据点极近的板桥,只要差池半点,便会发生天大的不幸。他必须分外谨慎,于是喊住杨香武说:

"别再瞎赶啦。天这样黑,又下大雨,横竖摸不过河,不如先到前边那个有灯的村避避雨再讲。"

杨香武粗鲁地反驳道："真是好主意！你敢保那不是据点？"

李排长不耐烦地摇摇头："你就会讲怪话！那是联庄会，一到刮风下雨的晚晌，个个村都打起灯笼守夜，害怕土匪趁着月黑头打劫。尽管去好啦，好歹有我做主。"

如是，这一支小小的人马冒着风雨，朝眼前的灯火扑去。

绕着村庄是一圈结实的圩墙。他们摸索许久才来到一座铁栅门前。门落锁了，紧紧地关着。村里黑洞洞的，先前的灯光倒不见了。他们都从马背跨下来，脚踏到水洼里，噗嗤噗嗤地溅着水花。一个人一开腔，几个人随着高声叫道：

"老乡，开开门！"

铁门后闪着一个人影，只听他问道：

"嗳，干什么？"

李排长推开杨香武，接嘴说：

"我们是八路军，想进村躲躲雨。"

门里支支吾吾地答道：

"哎呀……没有钥匙，怎么开门？"

李排长催促说：

"费点心，找钥匙去吧，都是自己人，不用害怕。"

门里人就朝后高声问道：

"嗳，我说，你知道谁拿着钥匙么？"

另一个农民应声从更屋走出来，手里提着一盏马灯，头上戴着一顶大草帽子。他走到门前，擎起灯，向门外端量几眼。灯光穿过栅门的栏杆，首先落到李排长的身上。李排长的两脚插在烂泥里，浑身湿淋淋地就像刚从水里爬出来。但他还像平日那样挺起前胸，很有威严地直立在大雨底下。他的眼受到光亮的刺激，颤动着眯缝起来，栅门栏杆的影子照到他棕色的长脸上，掩盖住他满脸的浅麻子。

新来的农民点点头,说了一声:"你们候一会,我叫村长去。"就和先前那个农民一起走了。

风已经落下去,雨还像瀑布一般倾泻。李排长一群人全像石头似的等在那里,不动,也不说话。偶然间,一匹马很响地摇着身子,抖去身上的雨水,另外几匹也照样摇起来,马镫互相撞得乱响。杨香武等得不耐烦,就嘟嘟囔囔地骂。李排长忍不住皱起眉头:

"你怎么老不改这些坏习气?不是讲怪话,就是破坏纪律,简直不配当班长。"

李排长其实很喜欢杨香武。这个人心直口快,事情总抢着做,从来不会藏奸。就是有些坏毛病。须得慢慢地纠正。杨香武并不是他的真名。一般人看他说话急,举动快,总像猴子似的不肯安静,便用"彭公案"中这个近乎丑角的人物来取笑他,久而久之,倒没有人叫他的真姓名了。他耳朵听着李排长的话,肚子里很不服气,冷冷地想:"等着吧,这两个老百姓能回来才怪!"

可是两个农民到底回来了,而且多出几个人,又添了一盏马灯。当头的是个五十岁左右的老人。那老人擎着油伞,对门外打着问讯,一面把灯举得头那样高,细细地察看外边的人马。他的面貌倒先显现出来:一张古铜色的脸膛,满顶花白头发。

李排长惊讶地叫出声来:

"这不是庆爷爷吗?你认不认识我啦?"

说着,用手抹去脸上的雨水。

老头子张着没有胡须的嘴巴,定睛注视李排长一忽儿,醒悟似的叫道:

"噢,我认识你啦!人上点年纪,记性坏,只是记不起你姓什么啦！"他又回头对那几个农民说："赶快开开门吧！"

这个巧遇，一瞬间使李排长十分兴奋，以为逢见旧人，暂时算是寻到归宿。但他立刻又十二分担忧。还是两年以前，他曾经在这一带活动过。那时，国民党的军队早已逃光，土匪像春天的野草，遍地生长起来，人民正忙着成立联庄会。八路军初来，到处便被人当作天兵天将一样看待。庆爷爷对他们却很淡漠。这个老头子终生遭遇太多的苦难，变得犹如狐狸一般多疑。一次，李排长对他谈抗日的大道理，他却白瞪着眼，不关心地搔着前胸，最后才有一搭没一搭地说：

"咱老啦，听得见的够多了，这些新道理也不想懂。当老百姓的只图过个太平日子，谁坐江山给谁纳粮，哪管得了许多闲事。"

以后，澄阳河边设立据点，这一带变成敌区，两年以来，谁知道庆爷爷转变成怎么样个人。

李排长牵着马和他并肩走过泥泞的街道，灯影里，留心窥察他的脸色。庆爷爷的发丝有些全白了，脸上的皮肉显得更松，但是身板骨不弯，腰腿仍然健壮。他的容貌很淳朴，寻不见一丝半丝狡诈的神气。

庆爷爷领李排长走进一座破旧的祠堂，指点他将马拴好，引他迈进屋子，然后放下伞，把灯搁在神主台上，张眼望了望空空洞洞的四壁，不安地笑着说：

"同志们将就着睡一夜吧，天气太晚，谁家的门也不容易叫得开。我已经告诉他们拿几张箔来，铺在地下睡不潮湿。你们吃了饭没有？"

李排长解着身上的武装，一面对他说人马都饱了。

骑兵们有的把马拴到廊檐底下，有的牵进两侧的厢房，陆陆续续地走进祠堂。他们一跨进门，立时忙着卸马枪，解子弹袋，

把衣服脱下来拧着水,又用这些衣服把枪身擦干净。一壁厢,他们对村公所的人问:

"有柴火没有?抱些来咱们烤烤衣裳。"

打喷嚏的声音响起来,当中还夹杂着对天的咒骂。

李排长注意地询问庆爷爷道:

"这里离据点多远?"

庆爷爷举起双手,伸开十个手指头答:

"说是十里,其实不上八里。"

"离滏阳河呢?"

"也就是个四五里。"

"日本人常到这里来吗?"

"三日两头,断不了来,一来就要吃的、喝的,糟蹋死人了!"庆爷爷说着,把身子向前探了探,问,"同志,你们要过河吧?看样子,今晚晌雨不会停,恐怕过不去了。"

李排长不答。他把手搭到庆爷爷的肩膀上,眼睛直盯着对方的脸,半真半假地微笑着说:

"咱们来到这,你可别张扬,要是有个一差二错,我依你,我的枪子可不依你。"

庆爷爷的古铜色脸膛涨得如同红铜,愣了半晌才说:

"同志,这是什么话?我老头子当了几年村长,时常也有些同志打这过,从来没有出过乱子。不信你买四两棉花纺(访)一纺(访),咱老庆到底是什么人?"李排长看他这样认真,觉得自己的话太重。他原是试探对方,如今激起这大的反响,心里倒满意。他把话锋一转,索性开起玩笑来:

"算啦,说着玩罢了。我看你的村长当得倒满牢,好像屁股抹了胶,粘上就不动。"

老头子却烦闷地叹了口粗气：

"干是早干腻啦！不过咱们这里不讲究选村长，谁的年纪高，辈行大，再会办办事，就抓住谁当。成天价吃力不讨好，一不经心，说不定脑袋就会搬家。"

箔已经拿来几张，靠墙壁竖着。预备众人睡时再铺。一个农民抱进几捆干谷草，抛到地当心。火立刻点起来，呼呼地烧着，驱散祠堂里浮荡着的潮气。骑兵们绕着火围拢成一个圆圈，烘烤着衣服和鞋子。大把的谷草不停地朝火堆上加，有时将火苗压灭，冒出一阵苦味的青烟。人们便被熏得流下眼泪，或者呛得嗓子眼热辣辣的，打着干咳嗽。

杨香武脱下湿衣服来。他的脑顶尖尖的，高颧骨，两颊深深地凹下，嘴巴却向上卷着。他用两手抓着军衣，翻来覆去地烤，头偏向一边，细眯着一对眼睛，避开火堆里飘浮上来的轻烟。

李排长从一边投过话来：

"哨放出去没有？"

杨香武眼睛望着跳跃的火焰，头也不抬地答：

"村公所说有联庄会打更，不用咱再放哨啦。"

他的神气很得意，仿佛一切事都早办妥，不用旁人多费心思。可是李排长不满意地摇了摇头：

"不行，快放两个哨——村的两头一头一个。"

庆爷爷打着呵欠，赞同地点点脑袋：

"对！联庄会本来不大认真。先前是防土匪，现今没有土匪，日本人硬指八路军是土匪，遇到这样天气，就叫打更，有八路军来还叫开枪。其实要真来了，老百姓才烧高香呢！"

庆爷爷提起马灯，撑开油伞，对大家招呼道：

"同志们该乏了，早些睡吧。我去叫他们明天清早给你们预备面条吃。"

祠堂外的雨声比较和缓,但是不紧不慢的,更不容易晴。灯一走,大团的黑影溜进祠堂的角落。地心的柴草烧得更旺,四壁颤动着巨大的人影。

第二天,雨停了,低空残剩着灰暗的乏云。这支骑兵潜伏在村中,犹如一群大鱼不小心游进浅水湾子,乖觉地隐藏在水草底下,不敢轻易活动。白天,当然不能过河,退回昨天出发的地方,来往将近一百里,人马过分疲劳,今夜的长行军将更艰难。李排长吩咐众人把马一律备好再上槽,多喂草料,人也收拾停当,不许擅自离开。只要风声一变,他们可以立时向后撤走。更把消息封锁了,不许一个人出村,外来的人便扣住不放。

外表看来,李排长的态度十分镇静,心头却比谁都更不安。这儿距离据点太近了,站在村边,就能够望见敌人新修的白色营房。敌人随时都会扑来,斗争随时都会展开。对于庆爷爷,李排长的怀疑却早像春冰似的融化得无影无踪了。适才,老头子陪他到村边观察地形。田野经过夜来的雨洗,庄稼饱润地举起头来,颜色又浓又绿。大麻长得高过人头,张开巴掌大的叶子,把满地棉花一比,就显得痴肥。李排长奇怪这一带不多见谷子高粱。老头子紧一紧裤腰带,气愤愤地骂:

"人家还得叫种?不是逼着种大烟,就是逼着种棉花,官价定得又低,卖的钱还不够买粮吃,简直是活遭罪!人家就不拿你当人看,千说万说,只有你们才真是老百姓的救星——我现今看清楚了。"

饭后,李排长又到村头察看一番,叮咛哨兵要格外留心,然后转到村公所,躺上炕,阖上眼睡去。门上没挂竹帘,大群的蝇子飞进屋子,讨厌地叮着他的脸。他从身边扯出手巾,蒙着脸,许久许久，才沉到蒙眬的状态中……一会儿，他迷迷糊糊地听到有人在耳边叫喊，陡地醒了过来，揭开毛巾，睁开眼，看见杨香武站在炕前。

杨香武说：

"刚刚哨兵来报告，说是敌人好像要出击。"李排长一骨碌爬起身，跳下炕来。现在，他倒很沉着。他吩咐骑兵火速集合，一边跨着快步朝村头走去。杨香武急急地摆动双手，追随着他。

放哨的骑兵隐身在一棵老榆树后，瞧见他们，紧张地招招手，待他们走近，便指点着前边，压低嗓音说道：

"你瞧，敌人好像正集合呢。"

平原上，一个人站得略高，便可以望出去十几里地开阔。夏秋的时候，高秆农作物还能隐住村庄，但在这里，多半是大片的棉田，遮不断人的视线。

李排长梗着脖颈，用两手打着凉棚，直直地朝前盯视。据点前边，隐约地显出一些小小的黑点，飞快地移动，好像人们奔跑着集合。不过小黑点移动的方向十分古怪：忽而没入庄稼地，忽而出现在通达本村的道路上，最终沿着这条道跑下来。

杨香武瞪着眼，冒冒失失地推了李排长一把，焦急地道：

"这不是来了吗？"

李排长并不搭理他，暗暗寻思着。敌人如果出击，差不多总是使用汽车，如今仅有六七个小黑点，无秩序地乱窜，事情倒有些蹊跷。情况不弄清楚，他决不肯望风捕影地蠢动，于是眨眨眼说：

"你们谁到前边侦察侦察……"

杨香武不等他说完，答应一声"俺去"，提着枪走进麻地，麻叶阵摇摆，他便不见影了。

耳边传来急匆匆的脚步声，李排长侧转脸，看见庆爷爷赶来。

413

老人家光着膀子，肩头搭着件紫花布小褂，右手摇着一把大蒲扇。庆爷爷赶到近前，竖着脚尖，用蒲扇遮着眼，一边望据点，一边不安心地问：

"怎么，鬼子是要出来吗？"

他又望望天，差不多半头晌了。大块的灰云不停地流动，时时将太阳遮住。庆爷爷继续说：

"鬼子每回出来，正是这时候。依我的笨主意，你们不如向后退退……我催同志们走，可不是怕受连累……你要信得过，今晚咱老庆保送你们过河，看咱怕他个鸟！"

杨香武一头骂，一头走出麻地，鞋底拖着很厚的烂泥，裹腿和鞋子溅满泥水的污点。他把枪把子朝地面一蹲，恨恨地骂：

"真他妈败兴！"

李排长直盯着他的面门问：

"到底怎么回事？"

杨香武哼着鼻孔道：

"哼，不知哪个王八蛋的牛跑了，老乡在捉牛。"

听的人都笑了。

火轮般大的太阳沉落后，暮色苍苍茫茫地袭来。李排长的心境却相反地晴朗起来。他不再担心敌人的侵扰。过河的事，庆爷爷一手包揽，预先便把事情铺排妥当。不走桥，而用船渡。但想安全地突过这道封锁线，并不是轻而易举的事。只要走漏一些儿消息，敌人决不肯轻轻地放过。

李排长从腰里掏出粮票草票等，要算还这一天人马的吃食费用。庆爷爷推开他的手，再三地拒绝。李排长霍然醒悟了：这是敌区，如何能用粮票，便要付钱。老头子笑道：

"嘿，你想错啦。咱们照样缴公粮，连据点还有人甘心情愿偷着送呢。咱是想：同志们轻易不来一趟，吃点饭还不是应该的。"

结果，李排长还是把粮票等付清了。

二更天光景，大地睡去了。生长在大地胸膛上的人们却展开保卫土地的活动。庆爷爷一定要亲身送他们渡河。李排长以为他的年纪高，深夜露水很重，怕他招受风寒，百般阻止他。老人更加不肯。庆爷爷惯常倚老卖老，假若旁人说他老时，他可决不服气。他会握紧拳头，伸直强壮的右胳膊，瞪着眼说：

"别瞧咱老，五六十斤的小伙子叫他坠着打提溜，还不算事！"

渡河的地方离据点仅仅十来里路，隐隐地可以望见那边的灯火。李排长一群人到达河边时，庆爷爷早就派来一些农民等候着。堤上放着两盏马灯，照见那些汉子都脱得赤条条的，有的叉着腰站着，有的无意识地搓着胸膛上的灰垢，也有人很响地拍着大腿。

杨香武低声叫道："吹灭灯！还怕敌人看不见？"

一个农民却很大意地答："不怕，鬼子黑夜从来不动。"随手只把灯苗捻小。

滏阳河平静地流着，很黑，很深，水面闪着层油光。两岸十分静悄，只听见各色各样的虫叫。

庆爷爷走近一个汉子，小声问：

"船还没有来吗？"

这时，下游响起缓缓的水声，河面推过来纤细的波纹。不久，一只小船轻飘飘地傍岸泊下。这是庆爷爷那个村的一条小渔船。敌人封锁滏阳河时，曾经尽量把农民的大小船只搜集到一堆，点一把火烧成灰烬。庆爷爷他们事前将小船摇到水草深处，装满泥土，把船沉到水底下这才不曾毁坏。今天夜晚，庆爷爷派来一部分农民先把船里的泥土用铁锹挖掘干净，从河底捞起船来，又洗刷一番，依旧变成一只轻快的艇子。

船既然小,所以只能渡人。庆爷爷用商量的口气对李排长说:

"头口顶好卸下鞍子,叫他们给拉过去。"

骑兵脱离鞍子,就像海螺跑出甲壳,失去机动的能力。但又没有更完善的办法,只好冒险。李排长叮嘱每个人要携带着自己的一套马具过河,不许杂乱地堆在一起。这样,即使情况突然转变,急切间还可以备马,不至于乱成一团。李排长动手解马肚带时,警惕地朝据点望了几眼。那隐隐的灯火还没熄灭,犹如几只狡猾的魔眼,亮晶晶地穿过漆黑的大野,窥探这边的动作。

杨香武手脚利落地把马卸光,交给一个农民。那人跳下河去,使劲地拉着缰绳,但是马昂起头来,屁股只是向后偎,不肯下水。一个矮汉子操起一把铁锹,对准马屁股重重地一击,马又痛又惊,扑通地跳进水去,激起很大的波浪。

杨香武生气道:

"你怎么不顾死活地打!"

另有谁的一匹马也怕水,挣着缰绳要朝后跑,把牵牲口的农民带了个斤斗。杨香武抬起脚狠命地踢着马肚子骂:

"你还敢调皮!"

他又东跑西跑,帮助农民把马匹都赶下河去,才来整顿自己的鞍子。马生来便识水性,个个在浪花里摇动着身子,农民就全爬上马背,低声吆喝着,一同凫到对岸。骑兵各抱着鞍,争着上船。先摆过五六个去,李排长和杨香武全等第二批再渡。庆爷爷打着一盏灯走来,轻声地咳嗽着,一面亲热地说:

"你们走啦?回头可来呀!"

李排长从心里感激地说:

"就是太麻烦你老人家啦。"

小船摆过来,第二批人也渡过河去。一袋烟的工夫,这支骑兵便重新备好马，坐上马背。李排长转过头，望见庆爷爷还站在河对岸，不知对农民指挥着什么。古铜色的脸膛，花白头发，依稀地映着灯光，显出的不是老迈的神情，而是充满生命力的青春气概。李排长用两腿把马一夹，领着头跑起来，急急地要脱离这危险的境地。他们跑出将近二里路，后边忽然传来爆炸的声响。杨香武低声嘲笑道：

"敌人出击了不成？马后炮，吓唬谁，横竖追不上老子啦。"

李排长用缰绳鞭着马，更紧地催促马奔跑。马便放开腿，领着后边的马群，一阵风似的驰向茫茫的黑夜。北极星正挂在他们的对面。

半个月后，这队人完成任务，果然转回来了。他们平安地偷过那座离据点极近的板桥，赶到庆爷爷庄上时，约莫将近半夜。四十里路的急行军，每人的喉咙都有些干燥。李排长决定在这里歇息一刻，喝点水，然后再走。他们不费事地叫开栅栏门，把马缆在街上，一齐走进村公所。上宿的农民都起来，敞着怀，趿着鞋，对待老朋友似的招呼他们，但是神情带着点不自然。

杨香武一只脚踏着凳子，两手玩弄着他惯用的柳条鞭子，眨着眼问："庆爷爷哪去啦？"

一个农民苦涩地答："死啦！"

每个骑兵都睁大眼，李排长的脸露出更大的惊异。他想：老人家真像熟透的瓜，说死就死，只是不知道怎么死的。不待他问，那个农民接下去说：

"那天黑夜送同志们走后，他老人家也就送了命！"

李排长懊悔地叹口气说：

"我叫他不送，他偏要送！老年人怎么经得起冒风犯露的？那天黑夜我就听见他咳嗽恐怕他要害病……"

但是农民打断他的话道：

"他不是得病死的……"

老人是这样遇到他的不幸：

那天夜晚，骑兵渡过河去，庆爷爷正吩咐大家把小船拉到原地藏匿起来，几个人亮着电筒从他身后走过来。冲着电光，庆爷爷辨不清来人的面貌，但见穿着军衣，心想是李排长一伙人就焦急地道：

"你们怎么还没过去？"

当头的一个人粗声说：

"我们来晚了吗？他们过去多大时候啦？"

庆爷爷说：

"刚刚才听不见马蹄子响。"说着，他提高声音，急忙对河里叫："伙计，船别拉走，还有几个同志要过河去。"

那几个人看见船拢近岸，且不上去，却各从腰间掏出一个甜瓜似的圆东西，朝着船沿抛去。河面红光一闪，响起巨大的爆炸声音，就在这一瞬间，小船碎成几块，拉船的几个农民喊都没喊一声，跌进水里，残断的身子在水面转了转，沉下底去。另外十来个兵即刻从夜色里拥出来，把岸上的农民包围在中间。灯光映亮他们的全身，每个人脖子上都显出红色或者白色的领章。

庆爷爷木头似的定在那儿，疑心是在做梦。但绝不是梦。当头的那个人早跨上前来一把抓住他的前襟，拖着就走，嘴里还骂道：

"老王八羔子，我领你见阎王爷去！"

庆爷爷叫敌人抓去后，好几天没有音信，后来才听说被敌人挑死了……

农民说完这段事情，又补充道：

"都怪咱们太大意，河边的灯点得明晃晃的，人家用千里眼照一照，什么东西看不见。"

全场的人都默哀着，说不出话。桌上，洋油灯的灯苗颤动起来，光亮一时变得很暗淡。灯影里，老人的形象似乎又出现了：古铜色的脸膛，满顶花白头发。他人虽然死了，他的形象却更清晰、更高大，活生生地刻印在李排长的心中，杨香武的心中，以及每个骑兵的心中。

带着这个形象，当骑兵们再投向漆黑无边的夜色时，每人都具有一种新的力量。这力量刺激他们，使他们急切想撕破夜色，把头高举到天外，从那里，他们可以看见另一个崭新的世界。

小二黑结婚

赵树理

1943

一　神仙的忌讳

　　刘家峧有两个神仙，邻近各村无人不晓：一个是前庄上的二诸葛，一个是后庄上的三仙姑。二诸葛原来叫刘修德，当年做过生意，抬脚动手都要论一论阴阳八卦，看一看黄道黑道。三仙姑是后庄于福的老婆，每月初一十五都要顶着红布摇摇摆摆装扮天神。

　　二诸葛忌讳"不宜栽种"，三仙姑忌讳"米烂了"。这里边有两个小故事：有一年春天大旱，直到阴历五月初三才下了四指雨。初四那天大家都抢着种地，二诸葛看了看历书，又掐指算了一下说："今日不宜栽种。"初五日是端午，他历年就不在端午这天做什么，又不曾种；初六倒是个黄道吉日，可惜地干了，虽然勉强把他的四亩谷子种上了，却没有出够一半。后来直到十五才又下雨，别人家都在地里锄苗，二诸葛却领着两个孩子在地里补空子。邻家有个后生，吃饭时候在街上碰上二诸葛便问道："老汉！今天宜栽种不宜？"二诸葛翻了他一眼，扭转头返回去了，大家就嘻嘻哈哈传为笑谈。

三仙姑有个女孩叫小芹。一天，金旺他爹到三仙姑那里问病，三仙姑坐在香案后唱，金旺他爹跪在香案前听。小芹那年才九岁，响午做捞饭，把米下进锅里了，听见她娘哼哼得很中听，站在桌前听了一会，把做饭也忘了。一会，金旺他爹出去小便，三仙姑趁空子向小芹说："快去捞饭！米烂了！"

却不料就叫金旺他爹听见，回去就传开了。后来有些好玩笑的人，见了三仙姑就故意问别人："米烂了没有？"

二　三仙姑的来历

三仙姑下神，足足有三十年了。那时三仙姑才十五岁，刚刚嫁给于福，是前后庄上第一个俊俏媳妇。于福是个老实后生，不多说一句话，只会在地里死受。于福的娘早死了，只有个爹，父子两个一上了地，家里只留下新媳妇一个人。村里的年轻人们感觉着新媳妇太孤单，就慢慢自动地来跟新媳妇做伴，不几天就集合了一大群，每天嘻嘻哈哈，十分红火。

于福他爹看见不像个样子，有一天发了脾气，大骂一顿，虽然把外人挡住了，新媳妇却跟他闹起来。新媳妇哭了一天一夜，头也不梳，脸也不洗，饭也不吃，躺在炕上，谁也叫不起来，父子两个没了办法。邻家有个老婆替她请了一个神婆子，在她家下了一回神，说是三仙姑跟上她了，她也哼哼唧唧自称吾神长吾神短，从此以后每月初一十五就下起神来，别人也给她烧起香来求财问病，三仙姑的香案便从此设起来了。

青年们到三仙姑那里去，要说是去问神，还不如说是去看圣像。三仙姑也暗暗猜透大家的心事，衣服穿得更新鲜，头发梳得更光滑，首饰擦得更明，宫粉搽得更匀，不由青年们不跟着她转来转去。

这是三十来年前的事。当时的青年,如今都已留下了胡子,家里都是子媳成群,所以除了几个老光棍,差不多都没有那些闲情到三仙姑那里去了。三仙姑却和大家不同,虽然已经四十五岁,却偏爱当个老来俏,小鞋上仍要绣花,裤腿上仍要镶边,顶门上的头发脱光了,用黑手帕盖起来,只可惜宫粉涂不平脸上的皱纹,看起来好像驴粪蛋上下上了霜。

老相好都不来了,几个老光棍不能叫三仙姑满意,三仙姑又团结了一伙孩子们,比当年的老相好更多,更俏皮。

三仙姑有什么本领能团结这伙青年呢?这秘密在她女儿小芹身上。

三　小芹

三仙姑前后共生过六个孩子,就有五个没有成人,只落了一个女儿,名叫小芹。小芹当两三岁时候,就非常伶俐乖巧,三仙姑的老相好们,这个抱过来说是"我的",那个抱起来说是"我的",后来小芹长到五六岁,知道这不是好话,三仙姑教她说:"谁再这么说,你就说'是你的姑姑'。"说了几回,果然没有人再提了。

小芹今年十八了,村里的轻薄人说,比她娘年轻时候好得多。青年小伙子们,有事没事,总想跟小芹说句话。小芹去洗衣服,马上青年们也都去洗;小芹上树采野菜,马上青年们也都去采。

吃饭时候,邻居们端上碗爱到三仙姑那里坐一会儿,前庄上的人来回一里路,也并不觉得远。这已经是三十年来的老规矩,不过小青年们也这样热心,却是近二三年来才有的事。

三仙姑起先还以为自己仍有勾引青年的本领，日子长了，青年们并不真正跟她接近，她才慢慢看出门道来，才知道人家来了为的是小芹。

不过小芹却不跟三仙姑一样，表面上虽然也跟大家说说笑笑，实际上却不跟人乱来，近二三年，只是跟小二黑好一点。前年夏天，有一天前晌，于福去地里，三仙姑去溜门，家里只留下小芹一个人，金旺来了，嬉皮笑脸向小芹说："这会可算是个空子吧？"小芹板起脸来说："金旺哥！咱们以后说话规矩些！你也是娶媳妇大汉了！"金旺撇撇嘴说："咦！装什么假正经？小二黑一来管保你就软了！有便宜大家讨开点，没事；要正经除非自己锅底没有黑。"说着就拉住小芹的胳膊悄悄说："不用装模作样了！"不料小芹大声喊道："金旺！"金旺赶紧跑出来。一边还咄念道："等得住你！"说着就悄悄溜走了。

四　金旺弟兄

提起金旺来，刘家峧没有人不恨他，只有他一个本家兄弟名叫兴旺跟他对劲。

金旺他爹虽是个庄稼人，却是刘家峧一只虎，当过几十年老社首，捆人打人是他的拿手好戏。金旺长到十七八岁，就成了他爹的好帮手，兴旺也学会了帮虎吃食，从此金旺他爹想要捆谁，就不用亲自动手，只要下个命令，自有金旺、兴旺代办。

抗战初年，汉奸敌探溃兵土匪到处横行，那时金旺他爹已经死了，金旺、兴旺弟兄两个，给一支溃兵做了内线工作，引路绑票，讲价赎人，又做巫婆又做鬼，两头出面装好人。后来八路军来，打垮溃兵土匪，他两人才又回到刘家峧。

山里人本来就胆子小，经过几个月大混乱，死了许多人，弄得大家更不敢出头了。别的大村子都成立了村公所、各救会、武委会，刘家峧却除了县府派来一个村长以外，谁也不愿意当干部。不久，县里派人来刘家峧工作，要选举村干部，金旺跟兴旺两个，看出这又是掌权的机会，大家也巴不得有人愿干，就把兴旺选为武委会主任，把金旺选为村政委员，连金旺老婆也被选为妇救会主席。其他各干部，硬捏了几个老头子出来充数。只有青抗先队长，老头子充不得。兴旺看见小二黑这个小孩子漂亮好玩，随便提了一下名就通过了，他爹二诸葛虽然不愿，可是惹不起金旺，也没有敢说什么。

村长是外来的，对村里情形不十分了解，从此金旺、兴旺比以前更厉害了，只要瞒住村长一个人，村里人不论哪个都得由他两个调遣。这几年来，村里别的干部虽然调换了几个，而他两个却好像铁桶江山。大家对他两个虽是恨之入骨，可是谁也不敢说半句话，都恐怕扳不倒他们，自己吃亏。

五　小二黑

小二黑，是二诸葛的二小子，有一次反"扫荡"打死过两个敌人，曾得到特等射手的奖励。说到他的漂亮，那不只在刘家峧有名，每年正月扮故事，不论去到哪一村，妇女们的眼睛都跟着他转。

小二黑没有上过学，只是跟着他爹识了几个字。当他六岁时候，他爹就教他识字。识字课本既不是《五经》《四书》，也不是常识国语，而是从天干、地支、五行、八卦、六十四卦名等学起，进一步便学些《百中经》《玉匣记》《增删卜易》《麻衣神相》《奇门遁甲》《阴阳宅》等书。小二黑从小就聪明，像那些算属相、卜六壬课、念大小流年或"甲子乙丑海中金"等口诀，不几天就都弄熟了，二诸葛也常把他引在人前卖弄。因为他长得伶俐可爱，大人们也都爱跟他玩。这个说："二黑，算一算十岁属什么？"那个说："二黑，给我卜一课！"后来二诸葛因为说"不宜栽种"误了种地，老婆也埋怨，大黑也埋怨，庄上人也都传为笑谈，小二黑也跟着这事受了许多奚落。那时候小二黑十三岁，已经懂得好歹了，可是大人们仍把他当成小孩来玩弄，好跟二诸葛开玩笑的，一到了家，常好对着二诸葛问小二黑道："二黑！算算今天宜不宜栽种？"和小二黑年纪相仿的孩子们，一跟小二黑生了气，就连声喊道："不宜栽种，不宜栽种……"小二黑因为这事，好几个月见了人躲着走，从此就和他娘商量成一气，再不信他爹的鬼八卦。

小二黑跟小芹相好已经二三年了。那时候他才十六七，原不过在冬天夜长时候，跟着些闲人到三仙姑那里凑热闹，后来跟小芹混熟了，好像是一天不见面也不能行。后庄上也有人愿意给小二黑跟小芹做媒人，二诸葛不愿意，不愿意的理由有三：第一，小二黑是金命，小芹是火命，恐怕火克金；第二，小芹生在十月，是个犯月；第三，是三仙姑的名声不好。恰巧在这时候彰德府来了一伙难民，其中有个老李带来个八九岁的小姑娘，因为没有吃的，愿意把姑娘送给人家逃个活命。

二诸葛说是个便宜，先问了一下生辰八字，掐算了半天说："千里姻缘一线牵。"就替小二黑收作童养媳。

虽然二诸葛说是千合适万合适，小二黑却不认账。父子俩吵了几天，二诸葛非养不行，小二黑说："你愿意养你就养着，反正我不要！"结果虽然把小姑娘留下了，却到底没有说清楚算什么关系。

六　斗争会

　　金旺自从碰了小芹的钉子以后，每日怀恨，总想设法报一报仇。有一次武委会训练村干部，恰巧小二黑发疟疾没有去。训练完毕之后，金旺就向兴旺说："小二黑是装病，其实是被小芹勾引住了，可以斗争他一顿。"兴旺就是武委会主任，从前也碰过小芹一回钉子，自然十分赞成金旺的意见，并且又叫金旺回去和自己的老婆说一下，发动妇救会也斗争小芹一番。金旺老婆现任妇救会主席，因为金旺好到小芹那里去，早就恨得小芹了不得。现在金旺回去跟她说要斗争小芹，这才是巴不得的机会，丢下活计，马上就去布置。第二天，村里开了两个斗争会，一个是武委会斗争小二黑，一个是妇救会斗争小芹。

　　小二黑自己没有错，当然不承认，嘴硬到底，兴旺就下命令把他捆起来送交政权机关处理。幸而村长脑筋清楚，劝兴旺说："小二黑发疟是真的，不是装病，至于跟别人恋爱，不是犯法的事，不能捆人家。"兴旺说："他已是有了女人的。"

　　村长说："村里谁不知道小二黑不承认他的童养媳。人家不承认是对的，男不过十六，女不过十五，不到订婚年龄。十来岁小姑娘，长大也不会来认这笔账。小二黑满有资格跟别人恋爱，谁也不能干涉。"兴旺没话说了，小二黑反要问他：

　　"无故捆人犯法不犯？"经村长双方劝解，才算放了完事。

　　兴旺还没有离村公所，小芹拉着妇救会主席也来找村长。

　　她一进门就说："村长！捉贼要赃，捉奸要双，当了妇救会主席就不说理了？"兴旺见拉着金旺的老婆，生怕说出这事与自己有关，赶紧溜走。后来村长问了问情由，费了好大一会唇舌，才给他们调解开。

七　三仙姑许亲

两个斗争会开过以后，事情包也包不住了，小二黑也知道这事是合理合法的了，索性就跟小芹公开商量起来。

三仙姑却着了急。她跟小芹虽是母女，近几年来却不对劲。三仙姑爱的是青年们，青年们爱的是小芹。小二黑这个孩子，在三仙姑看来好像鲜果，可惜多一个小芹，就没了自己的份儿。她本想早给小芹找个婆家推出门去，可是因为自己名声不正，差不多都不愿意跟她结亲。开罢斗争会以后，风言风语都说小二黑要跟小芹自由结婚，她想要真是那样的话，以后想跟小二黑说几句笑话都不能了，那是多么可惜的事，因此托东家求西家要给小芹找婆家。

"插起招军旗，就有吃粮人。"有个吴先生是在阎锡山部下当过旅长的退职军官，家里很富，才死了老婆。他在奶奶庙大会上见过小芹一面，愿意续她，媒人向三仙姑一说，三仙姑当然愿意。不几天过了礼帖，就算定了，三仙姑以为了却一宗心事。

小芹已经和小二黑商量得差不多了，如何肯听她娘的话。

过礼那一天，小芹跟她娘闹起来，把吴先生送来的首饰绸缎扔下一地。媒人走后，小芹跟她娘说："我不管！谁收了人家的东西谁跟人家去！"

三仙姑愁住了，睡了半天，晚饭以后，说是神上了身，打了两个呵欠就唱起来。她起先责备于福管不了家，后来说小芹跟吴先生是前世姻缘，还唱些什么"前世姻缘由天定，不顺天意活不成……"于福跪在地下哀求，神非教他马上打小芹一顿不可。小芹听了这话，知道跟这个装神弄鬼的娘说不出什么道理来，干脆躲了出去，让她娘一个人胡说。

小芹一个人悄悄跑到前庄上去找小二黑,恰在路上碰上小二黑去找她,两个就悄悄拉着手到一个大窑里去商量对付三仙姑的法子。

八　拿双

小芹把她娘怎样主婚怎样装神,唱些什么,从头至尾细细向小二黑说了一遍,小二黑说:"不用理她!我打听过区上的同志,人家说只要男女本人愿意,就能到区上登记,别人谁也做不了主。……"说到这里,听见外边有脚步声,小二黑伸出头来一看,黑影里站着四五个人,有一个说:"拿双!拿双!"他两人都听出是金旺的声音,小二黑起了火,大叫道:

"拿?没有犯了法!"兴旺也来了,下命令道:"捉住捉住!我就看你犯法不犯法?给你操了好几天心了!"小二黑说:"你说去哪里咱就去哪里,到边区政府你也不能把谁怎么样!走!"

兴旺说:"走?便宜了你!把他捆起来!"小二黑挣扎了一会,无奈没有他们人多,终于被他们七手八脚打了一顿捆起来了。

兴旺说:"里边还有个女的,也捆起来!捉奸要双,这是她自己说的!"说着就把小芹也捆起来了。

前庄上的人都还没有睡,听见有人吵架,有些人就跑出来看,麻秆火把下看见捆着的两个人,大家不问就都知道了八九分。二诸葛也出来了,见小二黑被人家捆起来,就跪在兴旺面前哀求道:"兴旺!咱两家没有什么仇!看在我老汉面上,请你们诸位高高手……"兴旺说:"这事情,我们管不了,送给上级再说吧!"小二黑说:"爹!你不用管!送到那里也不犯法!我不怕他!"兴旺说:"好小子!要硬你就硬到底!"

又逼住三个民兵说:"带他们走!"一个民兵问:"带到村公所?"

兴旺说:"还到村公所干什么?上一回不是村长放了的?送给区武委会主任按军法处理!"说着就把他两个人拥上走了。

九　二诸葛的神课

邻居们见是兴旺弟兄们捆人,也没有人敢给小二黑讲情,直等到他们走后,才把二诸葛招呼回家。

二诸葛连连摇头说:"唉!我知道这几天要出事啦:前天早上我上地去,才上到岭上,碰上个骑驴媳妇,穿了一身孝,我就知道坏了。我今年是罗睺星照运,要谨防戴孝的冲了运气,因此哪里也不敢去,谁知躲也躲不过?昨天晚上二黑她娘梦见庙里唱戏。今天早上一个老鸦落在东房上叫了十几声……唉!反正是时运,躲也躲不过。"他啰哩啰唆念了一大堆,邻居们听了有些厌烦,又给他说了一会宽心话,就都散了。

有事人哪里睡得着?人散了之后,二诸葛家里除了童养媳之外,三个人谁也没有睡。二诸葛摸了摸脸,取出三个制钱占了一卦,占出之后吓得他面色如土。他说:"了不得呀了不得!丑土的父母动出午火的官鬼,火旺于夏,恐怕有些危险了。唉!人家把他选成青年队长,我就说过不叫他当,小杂种硬要充人物头!人家说要按军法处理,要不当队长哪里犯得了军法?"老婆也拍手跺脚道:"小爹呀!谁知道你要闯这么大的事啦?"大黑劝道:"不怕!事已经出下了,由他去吧!我想这又不是人命事,也犯不了什么大罪!既然他们送到区上了,我先到区上打听打听!你们都睡吧!"说着点了个灯笼就走了。

二诸葛打发大黑去后,仍然低头细细研究方才占的那一卦。停了一会儿,远远听着有个女人哭,越哭越近,不大一会就来到窗下,一推门就进来了。二诸葛还没有看清是谁,这女人就一把把他拉住,带哭带闹说:"刘修德!还我闺女!你的孩子把我的闺女勾引到哪里了?还我……"二诸葛老婆正气得死去活来,一看见来的是三仙姑,正赶上出气,从炕上跳下来拉住她道:"你来了好!省得我去找你!你母女两个好生生把我孩子勾引坏,你倒有脸来找我!咱两人就也到区上说说理!"这两个女人滚成一团,二诸葛一个人拉也拉不开,也再顾不上研究他的卦。三仙姑见二诸葛老婆已经顾不了命,自己先胆怯了几分,不敢恋战,少闹了一会挣脱出来就走了。

二诸葛老婆追出门来,被二诸葛拦回去,还骂个不休。

十　恩典恩典

二诸葛一夜没有睡,一遍一遍念:"大黑怎么还不回来,大黑怎么还不回来。"第二天天不明就启程往区上走,走到半路,远远看见大黑、三个民兵已都回来了,还来了区上一个助理员,一个交通员。他远远就喊叫道:"大黑!怎么样?要紧不要紧?"大黑说:"没有事!不怕!"说着就走到跟前,助理员跟三个民兵先走了。大黑告交通员说:"这就是我爹!"又向二诸葛说:"区上添传你跟于福老婆。你去吧,没有事!二黑跟小芹两个人,一到区上就放开了。区上早就听说兴旺和金旺两个人不是东西,已经把他两个人押起来了,还派助理员到咱村开大会调查他们横行霸道的证据。我赶到那里人家就问罢了,听说区上还许咱二黑跟小芹结婚。"二诸葛说:"不犯罪就好,结婚可不行,命相不对!你没有听说添传我做什么？"大黑说："不知道，大约也没有什么大事。你去吧，我先回去告我娘说。"交通员说："老汉！这就算见了你了！你去吧，我再传那一个去！"说了就跟大黑相跟着走了。

二诸葛到了区上，看见小二黑跟小芹坐在一条板凳上，他就指着小二黑骂道："闯祸东西！放了你，你还不快回去？你把老子吓死了！不要脸！"区长道："干什么？区公所是骂人的地方？"二诸葛不说话了。区长问："你就是刘修德？"二诸葛答："是！"问："你给刘二黑收了个童养媳？"答："是！"问："今年几岁了？"答："属猴的，十二岁了。"区长说："女不过十五不能订婚，把人家退回娘家去，刘二黑已经跟于小芹订婚了！"二诸葛说："她只有个爹，也不知逃难逃到哪里去了，退也没处退。女不过十五不能订婚，那不过是官家规定，其实乡间七八岁订婚的多着哩。请区长恩典恩典就过去了。……"

区长说："凡是不合法的订婚，只要有一方面不愿意都得退！"二诸葛说："我这是两家情愿！"区长问小二黑道：

"刘二黑！你愿意不愿意？"小二黑说："不愿意！"二诸葛的脾气又上来了，瞪了小二黑一眼道："由你啦？"区长道："给他订婚不由他，难道由你啦？老汉！如今是婚姻自主，由不得你了！你家养的那个小姑娘，要真是没有娘家，就算成你的闺女好了。"二诸葛道："那也可以，不过还得请区长恩典恩典，不能叫他跟于福这闺女订婚！"区长说："这你就管不着了！"二诸葛发急道："千万请区长恩典恩典，命相不对，这是一辈子的事！"又向小二黑道："二黑！你不要糊涂了！这是你一辈子的事！"区长道："老汉！你不要糊涂了；强逼着你十九岁的孩子娶上个十二岁的小姑娘，恐怕要生一辈子气！我不过是劝一劝你，其实只要人家两个人愿意，你愿意不愿意都不相干。回去吧！童养媳没处退就算成你的闺女!"二诸葛还要请区长"恩典恩典",一个交通员把他推出来了。

十一　看看仙姑

三仙姑去寻二诸葛,一来为的是逗逗闹气的本领,二来为的是遮遮外人的耳目。其实让小芹吃一吃亏她很高兴,所以跟二诸葛老婆闹了一阵之后,回去就睡了。第二天早上,她起得很迟,于福虽比她着急,可是自己既没有主意,又不敢叫醒她,只好自己先去做饭,饭快成的时候,三仙姑慢慢起来梳妆,于福问她道:"不去打听打听小芹?"她说:"打听她做甚啦?她的本领多大啦?"于福也再没有敢说什么,把饭菜做成了放在炉边等,直等到她梳妆罢了才开饭。

饭还没有吃罢,区上的交通员来传她。她好像很得意,嗓子拉得长长地说:"闺女大了咱管不了,就去请区长替咱管教管教!"她吃完了饭,换上新衣服、新手帕、绣花鞋、镶边裤,又擦了一次粉,加了几件首饰,然后叫于福给她备上驴,她骑上,于福给她赶上,往区上去。

到了区上。交通员把她引到区长房子里,她趴下就磕头,连声叫道:"区长老爷,你可要给我做主!"区长正伏在桌上写字,见她低着头跪在地下,头上戴了满头银首饰,还以为是前两天跟婆婆生了气的那个年青媳妇,便说道:"你婆婆不是有保人吗?为什么不找保人?"三仙姑莫名其妙,抬头看了看区长的脸。区长见是个擦着粉的老太婆,才知道是认错了人。交通员道:"认错人了!这就是于小芹的娘!"区长打量了她一眼道:"你就是小芹的娘呀?起来!不要装神弄鬼!我什么都清楚!起来!"三仙姑站起来了。区长问:"你今年多大岁数?"三仙姑说:"四十五。"区长说:"你自己看看你打扮得像个人不像?"门边站着老乡一个十来岁的小闺女嘻嘻嘻笑了。交通员说:"到外边耍!"小闺女跑了。区长问:"你会下神是不是?"三仙姑不敢答话。区长问:"你给你闺女找了个婆家?"三仙姑答:"找下了!"问:"使了多少钱?"答:"三千五!"问:"还有些什么?"答:"有些首饰布匹!"问:"跟你闺女商量过没有?"答:"没有!"问:"你闺女愿意不愿意?"答:"不知道!"区长道:"我给你叫来你亲自问问她!"

又向交通员道:"去叫于小芹!"

刚才跑出去那个小闺女,跑到外边一宣传,说有个打官司的老婆,四十五了,擦着粉,穿着花鞋。邻近的女人们都跑来看,挤了半院,唧唧哝哝说:"看看!四十五了!""看那裤腿!""看那花鞋!"三仙姑半辈没有脸红过,偏这会撑不住气了,一道道热汗在脸上流。交通员领着小芹来了,故意说:

"看什么?人家也是个人吧,没有见过?闪开路!"一伙女人们哈哈大笑。

把小芹叫来,区长说:"你问问你闺女愿意不愿意!"三仙姑只听见院里人说"四十五""穿花鞋",羞得只顾擦汗,再也开不得口。院里的人们忽然又转了话头,都说"那是人家的闺女","闺女不如娘会打扮",也有人说"听说还会下神",偏又有个知道底细的断断续续讲"米烂了"的故事,这时三仙姑恨不得一头碰死。

区长说:"你不问我替你问!于小芹,你娘给你找的婆家你愿意跟人家结婚不愿意?"小芹说:"不愿意!我知道人家是谁?"区长向三仙姑道:"你听见了吧?"又给她讲了一会婚姻自主的法令,说小芹跟小二黑订婚完全合法,还吩咐她把吴家送来的钱和东西原封退了，让小芹跟小二黑结婚。她羞愧之下，一一答应了下来。

十二　怎么到底

三个民兵回到刘家峧，一说区上把兴旺、金旺两人押起来，又派助理员来调查他们的罪恶，真是人人拍手称快。午饭后，庙里开一个群众大会，村长报告了开会宗旨就请大家举他两个人的作恶事实。起先大家还怕扳不倒人家，人家再返回来报仇，老大一会没有人说话，有几个胆子太小的人，还悄悄劝大家说："忍事者安然。"有个被他两人作践垮了的年轻人说："我从前没有忍过？越忍越不得安然！你们不说我说！"

他先从金旺领着土匪到他家绑票说起，一连说了四五款，才说道："我歇歇再说，先让别人也说几款！"他一说开了头，许多受过害的人也都抢着说起来：有给他们花过钱的，有被他们逼着上过吊的，也有产业被他们霸了的，老婆被他们奸淫过的。他两人还派上民兵给他们自己割柴，拨上民夫给他们自己锄地；浮收粮，私派款，强迫民兵捆人……你一宗他一宗，从晌午说到太阳落，一共说了五六十款。

区上根据这些罪状把他两人送到县里，县里把罪状一一证实之后，除叫他们赔偿大家损失外，又判了十五年徒刑。

经过这次大会之后，村里人也都敢出头了。不久，村干部又都经过大改选，村里人再也不敢乱投坏人的票了。这期间，金旺老婆自然也落了选。偏她还变了口吻，说："以后我也要进步了。"

两个神仙也有了变化：

三仙姑那天在区上被一伙妇女围住看了半天，实在觉着不好意思，回去对着镜子研究了一下，真有点打扮得不像话；又想到自己的女儿快要跟人结婚，自己还卖什么老俏？这才下了个决心，把自己的打扮从顶到底换了一遍，弄得像个当长辈人的样子，把三十年来装神弄鬼的那张香案也悄悄拆去。

二诸葛那天从区上回去，又向老婆提起二黑跟小芹的命相不对，他老婆道："把你的鬼八卦收起吧！你不是说二黑这回了不得吗？你一辈子放个屁也要卜一课，究竟抵了些什么事？我看小芹蛮不错，能跟咱二黑过就很好！什么命相对不对？你就不记得'不宜栽种'？"二诸葛见老婆都不信自己的阴阳，也就不好意思再到别人跟前卖弄他那一套了。

小芹和小二黑各回各家，见老人们的脾气都有些改变，托邻居们趁势和说和说，两位神仙也就顺水推舟同意他们结婚。

后来两家都准备了一下，就过门。过门之后，小两口都十分得意，邻居们都说是村里第一对好夫妻。

夫妻们在自己卧房里有时候免不了说玩话：小二黑好学三仙姑下神时候唱"前世姻缘由天定"，小芹好学二诸葛说"区长恩典，命相不对"。淘气的孩子们去听窗，学会了这两句话，就给两位神仙加了新外号：三仙姑叫"前世姻缘"，二诸葛叫"命相不对"。

荷花淀

孙犁

1945

月亮升起来，院子里凉爽得很，干净得很，白天破好的苇眉子潮润润的，正好编席。女人坐在小院当中，手指上缠绞着柔滑修长的苇眉子。苇眉子又薄又细，在她怀里跳跃着。

要问白洋淀有多少苇地？不知道。每年出多少苇子？不知道。只晓得，每年芦花飘飞苇叶黄的时候，全淀的芦苇收割，垛起垛来，在白洋淀周围的广场上，就成了一条苇子的长城。女人们，在场里院里编着席。编成了多少席？六月里，淀水涨满，有无数的船只，运输银白雪亮的席子出口，不久，各地的城市村庄，就全有了花纹又密、又精致的席子用了。大家争着买："好席子，白洋淀席！"

这女人编着席。不久在她的身子下面，就编成了一大片。她像坐在一片洁白的雪地上，也像坐在一片洁白的云彩上。她有时望望淀里，淀里也是一片银白世界。水面笼起一层薄薄透明的雾，风吹过来，带着新鲜的荷叶荷花香。但是大门还没关，丈夫还没回来。

很晚丈夫才回来了。这年轻人不过二十五六岁，头戴一顶大草帽，上身穿一件洁白的小褂，黑单裤卷过了膝盖，光着脚。他叫水生，小苇庄的游击组长，党的负责人。今天领着游击组到区上开会去来。女人抬头笑着问：

"今天怎么回来得这么晚？"站起来要去端饭。水生坐在台阶上说：

"吃过饭了，你不要去拿。"

女人就又坐在席子上。她望着丈夫的脸，她看出他的脸有些红涨，说话也有些气喘。她问：

"他们几个哩？"

水生说：

"还在区上。爹哩？"

女人说：

"睡了。"

"小华哩？"

"和他爷爷去收了半天虾篓，早就睡了。他们几个为什么还不回来？"

水生笑了一下。女人看出他笑得不像平常。

"怎么了，你？"

水生小声说：

"明天我就到大部队上去了。"

女人的手指震动了一下，像是叫苇眉子划破了手，她把一个手指放在嘴里吮了一下。水生说：

"今天县委召集我们开会。假若敌人再在同口安上据点，那和端村就成了一条线，淀里的斗争形势就变了。会上决定成立一个地区队。我第一个举手报了名的。"

女人低着头说：

"你总是很积极的。"

水生说：

"我是村里的游击组长，是干部，自然要站在头里，他们几个也报了名。他们不敢回来，怕家里的人拖尾巴。公推我代表，回来和家里人们说一说。他们全觉得你还开明一些。"

女人没有说话。过了一会儿，她才说：

"你走，我不拦你，家里怎么办？"

水生指着父亲的小房叫她小声一些。说：

"家里，自然有别人照顾。可是咱的庄子小，这一次参军的就有七个。庄上青年人少了，也不能全靠别人，家里的事，你就多做些，爹老了，小华还不懂事。"

女人鼻子里有些酸，但她并没有哭。只说：

"你明白家里的难处就好了。"

水生想安慰她。因为要考虑准备的事情还太多，他只说了两句：

"千斤的担子你先担吧，打走了鬼子，我回来谢你。"

说罢，他就到别人家里去了，他说回来再和父亲谈。

鸡叫的时候，水生才回来。女人还是呆呆地坐在院子里等他，她说：

"你有什么话嘱咐我吧！"

"没有什么话了，我走了，你要不断进步，识字，生产。"

"嗯。"

"什么事也不要落在别人后面！"

"嗯，还有什么？"

"不要叫敌人汉奸捉活的。捉住了要和他拼命。"

那最重要的一句，女人流着眼泪答应了他。

第二天，女人给他打点好一个小小的包裹，里面包了一身新单衣，一条新毛巾，一双新鞋子。那几家也是这些东西，交水生带去。一家人送他出了门。父亲一手拉着小华，对他说：

"水生，你干的是光荣事情，我不拦你，你放心走吧。大人孩子我给你照顾，什么也不要惦记。"

全庄的男女老少也送他出来，水生对大家笑一笑，上船走了。

女人们到底有些藕断丝连。过了两天，四个青年妇女集在水生家里来，大家商量：

"听说他们还在这里没走。我不拖尾巴，可是忘下了一件衣裳。"

"我有句要紧的话得和他说说。"

水生的女人说：

"听他说鬼子要在同口安据点……"

"哪里就碰得那么巧，我们快去快回来。"

"我本来不想去，可是俺婆婆非叫我再去看看他，有什么看头啊！"

于是这几个女人偷偷坐在一只小船上，划到对面马庄去了。

到了马庄，她们不敢到街上去找，来到村头一个亲戚家里。亲戚说：你们来得不巧，昨天晚上他们还在这里，半夜里走了，谁也不知开到哪里去。你们不用惦记他们，听说水生一来就当了副排长，大家都是欢天喜地的……

几个女人羞红着脸告辞出来，摇开靠在岸边上的小船。现在已经快到晌午了，万里无云，可是因为在水上，还有些凉风。这风从南面吹过来，从稻秧上苇尖吹过来。水面没有一只船，水像无边的跳荡的水银。

几个女人有点失望，也有些伤心，各人在心里骂着自己的狠心贼。可是青年人，永远朝着愉快的事情想，女人们尤其容易忘记那些不痛快。不久，她们就又说笑起来了。

"你看说走就走了。"

"可慌（高兴的意思）哩，比什么也慌，比过新年，娶新——也没见他这么慌过！"

"拴马桩也不顶事了。"

"不行了，脱了缰了！"

"一到军队里，他一准得忘了家里的人。"

"那是真的，我们家里住过一些年轻的队伍，一天到晚仰着脖子出来唱，进去唱，我们一辈子也没那么乐过。等他们闲下来没有事了，我就傻想：该低下头了吧。你猜人家干什么？用白粉子在我家影壁上画上许多圆圈，一个一个蹲在院子里，托着枪瞄那个，又唱起来了！"

她们轻轻划着船，船两边的水哗，哗，哗。顺手从水里捞上一棵菱角来，菱角还很嫩很小，乳白色。顺手又丢到水里去。那棵菱角就又安安稳稳浮在水面上生长去了。

"现在你知道他们到了哪里？"

"管他哩，也许跑到天边上去了！"

她们都抬起头往远处看了看。

"哎呀！那边过来一只船。"

"哎呀！日本鬼子，你看那衣裳！"

"快摇！"

小船拼命往前摇。她们心里也许有些后悔，不该这么冒冒失失走来；也许有些怨恨那些走远了的人。但是立刻就想，什么也别想了，快摇，大船紧紧追过来了。

大船追得很紧。

幸亏是这些青年妇女,白洋淀长大的,她们摇得小船飞快。小船活像离开了水皮的一条打跳的梭鱼。她们从小跟这小船打交道,驶起来,就像织布穿梭,缝衣透针一般快。假如敌人追上了,就跳到水里去死吧!

后面大船来得飞快。那明明白白是鬼子!这几个青年妇女咬紧牙制止住心跳,摇橹的手并没有慌,水在两旁大声哗哗,哗哗,哗哗哗!

"往荷花淀里摇!那里水浅,大船过不去。"

她们奔着那不知道有几亩大小的荷花淀去,那一望无边际的密密层层的大荷叶,迎着阳光舒展开,就像铜墙铁壁一样。粉色荷花箭高高地挺出来,是监视白洋淀的哨兵吧!

她们向荷花淀里摇,最后,努力地一摇,小船窜进了荷花淀。几只野鸭扑棱棱飞起,尖声惊叫,掠着水面飞走了。就在她们的耳边响起一排枪声!

整个荷花淀全震荡起来。她们想,陷在敌人的埋伏里了,一准要死了,一齐翻身跳到水里去。渐渐听清楚枪声只是向着外面,她们才又扒着船帮露出头来。她们看见不远的地方,那宽厚肥大的荷叶下面,有一个人的脸,下半截身子长在水里。荷花变成人了?那不是我们的水生吗?又往左右看去,不久各人就找到了各人丈夫的脸,啊!原来是他们!

但是那些隐蔽在大荷叶下面的战士们,正在聚精会神瞄着敌人射击,半眼也没有看她们。枪声清脆,三五排枪过后,他们投出了手榴弹,冲出了荷花淀。

手榴弹把敌人那只大船击沉,一切都沉下去了。水面上只剩下一团硝烟火药气味。战士们就在那里大声欢笑着,打捞战利品。他们又开始了沉到水底捞出大鱼来的拿手戏。他们争着捞出敌人的枪支、子弹带,然后是一袋子一袋子叫水浸透了的面粉和大米。水生拍打着水去追赶一个在水波上滚动的东西,是一包用精致纸盒装着的饼干。

妇女们带着浑身水,又坐到她们的小船上去了。

水生追回那个纸盒,一只手高高举起,一只手用力拍打着水,好使自己不沉下去。对着荷花淀吆喝:

"出来吧,你们!"

好像带着很大的气。

她们只好摇着船出来。忽然从她们的船底下冒出一个人来,只有水生的女人认得那是区小队的队长。这个人抹一把脸上的水问她们:

"你们干什么来呀?"

水生的女人说:

"又给他们送了一些衣裳来!"

小队长回头对水生说:

"都是你村的?"

"不是她们是谁,一群落后分子!"说完把纸盒顺手丢在女人们船上,一洇,又沉到水底下去了,到很远的地方才钻出来。

小队长开了个玩笑,他说:

"你们也没有白来,不是你们,我们的伏击不会这么彻底。可是,任务已经完成,该回去晒晒衣裳了。情况还紧得很!"

战士们已经把打捞出来的战利品,全装在他们的小船上,准备转移。一人摘了一片大荷叶顶在头上,抵挡正午的太阳。几个青年妇女把掉在水里又捞出来的小包裹,丢给了他们,战士们的三只小船就奔着东南方向,箭一样飞去了。不久就消失在中午水面上的烟波里。

几个青年妇女划着她们的小船赶紧回家，一个个像落水鸡似的。一路走着，因过于刺激和兴奋，她们又说笑起来，坐在船头脸朝后的一个噘着嘴说：

"你看他们那个横样子，见了我们爱搭理不搭理的！"

"啊，好像我们给他们丢了什么人似的。"

她们自己也笑了，今天的事情不算光彩，可是：

"我们没枪，有枪就不往荷花淀里跑，在大淀里就和鬼子干起来！"

"我今天也算看见打仗了。打仗有什么出奇，只要你不着慌，谁还不会趴在那里放枪呀！"

"打沉了，我也会凫水捞东西，我管保比他们水式好，再深点我也不怕！"

"水生嫂，回去我们也成立队伍，不然以后还能出门吗！"

"刚当上兵就小看我们，过二年，更把我们看得一钱不值了，谁比谁落后多少呢！"

这一年秋季，她们学会了射击。冬天，打冰夹鱼的时候，她们一个个登在流星一样的冰船上，来回警戒。敌人围剿那百亩大苇塘的时候，她们配合子弟兵作战，出入在那芦苇似的海里。

邂逅

汪曾祺　　　　　　　　　　1948

　　船开了一会儿，大家坐定下来。理理包箧，接起刚才中断的思绪，回忆正在进行中的事务已过的一段的若干细节，想一想下一步骤可能发生的情形；没有目的的擒纵一些飘忽意象；漫然看着窗外江水；接过茶房递上来的手巾擦脸；掀开壶盖让茶房沏茶；口袋里摸出一张什么字条，看一看，又搁了回去；抽烟，打盹；看报；尝味着透人脏腑的机器的浑沉的震颤，——震得身体里的水起了波纹，一小圈，一小圈；暗数着身下靠背椅的一根一根木条；什么也不干，听而不闻，视而不见，近乎是虚设地"在"那里；观察，感觉，思索着这些……各种生活式样摆设在船舱座椅上，展放出来；若真实，又若空幻，各自为政，没有章法，然而为一种什么东西范围概括起来，赋之以相同的一点颜色。——那也许是"生活"本身。在现在，即使"过江"，大家同在一条"船"上。

　　在分割了的空间之中，在相忘于江湖的漠然之中，他被发现了，像从一棵树下过，忽然而发现了这里有一棵树。他是什么时候进来的呢？他一定是刚刚进来。虽没有人注视着舱门如何进来了一个人，然而全舱都已经意识到他，在他由动之静，迈步之间有停止之意而终于果然站立下来的时候,他的进来完全成为一个事实。像接到了一个通知似的,你向他看。

你觉得若有所见了。

活在世上,你好像随时都在期待着,期待着有什么可以看看的事。有时你疲疲困困,你的心休息,你的生命匍匐着像是一条假寐的狗,而一到有什么事情来了,你醒豁过来,白日里闪来了清晨。

常常也是一涉即过,清新的后面是沉滞,像一缕风。

他停立在两个舱门之间的过道当中,正好是大家都放弃而又为大家所共有的一个自由地带。——他为什么不坐,有的是空座位。——他不准备坐,没有坐的意思,他没有从这边到那边看看,他不是在挑选哪一张椅子比较舒服。他好像有所等待的样子。——动人的是他的等么?

他脉脉地站在那里。在等待中总是有一种孤危无助的神情的,然而他不放纵自己的情绪,不强迫人怜恤注意他。他意态悠远,肤体清和,目色沉静,不纷乱,没有一点焦躁不安,没有忍耐。——你疑心他也许并不等待着什么,只是他的神情且像在等待着什么似的而已。

他整洁,漂亮,颀长,而且非常的文雅,身体的态度,可欣可感,都好极了。难得的,遇到这样一个人。

哦,——他是个瞎子,——他来卖唱,——他是等着这个女孩子进来,那是他女儿,他等待着茶房沏了茶打了手巾出去,(茶房从他面前经过时他略为往后退了退,让他过去)等着人定,等着一个适当的机会开口。

她本来在哪里的?是等在舱门外头?她也进来得正是时候,像她父亲一样,没有人说得出她怎么进来的,而她已经在那里了,毫不突兀，那么自然，那么恰到好处，刚刚在点儿上。他们永远找得到那个千载一时的成熟的机缘，一点不费力。他已经又在许多纷纭褶曲的心绪的空隙间插进他的声音，不知道什么时候，说了句简单的开场白，唱下去了。没有跳踉呼喝，振足拍手，没有给任何旅客一点惊动，一点刺激，仿佛一切都预先安排，这支曲子本然的已经伏在那里，应当有的，而且简直不可或缺，不是改变，是完成；不是反，是正；不是二，是一……

一切有点出乎意料。

我高兴我已经十年不经过这一带，十年没有坐这种过江的班轮了，我才不认识他。如果我已经知道他，情形会不会不同？一切令我欣感的印象会不会存在？——也不，总有个第一次的。在我设想他是一种什么人的时候我没有想出，没有想到他是卖唱的。他的职业特征并不明显，不是一眼可见，也许我全心倾注在他的另一种气质，而这种气质不是，或不全是生成于他的职业，我还没有兴趣也没有时间来判断，甚至没想他是何以为生的？如果我起初就发现——为什么刚才没有，直到他举出来轻轻拍击的时候我才发现他手里有一副檀板呢？

从前这一带轮船上两个卖唱的，一个鸦片鬼，瘦极了，嗓子哑得简直发不出声音，咤咤的如敲破竹子；一个女人，又黑又肥，满脸麻子。——他样子不像是卖唱的？其实要说，也像，——卖唱的样子是一个什么样子呢？——他不满身是那种气味。腐烂了的果子气味才更强烈，他还完完整整，好好的。他样子真是好极了。这是他女儿，没有问题。他唱的什么？

有一回，那年冬天特别冷，雪下得大极了，河封住了，船没法子开，我因事须赶回家去，只有起早走，过湖，湖都冻得实实的，船没法子过去，冰面上倒能走。大风中结了几个伴在茫茫一片冰上走,心里感动极了,抽一支烟划一枝洋火好费事!一个人划洋火成了全队人的事情。……(我掏了一支烟抽)远远看见那只轮船冻在湖边,一点活意都没有,被遗弃在那儿,红的、黑的,都是可怜的颜色。我们坐过它很多次,天不这么冷,现在我们就要坐它的。忽然想起那两个卖唱的。他们在哪里了呢,雪下了这么多天了。沿河堤有许多小客栈,本来没有什么人知道的,你想不到有那么多,都有了生意了,近年下,起早走路的客人多,都有事。他们大概可以一站一站地赶,十多里,二三十里,赶到小客栈里给客人解闷去。他们多半会这么着的。封了河不是第一次,路真不好走。一个人走起来更苦,他们其实可以结成伴。——哈,他们可以结婚!

这我想过不止一次了,颇有为他们做媒之意。"结婚",哈!但是他们一起过日子很不错,同是天涯沦落人,彼此有个照应。可是怪,同在一路,同在一条船上卖唱,他们好像并没有同类意识,见了面没有看他们招呼过,谈话中也未见彼此提起过,简直不认识似的。不会,认识是当然认识的。利害相妨,同行妒忌,未必罢,他们之间没有竞争。

男的鸦片抽成了精,没有几年好活了,但是他机灵,活络得多,也皮赖,一定得的钱较多。女的可以送他葬,到时候有个人哭他,买一陌纸钱烧给他。——你是不是想男的可以戒烟,戒了烟身体好起来,不喝酒,不赌钱,做两件新蓝布大褂,成个家,立个业,好好过日子,同偕到老?小孩子!小孩子!——不,就是在个土地庙神龛鬼脚下安身也行,总有一点温暖的。——说不定他们还会生个孩子。

现在,他们一定结伴而行了,在大风雪中挨着冻饿,挨着鸦片烟,十里二十里地往前赶一家一家的小客栈了。小客栈里咸菜辣椒煮小鲫鱼一盘一盘地冒着热气，冒着香，锅里一锅白米饭。——今天米价是多少？一百八？

下来一半（路程）了吧？天气好，风平浪静。

他们不会结婚，从来没有想到这个上头去过。这个鸦片鬼不需要女人，这个女人没有人要。别看这个鸦片鬼，他要也才不要这个女人！他骨干肢体毁蚀了，走了样，可是本来还不错的，还起原来很有股子潇洒劲儿。那样的身段是能欣赏女人的身段，懂得风情的身段。这个女人没有女人味儿！鸦片鬼老是一段《活捉张三郎》，挤眉瞪眼，伸头缩脖子，夸张，恶俗，猥亵，下流极了。没法子。他要抽鸦片。可是要是没法子不听还是宁可听他罢。他聪明，他用两枝竹筷子叮叮当当敲一个青花五寸盘子，敲得可是神极了，溅跳洒泼，快慢自如，有声有势，活的一样。他很有点才气，适于干这一行的，他懂。那个黑麻子女人拖把胡琴唱"你把那，冤枉事勒欧欧欧欧欧……"实在不敢领教。或者，更坏，不知哪里学来的一段《黑风帕》。这个该死的蠢女人！

他们禀赋各异，玩意儿不同，凑不到一起去。

真不大像是——这女孩子配不上他父亲，——还不错，不算难看，气派好，庄静稳重，不轻浮，现在她接她父亲的口唱了。

有熟人懂得各种曲子的要问问他，他们唱的这种叫什么调子。这其实应当说是一种戏文，用的是代言体，上台彩扮大概不成吧，声调过于透迤曼长了。虽是两人递接着唱，但并非对口，唱了半天，仍是一个人口吻。全是抒情，没有情节。事实自《红楼梦》敷衍而出。黛玉委委屈屈向宝玉倾诉心事。每一段末尾长呼"我的宝哥哥儿来"。可是唱得含蓄低婉，居然并不觉得刺耳，颇有人细细地听，凝着神，安安静静，脸上恻恻的，身体各部松弛解放下来，气息深深，偶然舒一舒胸，长长透一口气，纸烟灰烧出长段，跌落在衣襟上。碎了，这才霍然如梦如醒。有人低语：

"他的眼睛——"

"瞎子，雀盲。"

"哦——"

进门站下来的时候就觉得，他的眼睛有点特别，空空落落，不大有光影，不流动。可是他女儿没有进来之先他向舱门外望了一眼，他扬头，样子不像瞎眼的人。瞎眼人脸上都有一种焦急愤恨。眼角嘴角大都要变形的，雀盲尤其自卑，扭扭捏捏。藏藏躲躲，他没有，他脸上恬静平和极了。他应当是生下来就双眼不通，不会是半途上暗的。

女孩子唱得还不如她父亲。——听是还可以听。

这段曲子本来跟多数民间流行曲子一样，除了感伤，剩下就没有什么东西了，可是他唱得感伤也感伤，一点都不厉害。唱得深极了，远极了，素雅极了，醇极了，细运轻输，不枝不蔓，舒服极了。他唱的时候没有一处摇摆动晃，脸上都不大变样子，只有眉眼间略略有点凄愁。像是在深深思念之中，不像在唱。——啊不，是在唱，他全身都在低唱，没有哪一处是涣散叛离的，他唱得真低，然而不枯，不弱，声声匀调，字字透达，听得清楚分明极了，每一句，轻轻地拍一板，一段，连拍三四下。女儿所唱，格韵虽较一般为高，但是听起来薄，松，含糊，懒懒的，她是受她父亲的影响，模仿父亲而没有其精华神髓，她尽量压减洗涤她的嗓音里的野性和俗气，可是她的生命不能与那个形式蕴合，她年纪究竟轻，而且性格不够。她不能沉湎，她心不专，她唱，她自己不听。她没有想跳出这个生活，她是个老实孩子。老实孩子，但不是没有一些片片段段的事实足以教她分心，教她不能全神贯注，入乎其中。

她有十七八岁了罢？有啰，可能还要大一点，样子还不难看。脸宽宽的，鼻子有点塌，眼睛分得很开。搽了一点脂粉，胭脂颜色不好，桃红。头发修得很齐，梳得光光的，稍为平板了一点，前面一个发卷于是显得像个筒子，跟后面头发有点不能相连属，腰身粗粗的，眼前还不要紧，千万不能再胖。站着能够稳稳的，腿分得不太开，脚不乱动，上身不扭，然而不僵，就算难得的了。她的态度救了她的相貌不少。她神色间有点疲倦，一种心理的疲倦。——她有了人家没有？一件黑底小红碎花布棉袍，青鞋，线袜，干干净净。——又是父亲了，他们轮着来。她唱得比较少，大概是父亲唱两段，女儿唱一段。

天气真好，简直没有什么风。船行得稳极了。

谁把茶壶跟茶杯挨近着放，船震，轻轻地碜出瓷的声音，细细的，像个金铃子叫。——哎呀，叫得有点烦人！心里不舒服，觉得恶心。——好了，平息了，心上一点霉斑。——让它叫去吧，不去管它。

是不是这么分的，一个两段，一个一段？这么分法有什么理由？要是倒过来，——现在这么听着挺合适，要是女儿唱两段父亲唱一段呢。这个布局想象得出吗？两种花色编结起来的连续花边，两朵蓝的，间有一朵绿的（紫的，黄的，银红的，杂色的），如果改成两朵绿的一朵蓝的呢？……什么蓝的绿的，不像！干什么用比喻呢，比喻不伦！——有没有女儿两段父亲一段的时候？——分开了唱四段比连着唱三段省力，两个人比一个人唱好，有变化，不单调，起来复舒卷感，像花边，——比喻是个陷阱，还是摔不开！——接口接得真好，一点不露痕迹，没有夺占，没有缝隙，水流云驻，叶落花开，相契莫逆，自自在在，当他末一声的有余将尽，她的第一字恰恰出口，不颔首，不送目，不轻轻咳嗽，看不出一点点暗示和预备的动作。

他们并排站着，稍有一段距离。他们是父女，是师徒，也还是同伴。她唱得比较少，可是并不就是附属陪衬。她并不多余，在她唱的时候她也是独当一面，她有她的机会，他并不完全笼罩了她，他们之间有的是平等，合作时不可少的平等。这种平等不是力求，故不露暴，于是更圆满了。——真的平等不包含争取。父亲唱的时候女儿闲着，她手里没有一样东西，可是她能那么安详！她垂手直身，大方窈窕，有时稍稍回首，看她父亲一眼，看他的侧面，他的手。——她脚下不动。

他自己唱的时候他拍板，女儿唱的时候他为女儿拍板，他从头没有离开过曲子一步。他为女儿拍板时也跟为自己拍板时一样，好像他女儿唱的时候有两起声音，一起直接散出去，一起流过他，再出去。不，这两条路亦分亦合，还有一条路，不管是他和她所发的声音都似乎不是从这里，不是由这两个人，不是在我们眼前这个方寸之地传来的，不复是一个现实，这两个声音本身已经连成一个单位。——不是连成，本是一体，如藕于花，如花于镜，无所凭借，亦无落著，在虚空中，在天地水土之间。……

女孩子眼睛里看见什么了？一个客人袖子带翻了一只茶杯，残茶流出来，渐成一线，伸过去，伸过去，快要到那个纸包了，——纸包里是什么东西？——嘻，好了，桌子有一条缝，茶透到缝里去了——还没有，——还没有——滴下来了！这种茶杯底子太小，不稳，轻轻一偏就倒了。她一边看，一边唱，唱完了，还在看，不知是不是觉得有人看出了，有点不好意思，微低了头。面色肃然。——有人悄悄地把放在桌上的香烟火蜡放回口袋里，快到了罢？对岸山浅浅的一抹。他唱完了这一段大概还有一段，由他开头，也由他收尾。

完了，可是这次好像只有一段？女儿走下来收钱，他还是等在那儿。他收起檀板，敛手垂袖而立，温文恭谨，含情脉脉，跟进来时候一样。

他样子真好极了，人高高的，各部分都称配，均衡，可是并不伟岸，周身一种说不出来的优雅高贵。稍稍有点衰弱，还好，还看不出有病苦的痕迹。总有五十岁左右了。……今天是……十三，过了年才这么几天，风吹着已经似乎不同了。——他是理了发过的年罢，发根长短正合适。梳得妥妥帖帖，大大方方。头发还看不出白的。——他不能自己修脸吧？也还好，并不惨厉，而且稍为有点阴翳于他正相宜，这是他的本来面目，太光滑了就不大像他了。他脸上轮廓清晰而固定，不易为光暗影响改变。手指白白皙皙，指甲修得齐齐的。——干净极了！一眼看去就觉得他的干净。可是干净得近人情，干净得教人舒服，不萧索，不干燥，不冷，不那么兢兢冀冀，时刻提防，觉得到处都脏，碰不得似的。一件灰色棉袍，剪裁得合身极了。布的。——看上去料子像很好？——是布的，不单是袍子，里面衬的每一件衣裤也一定都舒舒齐齐，不破，不脏，没有气味，不窝囊着，不扯起来，口袋纽子都不残缺，一件套着一件，一层投着一层，袖口一样长短，领子差不多高低，边对边，缝对缝。……还很新，是去年冬天做的。——袍子似乎太厚了一程，有点臃肿，减少了他的挺拔。——不，你看他的腮，他真该穿得暖些啊。他的胸，他的背，他的腰肋，都暖洋洋的，他全身正在领受着一重丰厚的暖意，——一脉近于叹息的柔情在他的脸上。

她顺着次序走过一个一个旅客，不说一句话，伸出她的手，坦率，无邪，不局促，不忸怩，不争多较少，不泼辣，不纠缠，规规矩矩，老老实实。——这女孩子实在不怎样好看。她鼻子底下,有颗痣。都给的。——有一两个,她没有走近,看样子他也许没有,然而她态度中并无轻蔑之意,不让人不安,有的脸背着,或低头扣好皮箱的锁,她轻轻在袖子上拉一拉。——真怪,这样一个动作中居然都包含一点卖弄风情,没有一点冒昧。被拉的并不嗔怪,不声不响,掏出钱来给她。——有人看着他,他脸一红,想分辩,我不是——是的,你忙着有事,不是规避,谁说你小气的呢,瞧瞧你这样的人,像么,——于是两人脸上似笑非笑了一下,眼光各向一个方向挪去。——这两个人说不定有机会认识,他们老早谈过话了。——在澡堂里,饭馆里,街上,隔若干日子,碰着了,他们有招呼之意,可是匆匆错过了,回来,也许他们会想,这个人好面熟,哪里见过的?——大概想不出究竟是哪里见过的了罢?——人应当记日记。——给的钱上下都差不多,这也好像有个行情,有个适当得体的数目,切合自己生活,也不触犯整个社会。这玩意儿真不易,够学的!过到老,学不了,学的就是这种东西?这是老练,是人生经验,是贾宝玉反对的学问文章。我的老天爷!——这一位,没有零的,掏出来一张两万关金券,一时张皇极了,没有主意,连忙往她手里一搁,心直跳,转过身来伏在船窗上看江水,他简直像大街上摔了一大跤。——哎,别介,没有关系。——差不多全给的,然而送给舱里任何一位一定没有人要。一点不是一个可羡慕的数目。——上海正发行房屋奖券,过里头一定有人买的,就快开奖了,你见过设计图样么?——从前用铜子,主唱的多用一个小藤册子接钱,投进去磬磬地响。

都收了,她回去,走近她父亲,——她第一次靠着她父亲,伸一个手给他,拉着他,她在前,他在后,一步一步走出去了。他是个瞎子。——我这才真正地觉得他瞎。看到他眼睛看不见,十分地动了心。他的一切声容动静都归纳摄收在这最后的一瞥,造成一个印象,完足,简赅,具体。他走了,可是印象留下来。——他们是父女,无条件的,永远的,没有一丝缝隙的亲骨肉。不,她简直是他的母亲啊!他们走了。……

"他们一天能得多少钱?"

"也不多——轮渡一天来回才开几趟。夏天好,夏天晚上还有人叫到家里唱。"

"那他们穿的?"

"嗳——"

船平平稳稳地行进,太阳光照在船上,船在柔软的江水上。机器的震动均匀而有力,充满健康,充满自信。舱壁上几道水影的反光晃荡。船上安静极了,有秩序极了。——忽然乱起来,像一个灾难,一个麻袋挣裂了,滚出各种果实。一个脚夫像天神似的跳到舱里。——到了,下午两点钟。

我们夫妇之间

萧也牧

1950

一 "真是知识分子和工农结合的典型!"

我是一个知识分子出身的干部;我的妻却是贫农出身,她十五岁上就参加革命,在一个军火工厂里整整做了六年工。

三年前我们结了婚。当时我们不在一起,工作的地方相隔有百十来里,只在逢年送节的时候才能见面。所以婚后的生活也很难说好还是坏;只是有一次却使我很感动:因为我有胃病,一挨冻就要发作,可是棉衣又很单薄!那年,正快下雪的时候,她给我捎来了一件毛背心,还附着一封信,信上说:

"……天快下雪了!你的胃病怎样了?真叫我着急得不知地怎么着好!我早有心给你打件毛背心,倒也不是羊毛贵,就是钱凑不够!我就在每天下午放工从后,上山割柴禾,可是天气太短了!一下工,天很快就黑了!所从一直割了半个多月,才割了不少柴禾,卖给厂里的马号里了。卖了二千块边币,称了两斤羊毛,问老乡借了个纺车,纺成了毛线,打了这件毛背心!

"因为我不会打,打的又不时样又尽见疙瘩,请你原谅!希望你穿上这件毛背心,就不再发胃病,好好为人民服务……"

我读着这封信,仿佛看到了她那矮小的身影,在那黄昏时候,手拿镰刀,独自一个人,弯着腰,在那荒坡野地里,迎着彻骨的寒风,一把,一把,一把地割着稀疏的茅草……

她这样做,完全是为着我!为着我不挨冻,为着我"不再发胃病,好好地为人民服务……"突然,我流泪了!可是我感到了幸福!

两年以后的秋天,我们有了小孩,组织上就把我们调在一块工作。那时,我们住在一个叫"抬头湾"的山村里。

每当晚上,我在那昏黄的油灯下赶工作,她呢,哄着孩子睡了以后,默默地坐在我的身旁,吃力地、认真地、一笔一画地练习写大楷……

山村的夜是那样的静寂,远远地能听见胭脂河的流水,哗哗地流过村边。时间该是半夜了吧,我想她又是照顾孩子,又是工作……一定是很累了,就说:"你先睡吧!"她一听我的话,总是立刻睁大了有点朦胧了的睡眼:"不!"继续练她的大楷……直到我也放下工作。

早上,孩子醒得很早,她就起来哄:"嗯嗯……听妈妈的话,别把爸爸扰醒了……"孩子才几个月大,当然不懂得,还是嚷!于是她就蹑手蹑脚地起来,抱着孩子,到隔壁老乡屋里的热炕头上哄着去了。

闲时,她教我纺线、织布;我给她批仿,在她写的大楷上划红圈,或是教她打珠算,讨论土地政策……

每天下午,孩子睡着了,我们抬水去浇种在窗前的几棵白菜;到沟里帮老乡打枣,或是盘腿坐在炕上,我搓"布卷"(棉花条儿),拐线,她纺线,纺车嗡嗡地响,声音是那样静穆和谐……

虽然我们的出身、经历……差别是那样的大，虽然我们工作的性质是那样的不同：我成天坐在屋子里画统计表，整理工作材料；她呢，成天和老百姓们打交道！……但在这些日子里边，我们不论在生活上、感情上，却觉得很融洽，很愉快！同志们也好意地开玩笑说："看你这两口子，真是知识分子和工农结合的典型！"

但是，不到一年的光景，我们却吵起架来了，甚至有一个时候，我曾经怀疑到：我们的夫妇生活是否能继续巩固下去。那是我们进了北京城以后的事。

二 "……李克同志：你的心大大的变了！"

今年二月间，我们进了北京。这城市，我也是第一次来，但那些高楼大厦，那些丝织的窗帘，有花的地毯，那些沙发，那些洁净的街道，霓虹灯，那些从跳舞厅里传出来的爵士乐……对我是那样的熟悉，调和……好像回到了故乡一样。这一切对我发出了强烈的诱惑，连走路也觉得分外轻松……虽然我离开大城市已经有十二年的岁月。虽然我身上还是披着满是尘土的粗布棉衣……可是我暗暗地想：新的生活开始了！

可是她呢？进城以前，一天也没有离开过深山、大沟和沙滩，这城市的一切，对于她，我敢说，连做梦也没梦见过的！应该比我更兴奋才对，可是，她不！

进城的第二天，我们从街上回来，我问她："你看这城市好不好？"她大不为然，却发了一通议论：那么多的人！男不像男、女不像女的！男人头上也抹油……女人更看不得！那么冷的天气也露着小腿；怕人不知道她有皮衣，就让毛儿朝外翻着穿！嘴唇血红红，像是吃了死老鼠似的，头发像个草鸡窝！那样子，她还觉得美得不行！坐在电车里还掏出小镜子来照半天！整天挤挤攘攘，来来去去，成天干什么呵……总之，一句话：看不惯！说到最后，她问我："他们干活也不？哪来那么多的钱？"

我说："这就叫作城市呵！你这农村脑瓜吃不开啦！"她却不服气："鸡巴！你没看见？刚才一个蹬三轮的小孩，至多不过十三四，瘦得像只猴儿，却拖着一个气儿吹起来似的大胖子——足有一百八十斤！坐在车里，跷个二郎腿，含了根烟卷儿，亏他还那样'得'！（得意，自得其乐的意思）……俺老根据地哪见过这！得好好儿改造一下子！"

我说："当然要改造！可是得慢慢地来；而且也不能要求城市完全和农村一样！"

她却更不服气了："嘿！我早看透了！像你那脑瓜，别叫人家把你改造了！还说哩！"

我觉得她的感觉确实要比我锐利得多，但我总以为她也是说说罢了，谁知道她不仅那么说！她在行动上也显得和城市的一切生活习惯不合拍！虽然也都是在一些小地方。

那时候，机关里还没起火，每天给每人发一块钱，到外边去买来吃。有一次，我们俩到了一家饭铺里，走到楼上，坐下了。她开口就先问价钱："你们的炒饼多少钱一盘？""面条呢？""馍馍呢？"她一听那跑堂的一报价钱，就把我一拉，没等我站起来，她就在头里走下楼去。弄得那跑堂的莫名其妙，睁大了眼睛，奇怪地看了我们几眼。当时，真使我有点下不来台，说实话，我真想生气！可是，她又是那样坚决，又有什么办法呢？只好硬着头皮跟着她走！

一面下楼,她说:"好贵!这哪里是我们来的地方!"我说:"钱也够了!"她说:"不!一顿饭吃好几斤小米;顶农民一家子吃两天!哪敢那么胡花!"

出了饭铺,我默默地跟着她走来走去,最后,在街角上的一个小小饭摊上坐下了!还是她先开口,要了斤半棒子面饼子、两碗馄饨。大概她见我老不说话,怕我生气,就格外要了一碟子熏肉,旁若无人地对我说:"别生气了!给你改善改善生活!"

像这类事,总还可以容忍。我想一个"农村观点"十足的"土豹子",总是难免的;慢慢总会改变过来……

哪知她并不!

那时,机关里来了不少才参加工作的新同志,有男的也有女的。她竟不看场合,常常当着他们的面,一本正经地批评起我来。她见我抽纸烟,就又有了话了:"看你真会享受!身边就留不住一个隔宿的钱!给孩子做小褂还没布呢!一支连一支地抽!也不怕熏得慌!你忘了?在山里,向房东要一把烂烟,合上大芝麻叶抽,不也是过了?"

开始,我笑着说:"这可不是在抬头湾啦!环境不同了呵!"

她却有了气了:"我不待说你!环境变了,你发了财啦?没了钱了,你还不是又把人家扔在地上的烟屁股捡起来,卷着抽!"

不知道怎么回事儿,我的脸唰地就红了!站在一旁看热闹的青年男女同志们,本来看得就很有兴趣;这时候,就有人天真活泼地嚷起来:"哈哈!脸红啦!脸红啦!"站在一旁的同志也马上随声附和,并且大鼓其掌:"红啦!红啦!"这一嚷,我的脸,果真更加发烫了!

……

我发觉,她自从来北京以后,在这短短的时间里边,她的狭隘、保守、固执……越来越明显，即使是她自己也知道错了，她也不认输！我对她的一切的规劝和批评，完全是耳边风，常常是，我才一开口，她就提出了一大堆的问题来难我："我们是来改造城市的，还是让城市来改造我们的？""我们是不是应该开展节约，反对浪费？""我们是不是应该保持艰苦奋斗、简单朴素的作风？"等等。她所说的确实也都是正确的，因此，弄得我也无言答对，这样一来，她也就更理直气壮了，仿佛真理和正义，完全是在她的一边；而我，倒像是犯了错误了！她几次很严肃地劝我："需要好好地反省一下！"

我有什么可反省的呢？我自己固然有些缺点，但并不像她说的那样严重，除了沉默，我还有什么办法？可是，有一次，我忽然再也不能沉默了！我们破例地吵了一架，这在我们结婚以来，还是第一次。

在今年六七月间，连日雨天，报上不断登着冀中和冀西一带闹水灾的消息；突然，她的精神也就随着紧张起来！每天报来，她就抢着去看。我发现，她是专门在找报上所列举的水患成灾的县份和村名……她一面读着，不断地发出惊叹"呵呵！怎么得了呀？才翻了身的农民，还没缓过气来，地又叫淹了！呵呵……"

有一次，我正在整理各地灾情的材料，她看着报，就大声嚷了起来："这怎么着好呵！俺村的地全叫淹了！哎呀！日子怎么着过呀！我娘又该挨饿了呵！怎么着呵？哎！说呀！你说呀！"这我才发觉她是在征求我的意见。我出口说了句俏皮话："天要下雨，娘要嫁人——谁也没法治！党和政府自会想办法，你操心也徒然！"冷不防，她一伸手，一指头直捅到我的额角上："没良心的鬼！你忘了本啦，这十年来谁养活你来着？"我说："反正不是你家！"她却真的又生我的气了："你进了城就把广大农民忘啦？

你是什么观点？你是什么思想？光他妈的会说漂亮话！"我说："谁比得上你的思想！'响当当'的好成分！又是工人阶级出身！"她把桌子一拍："放你妈的臭屁！你别讽刺人啦！"就再也不理我了，好像很伤心的样子。

过了几天，我恰好得了一笔稿费：够买一双皮鞋，买一条纸烟，还可以看一次电影，吃一次冰激凌……我很高兴，我把钱放在枕头芯里，不让她知道。

第二天，我正准备取钱上街，钱却怎么找也找不见了，心里真着急。我只好问她："我的钱呢？"她说："什么？钱？哪里来的钱？你交给谁啦？"我继续找，直找得头上冒烟！她却噗嗤一声笑了！我知道准是她拿了，于是我就很正经地说："这钱不是我的！""得了！你别糊弄我没文化了！稿费单上还有你的名字呢！""是，是，我这钱，我有用处。我要去买一套'干部必读'——十二本书！好好加强理论学习，比什么也重要！""谁还知不道谁哩！加强你的'冰鸡宁'，'烟斗牌'烟去吧！"我一看不对头，只好恳求了："你拿一半行不行？"她却说："我早给家夺走了！"我不免吃了一惊："真的？"她说："唬弄鬼！"

我不知不觉地提高了嗓音："这钱是我的！你不应该不哼一声就没收了！"哪知她的嗓音更大："你没花过我的钱？间断做的花被面，你的毛背心……是谁的钱买的？"我说："不稀罕！反正你得检讨检讨，你这样做对不对？"她说："对！家里闹水灾，不该救济救济么？"我说，"你把钱捐给救灾委员传会，那就算你的思想意识强，为什么给自己家里寄呀——那还不是自私自利农民意识！"她却真的火了："反正比浪费强！钱我是寄走了！你看着办吧！"我说："咱们分家！"她说："马上分！今儿格黑价（今天晚上）你就不行盖我的被子！"我说："好好好！"我一扭头就走了……

说也笑人,为了这么芝麻粒大的一点事,我们三天没说话,而且觉得很伤脑筋!恰好星期六那天晚上,机关内部组织了一个音乐晚会,会跳舞的同志就自动地跳起舞来,这正好解闷,我就去参加了!

我正下场,忽然发现:她抱着孩子来了!一看她的神色,知道糟了!她气冲冲地,直窜到我的面前,把孩子我怀里一塞:"你倒会散心!孩子有你一半责任,我抱够了!你抱抱吧!"我说:"跳完这一场就回去!"她二话没说,把孩子往旁边的沙发上一撩,雄赳赳地走了……

孩子不见他妈,就哇哇地号啕起来,和着手风琴的伴奏,发出一种奇怪的音乐,引起了人们的注意。

我扛着脸,抱起孩子,回到卧室里去。只见她伏在桌上写字呢!我悄悄地走到她的背后一看,原来她在给我写信:"李克同志:你的心大大的变了……"她发觉我来,马上又把纸撕了!

孩子见了妈,挂着两行眼泪,笑着,跳着,哇哇地叫,向她扑去,她才接过孩子,解开怀来喂奶。一面走到门边,背贴着门,向我命令地说:"不许走!咱们谈判谈判!"

三 她真是一个倔强的人

这些虽然都是非原则问题,但也恰好正在这些非原则问题上面,我们之间的感情,开始有了裂痕!结婚以来,我仿佛才发现我们的感情、爱好、趣味……差别是这样的大!

她对我,越看越不顺眼,而我也一样,渐渐就连她一些不值一提的地方,我也看不惯了!比方:发下了新制服,同样是灰布

"列宁装",旁的女同志们穿上了,就另一个样儿:八角帽往后脑瓜上一盖,额前露出蓬松的散发,腰带一束,走起路来两脚成一条直线,就显得那么洒脱而自然……而她呢,怕帽子被风吹掉似的,戴得毕恭毕正,帽檐直挨眉边,走在柏油马路上,还是像她早先爬山下坡的样子,两腿向里微弯,迈着八字步,一摇一摆,土气十足……我这些感觉,我也知道是小资产阶级的,当然不敢放到桌子面上去讲!但总之一句话:她使我越来越感觉过不去,甚至我曾经想道:我们的夫妇关系是否可以继续维持下去?

幸好,不久她被分配到另一个机关去工作了!我欢欢喜喜地打发她走了,精神上好像反倒轻松了许多!

我想她这种狭隘、保守、固执……恐怕很难有所改变的。

她真是一个倔强的人!

我们分手以后,约莫有个半月的时光,她连电话也没来过一个。却对旁人说:离了我她也能活!

可是,我却不能!即使我对她有很多不满。然而孩子总还是十分可爱的!我一想起那孩子的乌亮墨黑的大圆眼,和他那牙牙欲语的神气……我就十分怀念!终于还是我先去找她去了!哪知道一见她,她却向我一挥手:"今天工作太忙,改日来吧。"

我说她真是个倔强的人。这评语,越来越觉得确切了!特别是又发生了几件事情以后。

当她到了那机关不久,找来了一个保姆:姓陈,叫小娟。样子很伶俐,她爸爸是个蹬三轮的工人。

那天正好是星期日,我在她机关里。那"老妈子房"里的掌柜,领着小娟来上工。一进门,指着我们俩,对小娟说:这是小少爷的母亲,这是……"

小娟毕恭毕正地向她鞠了个躬。叫了一声:"太太!"哪知道我的妻，一听"太太"两个字，就像是叫蝎子蜇着了似的嚷起来："呀！呀！别叫别叫！我不是'太太'！我是我是……我们解放军里头没有'太太'！我姓张，你叫我张同志好了！记住！我叫张同志！要不你就叫我大姐！"她说着就把小娟拉到炕上，和她并排坐下了。弄得那"老妈子房"的掌柜先是奇怪，接着也笑了："对对！叫张同志！'太太'那名儿，嘿嘿！不时新了！太封建！太封建！"

我的妻马上就给小娟上起政治课来：说她自己也是个穷人，曾经受过旧社会的压迫；后来共产党来了，她就参加了革命，得到了解放……因为工作太忙，孩子照顾不了，所以请小娟来帮忙，这样，她对小娟说：你也是参加了革命工作，咱们一律平等，和旧社会雇老妈子完全不一样，等等。

小娟听得很高兴，不住嘴地说："您说得真好！您说得真好！"小娟这孩子，虽说是伶俐，可是记性并不好！一不小心，常常又叫"太太"了！每逢这工夫，我的妻决不放松，一定及时纠正，并且又得上一堂政治课！弄得小娟反倒很不安了！

自从小娟来了以后，我的妻几次三番给我打电话：要我给小娟找识字课本、找笔墨纸砚……并且还给她订了学习计划：一天认五个字、写一张仿一张……一星期还有一堂政治课。我的妻自任文化教员兼政治教员。

每次周末的晚上，我去找她的时候，总是见她在给小娟上课，一本正经地念道："穷人、要、翻身、团结、一条心、永远、跟着、共产党、前进。"小娟就跟着念："穷、人、要、翻、身。"不知道为什么，我有点感动了！心想：她真是个倔强的人呵！

有一次周末的傍晚，我们从东长安街散步回来，看见七星舞厅门口，围着一圈人。过去一看：只见有一个胖子，西服笔挺，像个绅士,一手抓住一个十三四岁的小孩,一手张着五个红萝卜般粗的手指,"劈!劈!拍!拍!"直向那小孩的脸上乱打,恨不得一巴掌就劈开他的脑瓜!那小孩穿着一件长过膝盖的破军装,猴头猴脑,两耳透明,直流口水……杀猪般地嚷着:"娘嗳!娘嗳!"嘴角的左右,挂下了两道紫血……

看热闹的人,越来越多;抄着手的、微弯着头的、口含着烟卷儿的……但是,都很坦然!

这情景,在我看来,也已经是很生疏的了!觉得很不顺眼,正想问问,忽听得人群里有人喝道:

"住手!你凭什么压迫人!"嗓音又尖又高。

一瞬间,我突然发现:那人不是别人,正是她,是我的妻!这时候,她昂头挺胸地站在那胖子的面前,正像武侠小说里所描写的——那种"路见不平,拔刀相助"的侠客的神气!我突然觉得精神上有点震动,但同时,马上又模糊地想:她真是好管闲事!不知道怎么着才好……

那胖子仍然一手拧住那小孩不放,一手贴到花领结上,很有礼貌地微微一笑!心平气和地向围着的人们说:"这小手,太可恶,太可恶!不知道的人,以为我压迫人,其实,不然!我这个舞厅,是在人民政府里登记了的,是正当的营业,是高尚的娱乐!拿捐,拿税……而他,这孩子,却用石头子儿,往里——"他一挥手:"扔!如果,把我的客人们,全撵走了,那么,我——又当如何呢……"他还想接着演讲,却叫我的妻打断了他的话:

"你说得对!这孩子扔石头子儿,也可以说是一个错误!可是,我们是有政府的、有秩序的!不是无政府主义!就说他犯了天大的法,也应该送政府法办!你有什么权力随便打人?嗯?有什么权力?你打得他满嘴流血,好像你还受了屈似的?嗯?让大伙儿评评理！"

这时候，人群里就有人嚷起来："对对对！这同志说得对！"有一个苦力模样的人，也就走到那胖子面前，转过身来，指着那胖子向大伙儿说："这位先生说的不对！这小孩儿是往舞厅里扔了一个石头子儿！我亲眼看见的……"

胖子马上微笑点头，"诸位听着！不假吧！光凭我一个人说不行！不行！"

那苦力接着说："可惜这位先生说得不全！那小孩儿凭吗平白无故地扔石头子儿哩？是那么一回事儿：刚才他在舞厅门口向客人们要钱，这位先生撵他走，他走慢了一步，这位先生啪地给了他一个响锅贴（耳光）！回头，过了一会儿，这小孩就扔了个石头子儿，就又叫这位先生抓住了。这我也是亲眼看见的！现时不是那个世道了，是人就得说实话！"

胖子显得有点不安了，掏出一块小花手绢来不住地擦额角，对我的妻说："同志！我认错行不行？"说着掏出了一张五百元的人民券，向那小孩一伸："给！使劲吃！哈哈！"

那被打了一顿的小孩，好像一切的仇恨，马上就消失了！把嘴角的血一擦，正想伸手去接，却马上被我的妻喝住了："别拿！太便宜啦！一顿巴掌只值五百块钱？"

胖子马上伸手到口袋里，慷慨地说："再加二百！"

我的妻却发了大火啦："嗯！你真明白！你以为还在旧社会——有钱能使鬼推磨，有钱能使鬼上树？哪怕你掏一百万人民券，也不能允许你随便压迫人；随便破坏人民政府的威信！走！咱们到派出所去！咱们是有政府的！"

围着的人也就说："对对！"

结果还是到了派出所。

那胖子先生认了错，表示切实悔过。于是罚了他二千元人民券，赔偿给那小孩作医药费。同时也批评了那小孩，以后不要扔石头子儿。

我跟随着我的妻从派出所回来，她很兴奋地问我："刚才你怎么一句话也不说？"我说："我有什么说的！那样的事，在城市里多得很，凭你一个人就管清了？这是社会问题，得慢慢……"我的话还没有说完，就叫她打断了："去鸡巴的吧！不吃你这一套！我就要管！这是新社会，我就不让随便压迫人！我就不让随便破坏咱们政府的威信！咱们是有政府的，不是无政府主义！"我连忙说："对对对！正确！"同时也觉得有点好笑，我真想说：什么叫"无政府主义"？你知道么？瞎用新名词儿！可是，我知道这句话是说不得的！

她真是一个倔强的人呵！我开始分析：她对旧社会的习惯为什么那样的憎恨？绝无妥协调和的余地！我想，这和她自己切身的经历是分不开的。

她出身在贫农的家庭，十一岁上就被用五斗三升高粱卖给人家当了童养媳。受尽了人间一切的辛酸，她的身上、头上、眉梢上……至今还留着被婆婆和早先的丈夫用烧火棍打的、擀面杖打的、用剪子铰的伤痕！共产党来了，她就毅然决然地参加了革命！为着自己的命运战斗！革命对于她，真可以说是：破釜沉舟，背水一战！绝无后退的路！

她曾经在游击区跳沟爬墙，和日本人、汉奸搏斗！她的手杀过人……

她曾经在老山沟里的军火工厂里，制造子弹、装配步枪……为了突击生产，把右手的食指在"压力机"上撞下了一小截指头，成了一个疙瘩……

日本人来"扫荡"了！她率领着一班女工，连夜抢着机器，淌过齐大腿根的水去"坚壁"。因此落下了"寒腿"的病，每逢阴雨，至今还隐隐发痛……

有一次深夜，工厂失火，她奋勇当先，率领了二十五个女工去抢救器材，差一点没烧死在火里……

在这些艰苦的日子里，她开始学习认字，写字……终于学成了"粗通文字"……

在一九四四年，她当选了"劳动英雄"。出席晋察冀边区第二届英模大会，我记得当她在大会上做完了典型报告的末了，她举着胳膊宣誓似的说："……在旧社会里我是个老几？我只值五斗三升高粱米！这会儿大伙儿说我是英雄！叫我来开会，让我上台说话……咳！没有共产党哪会有我呵！我愿意为着全世界被压迫的人们彻底的解放，流尽我最后一滴血！"——那时候我在大会上担任收集和整理材料的工作。组织上分配我给她写传记，我们整整谈了三个晚上。也就在这个时候，我爱上了她。

四

我们结婚三年，直到今天我仿佛才对她有了比较深刻的了解……

那一切的苦难，使她变得倔强。今天她来到城市，和这城市所遗留的旧习惯，她不妥协，不迁就，她立志要改造这城市！因此，有些地方她就显得固执、狭隘……甚至显得很不虚心了！特别是对于我更是如此。也因此使得我们之间的感情有了裂痕！但我对她依然还很留恋，还没有决心和勇气断然和她决裂！特别是当我比较清醒的时候，仔细想来，我们之间的一切冲突和纠纷，原本都是一些极其琐碎的小节,并非生活里边最根本的东西!所以我决心用理智和忍耐,甚至迁就,来帮助她克服某些缺点!

我以为,我对她的分析和结论,已经是很完满很公平,而且觉得这样做,对我来说是仿佛将要牺牲一些什么!

哪知道她还并不如我想象的那样!

首先是她的某些观点和生活方式也在改变着:最明显的例子是:她现在所担任的工作是女工工作,在那些女工里边,也有不少擦粉抹口红的,也有不少脑袋像个"草鸡窝"的……可是她和她们很能接近,已经变得很亲近……有一次,我故意问她:"你不是很讨厌那些擦粉抹口红,头发像'草鸡窝'的人么?"她却很认真地教训起我来了:"你不能从形式上、生活习惯上去看问题!她们在旧社会都是被压迫的人!她们迫切需要解放!同志!狭隘的保守观点要不得!"哈哈!

她又学了一套新理论啦!

同时,她自己在服装上也变得整洁起来了!"他妈的""鸡巴"……一类的口头语也没有了!见了生人也显得很有礼貌!还使我奇怪的是:她在小市上也买了一双旧皮鞋,逢是集会、游行的时候就穿上了!回来,又赶忙脱了,很小心地藏到床底下的一个小木匣里……我逗她说:"小心让城市把你改造了啊!"她说:"组织上号召过我们:现在我们新国家成立了!我们的行动、态度,要代表大国家的精神;风纪扣要扣好,走路不要东张西望;不要一面走一面吃东西,在可能条件下要讲究整洁朴素,不腐化不浪费就行!"我暗暗地想:女同志到底是爱漂亮的呵!但在某些基本问题上,她不容易接受人家的意见,不认错的毛病,恐怕是很难改变的!

可是随着时间的前进,我又发现我对她的了解不但不完全,而且是相反的！我总还是习惯从形式上去看问题！

有一次周末，我去看她，她独自抱着孩子坐在炕角里沉思。我说："小娟呢？她吃饭去了？"她不安地说："不！她走了！"接着她就告诉我：她们机关里有一个本地做饭的大师傅，有一只怀表，在昨天早晨开饭的时候不见了！恰好这时候，只有小娟到伙房里去倒过水，旁人没去过！同时，早先机关里在拾掇大客厅的时候，她捡了几个扣子。所以就有人怀疑那只表也是她拿的！另外，早先有些同志也嚷嚷过，有的说丢了个化学梳子，有的说丢了一块毛巾……那大师傅也没和别的同志商量，就去找我的妻，肯定说那只表是小娟拿的！要我的妻向小娟追究。于是，她就问小娟拿了那只表没有？问得小娟直啼哭，一口咬定说：没拿！并且说："大姐！要是我拿了，就算对不起您的一片好心！"小娟这孩子个性太强，受不了这，马上非走不解！挡也挡不住。

可是，就在这天晚上，大师傅自己又把表找着了！

这一下，我的妻的激动和不安，真是无法形容！翻来覆去，一夜没睡好觉！她对我说，机关里那么多的人为什么不怀疑旁人，偏偏就怀疑是小娟拿的表？你说老干部们都受过锻炼，决计不会拿的，这倒也是理由；可是机关里留用的旧人员很多，他们也没受过革命锻炼，那么为什么不怀疑是他们拿的呢？她说："这是什么观点？这还不是小看穷人么？"我说："算了！事情已经过去了，鸡毛蒜皮的一点事！"她说："什么？这是思想问题哩！"

第二天清早，她让我陪她到小娟家里去走一趟。我说："那又何必呢！人已经走了！要是让她知道表又找着了，她爸爸说我们诬赖人！老百姓知道了这件事，对我们的影响很不好！"

她说："不！我们错了，为什么不认错呢？要不，小娟一辈子一想起这件事，就要伤心！影响更不好！"

可是，我还是认为不去的好！说实话，也就是说：我没有那样大的勇气！她说："你给看孩子，我去！"我又怕孩子啼哭了没法治！只好硬着头皮，抱着孩子跟她走了！

到了小娟家里，只见她爸爸在拾掇车子，一见我们，就显得很尴尬说："那表的事我知道了！昨天晚上我就揍了她一顿！对她说：咱们人穷志不穷！要是你真的拿了，我的老脸往那里摺？你不说真话，非打死你不解！刚才，我又揍了她一阵子！她可还是一口咬定：没拿！我正想找您去说说，我这孩子顶老实，手也严实，敢情也不准是她拿的！"

我听了，胸口直打扑通，而她反倒很镇静很自然，微笑着说："不！大伯！我是来赔不是的！表已经找着了！不是小娟拿的！请你原谅！"

正在这时候，小娟从屋里出来了！红肿着双眼，扑到我的妻的怀里，两肩一耸一耸地哭了！我的妻摸着她的小辫，轻声地说："小娟！你怪我不？"小娟哽咽着说："不！大姐！您是……您是个……好人！您待我的好处，我……我……我这辈子也忘不了！"

我发现：我的妻的眼里，"扑索索"地掉下两颗黄豆大的泪点，滴到小娟的头上！

我们结婚三年，我还是第一次在人面前见她掉泪，那么个倔强的人呵！怎么今天也哭啦！

从这以后，我有好几天感到不安，我在她身上发现了不少新的东西，而正是我所没有的！也正是我所感觉她表现狭隘、保守、固执……的地方！也正从这些地方，我们的感情开始有了裂痕！我想到夫妇之间的感情到底应该建筑在什么基础上……我们结婚三年，到今天，我仿佛才觉得对她有了比较深刻的了解！我真应该后悔，真应该像她过去屡次严肃地向我说过的：需要好好地反省一下了!

我正想不等到周末,就找她去深谈一次,恰好那天傍晚,我正在整理劳资关系的材料,她倒来找我了!我觉得有些不寻常,因为在平时她是轻易不来找我的!我问她:"有什么事?"她说:"没事就不许来找你么?"坐了好一会儿,一句话也没说,最后,她说:"到你们屋顶平台上去坐坐好么?"我说:"好的!"不知道为什么,我的心有点发跳,我怕要发生什么不能推测的事情了……

到了屋顶上,坐了一会儿,她忽然说:"我犯了错误了!"我不觉吃了一惊:"什么?"她笑了,说:"也不是什么大了不起的事!"接着她就说:昨天她们区里,西单商场有一家皮鞋铺里的一个掌柜,嫌学徒晚上到区里开会回去晚了,把那学徒骂了个狗血喷头。那学徒找区工会办事处,她一听就生了气,跑到那铺子里把那掌柜训了个眼发蓝!走路的人都围过来看,觉得很奇怪。今天区里开检讨会,同志们批评她:工作方式太简单;亲自和掌柜吵架,对那学徒也没好处,有点"包办代替",群众影响也不好!并且还批评她的工作一贯有点太急;恨不得一下子就把社会改造好。同时太不讲究工作的方式方法……

她说完了,叹了口气,把头靠到我的胸前,半仰着脸问我:"这该怎么着好?"我说:"你没接受批评吧?"她摇了摇头:"哪里!自己错了,还能不接受?那怎么算是个同志呢?我都坦白地接受了!"我说:"那就算了!还有什么难过的呢!"她忽然紧握着我的手说:"唉!只怪自己文化、理论水平太低!政策掌握得不稳!不能很好地完成党所给我的任务!以后你好好帮我提高吧!"

我说:"这是一方面。可是你也不要把自己的优点忽略了!比方拿我来说:文化上——初中毕业;革命历史——和你一样;

工作职位——我是个资料科科长,每天所接触的是工作材料、总结报告;脑子里成天转着的是——党的政策。按理说,对于现实生活里边所发生的问题,应该比你有更锐利的感觉,应该更是是非分明。可是在这些方面我还不如你!——你不要笑!这是真话。我参加革命的时间不算短了!可是在我的思想感情里边,依然还保留着一部分小资产阶级脱离现实生活的成分!和工农的思想感情,特别是在感情上,还有一定的距离,旧的生活习惯和爱好,仍然对我有着很大的吸引力,甚至是不自觉的。——你有这个感觉吗?而你呢?虽说文化水准、理论知识、工作职位都比我低——这也是真话。可是你倔强、坚定、朴素、爱憎分明——这句话的意思就是说你有着很深的阶级仇恨心和同情心。可是你确实也有点急躁情绪——恨不得一个早起的工夫就把社会改造好。因此,常常喜欢用简单的工作方法方式,问题想得不够深不够远。你和我的这些缺点,都会阻碍我们的进步,不能更好地来完成党所给予我们的任务。我相信:在党的教育下加上自己的努力,我们一定都会很快进步的!你记得我们在抬头湾的时候,同志们不是曾经好意地和我们开过玩笑吗,说:'看你这两口子真是知识分子和工农结合的典型!'我看,我们倒是真要在这些方面彼此取长补短,好好地结合一下呢……"我像演讲似的说了不少话,要是在往日,准是早被她卡断了!可是,她今天听得好像很入神,并不讨厌,我说一句,她点一下头,当我说完了,她突然紧紧地握着我的手不放。沉默了一会儿,她说:"以后,我们再见面的时候,不要老是说些婆婆妈妈的话;像今天这样多谈些问题,该多好啊!"

我为她那诚恳的真挚的态度感动了!我的心又突突地发跳了!我向四面一望,但见四野的红墙绿瓦和那青翠坚实的松柏,发出一片光芒。一朵白云，在那又高又蓝的天边飞过……夕阳照到她的脸上，映出一片红霞。微风拂着她那蓬松的额发，她闭着眼睛……我忽然发现她怎么变得那样美丽了呵！我不自觉地俯下脸去，吻着她的脸……仿佛回复到了我们过去初恋时的，那些幸福的时光。她用手轻轻地推开了我说："时间不早了！该回去喂孩子奶呵！"

兰姨娘

林海音

1960

一

从早上吃完点心起,我就和二妹分站在大门口左右两边的门墩儿上,等着看"出红差"的。这一阵子枪毙的人真多。除了土匪强盗以外,还有闹革命的男女学生。犯人还没出顺治门呢,这条大街上已经挤满了等着看热闹的人。

今天枪毙四个人,又是学生。学生和土匪同样是五花大绑坐在敞车上,但是他们的表情不同。要是土匪就热闹了,身上披着一道又一道从沿路绸缎庄要来的大红绸子,他们早喝醉了,嘴里喊着:

"过十八年又是一条好汉!"

"没关系,脑袋掉了碗大的疤瘌!"

"哥儿几个,给咱们来个好儿!"

看热闹的人跟着就应一声:

"好!"

是学生就不同了,他们总是低头不语,群众也起不了劲儿,只默默地拿可怜的眼光看他们。我看今天又是枪毙学生,便想起

这几天妈妈的忧愁,她前天才对爸爸说:

"这些日子,风声不好,你还留德先在家里住,他总是半夜从外面慌慌张张地跑来,怪吓人的。"

爸爸不在乎,他伸长了脖子,用客家话反问了妈一句:

"惊么该?"

"别说咱们来往的客人多,就是自己家里的孩子用人也不少,总不太好吧?"

爸爸还是瞧不起地说:

"你们女人懂什么?"

我站在门墩儿上,看着一车又一车要送去枪毙的人,都是背了手不说话的大学生,不知怎么,便把爸妈所谈的德先叔联想起来了。

德先叔是我们的同乡,在北京大学读书,住在沙滩附近的公寓里,去年开同乡会跟爸认识的。爸很喜欢他,当作自己的弟弟一样。他能喝酒,爱说话,和爸很合得来,两个人只要一碟花生米,一盘羊头肉,四两烧刀子,就能谈到半夜。妈妈常在背地里用闽南语骂这个一坐下就不起身的客人:"长屁股!"

半年以前的一天晚上,他慌慌张张地跑到我们家,跟爸用客家话谈着。总是为一件很要命的事吧,爸把他留在家里住下了。从此他就在我们家神出鬼没的,爸却说他是一个了不起的新青年。

我是大姐,从我往下数,还有三个妹妹,一个弟弟,除了四妹还不会说话以外,我敢说我们几个人都不喜欢德先叔,因为他不理我们,这是第一个原因。还有就是他的脸太长,戴着大黑框眼镜,我不喜欢这种脸。再就是,他来了,妈要倒霉,爸要妈添菜,还说妈烧不好客家菜,酿豆腐味儿淡啦!白斩鸡不够嫩啦!

有一天妈高高兴兴烧了一道她自己的家乡菜，爸爸吃着明明是好，却对德先叔说：

"他们福佬人就知道烧五柳鱼！"

凭了这些，我们也要站在妈妈这一头儿。德先叔每次来，我们对他都冷冷的，故意做出看不起他的样子，其实他并不注意。

虽然这样，看着过"出红差"的，心里竟不安起来，仿佛这些要枪毙的学生，跟德先叔有什么关系似的，还没等过完，我便跑回家里问妈：

"妈！德先叔这几天怎么没来？"

"谁知道他死到哪儿去了！"妈很轻松地回答。停一下，她又奇怪地问我："你问他干吗？不来不更好吗？"

"随便问问。"说完我就跑了，我仍跑回门外大街上去，刚才街上的景象全没有了，恢复了这条街每天上午的样子。卖切糕的，满身轻快地推着他的独轮车，上面是一块已经冷了的剩切糕，孤零零地插在一根竹签上。我的两个门牙刚掉，卖切糕的问我买不买那块剩切糕，我摇摇头，他开玩笑说：

"对了，大小姐，你吃切糕不给钱，门牙都让人摘了去啦！"

我使劲闭着嘴瞪他。

到了黄昏，虎坊桥大街另是一种样子啦。对街新开了一家洋货店，门口坐满了晚饭后乘凉的大人小孩，正围着一个装了大喇叭的话匣子。放的是"百代公司特请谭鑫培老板唱《洪洋洞》，唱片发出沙沙的声音，针头该换了。二妹说："大姐，咱们过去等着听洋大人笑去。"我们俩刚携起手跑，我又看见从对街那边，正有一队光头的人，向马路这边走来，他们穿着月白竹布褂，黑布鞋，是富连成科班要到广和楼去上夜戏。我对二妹说：

"看，什么来了？咱们还是回来数烂眼边儿吧！"

我和二妹回到自己家门口，各骑在一个门墩儿上，静等着，队伍过来了，打头领队的个子高大，后面就是由小到大排下去。对街"洋大人笑"开始了，在"哈哈哈"的伴奏中，我每看队伍里过一个红烂着眼睛的孩子，便喊一声：

"烂眼边儿！"

二妹说："一个！"

我再说："烂眼边儿！"

二妹说："两个！"

烂眼边儿，三个！烂眼边儿，四个！……今天共得十一个。富连成那些学戏的小孩子，比我们大不了多少，我们喊烂眼边儿，他们连头也不敢斜一斜，默默地向前走，大褂的袖子，老长老长，走起路来，甩搭甩搭的，都像傻子。

我们正数得高兴，忽然一个人走近我的面前来，嘿的一声，吓我一跳，原来是施家的小哥，他也穿着月白竹布大褂。他很了不起地问我：

"英子，你爸妈在家吗？"

我点点头。

他朝门里走，我们也跟进去，问他什么事，他理也不理我们，我准知道他找爸妈有要紧的事。一进卧室的门，爸妈正在谈什么，看见小哥进来，他们仿佛愣了一下。小哥上前鞠躬，然后像背书一样地说：

"我爸叫我来跟林阿叔、林阿婶说，如果我家兰姨娘来了，不要留她，因为我爸把她赶出去了。"

这时妈走到通澡房的门口，我听见里面有哗啦哗啦的水声。爸爸点头说：

"好，好，回去告诉你爸爸，放心就是了。"

小哥又一深鞠躬告退,还是那么正正经经,看也不看我们一眼。小哥儿走后,爸爸窣窣地喝着香片茶,妈在点蚊香,两人都没说话。澡房的门打开了,呀!热气腾腾中,走出来的正是施家的兰姨娘!她是什么时候来的?她穿着一身外国麻纱的裤褂,走出来就平平衣襟,向后拢拢头发,笑眯眯地说:

"把在他们施家的一身晦气,都洗刷净啦!好痛快!"

妈说:

"小哥刚才来了,你知道吧?"

"怎么不知道!"兰姨娘眉毛一挑,冷笑说,"说什么?他爸把我赶出来?怪不错的!我要走,大少奶奶还直说瞧她面子算了呢!这会儿又成了他赶我的喽!啧啧啧!"她的嘴直撇,然后又说:"别人留我不留,他也管得了?拦得住?——走,秀子,跟我到前院去,叫你们家宋妈给我煮碗面吃。"说着她就拉着二妹的手走出去了。爸爸一直微笑地看着兰姨娘,伸长了脖子,脚下还打着拍子。

妈脸上一点笑容都没有,兰姨娘出去了,她才站在桌子前,冲着爸的后背说:

"施大哥还特意打发小哥儿来说话,怎么办呢?"

"惊么该?"爸的脑袋挺着。

"怕什么?你总是招些惹事的人来!好容易这几天神出鬼没的德先没来,你又把人家下堂的姨太太留下了,施大哥知道了怎么说呢?"

"你平常跟她也不错,你好意思拒绝她吗?而且小哥迟来了一步,是她先进门的呀!"

这时候兰姨娘进来了,爸妈停止了争论,妈没好气地叫我:

"英子,到对门药铺给我买包豆蔻来,钱在抽屉里。"

"林太太，你怎么，又胃疼啦？林先生，准又是你给气的吧？"兰姨娘说完笑嘻嘻的。

我从抽屉里拿了三大枚，心里想着：豆蔻嚼起来凉飕飕的，很有意思。兰姨娘在家里住下多好！她可以常常带我到城南游艺园去，大戏场里是雪艳琴的《梅玉配》，文明戏场里是张笑影的《锯碗丁》，大鼓书场里是梳辫子的女人唱大鼓，还要吃小有天的冬菜包子。我一边跑出去，一边想，满眼都是那锣鼓喧天的欢乐场面。

二

兰姨娘在我们家住了一个礼拜了，家里到处都是她的语声笑影。爸上班去了，妈到广安市场买菜去了，她跟宋妈也有说有笑的。她把施家老伯伯骂个够，先从施伯伯的老模样儿说起，再说他的吝啬，他的刻薄，他的不通人情，然后又小声和宋妈说些什么，她们笑得吱吱喳喳的，奶妈高兴得眼泪都挤出来了。

兰姨娘圆圆扁扁的脸儿，一排整整齐齐的白牙，我最喜欢她左边那颗镶金的牙，笑时左嘴角向上一斜，金牙就很合适地露出来。左嘴巴还有一处酒窝，随着笑声打漩儿。

她的麻花髻梳得比妈的元宝髻俏皮多了，看她把头发拧成两股，一来二去就盘成一个髻，一排茉莉花总是清幽幽、半弯身地卧在那髻旁。她一身轻俏，披在右襟上的麻纱手绢，一朵白菊花似的贴在那里。跟兰姨娘坐在一辆洋车上很舒服，她搂着我，连说："往里靠，往里靠。"不像妈，黑花丝葛的裙子里，年年都装着一个大肚子。跟妈坐一辆洋车，她的大肚子把我顶得不好受，她还直说："别挤我行不行！"现在妈又大肚子了。

有了兰姨娘,妈做家事倒也不寂寞,她跟妈有诉说不尽的心事,奶妈,张妈,都喜欢靠拢来听,我也"小鱼上大串儿"地挤在大人堆里,仰头望着兰姨娘那张有表情的脸。她问妈说:

"林太太,你生英子十几岁?"

"才十六岁。"妈说。

兰姨娘笑了:

"我开怀也只十六岁。"

"什么开怀?"我急着问。

"小孩子别乱插嘴!"妈叱责我,又向兰姨娘说,"当着孩子说话要小心,英子鬼着呢,会出去乱说。"

兰姨娘叹了口气:

"我十四岁从苏州被人带进了北京,十六岁那什么,四年见识了不少人,二十岁到底还是跟了施大这个老鬼……"

"施大哥今年到底高寿了?"妈打岔问。

"管他多大!六十,七十,八十,反正老了,老得很!"

"我记得他是六十——六十几来着?"妈还是追问。

"他呀,"兰姨娘扑哧笑了,看看我,"跟英子一般大,减去一周甲子,才八岁!"

"你倒也跟了他五年了,你今年不是二十五岁了么?"

"别看他六十八岁了,硬朗着呢!再过下去,我熬不过他,他们一家人对付我一个人,我还有几个五年好活!我不愿意把年轻的日子埋在他们家。可是,四海茫茫,我出来了,又该怎么样呢?我又没有亲人,苏州城里倒有一个三岁就把我卖了的亲娘,她住在哪条街上,我也记不得了呀!就记得那屋里有一盏油灯,照着躺在床上的哥哥,他病了,我娘坐在床边哭,应该就是为了这病哥哥才把我卖的吧!想起来梦似的,也不知道是我乱想的,还是真的……"

兰姨娘说着，眼里闪着泪光，是她不愿意哭出来吧，嘴上还勉强笑着。

妈不会说话，笨嘴拙舌的，也不劝劝兰姨娘。我想到去年七月半在北海看烧法船的时候，在人群里跟妈妈撒开了手，还急得大哭呢，一个人怎么能没有妈？三岁就没了妈，我也要哭了，我说：

"兰姨娘，就在我们家住下，我爸爸就爱留人住下，空房好几间呢！"

"乖孩子，好心肠，明天书念好了当女校长去，别嫁人，天底下男人没好的！要是你爸妈愿意，我就跟你们家住一辈子，让我拜你妈当姐姐，问她愿意不愿意？"兰姨娘笑着说。

"妈愿意吧？"我真的问了。

"愿——意呀！"妈的声音好像在醋里泡过，怎么这么酸！

我可是很开心，如果兰姨娘能够好久好久地停留在我们家的话。她怎么也说我要当女校长呢？有一次，我站在对街的测字摊旁看热闹，测字的先生忽然从他的后领里抽出一把折扇，指着我对那些要算命的人说："看见没有？这个小姑娘赶明儿能当女校长，她的鼻子又高又直，主意大着呢！有男人气。"兰姨娘的话，测字先生的话，让人听了都舒服得很，使我觉得自己很了不起。

爸对兰姨娘也不错，那天我跟着爸妈到瑞蚨祥去买衣料，妈高高兴兴地为我和弟弟妹妹们挑选了一些衣料之后，爸忽然对我说：

"英子，你再挑一件给你兰姨娘，你知道她喜欢什么颜色的吗？"

"知道知道。"我兴奋得很，"她喜欢一件蛋青色的印度绸，镶上一道黑边儿,再压一道白芽儿……"我比手画脚说得高兴,一回头看见坐在玻璃柜旁的妈,妈正皱着眉头在瞪我。伙计早把深深浅浅的绸子捧来好几匹,爸挑了一色最浅的,低声下气地递到妈面前说:

"你看看这料子还好吗?是真丝的吗?"

妈绷住脸,抓起那匹布的一端,大把地一攥,拳头紧紧的,像要把谁攥死。手松开来,那团绸子也慢慢散开,满是皱痕,妈说:

"你看好就买吧,我不懂!"

我也真不懂妈为什么忽然跟爸生气,直到有一天,在那云烟缭绕的鸦片烟香中,我才也闻出那味道的不对。

那个做九六公债的胡伯伯,常来我家打牌,他有一套烟具摆在我们家,爸爸有时也躺在那里陪胡伯伯玩两口。

兰姨娘很会烧烟,因为施伯伯也是抽大烟的。是要吃晚饭的时候了,爸和兰姨娘横躺在床上,面对面,枕着荷叶边的绣花枕头,上面是妈绣的拉锁牡丹花,中间那份烟具我很喜欢,像爸给我从日本带回来的一盒玩具。白铜烟盘里摆着小巧的烟灯,冒着青黄的火苗,兰姨娘用一根银签子从一个洋钱形的银盒里挑出一撮烟膏,在烟灯上烧得吱吱地响,然后把烟泡在她那红红的掌心上滚滚,就这么来回烧着滚着,烧好了插在烟枪上,把银签子抽出来,中间正是个小洞口。烟枪递给爸,爸嘬着嘴,对着灯火窣窣地抽着。我坐在小板凳上看兰姨娘的手看愣了,那烧烟的手法,真是熟巧。忽然,在喷云吐雾里,兰姨娘的手,被爸一把捉住了,爸说:

"你这是朱砂手,可有福气呢!"

兰姨娘用另一只手把爸的手甩打了一下,抽回手去,笑瞪着爸爸:

"别胡闹!没看见孩子?"

爸也许真的忘记我在屋里了，他侧抬起头，冲我不自然地一笑，爸的那副嘴脸！我打了一个冷战，不知怎么，立刻想到妈。我站起来，掀起布帘子，走出卧室，往外院的厨房跑去。我不知道为什么要在这时候找母亲。跑到厨房，我喊了一声："妈！"背手倚着门框。

妈站在大炉灶前，头上满是汗，脸通红，她的肚子太大了，向外挺着，挺得像要把肚子送给人！锅里油热了，冒着烟，她把菜倒在锅里，才回过头来不耐烦地问我：

"干吗？"我回答不出，直着眼看妈的脸。她急了，又催我："说话呀！"

我被逼得找话说，看她呱呱呱地用铲子敲着锅底，把炒熟的菜装在盘子里，那手法也是熟巧的，我只好说：

"我饿了，妈。"

妈完全不知道刚才的那一幕使我多么同情她，她只是骂我：

"你急什么？吃了要去赴死吗？"她扬起锅铲赶我，"去去去，热得很，别在我这儿捣乱！"

在我的泪眼中，妈妈的形象模糊了，我终于哇地一声哭了出来。宋妈把我一把拉出厨房，她说什么？"一点都不知道心疼你妈，看这么热天，这么大肚子！"

我听了跳起脚尖哭。

兰姨娘也从里院跑出来了，她说：

"刚才不是还好好的吗？这会工夫怎么又捣乱捣到厨房来啦！"

妈说：

"去叫她爸爸来揍她！"

天快黑了，我被围在家中女人们的中间，她们越叫我吃饭，我越伤心；她们越说我不懂事，我越哭得厉害。

在杂乱中,我忽然看见一个白色的影子从我身旁擦过,是——是多日不见的德先叔,他连看都不看我一眼,直往里院走。看着他那轻飘飘白绸子长衫的背影,我咬起牙,恨一切在我眼前的人,包括德先叔在内。

三

第二天早晨,我是全家最迟起来的人,醒来我还闭着眼睛想,早点是不是应当继续绝食下去?昨天抽大烟闹朱砂手的事,给我的不安还没有解开,她使我想到几件事:我记得妈跟别人说过,爸爸在日本吃花酒,一家挨一家,吃一整条街,从天黑吃到天亮。妈就在家里守到天亮,等着一个醉了的丈夫回来。我又记得我们住在城里时,每次到城南游艺园听夜戏回来,车子从胭脂胡同、韩家潭穿过时,宋妈总会把我从睡梦中推醒:"醒醒,醒醒,大小姐!看,多亮!"我睁开眼,原来正经过辉煌光亮的胡同,各家门前挂着围了小电灯扎彩的镜框,上面写着什么"弟弟""黛玉""绿琴"等等字样,奶妈跟我说过,兰姨娘没到施伯伯家,也是在这种地方住。他们是刮男人的钱、毁男人的家的坏东西!因为这样,所以一看到爸和兰姨娘那样的事,觉得使妈受了委屈,使我们都受了委屈。把原来喜欢兰姨娘的心,打了大大的折扣,我又恨,又怕。

我起床了,要到前院去,经过厢房时,一晃眼看见兰姨娘正在墙前的桌上摸骨牌,玩她的过五关斩六将,我装着没看见,直走过去,因为心中还恨恨的。

"英子!"兰姨娘隔着窗子在叫我。

我不得不进屋了,兰姨娘推开桌上的骨牌,站起来拉着我的

手,温柔地说:

"看你这孩子,昨天一晚上把眼睛都哭肿了,饭也没吃。"她抚摸着我的头发,我绷着劲儿,一点笑容都没有。她又说:

"别难过,后天就是七月十五了,你要提什么样的莲花灯,兰姨娘给你买。"

我摇摇头,她又自管自地接着说:

"你不是说要特别花样的吗?我帮你做个西瓜灯,好?要把瓜吃空了,皮削脱,剩薄薄格一层瓤子,里面点上灯,透明格,蛮有趣。"

兰姨娘话说多了,就不由得带了她家乡的口音,轻轻软软,多么好听!我被她说得回心转意了,点点头。

她见我答应了也很高兴,忽然又闲话问我:

"昨天跟你爸瞎三话四,讲到半夜的那只四眼狗是什么人?"

"四眼狗?"我不懂。

兰姨娘淘气地笑了,她用手掌从脸上向下一抹,手指弯成两个圈,往眼睛上一比:

"喏!就是这个人呀!"

"啊——那是我德先叔。"

这时,不知是什么心情,忽然使我站在德先叔这一边了,我有意把德先叔叫得亲热些,并且说:

"他是很有学问的,所以要戴眼镜。他在北京大学念书,爸说,他是顶、顶、顶新的新青年,很了不起!"我挑着大拇指说,很有把兰姨娘卑贱的身份更压下去的意思。

"原来是大学生呀!"兰姨娘倒也缓和了,"那么就是你妈说过,常住在你们家躲风声的那个大学生喽?"

"是。"

"好。"兰姨娘点点头笑说:"你爸爸的心眼儿蛮好的,三六九等的人都留下了。"

我从兰姨娘的屋里出来,就不由得往前院德先叔住的南屋走去。我有权利去,因为南屋书桌抽屉里放着我的功课,我的小布人儿,我的《儿童世界》,德先叔正占用那书桌,我走进去就不客气地拉开书桌抽屉,翻这翻那,毫无目的。他被我在他身旁闹得低下头来看。我说:

"我的小刀呢?剪子呢?兰姨娘要给我做西瓜灯哪!"

"那个兰姨娘是你家什么人?我以前怎么没见过?"我多么高兴兰姨娘引起他的注意了。

"德先叔,你说那个兰姨娘好看不好看?"

"我不知道,我没看清楚。"

"她可看清楚你了,她说,你的眼睛很神气,戴着眼镜很有学问。"我想到"四眼狗",简直不敢正眼朝他脸上看,只听见他说:

"哦?——哦?"

吃午饭的时候,德先叔的话更多了,他不那样旁若无人地总对爸一个人说话了,也不时转过头向兰姨娘表示征求意见的样子,但是兰姨娘只顾给我夹菜,根本不留神他。

下午,我又溜到兰姨娘的屋里。我找个机会对兰姨娘说:

"德先叔夸你哩!"

"夸我?夸我什么呀?"

"我早上到书房去找剪刀,他跟我说:'你那个兰姨娘,很不错呀!'"

"哟!"兰姨娘抿着嘴笑了,"他还说什么?"

"他说——他说,他说你像他的一个女同学。"我瞎说。

"那——人家是大学堂的,我怎么比得了!"

晚饭桌上，兰姨娘就笑眯眯的了，跟德先叔也搭搭话。爸更高兴，他说：

"我这人就是喜欢帮助落难的朋友，别人不敢答应的事，我不怕！"说着，他就拍拍胸脯。爸酒喝得够多，眼睛都红了，笑嘻嘻斜乜着眼看兰姨娘。妈的脸色好难看，站起来去倒茶，我的心又冷又怕，好像我和妈妈要被丢在荒野里。

我整日守着兰姨娘，不让她有一点机会跟爸单独在一起。德先叔这次住在我们家倒是很少出去，整日待在屋里发愣，要不就在院子里晃来晃去的。

七月十五日的下午，兰姨娘的西瓜灯完成了。一吃过晚饭，天还没有黑，我就催着兰姨娘、宋妈，还有二妹，点上自己的灯到街上去，也逛别人的灯。临走的时候，我跑到德先叔的屋里，我说：

"我和兰姨娘去逛莲花灯，您去不去？我们在京华印书馆大楼底下等您！"说完我就跑了。

行人道上挤满了提灯和逛灯的人，我的西瓜灯很新鲜，很引人注意。但是不久我们就和宋妈、二妹她们走散了，我牵着兰姨娘的手，一直往西去，到了京华印书馆的楼前停下来，我假装找失散的宋妈她们，其实是在盼望德先叔。我在附近东张西望一阵没看见，失望地回到楼前来，谁知道德先叔已经来了，他正笑眯眯地跟兰姨娘点头，兰姨娘有点不好意思，也点头微笑着。德先叔说：

"密斯黄，对于民间风俗很有兴趣。"

兰姨娘仿佛很吃惊，不自然地说：

"哪里，哄哄孩子！您，您怎么知道我姓黄？"

我想兰姨娘从来没有被人叫过"密斯黄"吧，我知道，人家没结过婚的女学生才叫"密斯"，兰姨娘倒也配！我不禁撇了一下嘴，心里真不服气，虽然我一心想把兰姨娘跟德先叔拉在一起。

"我听林太太讲起过,说密斯黄是一位很有志气的,敢向恶劣环境反抗的女性!"德先叔这么说就是了,我不信妈这样说过,妈根本不会说这样的话。

这一晚上,我提着灯,兰姨娘一手紧紧地按在我的肩头上,倒像是我在领着一个瞎子走夜路。我们一路慢慢走着,德先叔和兰姨娘中间隔着一个我,他们在低低地谈着,兰姨娘一笑就用小手绢捂着嘴。

第二天我再到德先叔屋里去,他跟我有的是话说了,他问我:

"你兰姨娘都看些什么书,你知道吗?"

"她正在看《二度梅》,你看过没有?"

德先叔难得向我笑笑,摇摇头,他从书堆里翻出一本书递给我说:"拿去给她看吧。"

我接过来一看,书面上印着:《易卜生戏剧集:傀儡家庭》。

第三天,我给他们传递了一次纸条。第四天我们三个人去看了一次电影,我看不懂,但是兰姨娘看了当时就哭得欷欷的,德先叔递给她手绢擦,那电影是李丽吉舒主演的《二孤女》。第五天我们走得更远,到了三贝子花园。

从三贝子花园回来,我兴奋得不得了,恨不得飞回家,飞到妈的身边告诉她,我在三贝子花园畅观楼里照哈哈镜玩时,怎样一回头看见兰姨娘和德先叔手拉手,那副肉麻相!而且我还要把全部告诉妈!但是回到家里,卧室的门关了,宋妈不许我进去,她说:

"你妈给你又生了小妹妹!"

直到第二天,我才溜进去看,小妹妹瘦得很,白苍苍的小手,像鸡爪子,可是那接生的产婆山田太太直夸赞,她来给妹妹洗澡,一打开小被包,露出妹妹的鸡爪子,她就用日本话拉长了声说:

"可爱イネ!——可爱イネ!"(可爱呀!可爱呀!)

妈端着一碗香喷喷的鸡酒煮挂面，望着澡盆里的小肉体微笑着。她没注意我正在床前的小茶几旁打转。我很喜欢妈生小孩子，因为可以跟着揩油吃些什么，小茶几上总有鸡酒啦，奶粉啦，黑糖水啦，我无所不好。但是我今天更兴奋的是，心里搁着一件事，简直是非告诉她不可啦！

妈一眼看见我了：

"我好像好几天没看见你了，你在忙什么呢？这么热的天，又野跑到哪儿去了？"

"我一直在家里，您不信问兰姨娘好了。"

"昨天呢？"

"昨天——"

我也学会了鬼鬼祟祟，挤到妈床前，小声说："兰姨娘没告诉您吗？我们到三贝子花园去了。妈，收票的大高人，好像更高了，我们三个人还跟他合照了一张相呢，我只到那人这里……"

"三个人？还有一个是谁？"

"您猜。"

"左不是你爸爸！"

"您猜错了。"看妈的一副苦相，我想笑，我不慌不忙地学着兰姨娘，用手掌从脸上向下一抹，然后用手指弯成两个圈往眼上一比，我说：

"喏！就是这个人呀！"

妈皱起眉头在猜：

"这是谁？难道？难道是？——"

"是德先叔。"我得意地摇晃着身体，并且拍拍我的新妹妹的小被包。

"真的？"妈的苦相没了，又换了一副急相："到底是怎么回事？你说，你从头儿说。"

我从四眼狗讲到哈哈镜，妈听我说得出了神，她怀中的瘦鸡妹妹早就睡着了，她还在摇着。

"都是你一个人捣的鬼！"妈好像责备我，可是她笑得那么好看。

"妈，"我有好大的委屈，"您那天还要叫爸揍我呢！"

"对了，这些事你爸知道不？"

"要告诉他么？"

"这样也好。"妈没理我，她低头呆想什么，微笑着自言自语地说。然后她又好像想起了什么，抬起头来对我说：

"你那天说要买什么来着？"

"一副滚铁环，一双皮鞋，现在我还要加上订一整年的《儿童世界》。"我毫不迟疑地说。

四

爸正在院子里浇花，这是他每天的功课，下班回家后，他换了衣服，总要到花池子花盆前摆弄好一阵子。那几盆石榴，春天爸给施了肥，满院子麻渣臭味，到五月，火红的花朵开了，现在中秋了，肥硕的大石榴都咧开了嘴向爸笑！但是今天爸并不高兴，他站在花前发呆。我看爸瘦瘦高高，穿着白纺绸裤褂的身子，晃晃荡荡的，显得格外的寂寞，他从来没有这样过。

宋妈正在开饭，她一趟趟地往饭厅里运碗运盘，今天的菜很丰富，是给德先叔和兰姨娘送行。

我正在屋里写最后的大字。今年暑假过得很快乐、很新奇，可是暑假作业全丢下没有做，这个暑假没有人管我了。兰姨娘最初还催我写九宫格,后来她只顾得看《傀儡家庭》了,就懒得理我的功课。九宫格里填满了我的潦草的墨迹,一张又一张的,我不像是写字,比鬼画符还难看。我从窗子正看到爸的白色的背影,不由得停下了笔,不知怎么,心里觉得很对不起爸。

我很纳闷儿,德先叔和兰姨娘是怎么跟爸提起他们要一起走的事呢?我昨天晚上要睡觉时一进屋,只听到爸对妈说:

"……我怎么一点儿都不知道?"

我不知道爸说的是什么事,所以起初没注意,一边换衣服一边想我自己的事:还有两天就开学了,明天可该把大字补写出来了,可是一张九个字,十张九十个字,四十张三百六十个字,让我怎么赶呀!还是求求兰姨娘给帮忙吧。这时我又听见妈说:

"这种事怎么能叫你知道了去!哼!"妈冷笑了一下。

"那么你知道?"

"我?我也不知道呀,德先是怎么跟你提起的?"

"他先是说,这些日子风声又紧了,他必得离开北京,他打算先到天津看看,再坐船到上海去。随后他又说:'我有一件事要告诉大哥的,密斯黄预备和我一起走。'……"我这时才明白是讲的什么事,好奇地仔细听下去。

"哼!你听德先讲了还不吃一惊!"妈说。

"惊么该!"爸不服气,"不过出乎意料就是了,你真一点都不知道,一点都没看出来?"

"我从哪儿知道呢?"妈简直瞎说!停了一下妈又说:"平常倒也仿佛看出有那么点儿意思。"

"那为什么不跟我说?"

"哟!跟你说,难道你还能拦住人家不成,我看他们这样很不错。"

"好固然好,可是我对于德先这种偷偷摸摸的行为不赞成。"

妈听了从鼻子里笑了一声,一回头看见了我,就骂我:

"小孩子听什么!还不睡去!"

爸坐在那儿,两腿交叠着,不住地摇,我真想上前告诉他,在三贝子花园门口合照的相,德先叔还在上面题了字:"相逢何必曾相识",兰姨娘给我讲了好几遍呢!可是我怕说出来爸会骂我、打我。我默默地爬上床,躺下去,又听妈说:

"他们决定明天就走吗?那总得烧几样菜送送他们吧?"

"随便你吧!"

我再没听到什么了,心里只觉得舍不得兰姨娘,眼睛勉强睁开又闭上了。梦里还在写大字,兰姨娘按着我的右肩头,又仿佛是在逛灯的那晚上,我想举笔写字,她按得紧,抬不起手,怎么也写不成……

可是现在我正一张又一张地写,终于在晚饭前写完了,我带着一嘴的黑胡子和黑手印上了饭桌,兰姨娘先笑了:

"你的大字倒刷好了?"

我今天挨着兰姨娘坐,心中真觉得舍不得,妈直让酒,向兰姨娘和德先叔说:

"你们俩一路顺风!"

爸不用人让,把自己灌得脸红红的,头上的青筋一条条像蚯蚓一样地暴露着,他举着酒杯伸出头,一直伸到兰姨娘的脸前,兰姨娘直朝后躲闪,嘴里说:

"林先生,你别再喝了,可喝不少了。"

爸忽然又直起身子来,做出老大哥的神气,醉言醉语地说:

"我这个人最肯帮朋友的忙,最喜欢成全朋友,是不是?德先,你可得好好待她哟!她就像我自家的妹子一样哟!"爸又转过头来向兰姨娘说:"要是他待你不好,你尽管回到我这里来。"兰姨娘娇羞地笑着,就仿佛她是十八岁的大姑娘刚出嫁。

宋妈在旁边伺候,也笑眯着,用很新鲜的眼光看兰姨娘。同时还把洒了双妹花露水的毛巾,一回又一回地送给爸爸擦脸。

马车早就叫来停在大门口了。我们是全家大小在门口送行的,连刚满月的小妹妹都抱出大门口见风了。

黄昏的虎坊桥大街很热闹,来来往往的,眼前都是人,也有邻居围在马车前等着看新鲜,宋妈早就告诉人家了吧!

兰姨娘换了一个人,她的油光刷亮的麻花髻没有了,现在头发剪的是华伦王子式!就跟我故事书里画的一样:一排头发齐齐地齐着眉毛,两边垂到耳朵边。身上穿的正是那件蛋青绸子旗袍,做成长身坎肩另接两只袖子样式的,脖子上围一条白纱,斜斜地系成一个大蝴蝶结,就跟在女高师念书的张家三姨打扮得一样样!

她跟爸妈说了多少感谢的话,然后低下身来摸着我的脸说:

"英子,好好地念书,可别像上回那么招你妈生气了,上三年级可是大姑娘啦!"

我想哭,也想笑,不知什么滋味,看兰姨娘跟德先叔同进了马车,隔着窗子还跟我们招手。

那马车越走越远越快了,扬起一阵滚滚灰尘,就什么也看不清了。我仰头看爸爸,他用手摸着胸口,像妈每次生了气犯胃病那样,我心里只觉得有些对不起爸,更是同情。我轻轻推爸爸的大腿,问他:

"爸,你要吃豆蔻吗?我去给你买。"

他并没有听见,但冲那远远的烟尘摇摇头。

受戒

汪曾祺

1980

明海出家已经四年了。

他是十三岁来的。

这个地方的地名有点儿怪，叫庵赵庄。赵，是因为庄上大都姓赵。叫作庄，可是人家住得很分散，这里两三家，那里两三家。一出门，远远可以看到，走起来得走一会，因为没有大路，都是弯弯曲曲的田埂。庵，是因为有一个庵。庵叫菩提庵，可是大家叫讹了，叫成荸荠庵。连庵里的和尚也这样叫。"宝刹何处？"——"荸荠庵。"庵本来是住尼姑的。"和尚庙""尼姑庵"嘛。可是荸荠庵住的是和尚。也许因为荸荠庵不大，大者为庙，小者为庵。

明海在家叫小明子。他是从小就确定要出家的。他的家乡不叫"出家"，叫"当和尚"。他的家乡出和尚。就像有的地方出劁猪的，有的地方出织席子的，有的地方出箍桶的，有的地方出弹棉花的，有的地方出画匠，有的地方出婊子，他的家乡出和尚。人家弟兄多，就派一个出去当和尚。当和尚也要通过关系，也有帮。这地方的和尚有的走得很远。有到杭州灵隐寺的、上海静安寺的、镇江金山寺的、扬州天宁寺的。一般的就在本县的寺庙。

明海家田少，老大、老二、老三，就足够种的了。他是老四。他七岁那年，他当和尚的舅舅回家，他爹、他娘就和舅舅商议，决定叫他当和尚。他当时在旁边，觉得这实在是在情在理，没有理由反对。当和尚有很多好处。一是可以吃现成饭。哪个庙里都是管饭的。二是可以攒钱。只要学会了放瑜伽焰口，拜梁皇忏，可以按例分到辛苦钱。积攒起来，将来还俗娶亲也可以；不想还俗，买几亩田也可以。当和尚也不容易，一要面如朗月，二要声如钟磬，三要聪明记性好。他舅舅给他相了相面，叫他前走几步，后走几步，又叫他喊了一声赶牛打场的号子："格当嘚——"，说是"明子准能当个好和尚，我包了！"要当和尚，得下点本，——念几年书。哪有不认字的和尚呢！于是明子就开蒙入学，读了《三字经》《百家姓》《四言杂字》《幼学琼林》《上论》《下论》《上孟》《下孟》，每天还写一张仿。村里都夸他字写得好，很黑。

舅舅按照约定的日期又回了家，带了一件他自己穿的和尚领的短衫，叫明子娘改小一点，给明子穿上。明子穿了这件和尚短衫，下身还是在家穿的紫花裤子，赤脚穿了一双新布鞋，跟他爹、他娘磕了一个头，就随舅舅走了。

他上学时起了个学名，叫明海。舅舅说，不用改了。于是"明海"就从学名变成了法名。

过了一个湖。好大一个湖！穿过一个县城。县城真热闹：官盐店，税务局，肉铺里挂着成边的猪，一个驴子在磨芝麻，满街都是小磨香油的香味，布店，卖茉莉粉、梳头油的什么斋，卖绒花的，卖丝线的，打把式卖膏药的，吹糖人的，耍蛇的……他什么都想看看。舅舅一劲地推他："快走！快走！"

到了一个河边，有一只船在等着他们。船上有一个五十来岁的瘦长瘦长的大伯，船头蹲着一个跟明子差不多大的女孩子，在剥一个莲蓬吃。明子和舅舅坐到舱里，船就开了。明子听见有人跟他说话，是那个女孩子。

"是你要到荸荠庵当和尚吗？"

明子点点头。

"当和尚要烧戒疤呕！你不怕？"

明子不知道怎么回答，就含含糊糊地摇了摇头。

"你叫什么？"

"明海。"

"在家的时候？"

"叫明子。"

"明子！我叫小英子！我们是邻居。我家挨着荸荠庵。——给你！"

小英子把吃剩的半个莲蓬扔给明海，小明子就剥开莲蓬壳，一颗一颗吃起来。

大伯一桨一桨地划着，只听见船桨拨水的声音：

"哗——许！哗——许！"

……

荸荠庵的地势很好，在一片高地上。这一带就数这片地势高，当初建庵的人很会选地方。门前是一条河。门外是一片很大的打谷场。三面都是高大的柳树。山门里是一个穿堂。迎门供着弥勒佛。不知是哪一位名士撰写了一副对联：

　　大肚能容，容天下难容之事
　　开颜一笑，笑世间可笑之人

弥勒佛背后，是韦驮。过穿堂，是一个不小的天井，种着两棵白果树。天井两边各有三间厢房。走过天井，便是大殿，供着三世佛。佛像连龛才四尺来高。大殿东边是方丈，西边是库房。大殿东侧，有一个小小的六角门，白门绿字，刻着一副对联：

一花一世界
三藐三菩提

进门有一个狭长的天井，几块假山石，几盆花，有三间小房。

小和尚的日子清闲得很。一早起来，开山门，扫地。庵里的地铺的都是箩底方砖，好扫得很，给弥勒佛、韦驮烧一炷香，正殿的三世佛面前也烧一炷香、磕三个头、念三声"南无阿弥陀佛"，敲三声磬。这庵里的和尚不兴做什么早课、晚课，明子这三声磬就全都代替了。然后，挑水，喂猪。然后，等当家和尚，即明子的舅舅起来，教他念经。

教念经也跟教书一样，师父面前一本经，徒弟面前一本经，师父唱一句，徒弟跟着唱一句。是唱哎。舅舅一边唱，一边还用手在桌上拍板。一板一眼，拍得很响，就跟教唱戏一样。是跟教唱戏一样，完全一样哎。连用的名词都一样。舅舅说，念经：一要板眼准，二要合工尺。说：当一个好和尚，得有条好嗓子。说：民国二十年闹大水，运河倒了堤，最后在清水潭合龙，因为大水淹死的人很多，放了一台大焰口，十三大师——十三个正座和尚，各大庙的方丈都来了，下面的和尚上百。谁当这个首座？推来推去，还是石桥——善因寺的方丈！他往上一坐，就跟地藏王菩萨一样，这就不用说了；那一声"开香赞"，围看的上千人立时鸦雀无声。说：嗓子要练，夏练三伏，冬练三九，要练丹田气！说：要吃得苦中苦，方为人上人！说：和尚里也有状元、榜眼、探花！要用心，不要贪玩！舅舅这一番大法要说得明海和尚实在是五体投地，于是就一板一眼地跟着舅舅唱起来：

炉香乍爇——

炉香乍爇——

法界蒙熏——

法界蒙熏——

诸佛现金身……

诸佛现金身……

……

等明海学完了早经，——他晚上临睡前还要学一段，叫作晚经，——荸荠庵的师父们就都陆续起床了。

这庵里人口简单，一共六个人。连明海在内，五个和尚。

有一个老和尚，六十几了，是舅舅的师叔，法名普照，但是知道的人很少，因为很少人叫他法名，都称之为老和尚或老师父，明海叫他师爷爷。这是个很枯寂的人，一天关在房里，就是那"一花一世界"里。也看不见他念佛，只是那么一声不响地坐着。他是吃斋的，过年时除外。

下面就是师兄弟三个，仁字排行：仁山、仁海、仁渡。庵里庵外，有的称他们为大师父、二师父；有的称之为山师父、海师父。只有仁渡，没有叫他"渡师父"的，因为听起来不像话，大都直呼之为仁渡。他也只配如此，因为他还年轻，才二十多岁。

仁山，即明子的舅舅，是当家的。不叫"方丈"，也不叫"住持"，却叫"当家的"，是很有道理的，因为他确确实实干的是当家的职务。他屋里摆的是一张账桌，桌子上放的是账簿和算盘。

账簿共有三本。一本是经账,一本是租账,一本是债账。和尚要做法事,做法事要收钱,——要不,当和尚干什么?常做的法事是放焰口。正规的焰口是十个人。一个正座,一个敲鼓的,两边一边四个。人少了,八个,一边三个,也凑合了。荸荠庵只有四个和尚,要放整焰口就得和别的庙里合伙。这样的时候也有过,通常只是放半台焰口。一个正座,一个敲鼓,另外一边一个。一来找别的庙里合伙费事;二来这一带放得起整焰口的人家也不多。有的时候,谁家死了人,就只请两个,甚至一个和尚咕噜咕噜念一通经,敲打几声法器就算完事。很多人家的经钱不是当时就给,往往要等秋后才还。这就得记账。另外,和尚放焰口的辛苦钱不是一样的。就像唱戏一样,有份子。正座第一份。因为他要领唱,而且还要独唱。当中有一大段《叹骷髅》,别的和尚都放下法器休息,只有首座一个人有板有眼地曼声吟唱。第二份是敲鼓的。你以为这容易呀?哼,单是一开头的"发擂",手上没功夫就敲不出迟疾顿挫!其余的,就一样了。这也得记上:某月某日、谁家焰口半台,谁正座,谁敲鼓……省得到年底结账时赌咒骂娘。……这庵里有几十亩庙产,租给人种,到时候要收租。庵里还放债。租、债一向倒很少亏欠,因为租佃借钱的人怕菩萨不高兴。这三本账就够仁山忙的了。另外香烛、灯火、油盐、"福食",这也得随时记记账呀。除了账簿之外,山师父的方丈的墙上还挂着一块水牌,上漆四个红字:"勤笔免思"。

仁山所说当一个好和尚的三个条件,他自己其实一条也不具备。他的相貌只要用两个字就说清楚了:黄,胖。声音也不像钟磬,倒像母猪。聪明么?难说,打牌老输。他在庵里从不穿袈裟,连海青直裰也免了。经常是披着件短僧衣,袒露着一个黄色的肚子。下面是光脚趿拉着一对僧鞋,——新鞋他也是趿拉着。他一天就是这样不衫不履地这里走走,那里走走,发出母猪一样的声音:"哼——哼——"。

二师父仁海。他是有老婆的。他老婆每年夏秋之间来住几个月,因为庵里凉快。庵里有六个人,其中之一,就是这位和尚的家眷。仁山、仁渡叫她嫂子,明海叫她师娘。这两口子都很爱干净,整天地洗涮。傍晚的时候,坐在天井里乘凉。白天,闷在屋里不出来。

三师父是个很聪明精干的人。有时一笔账大师兄扒了半天算盘也算不清,他眼珠子转两转,早算得一清二楚。他打牌赢的时候多,二三十张牌落地,上下家手里有些什么牌,他就差不多都知道了。他打牌时,总有人爱在他后面看歪头胡。谁家约他打牌,就说"想送两个钱给你"。他不但经忏俱通(小庙的和尚能够拜忏的不多),而且身怀绝技,会"飞铙"。七月间有些地方做盂兰会,在旷地上放大焰口,几十个和尚,穿绣花袈裟,飞铙。飞铙就是把十多斤重的大铙钹飞起来。到了一定的时候,全部法器皆停,只几十副大铙紧张急促地敲起来。忽然起手,大铙向半空中飞去,一面飞,一面旋转。然后,又落下来,接住。接住不是平平常常地接住,有各种架势,"犀牛望月""苏秦背剑"……这哪是念经,这是耍杂技。也许是地藏王菩萨爱看这个,但真正因此快乐起来的是人,尤其是妇女和孩子。这是年轻漂亮的和尚出风头的机会。一场大焰口过后,也像一个好戏班子过后一样,会有一个两个大姑娘、小媳妇失踪,——跟和尚跑了。他还会放花焰口。有的人家,亲戚中多风流子弟,在不是很哀伤的佛事——如做冥寿时,就会提出放花焰口。所谓"花焰口"就是在正焰口之后,叫和尚唱小调,拉丝弦,吹管笛,敲鼓板,而且可以点唱。仁渡一个人可以唱一夜不重头。仁渡前几年一直在外面,近二年才常住在庵里。据说他有相好的,而且不止一个。他平常可是很规矩,看到姑娘媳妇总是老老实实的,连一句玩笑话都不说,一句小调山歌都不唱。有一回,在打谷场上乘凉的时候,一伙人把他围起来,非叫他唱两个不可。他却情不过,说:"好,唱一个。不唱家乡的。家乡的你们都熟,唱个安徽的。"

  姐和小郎打大麦,
  一转子讲得听不得。
  听不得就听不得,
  打完了大麦打小麦。

唱完了,大家还嫌不够,他就又唱了一个:

  姐儿生得漂漂的,
  两个奶子翘翘的。
  有心上去摸一把,
  心里有点跳跳的。
  ……

这个庵里无所谓清规,连这两个字也没人提起。

仁山吃水烟,连出门做法事也带着他的水烟袋。

他们经常打牌。这是个打牌的好地方。把大殿上吃饭的方桌往门口一搭,斜放着,就是牌桌。桌子一放好,仁山就从他的方丈里把筹码拿出来,哗啦一声倒在桌上。斗纸牌的时候多,搓麻将的时候少。牌客除了师兄弟三人,常来的是一个收鸭毛的,一个打兔子兼偷鸡的,都是正经人。收鸭毛的担一副竹筐,串乡串

镇,拉长了沙哑的声音喊叫:

"鸭毛卖钱——"

偷鸡的有一件家什——铜蜻蜓。看准了一只老母鸡,把铜蜻蜓一丢,鸡婆子上去就是一口。这一啄,铜蜻蜓的硬簧绷开,鸡嘴撑住了,叫不出来了。正在这鸡十分纳闷的时候,上去一把薅住。

明子曾经跟这位正经人要过铜蜻蜓看看。他拿到小英子家门前试了一试,果然!小英子的娘知道了,骂明子:

"要死了!儿子!你怎么到我家来玩铜蜻蜓了!"

小英子跑过来:

"给我!给我!"

她也试了试,真灵,一个黑母鸡一下子就把嘴撑住,傻了眼了!

下雨阴天,这二位就光临荸荠庵,消磨一天。

有时没有外客,就把老师叔也拉出来,打牌的结局,大都是当家和尚气得鼓鼓的:"×妈妈的!又输了!下回不来了!"

他们吃肉不瞒人。年下也杀猪。杀猪就在大殿上。一切都和在家人一样,开水、木桶、尖刀。捆猪的时候,猪也是没命地叫。跟在家人不同的,是多一道仪式,要给即将升天的猪念一道"往生咒",并且总是老师叔念,神情很庄重:

"……一切胎生、卵生、息生,来从虚空来,还归虚空去,往生再世,皆当欢喜。南无阿弥陀佛!"

三师父仁渡一刀子下去,鲜红的猪血就带着很多沫子喷出来。

……

明子老往小英子家里跑。

小英子的家像一个小岛,三面都是河,西面有一条小路通到荸荠庵。独门独户,岛上只有这一家。岛上有六棵大桑树,夏天都结大桑葚，三棵结白的，三棵结紫的；一个菜园子，瓜豆蔬菜，四时不缺。院墙下半截是砖砌的，上半截是泥夯的。大门是桐油油过的，贴着一副万年红的春联：

向阳门第春常在
积善人家庆有余

门里是一个很宽的院子。院子里一边是牛屋、碓棚；一边是猪圈、鸡窠，还有个关鸭子的栅栏。露天地放着一具石磨。正北面是住房，也是砖基土筑，上面盖的一半是瓦，一半是草。房子翻修了才三年，木料还露着白茬。正中是堂屋，家神菩萨的画像上贴的金还没有发黑。两边是卧房。隔扇窗上各嵌了一块一尺见方的玻璃，明亮亮的，——这在乡下是不多见的。房檐下一边种着一棵石榴树，一边种着一棵栀子花，都齐房檐高了。夏天开了花，一红一白，好看得很。栀子花香得冲鼻子。顺风的时候，在荸荠庵都闻得见。

这家人口不多，他家当然是姓赵。一共四口人：赵大伯、赵大妈，两个女儿，大英子、小英子。老两口没得儿子。因为这些年人不得病，牛不生灾，也没有大旱大水闹蝗虫，日子过得很兴旺。他们家自己有田，本来够吃的了，又租种了庵上的十亩田。自己的田里，一亩种了荸荠，——这一半是小英子的主意，她爱吃荸荠，一亩种了茨菇。家里喂了一大群鸡鸭，单是鸡蛋鸭毛就够一年的油盐了。赵大伯是个能干人。他是一个"全把式"，不但田里场上样样精通，还会罩鱼、洗磨、凿砻、修水车、修船、砌墙、烧砖、箍桶、劈篾、绞麻绳。他不咳嗽，不腰疼，结结实实，像一棵榆树。人很和气，一天不声不响。赵大伯是一棵摇钱树，赵大娘就是个聚宝盆。大娘精神得出奇。五十岁了，两个眼睛还是清亮亮的。不论什么时候，头都是梳得滑溜溜的，身上衣服都是格挣挣的。像老头子一样，她一天不闲着。煮猪食，喂猪，腌咸菜，——她腌的咸萝卜干非常好吃——舂粉子，磨小豆腐，编蓑衣，织芦箔。她还会剪花样子。这里嫁闺女，陪嫁妆，瓷坛子、锡罐子，都要用梅红纸剪出吉祥花样，贴在上面，讨个吉利，也才好看："丹凤朝阳"呀，"白头到老"呀，"子孙万代"呀，"福寿绵长"呀。二三十里的人家都来请她："大娘，好日子是十六，你哪天去呀？"——"十五，我一大清早就来！"

"一定呀！"——"一定！一定！"

两个女儿，长得跟她娘像一个模子里托出来的。眼睛长得尤其像，白眼珠鸭蛋青，黑眼珠棋子黑，定神时如清水，闪动时像星星。浑身上下，头是头，脚是脚。头发滑溜溜的，衣服格挣挣的。——这里的风俗，十五六岁的姑娘就都梳上头了。这两个丫头，这一头的好头发！通红的发根，雪白的簪子！娘女三个去赶集，一集的人都朝她们望。

姐妹俩长得很像，性格不同。大姑娘很文静，话很少，像父亲。小英子比她娘还会说，一天咭咭呱呱地不停。大姐说：

"你一天到晚咭咭呱呱——"

"像个喜鹊！"

"你自己说的！——吵得人心乱！"

"心乱？"

"心乱！"

"你心乱怪我呀！"

二姑娘话里有话。大英子已经有了人家。小人她偷偷地看过，人很敦厚，也不难看，家道也殷实，她满意。已经下过小定，日子还没有定下来。她这二年,很少出房门,整天赶她的嫁妆。大裁大剪,她都会。挑花绣花,不如娘。她可又嫌娘出的样子太老了。她到城里看过新娘子,说人家现在绣的都是活花活草。这可把娘难住了。最后是喜鹊忽然一拍屁股:"我给你保举一个人!"

这人是谁?是明子。明子念"上孟下孟"的时候,不知怎么得了半套《芥子园》,他喜欢得很。到了荸荠庵,他还常翻出来看,有时还把旧账簿子翻过来,照着描。小英子说:

"他会画!画得跟活的一样!"

小英子把明海请到家里来,给他磨墨铺纸,小和尚画了几张,大英子喜欢得了不得:

"就是这样!就是这样!这就可以乱孱!"——所谓"乱孱"是绣花的一种针法:绣了第一层,第二层的针脚插进第一层的针缝,这样颜色就可由深到淡,不露痕迹,不像娘那一代绣的花是平针,深浅之间,界限分明,一道一道的。小英子就像个书童,又像个参谋:

"画一朵石榴花!"

"画一朵栀子花!"

她把花掐来,明海就照着画。

到后来,凤仙花、石竹子、水蓼、淡竹叶、天竺果子、腊梅花,他都能画。

大娘看着也喜欢,搂住明海的和尚头:

"你真聪明!你给我当一个干儿子吧!"

小英子捺住他的肩膀,说:

"快叫!快叫!"

小明子跪在地下磕了一个头,从此就叫小英子的娘做干娘。

大英子绣的三双鞋,三十里方圆都传遍了。很多姑娘都走路坐船来看。看完了，就说："啧啧啧，真好看！这哪是绣的，这是一朵鲜花！"她们就拿了纸来央大娘求了小和尚来画。有求画帐檐的，有求画门帘飘带的，有求画鞋头花的。每回明子来画花，小英子就给他做点好吃的，煮两个鸡蛋，蒸一碗芋头，煎几个藕团子。

因为照顾姐姐赶嫁妆，田里的零碎生活小英子就全包了。她的帮手，是明子。

这地方的忙活是栽秧、车高田水、薅头遍草，再就是割稻子、打场子。这几茬重活，自己一家是忙不过来的。这地方兴换工。排好了日期，几家顾一家，轮流转。不收工钱，但是吃好的。一天吃六顿，两头见肉，顿顿有酒。干活时，敲着锣鼓，唱着歌，热闹得很。其余的时候，各顾各，不显得紧张。

薅三遍草的时候，秧已经很高了，低下头看不见人。一听见非常脆亮的嗓子在一片浓绿里唱：

　　栀子哎开花哎六瓣头哎……
　　姐家哎门前哎一道桥哎……

明海就知道小英子在哪里，三步两步就赶到，赶到就低头薅起草来。傍晚牵牛"打汪"，是明子的事。——水牛怕蚊子。这里的习惯，牛卸了轭，饮了水，就牵到一口和好泥水的"汪"里，由它自己打滚扑腾，弄得全身都是泥浆，这样蚊子就咬不透了。低田上水，只要一挂十四轧的水车，两个人车半天就够了。明子和小英子就伏在车杠上，不紧不慢地踩着车轴上的拐子，轻轻地唱着明海向三师父学来的各处山歌。打场的时候，明子能替赵大伯一会，让他回家吃饭。——赵家自己没有场，每年都在荸荠庵

外面的场上打谷子。他一扬鞭子,喊起了打场号子:

"格当嘚——"

这打场号子有音无字,可是九转十三弯,比什么山歌号子都好听。赵大娘在家,听见明子的号子,就侧起耳朵:

"这孩子这条嗓子!"

连大英子也停下针线:

"真好听!"

小英子非常骄傲地说:

"一十三省数第一!"

晚上,他们一起看场。——荸荠庵收来的租稻也晒在场上。他们并肩坐在一个石磙子上,听青蛙打鼓,听寒蛇唱歌,——这个地方以为蝼蛄叫是蚯蚓叫,而且叫蚯蚓叫"寒蛇",听纺纱婆子不停地纺纱,"唦——",看萤火虫飞来飞去,看天上的流星。

"呀!我忘了在裤带上打一个结!"小英子说。

这里的人相信,在流星掉下来的时候在裤带上打一个结,心里想什么好事,就能如愿。

……

"捋"荸荠,这是小英子最爱干的生活。秋天过去了,地净场光,荸荠的叶子枯了,——荸荠的笔直的小葱一样的圆叶子里是一格一格的,用手一捋,哔哔地响,小英子最爱捋着玩,——荸荠藏在烂泥里。赤了脚,在凉浸浸、滑滑溜溜的泥里踩着,——哎,一个硬疙瘩!伸手下去,一个红紫红紫的荸荠。她自己爱干这生活,还拉了明子一起去。她老是故意用自己的光脚去踩明子的脚。

她挎着一篮子荸荠回去了,在柔软的田埂上留了一串脚印。明海看着她的脚印,傻了。五个小小的趾头,脚掌平平的,脚跟细细的,脚弓部分缺了一块。明海身上有一种从来没有过的感觉,他觉得心里痒痒的。这一串美丽的脚印把小和尚的心搞乱了。

……

明子常搭赵家的船进城,给庵里买香烛,买油盐。闲时是赵大伯划船;忙时是小英子去,划船的是明子。

从庵赵庄到县城,当中要经过一片很大的芦花荡子。芦苇长得密密的,当中一条水路,四边不见人。划到这里,明子总是无端端地觉得心里很紧张,他就使劲地划桨。

小英子喊起来:

"明子!明子!你怎么啦?你发疯啦?为什么划得这么快?"

……

明海到善因寺去受戒。

"你真的要去烧戒疤呀?"

"真的。"

"好好的头皮上烧十二个洞,那不疼死啦?"

"咬咬牙。舅舅说这是当和尚的一大关,总要过的。"

"不受戒不行吗?"

"不受戒的是野和尚。"

"受了戒有啥好处?"

"受了戒就可以到处云游,逢寺挂褡。"

"什么叫'挂褡'?"

"就是在庙里住。有斋就吃。"

"不把钱?"

"不把钱。有法事,还得先尽外来的师父。"

"怪不得都说'远来的和尚会念经'。就凭头上这几个戒疤?"

"还要有一份戒牒。"

"闹半天,受戒就是领一张和尚的合格文凭呀!"

"就是!"

"我划船送你去。"

"好。"

小英子早早就把船划到荸荠庵门前。不知是什么道理,她兴奋得很。她充满了好奇心,想去看看善因寺这座大庙,看看受戒是个啥样子。

善因寺是全县第一大庙,在东门外,面临一条水很深的护城河,三面都是大树,寺在树林子里,远处只能隐隐约约看到一点金碧辉煌的屋顶,不知道有多大。树上到处挂着"谨防恶犬"的牌子。这寺里的狗出名的厉害。平常不大有人进去。放戒期间,任人游看,恶狗都锁起来了。

好大一座庙!庙门的门槛比小英子的胲膝都高。迎门矗着两块大牌,一边一块,一块写着斗大两个大字:"放戒",一块是:"禁止喧哗"。这庙里果然是气象庄严,到了这里谁也不敢大声咳嗽。明海自去报名办事,小英子就到处看看。好家伙,这哼哈二将、四大天王,有三丈多高,都是簇新的,才装修了不久。天井有二亩地大,铺着青石,种着苍松翠柏。"大雄宝殿",这才真是个"大殿"!一进去,凉飕飕的。到处都是金光耀眼。释迦牟尼佛坐在一个莲花座上,单是莲座,就比小英子还高。抬起头来也看不全他的脸,只看到一个微微闭着的嘴唇和胖墩墩的下巴。两边的两根大红蜡烛,一搂多粗。佛像前的大供桌上供着鲜花、绒花、绢花,还有珊瑚树、玉如意、整根的大象牙。香炉里烧着檀香。小英子出了庙,闻着自己的衣服都是香的。挂了好些幡。这些幡不知是什么缎子的,那么厚重,绣的花真细。这么大一口磬,里头能装五担水!这么大一个木鱼,有一头牛大,漆得通红的。她又去转了转罗汉堂,爬到千佛楼上看了看。真有一千个小佛!

她还跟着一些人去看了看藏经楼。藏经楼没有什么看头，都是经书！妈吔！逛了这么一圈，腿都酸了。小英子想起还要给家里打油，替姐姐配丝线，给娘买鞋面布，给自己买两个坠围裙飘带的银蝴蝶，给爹买旱烟，就出庙了。

等把事情办齐，晌午了。她又到庙里看了看，和尚正在吃粥。好大一个"膳堂"，坐得下八百个和尚。吃粥也有这样多讲究：正面法座上摆着两个锡胆瓶，里面插着红绒花，后面盘膝坐着一个穿了大红满金绣袈裟的和尚，手里拿了戒尺。这戒尺是要打人的。哪个和尚吃粥吃出了声音，他下来就是一戒尺。不过他并不真的打人，只是做个样子。真稀奇，那么多的和尚吃粥，竟然不出一点声音！他看见明子也坐在里面，想跟他打个招呼又不好打。想了想，管他禁止不禁止喧哗，就大声喊了一句："我走啦！"她看见明子目不斜视地微微点了点头，就不管很多人都朝自己看，大摇大摆地走了。

第四天一大清早小英子就去看明子。她知道明子受戒是第三天半夜，——烧戒疤是不许人看的。她知道要请老剃头师傅剃头，要剃得横摸顺摸都摸不出头发茬子，要不然一烧，就会"走"了戒，烧成了一片。她知道是用枣泥子先点在头皮上，然后用香头子点着。她知道烧了戒疤就喝一碗蘑菇汤，让它"发"，还不能躺下，要不停地走动，叫作"散戒"。这些都是明子告诉她的。明子是听舅舅说的。

她一看，和尚真在那里"散戒"，在城墙根底下的荒地里。一个一个，穿了新海青，光光的头皮上都有十二个黑点子。——这黑疤掉了，才会露出白白的、圆圆的"戒疤"。和尚都笑嘻嘻的，好像很高兴。她一眼就看见了明子。隔着一条护城河，就喊他：

"明子！"

"小英子!"

"你受了戒啦?"

"受了。"

"疼吗?"

"疼。"

"现在还疼吗?"

"现在疼过去了。"

"你哪天回去?"

"后天。"

"上午?下午?"

"下午。"

"我来接你!"

"好!"

……

小英子把明海接上船。

小英子这天穿了一件细白夏布上衣,下边是黑洋纱的裤子,赤脚穿了一双龙须草的细草鞋,头上一边插着一朵栀子花,一边插着一朵石榴花。她看见明子穿了新海青,里面露出短褂子的白领子,就说:"把你那外面的一件脱了,你不热呀!"

他们一人一把桨。小英子在中舱,明子扳艄,在船尾。

她一路问了明子很多话,好像一年没有看见了。

她问,烧戒疤的时候,有人哭吗?喊吗?

明子说,没有人哭,只是不住地念佛。有个山东和尚骂人:"俺日你奶奶!俺不烧了!"

她问善因寺的方丈石桥是相貌和声音都很出众吗?

"是的。"

"说他的方丈比小姐的绣房还讲究?"

"讲究。什么东西都是绣花的。"

"他屋里很香?"

"很香。他烧的是伽楠香,贵得很。"

"听说他会作诗,会画画,会写字?"

"会。庙里走廊两头的砖额上,都刻着他写的大字。"

"他是有个小老婆吗?"

"有一个。"

"才十九岁?"

"听说。"

"好看吗?"

"都说好看。"

"你没看见?"

"我怎么会看见?我关在庙里。"

明子告诉她,善因寺一个老和尚告诉他,寺里有意选他当沙弥尾,不过还没有定,要等主事的和尚商议。

"什么叫'沙弥尾'?"

"放一堂戒,要选出一个沙弥头,一个沙弥尾。沙弥头要老成,要会念很多经。沙弥尾要年轻,聪明,相貌好。"

"当了沙弥尾跟别的和尚有什么不同?"

"沙弥头,沙弥尾,将来都能当方丈。现在的方丈退居了,就当。石桥原来就是沙弥尾。"

"你当沙弥尾吗?"

"还不一定哪。"

"你当方丈,管善因寺?管这么大一个庙?!"

"还早呐!"

划了一气，小英子说："你不要当方丈！"

"好，不当。"

"你也不要当沙弥尾！"

"好，不当。"

又划了一气，看见那一片芦花荡子了。

小英子忽然把桨放下，走到船尾，趴在明子的耳朵旁边，小声地说：

"我给你当老婆，你要不要？"

明子眼睛鼓得大大的。

"你说话呀！"

明子说："嗯。"

"什么叫'嗯'呀！要不要，要不要？"

明子大声地说："要！"

"你喊什么！"

明子小小声说："要——"

"快点划！"

英子跳到中舱，两只桨飞快地划起来，划进了芦花荡。

芦花才吐新穗。紫灰色的芦穗，发着银光，软软的，滑溜溜的，像一串丝线。有的地方结了蒲棒，通红的，像一枝一枝小蜡烛。青浮萍，紫浮萍。长脚蚊子，水蜘蛛。野菱角开着四瓣的小白花。惊起一只青桩（一种水鸟），擦着芦穗，扑鲁鲁鲁飞远了。

……

风筝飘带

王蒙

1980

在红地白字的"伟大的中华人民共和国万岁"和挨得很挤的惊叹号旁边，矗立着两层楼那么高的西餐汤匙与刀、叉，三角牌餐具和她的邻居星海牌钢琴、长城牌旅行箱、雪莲牌羊毛衫、金鱼牌铅笔……一道，接受着那各自彬彬有礼地俯身吻向她们的忠顺的灯光，露出了光泽的、物质的微笑。瘦骨伶仃的有气节的杨树和一大一小的讲友谊的柏树，用零乱而又淡雅的影子抚慰着被西风夺去了青春的绿色的草坪。在寂寥的草坪和阔绰的广告牌之间，在初冬的尖刻薄情的夜风之中，站立着她——范素素。她穿着杏黄色的短呢外衣，直缝如注的灰色毛涤裤子和一双小巧的半高跟黑皮鞋。脖子上围着一条雪白的纱巾，叫人想起燕子胸前的羽毛，衬托着比夜还黑的眼睛和头发。

"让我们到那一群暴发户那里会面吧！"电话里，她对佳原那么说。她总是把这一片广告牌叫作"暴发户"，对于这些突然破土而出的新偶像既亲且妒。"多看两眼就觉得自己也有钢琴了。"佳原这样说过。"当然，老是念'不是你吃掉我，就是我吃掉你'，自己也会变成狼。"她说。

过了二十多分钟了，佳原还没有来。他总是迟到。傻子，该不是又让人讹上了吧？冬天清晨，他骑着车去图书馆，路过三王坟，看到一个被撞倒在路旁、哼哼唧唧的老太婆。撞人的人已经逃之夭夭。他便把秃顶的老太太扶起，问清住址，把自己的自行车放在路边锁上，搀着老太太回家。结果，老太太的家属和四邻把他包围了，把他当作肇事者。而老眼昏花的老太太，在周围人们的鼓励和追问下，竟然也一口咬定就是他撞的。是老年人的错乱吗？是一种视生人为仇的丑恶心理吗？当他说明这一切，说明自己只是一个助人的人的时候，有一位嗓音尖厉的妇人大喊："这么说，你不成了雷锋了吗？"全场哄然，笑出了眼泪。那是一九七五年，全民已经学过一段荀子，大家信仰性恶论。他总是不按时赴约，总是那么忙。连眼镜框上的积垢和眼镜片上的灰尘都没有时间擦拭。在认识他以前，素素可从来不忙。她的外衣一枚扣子松了，滴拉滴拉，她不缝。主要是除了她的奶奶，这个城市对于她是冷淡的，不欢迎的。城市轰她走，她才十六岁。然而说轰是不公正的。礼炮在头顶上轰鸣，铜号在原野上召唤。还有红旗、红书、红袖标、红心、红海洋，要建立一个红彤彤的世界。在这个世界里九亿人心齐得像一个人。从八十岁到八岁，大家围一个圈，一同背诵语录，一同"向左刺！""向右刺！""杀！杀！杀！"她渴望有这样一个世界胜过从前渴望有一个双铃大风筝。红彤彤的世界是什么样子她没有看到，她倒是看到了一个绿的世界：牧草，庄稼。她欢呼这个绿的世界。然后是黄的世界：枯叶、泥土、光秃秃的冬季。她想家。还有黑的世界，那是在和她一道插队的知识青年，陆续通过"门子"走掉之后。她得了维生素 A 缺乏症，视力一度受损。

她把关于红彤彤的世界的梦丢在绿色的、黄色的和黑色的迭替里。从此她食欲不振，胃功能紊乱，面容消瘦。除了红的梦，她还丢失了、抛弃了、被大喊大叫地抢去了或者悄没声息地窃走了许多别的颜色的梦。白色的梦，是水兵服和浪花；是医学博士和装配工；是白雪公主。为什么每一颗雪花都是六角形而又变化无穷呢？大自然不也具有艺术家的性格吗？蓝色的梦，关于天空，关于海底，关于星光，关于钢，关于击剑冠军和定点跳伞，关于化学实验室、烧瓶和酒精灯。还有橙色的梦，对了，爱情。他在哪儿呢？高大，英俊，智慧，善良，他总是憨笑着……我在这儿呢！她向着天坛的回音壁呼喊。

爸爸和妈妈用尽了一切办法，使出了一切解数，调动了一切力量，她回到了这个曾经慷慨地赐予了她那么多梦的城市。终于，爸爸也知道这是不可避免的了。为了回城而过五关、斩六将的故事也是一个陌生的、荒唐的梦。她不留恋这些梦了，她也不再留恋牧马铁姑娘的称号和生活，她很少说起这种称号和生活的各个侧面的迥然不同的颜色。一个多面多棱旋转柱。

她回来了，失去了许多色彩，增加了一些力气，新添了许多气味。油烟、蒜泥、炸成金黄的葱花。酒、蒸气、羊头肉切得比纸还薄。她去一个清真食堂做服务员，虽然她并非回民。所有这一切——献花、祝贺、一百分、检阅、热泪、抡起皮带嗡嗡响、"最高指示"倒背如流、特大喜讯、火车、汽车、雪青马和栗色马、队长的脸色……都是为了通向三两一盘的炒疙瘩吗？有一次她翻到一张她小学一年级的照片。那是一九五九年的国庆节，她七岁，两个小辫，两只大蝴蝶带着她起飞。辅导员引着她，她飞上了天安门城楼，把一束鲜花献给了毛主席。毛主席和她握了手。她那么小，还没和任何人握过手呢。毛主席的手又大、又厚、又暖、又有劲。毛主席好像还对她说了一句话，她没听清。事后回想，好像有"娃娃"两个字。她怎么这么幸运呢？她是毛主席的

"娃娃",她永远是幸运的人。

但是后来,她认不出这张照片了。这是真的吗?她认不出自己,甚至一九七五年她回城的时候,她也认不出毛主席。从前,毛主席的腰板挺得多么直,动作多么有力量啊!可现在在新闻简报上,好像挪动一下双脚都很艰难。她真心酸,她真想去看看毛主席,给毛主席熬一碗山药汤。奶奶生病的时候,就是她给熬汤,白、滑、细的山药块,甜、麻、香的山药汤。补老年人的气虚。不,她不想把她的苦恼、她的委屈告诉毛主席,不应该打扰他老人家。如果她在毛主席跟前掉了泪,她一定转过脸去。

然而这是不可能的。她不再是幸运的了吗?莫非她的运气七岁时候一下子就用完了?她回城干什么呢?为了妈妈?可笑。为了奶奶?也不行。报上说是一切为了毛主席,可我见不着他呀!于是素素再也不做梦了,不做梦,却又不停地说梦话、咬牙、翻身、长出气。"素素,醒一醒!"妈妈叫她。她醒了,茫然,不记得什么梦,只是一头冷汗,一身酸懒,好像刚从传染病房抬出来。

那天她正在路边,她瞧见了佳原这个傻子被他救护的老妇人反咬,瞧见了他被围攻的场面。佳原个子不高,其貌不扬,但是脸上带着各种素素似乎早已熟悉了的憨笑。后来派出所的人来了。派出所的人聪明得就像所罗门王。他说:"你找出两个证人来证明你没有撞倒这位老太太吧。否则,就是你撞的。"你能找出两个证人证明你不是克格勃的间谍吗?否则,就该把你枪决。素素心里说,实际上她一声没吭。她只是在上班前看看热闹罢了。看热闹的人已经里三层外三层了,这种热闹免票,而且比舞台上和银幕上的表演更新鲜一些。舞台和银幕上除了"冲霄汉"就得"冲九天",要不就得"能胜天""冲云天"。除了和"天"过不去以外,写不出什么新词儿来了。

"你们要干什么？难道做好事反倒要受惩罚不成？"熟悉的憨笑变成睁大的、痛苦的眼睛。素素的心里扎进了一根刺，她想呕吐。她跌跌撞撞地离去，但愿所罗门王不要追上来。

真巧，晚上小傻子到她铺子吃炒疙瘩来了。又是笑容了。他只要二两。"二两您吃得饱吗？"素素不假思索地改变了从来不与顾客搭话的习惯。"噢，我就先吃二两吧。"小傻子抱歉地说。他把右手食指弯曲着，往上推推自己的眼镜，其实眼镜并没有出溜到鼻子尖下的意思。"如果您的钱或者粮票不够，"不知为什么，素素会这样想，而且会这样说，"那没关系。您先要上，明天再把欠缺的送来好了。""那制度呢？""我先垫上，这不碍制度的事。""谢谢您。那我就得多吃了。因为中午没有吃饱。""您吃一斤半吗？""不，六两。""行。"她又端来四两。厨师发现这位顾客是素素的相识，便在盛完以后又加了一勺羊肉丁。每一颗疙瘩都过过油，金光闪亮，像一盘金豆子。金豆子的光辉传播到脸上来了，小伙子的笑容也更加好看。素素第一次明白炒疙瘩是个绝妙的、威力无比的宝贝。"说我骑车撞了人，把我的钱和粮票全要了去了。""可是您没撞？是吗？""当然。""那您为什么给他们钱？一分也不该给，气死人！""可那老太太需要粮票和钱。再说，我没有时间生气。"那边的顾客在叫。"来了！"素素高声回答，拿起抹布走过去。

晚上回家以后，她想给奶奶讲一讲这个傻子。奶奶犯了心绞痛。爸爸、妈妈拿不定主意是否立即送医院。"那个医院的急诊室臭气熏天，谁能在那个过道里躺五小时而不断气，就说明他的内脏器官是铁打的。"素素说。爸爸瞪了她一眼，那目光责备她这样说是对奶奶全无心肝。她一扭身，走了，回到她住的临时搭就的一个小棚子里。

这天夜里，素素做了梦。这是她许多年前最常做的梦之一

——放风筝。但是每次放的情景不同。从一九六六年，她已经有十年没有做过这样的梦了。而从一九七〇年，她已经有六年没有做过任何的梦了。长久干涸的河床里又流水了，长久阻隔的公路又通车了，长久不做的梦又出现了。不是在绿草地上，不是在操场上，而是在马背上放风筝。天和地非常之大。"农村是一个广阔的天地"，孩子们齐声朗诵。原来放风筝的并不是她，而是一位一顿吃了六两炒疙瘩的小伙子。风筝很简陋，寒碜得叫人掉泪！长方形的一片，俗名叫作"屁股帘儿"。但是风筝毕竟飞起来了，比东风饭店的新楼还高，比大青山上的松树还高，比草原上空的苍鹰还高，比吊着"无产阶级文化大革命胜利万岁"的气球还高。飞呀，飞呀，一道道的山，一道道的河，一行行的青松，一队队的红卫兵，一群群的马，一盘盘的炒疙瘩。这真有趣！她也跟着"屁股帘儿"飞起来了，原来她变成了风筝上面的一根长长的飘带儿。

梦醒了，天还没亮。她打开手电，找寻自己那张最幸福的照片。建国十周年，她给毛主席献过花。她确信自己是一个有福气的人。她哼着《社员都是向阳花》，缝紧了外衣上的那枚已经松脱了好久的滴拉滴拉的扣子。她自动祝愿毛主席身体健康。她给奶奶熬了山药汤。这种汤真是效验如神，奶奶喝过就好多了。这时天已大亮，家人和街坊都已起床。于是她尽情地刷牙漱口，她发出的声音非常之响，好像一列火车开进了她们的院子。而她洗脸的声音好像哪吒闹海。她吃了剩馒头和一片榨菜，喝了一碗白开水。只是在她怀疑《白开水最好喝》这篇文章是否攻击"三面红旗"的时候，她才从"屁股帘儿"上略略回到了现世界，但她仍然系紧了鞋带，走起路来咯咯咯地响，好像后跟上缀着一块铁掌，好像正在用小锤锤打楔子，目的是打一个捷克式五斗柜。

"素素，你为什么这样高兴？"爸爸问。

"我要——当科长了。"素素答。爸爸高兴坏了。六岁的时候,素素在幼儿园当小组长,爸爸高兴得见人就说。九岁的时候,素素当少先队的中队长,爸爸也美得一颠一颠的。……在那个汽笛长鸣的时候,爸爸忽然哭了,他的脸孔扭曲得那么难看。火车上的孩子们也哭成一团。但是素素一滴眼泪也没有掉,看来她一心大有作为,比她爸爸坚决得多。

"您来了?"

"您好!"

"今天用点什么?"

"我先跟您清账。这是四两粮票,两毛八分钱。"

"您真是小葱拌豆腐。"

"不,我不吃拌豆腐。还是来四两炒疙瘩吧。"

"您不换个样儿吗?有水饺,每两七个,一毛五分钱。包子,每两二个,一毛八分。芝麻酱烧饼就老豆腐,吃四两只要三毛。"

"什么快就吃什么。"

"您等等,那边又来人了。……那我去给您端包子,今天还要六两吗?……包子来了,您怎么这么忙?您是大学生吗?"

"我配吗?"

"您是技术员、拉手风琴的,还是新结合到班子里的头头?"

"我像吗?"

"那……"

"我还没有工作。"

"您等一等,那边又来了一位顾客。……没有工作您怎么这么忙?"

"没有工作的人也是人,有生活,有青春,有多得完不了的事。"

"您忙什么呢?"

"看书。"

"书？什么书？"

"优选法、古生物学、外语。"

"您考大学？"

"现在的大学是考的吗？我又不会交白卷。"

"可惜，张铁生的经验不好推广。"

"总要学点什么，总要学点有意思的东西。我们还年轻。是吗？"他吃完包子，匆匆走了，留下了一个谜。

他准时，又在同一个时间来了，这次是老豆腐。灰白色的老豆腐上撒满了绿色的韭菜花、土黄色的麻酱和鲜红的辣椒。

"为什么中外人士都知道秦始皇，却不知道发明老豆腐的天才科学家的名字呢？"

"您骗我。"

"没有啊！"

"您说您没有工作。"

"是的。三个月以前，我才从北大荒'困退'回来。但是，下个月我就上班了。"

"在哪个科研机关？"

"街道服务站。我的任务是学徒，学修理雨伞。"

"这回您可惨了。"

"不。您有坏了的雨伞吗？赶明儿拿给我。"

"可您的优选法，还有古生物学、外语什么的……"

"继续学。"

"用优选法修伞吗？还是用恐龙的骨架做一把伞？"

"哦，优选法对于伞也是有用处的。但问题还不在这里，您听我说……再来一碗老豆腐吧，辣椒不要那么多了，你瞧，我已经是一脑门子汗。谢谢……是这样，职业是谋生的手段，也是最起码的义务。但是人应该比职业强。职业不是一切也不是永久。人应该是世界的主人，职业的主人，首先要做知识的主人。您修伞我也修伞，您挣十八块我也挣十八块；但是您懂得恐龙，我不懂，您就比我更强大，更好也更富有。是吗？"

"我不懂。"

"不，您懂，您已经懂了。要不，您干吗和我说话？那位山东顾客正在发脾气，他的煮花生米里有一块小石头，把他的牙床硌疼了。再见。"

"再见。明天见。"

"明天"两个字使素素的脸发烧。明天就像"屁股帘儿"上的飘带，简陋、质朴，然而自由而且舒展。像竹，像云，像梦，像芭蕾，像G弦上的泛音，像秋天的树叶和春天的花瓣。然而它只是一个光屁股的赤贫的娃娃也能够玩得起的"屁股帘儿"。

明天他没有来。明天的明天他也没有来。为了寻找一匹马驹，素素迷了路，在山林里，她咴儿咴儿地叫着，她像一匹悲伤的牝马。她像被一下子吊销了户口、粮证和购货本子。

"是您！您……还来！"

"我奶奶死了！"

素素像掉到冰窟窿里，她靠到墙上，半天，她才想明白，这个戴眼镜的小傻子的奶奶并不是自己的奶奶。然而她仍然十分悲伤，身上发冷。

"生命是短促的。所以，最宝贵的是时间。"

"而我的最宝贵的时间是用来端盘子的。"她忧郁地一笑，好像听到了遥远的小马驹的蹄声。

"谢谢您给那么多人端过盘子。但不只是端盘子。"

"还有什么呢？就是端盘子也不见得那么需要我。为了在这里端盘子，我爸爸、妈妈没少费劲。"

"一样的，"一个会心的笑，"我建议您学点阿拉伯语，你们是清真馆。"

"清真馆又怎么的？反正埃及大使不会到这里来吃炒疙瘩。"

"但是您可能担任驻埃及大使，您想过吗？"

"您可真会开心，"小马驹跑进了清真馆，踏痛了她的脚，"简直是在做梦！"

"做做梦，开开心，又有什么不好？否则，生活不是太沉闷了吗？而且您应该坚信，您完全可以做到和驻埃及大使具有同样的智慧、品格、能力，甚至远远地把他甩在后面。您可以做不成大使，但是您应该比大使还强。关键在于学习。"

"这话有点野心家的味儿。"

"不，这只是起码的阿达姆的味儿。"

"什么？"

"阿达姆。"

"什么阿达姆？"

"这是我要教给您的第一个阿拉伯语词：阿达姆——人！这是一个最美的词。伊甸园里的亚当，就是阿达姆的另一种音译。而夏娃呢，发音是哈娃，就是天空。人需要天空，天空也需要人。"

"所以我们从小就放风筝。"

"瞧，您是高才生。"

"第一课：人。亚当需要夏娃，夏娃需要亚当。人需要天空，天空需要人。我们需要风筝、气球、飞机、火箭和宇航船。阿拉伯语就这样学起来了，这引起了周围许多人的不安。你应该安心端盘子。你应该注意影响。你有没有海外关系。如果再搞清队、查三怪——怪人、怪事、怪现象，就要为你设立专案。我没有砸一个盘子。我不想当科长。我知道穆罕默德、萨达特和阿拉法特。我一定欢迎你担任我的专案组长。"

同时，她和佳原"好了"。情报立即传到爸爸耳朵里。对于少女，到处都有摄像和监听的自动化装置。"他的姓名、原名、曾用名？家庭成分、个人出身？土改前后的经济状况？出生三个月至今的简历？政历？家庭成员和主要社会关系有无"杀、关、管"和"地、富、反、坏、右"？戴帽和摘帽时间？本人历次政治运动中的表现？本人和家庭主要成员的经济收入和支出，账目和储蓄……"所有这些问题，素素都答不上来。妈妈吓得直掉泪。"你才二十四岁零七个月，再过五个月才好搞对象。有坏人，到处都有坏人。"爸爸决心去找该人所属街道、单位、派出所、人事科、档案处。为此，他准备请一桌涮羊肉，把他熟悉的有关人员发动起来。砰——噗，爸爸最心爱的宜兴陶壶被掼到了地上，粉碎了。"您用这种办法也许能找到反革命，但永远不能找到朋友！"素素大喊，完全是一个铁姑娘，然后她哭了。

饭馆的主任、委员、干事、组长、指导员也都向她提出了爸爸式的问题和妈妈式的忠告。无产阶级的爱情产生于共同的信仰、观点、政治思想上的一致。长期地、细致地互相了解。要严肃，慎重，认真。要绷紧弦，带着敌情观念。选择爱人要按照无产阶级革命接班人的五项条件。饭馆的茶壶不能摔。在少先队里，素素从小受到爱护公共财物的教育。

毛主席去世了。素素战栗着，哭得闭过气去。她早就想哭了，哭毛主席，也哭自己和别人。"中国完了！"爸爸说，但完了的是"四人帮"。只是在瞻仰遗容的时候，素素才第二次走近了毛主席："我给您献花来了。"她轻轻地、平静地说。

她知道一切都在变。她可以大胆地学阿拉伯语了，虽然打一夜扑克的人仍然比学一夜外语的人更容易入党和提干。她可以大胆地与佳原拉着手走路了，虽然有人一见到青年男女在一起就气得要发癫痫病。但是，他们仍然找不到谈话的地方。公园的椅子早就坐满了。好容易发现一个，原来脚底下一大摊呕吐物。换另一个开阔散漫的公园吧，那里每个长椅旁的电线杆上都挂着一个广播喇叭。"现在播送游客须知"。须知里面净是些"罚款五角至十五元""送交专政机关处理""自觉遵守，服从管理"之类的词儿。须知挺复杂，看来不经过一周学习班的培训，是无法学会逛公园的。能在这里坐下来谈情说爱吗？走。

　　到哪里去？护城河边倒是没有须知的喇叭，但是那里偏僻。听说有一次，一对情侣在那里嗫嚅地谈着情话，"不许动！"一个蒙面人出现在面前，手里拿着攮子，旁边还站着一个帮手。结果，手表抹下来了，现金也被搜了腰包。爱情在暴力面前总是没有还手之力。后来公安部门破了案，抓到了坏人。有人为什么不喜欢公安局呢？没有公安局不行。

　　去饭馆。你先得站在别人的椅子后面，看着他如何一筷子一勺，一口汤一口饭地吃完，点上烟，伸懒腰。然后，你好不容易坐下了。你刚动筷子，新来的接班人为了不致被人抢班，早把一只脚踩到你坐的椅子衬儿上。他的腿一颤一颤，肉丁和肚片在你的喉咙里跳舞。去咖啡馆或者酒吧间，那是腐蚀人的地方，所以没有。遛大街或者串胡同，美国也正在提倡散步，免得发胖。冬天太冷。当然，他们也曾经在零下二十度的天气，穿着棉大衣和棉猴，戴着皮帽子和毛线围巾，戴着口罩谈恋爱。倒是卫生，不传染。再有，胡同里还有一些顽童，他们见到一对情侣就要哄、骂、扔石头。真不知道他们是怎样来到人世的。

　　佳原总是随遇而安。一段栏杆，一棵梧桐下，一道河边，佳原就满足了,他希望早一点坐下来,和素素依偎在一起,用阿拉伯语和英语交谈,素素总是挑剔、不满意、不称心。不,不,不。她不要代用品,就像山东顾客不容忍煮花生米里的石子。三年了,他们的周末几乎是在寻找中度过的。他们寻找坐的地方。找啊,找啊,一晚上也就完了。我们的辽阔广大的天空和土地啊,我们的宏伟的三度空间,让年轻人在你的哪个角落里谈情、拥抱和接吻呢?我们只需要一片很小、很小的地方。而你,你容得下那么多顶天立地的英雄、翻天覆地的起义者、欺天毁地的害虫和昏天黑地的废物,你容得下那么多战场、爆破场、广场、会场、刑场……却容不下身高一米六、体重四十八公斤和身高一米七弱、体重五十四公斤的素素和佳原的热恋吗?

　　素素揉了一下眼睛,眼睛火辣辣的。是她的手指接触过辣椒吗?是眼睛辣了才伸出手指,还是伸出手指,眼睛变辣了呢?今天晚上我们有地方呆吗?天还冷着,但还不用口罩。佳原说他要去房管局呢,有了房就结婚,他们再不用串胡同了。"我说同志姐,你能不能告夯(诉)我,这个大市街要往哪哈(下)里走呢?"一个有口音的、背着一个大包袱、被包袱压得直不起腰来的、新衣服上沾满了灰尘的人说。那人其实比素素大许多。

　　"大市街?这就是大市街呀!"素素向那正变化着红绿灯的十字路口一指。那儿,汽车、电车和自行车就像海潮一样的一个浪头又一个浪头地涌上去,又停下来,停下来,又涌上去。

　　"这儿就是大市街?"压弯了腰的中年男人抬起头来,翻起了两枚乌黑的眸子。素素的脖子也跟着发酸。乌黑的眸子表示着诚实的不信任。素素重复强调:"这就是大市街。"她恨不得把百货大楼和中心烤鸭店放在手心上托给这位老实而又多疑的问路者。问路人游游移移地挪动了脚步,他横穿马路却没有走人行横道虚线。穿白衣服的交通民警拿起半导体扩音喇叭向他高声喊叫。被呵斥搞慌乱了的中年人干脆停在马路中心,停在汽车的旋涡里。他歪着脖子问交通警:"同志哥,大市街在哪哈里?"

"素素!"佳原来了,满头大汗,头发蓬乱,喘着气。

"你从地底下钻出来的吗?怎么等也等不着,忽然又冒出来了。"

"我会隐身术。我本来就一直跟着你呢。"

"如果我们都会隐身术就好了。"

"为什么?"

"在公园跳舞也没人看得见。"

"你喊什么?让人家直看你。"

"有人一听跳舞就觉得下流,因为他们自己是猪八戒。"

"你的话愈来愈尖刻了。从前你不是这样的。"

"是秋风把我的话削尖了的。我们找不到避风的地方。"

佳原的眼光暗淡了,她低下头。他的眼镜片上反射出无数灯光、窗户、房屋。

"没有吗?"

"没有。房管局不给。他们说,有些人已经结婚好几年了,已经有了孩子,然而没有房子。"

"那他们在哪里结的婚呢?在公园吗?在炒疙瘩的厨房?要不在交通民警的避风亭里,那倒不错,四下全是玻璃。还是到动物园的铁笼子里去?那么,门票可以涨钱。"

"你别激动。你……"他把右手食指弯曲着,推一推自己的眼镜,尽管眼镜并不会出溜下来,"你说的当然是了,但是,房子毕竟不会从天上掉下来。那么多人需要房子,确实有人比我们还困难啊!"

素素不言语了,她低下头,用脚尖踢着一块其实并不存在的石子。

"可是怎么样？你吃饭了吗？我还没吃晚饭呢。"佳原换了话题。

"什么？我只记得我给很多人开了饭，却不记得自己吃过什么没有。"

"那就是没吃。我们到那个馄饨馆去吧。你排队，我占座，要不我占座，你排队。"

"说来说去还是一个样儿。你说话快赶上开大会时候的某些报告了。"

馄饨馆很拥挤。好像吃这里的馄饨不要钱，好像吃这里的馄饨会每碗倒找两毛钱。

"要不，要不我们甭吃馄饨了，买几个烧饼算了。"

"买烧饼也得排队。"

"要不，我们甭排队了，到对过那个铺子买两个面包吧。"

刚巧，到那边伸出手来的时候，售货员正把最后两个果料面包卖给一位已经穿起前清时候的貂皮袍子的小老头儿。

"要不，要不我们甭吃面包了，我们……我们怎么办呢？"

"要不我们甭生下来了，那有多好！"素素冷冷地说，"如果不是错误地批判了马寅初先生的新人口论，我们也许根本不会降临到人间。"

"何必那么怨气冲冲？而且我们出生在新人口论出生以前。"

"果料面包没有了。"

"来，两包饼干。我们有饼干，我们又端盘子又修伞。我们学习，我们做好事，帮助别人。好人并不嫌太多，而仍然是不够。"

"为了什么呢？为了把七块钱和二斤粮票拱手交给讹你的人吗？"

"讹去七百块也还要拉起受了伤的老太太……难道你不这样吗？素素！"

打起雷来了。打起闪来了。电线和灯光抖动起来了。佳原突然喊起来了:"你尝尝我这一包吧。"

"一样的。"

"不,我这一包特别香。"

"怎么可能呢?"

"怎么不可能呢?连两滴水都不可能是完全一样的。"

"那你尝我的。"

"那我尝你的。"

"那我尝完了你的,你再尝我的。"

他们交换了饼干,又一块一块地分着吃,吃完了,素素也笑了。饿的人比饱的人脾气要坏些。

天大变了。电线呜呜的。广告牌隆隆的。路灯蒙蒙的。耳边沙沙的。寒风驱赶着行人,大街一下子就变得空旷多了。交通民警也缩回到被素素看中可以作新房的亭子里去。

"我们要躲一躲!"冰冷的雪一样的雨和雨一样的雪给人以严峻的爱抚。雨雪斜扫着。他们拉紧了手,彼此听不见对方的话。对于自然,也像对于人生一样,他们是不设防的。然而大手和小手都很暖和。他们的财产和力量是自己的不熄的火。

"我们找个地方去!"他们嚼着沙子和雨雪,含混不清地互相说。于是他们奔跑起来了。不知道是佳原拉着素素,还是素素拉着佳原,还是风在推着他们俩。反正有一股力量连拉带搡。他们来到了一幢新落成的十四层高的居民楼前面。他们早就思恋这一排新出世的高层建筑物了。像一批陌生人。对陌生人的疑惑和反感,这是被撞倒的老太太和穿貂皮袍子的老头儿的特点。那个老头儿买面包的时候,用什么样的眼光看了他们俩一眼啊,好像他们随时会掏出攮子来似的。早就流传着对于这一排高层建筑的抨击。住在十四层的人家无法把大立柜运上去,便用绳子从窗口吊——蔚为奇观！结果绳子断了，大立柜跌得粉碎。新的天方夜谭。但是素素她们不这样想。他俩来到这座楼前，总有些羞怯，因为他们的眷恋是单相思。

风雪鼓起了他们的勇气。他们冲进去了，他们一层一层地爬着楼梯。楼道还很脏。楼道没有灯。安了灯口，没有灯泡。但路灯的光辉是一夜不断的，是够用的。他们拐了那么多弯还不到顶，那就再拐上去。他们终于走上了第十四层的一个公共通道。这一层大概还没住人。有浓厚的洋灰粉末和新鲜油漆的气味。这里很暖。这里没有风、雨、雪。这里没有广播须知的喇叭、蒙面人、行人、急不可耐地抖着大腿让你让位的人。这里没有瞧不起修伞工和服务员的父母。这里没有见了一对青年男女就怪叫，说下流话、辱骂甚至扔石头的顽童。这里能看见东风饭店的二十五层楼的灯火。这里能听见火车站的悠扬的钟声。这里能看见海关大楼的电钟。把视线转到下面，是蓝绿的灯珠，橙黄的灯眼，银白的灯花。无轨电车的天弓打着闪亮的电火花。汽车开着和关着大灯、小灯和警戒性的红色尾灯。他们长出了一口气，好像上了天堂。

"你累了吗？"

"累什么？"

"我们爬了十四层楼。"

"我还可以爬二十四层。"

"我也是。"

"那人可真傻。"

"你说谁？"

"刚才有一个乡下人，他到了大市街口，却还满处里找大市街。你告诉他了，他还不信。"

他们开始用阿拉伯语交谈。结结巴巴，像他们的心跳一样热烈而又不规范。佳原准备明年去考研究生，他鼓励着并无信心的素素："我们不一定成功，但是我们要努力。"佳原拿起素素的手，这只手温柔而又有力。素素靠近了佳原的肩，这个肩平凡而又坚强。素素把自己的脸靠在佳原的肩上。素素的头发像温暖的黑雨。灯火在闪烁，在摇曳，在转动，组成了一行行的诗。一支古老的德国民歌：有花名毋忘我，开满蓝色花朵。陕北绥德的民歌：有心说上几句话，又怕人笑话。蓝色的花在天空飞翔。海浪覆盖在他们的身上。怕什么笑话呢？青春比火还热。是鸽铃，是鲜花，是素素和佳原的含泪的眼睛。叭啦……"什么人。"一声断喝。佳原和素素发现，通道的两端已经全是人。而且许多人拿着家伙。人是会使用工具的动物。擀面杖、锅铲和铁锹。还以为是爆发了原始的市民起义呢。

于是开始了严厉的、充满敌意的审查。什么人？干什么的？找谁？不找谁？避风避到这里来了？岂有此理？两个人鬼鬼祟祟，搂搂抱抱，不会有好事情，现在的青年人简直没有办法，中国就要毁到你们的手里。你们是哪个单位的？姓名、原名、曾用名……你们带着户口本、工作证、介绍信了吗？你们为什么不待在家里，为什么不和父母在一起，不和领导在一起，也不和广大的人民群众在一起？你们不能走，不要以为没有人管你们。说，你们撬过谁家的门？公共的地方？公共的地方并不是你们的地方而是我们的地方。随便走进来了，你们为什么这样随便？简直是不要脸，简直是流氓，简直是无耻……侮辱？什么叫侮辱？我们还推过阴阳头呢。我们还被打过耳光呢。我们还坐过喷气式呢。还不动弹吗？那我们就不客气了。拿绳子来……

素素和佳原都很镇静。因为一秒钟以前，他们还是那样的幸福。虽然他们俩加在一起懂几门外文，懂一点点也罢，但是他们听不懂这些亲爱的同胞的古怪的语言。如果恐龙会说话,那么恐龙的语言也未必更难懂。他们茫然,甚至相对一笑。

"我们要动手了!"一个"恐龙"壮着胆子说了一句,说完,赶紧躲在旁人后面。"我们可真要动手了!"更多的人应和着,更多的人向后退了,然而仍然包围着和封锁着,佳原和素素欲撤不能。

正僵持得不可开交的时候,突然,有一位手持半截废自来水管的勇士喊叫起来:

"这不是范素素吗?"

点点头。当然。

然后是一场误会的解除。对不起,请原谅。是小偷把我们给吓坏了。据说有的楼发生过窃案,我们不能不提高警惕。有坏人,我们还以为你们是……真可笑,对不起。

素素依稀认出了那位长头发的男青年是她小学时候的同学,比她低两级。他现在倒白胖白胖的,像富强粉烤制的面包,一种应该推广的食品。小学同学热情地邀请他们到自己的房间去做客。"既然来到了我的门口。""那也好。"素素和佳原交换了一下目光。他们跟着小学同学走到日光灯耀眼的电梯间。他们在这幢楼里已经暂时取得了合法的身份。他们是某个住户的客人。电梯门关上了,嗡嗡地响了。他们的安全和尊严又开始受保障了,感谢这位热心的同学!电梯间上方的数字愈变愈快,从14到4的阿拉伯数字都亮过了,现在是耳朵——3亮了。电梯停了,门开了。他们走出来,左转一个弯,右转一个弯。多齿多沟的铜钥匙自信地插到锁孔里,它才是主宰。呱哒,再拧一下把手,吱喽。门开了,叭,叭,前厅和厨房的灯都亮了。雪白的墙,擦了过多的扑粉。吱喽,又拧开一间居室的门。屋里充满了街灯映照过来的青光。素素真想劝阻小学同学不要拉开电灯,然而电灯已经亮了。请坐。双人床，大立柜里变得细长了的影像，红色人造革全包沙发。五斗橱。铁听麦乳精和尚未开封的"十全大补酒"。小学同学滔滔不绝地介绍着自己的新居：面积、设备、布局。水、暖、煤气。采光、通风和隔音。防火和防震。

"就你一个人吗？"

"是啊，"小学同学更得意了，搓着自己的手，"我爸爸给我要了一个单元。老人急着让我结婚。我准备明年'五一'解决。到时候你们一定来，就这样说定了吧。我已经找好了人。我的一个好友的舅舅过去给法国使馆做过饭。中西合璧，南北一炉。拔丝山药可以绕着筷子转五转而丝不断。你们可不要买东西。不要买家具，不要买台灯，不要买床上用品。所有这一切，我全有！"

"你爱人叫什么名字？在哪儿工作？"

"噢，还没定下来。"

"等待分配吗？"

"不是。我是说，到底跟谁结婚还没定下来。明年'五一'前会有的，一准！"

素素顺手从茶几上拿起了一个玩具气球，把气球在沙发的人造革面子上使劲摩擦了几下，然后，她把气球向上一抛，吸在天花板上，不落下来了。她仰着头，欣赏着自己从小爱玩的这个游戏。

"天啊，它怎么不掉下来？怎么还没有掉下来？"小学同学惊呆了，他张开了口。

"这是一种法术。"素素说，她瞟了佳原一眼，做了一个怪相。然后他们告辞。好客的主人送他们上电梯的时候还有点魂不守舍，他惦记着那个吸附在天花板上的绿气球。素素和佳原离开了这幢可爱的高楼。雪雨仍然在下着，风仍然在吹着。哐啷哐啷，好像在掀动一张大化学板。雨雪和他们真亲热，不仅落到脸上，手上，还往脖子里钻呢。

"这一切都怪我。"佳原心痛地说,"我没有本事弄到它,让你委屈……"素素捂住他的嘴。她咯咯地笑了。笑得真开心,一朵石榴花开放也没有那么舒展。

佳原明白了。佳原也笑起来。他们都懂得了自己的幸福。懂得了生活、世界是属于他们的。青年人的笑声使风、雨、雪都停止了,城市的上空是夜晚的太阳。

素素在前面跑,佳原在后面追。灯光里的雨丝,显得越发稠密而浓烈。

"这儿就是大市街,大市街就在这里!"素素指着饭店大楼高声地说。

"那当然了,我从来也不怀疑。"

"握个手,再见吧,我们过了一个多么愉快的夜晚。"

"再见,明天就不见了。我们还得用功。我们要一个又一个地考上研究生。"

"那很可能。而且我们总归会有房子,什么都有。"

"祝你好梦。"

"梦见什么呢?"

"梦见一个——风筝。"

什么?风筝?佳原怎么知道风筝?

"喂,你怎么也知道风筝?你知道风筝的飘带吗?"

"噢,我当然知道啦!我怎么能不知道呢?"

素素跑回来搂住佳原的脖子,亲了他一下,就在大街上。然后,他们各自回家去了,走了好远,还不断地回头张望,招一招手。

桑园留念

苏童

1984

到桑园去要路过一座石拱桥,我们那个城市有许多古老或者并不古老的石拱桥,傻乎乎地趴在内河上,但是,桑园却只有一个。

我十五岁的时候,发现自己长大了,男孩子长大的第一件事是独立去澡堂洗澡,这样每星期六的傍晚,我腋下挟着毛巾、肥皂和裤头走过那座桥,澡堂在桑园的东边。我记得第一次看见桑园里那些黑漆漆的房子和榆树、桂花树时,我在那站了几秒钟,不知怎么我觉得这地方有那么点神秘感。好像在那些黑房子里曾经发生过什么大事情。

第一次,我是在桥头上碰到肖弟、毛头他们的,整个夏天他们都站在那里,我走过他们面前的时候使劲抽了下鼻子,这并非因为感冒,我好像是怕自己刚洗干净的脸蛋无缘无故挨肖弟一巴掌,因为我知道肖弟是条好汉子,他会突然对别人恨得要死,然后轻轻溜到你身边,给你一个大嘴巴。但肖弟那天只是堵住了我,他朝毛头他们怪叫了一声说:"喏,丹玉的弟弟,看他的眼睛也是凹下去的!"

我那时候不认识丹玉。我姐姐也不叫丹玉。我使劲抽着鼻子往后退。他们朝我围过来了,认真盯着我的眼睛看,没准他们都认为我是那女人的弟弟了。我当时后悔起来,怎么想起来一个人出门洗澡的?我注意着肖弟,要是他抬手,我就像滚铁筒一样从桥上滚下去。这样受伤没什么,反正我情愿摔伤也不挨肖弟的巴掌。这时我的毛巾掉在地上了。可肖弟很奇怪地拽着我的胳膊,不让我去拾。是毛头弯下腰替我拾的毛巾,而且他还说了一句很伟大的话:"扯他妈的蛋,丹玉没有弟弟,她是独生女儿。"

毛头这小伙不错。我对他的印象就是从那时留下的。我想他们这就放我走了,但肖弟从衣兜里掏出了一张纸条让我送给丹玉。他告诉我丹玉家住在桑园最大的门洞里,就是长着一棵桂花树的那个门洞。

拐到街角的时候我好奇地打开那张折成鹤形的纸条,看见上面用红墨水歪歪扭扭写着一排字:"丹玉今天夜里到桥顶不来明天踏鸟窝。"

我觉得给别人写这种字条挺有趣,但我看完后再也不会把它叠成鹤形了。跑到桑园的时候,我心里嘀咕,要是丹玉告诉肖弟我偷看了纸条会怎么样呢?

我不认识丹玉。但我总听到在早晨或夜晚的大街上,有人在喊这个名字。我开始把丹玉当成一个很特别的女人,她喜欢紧挨着别人家的墙壁走路,有时候用手莫名其妙地摸摸墙。我记得她走过我们家门前的时候,我的两个姐姐曾经争论过她的走路姿势,一个说很好看,一个说丑死了。

肖弟想跟丹玉干点什么。我明白这意思,当时我已把男女约会看得很简单了。街东的石老头养了一条狼狗,老头天天牵着它在铁路线两侧打让火车惊飞的呆鸟,但是有那么几个下午我路过石码头时,发现狼狗和另外一条又脏又丑的母狗撸在一起,我在那里琢磨了老半天。凡事我不喜欢问别人，因为我相信自己都能弄明白，直到现在我还认为，以我当时的年纪，能把那两类画面相对比相联系，真是太伟大了。

我敲开丹玉的窗户，把纸条扔进去。这全是照着肖弟的吩咐干的。这时我看见丹玉了，其实是看见一双乌黑深陷的眼睛了。我不知道她一个人把窗户大门关紧了待在屋里干什么，我姐姐把她的房门插上时，我总要狠狠踹几脚的。

桑园里已经有一棵桂花树开花了。我走出桑园的时候想，丹玉的眼睛跟我真差不多，从此我便意识到我的脸蛋上长了一双漂亮的眼睛。

那一段时期我没去澡堂，有一天我哥哥闻到我头上的气味，把我推下了床，他是个喜欢假装干净的家伙。于是我又卷起那套家什去澡堂。我知道我会在桥顶上碰到肖弟他们的，那时我有点明白他们为什么天天喜欢站到桥上去了。

"你那事办得不坏。"肖弟给了我一支烟，然后很友好地拍我的肩膀。那是平生第一次有人给我递烟，我感动极了，当时我脑子里飞快闪出一个念头，要是爹妈都去哈尔滨出差，我就可以从他们留下的伙食费里扣下钱，买一包牡丹，请肖弟、毛头他们抽。没准就是由于这根烟，第二天我又到石桥上去了，他们没有撵我的意思，他们同意我这个高中生跟着他们了。后来，整整一个秋天，我也老是在桥顶上站着。

几个小伙子站在一起肯定要拿过路人开心，尤其是趾高气扬的小伙子和挺胸凸肚的大姑娘。开他们的玩笑需要非凡的想象力，这一点我们谁也不缺乏。现在我能编一些像模像样的小说，就得益于那时想象力的培养。肖弟差点，他老是反复地问走过桥顶的姑娘："你吃饱啦？"姑娘们一愣，自认为纯洁无邪的姑娘碰到这时都要气愤地嘟囔几句,但她们听不懂这话,我记得曾有一个高个子穿花格子短裙的姑娘听懂了,她回头朝肖弟白一眼,"痒啦?痒了到电线杆上去擦擦。"其实这样的回答很让人高兴,至少让人哈哈笑了一阵,很有意思。我就是这样学坏的,一个男孩要是整天骨碌碌转着眼睛去注意女人浅色衣服里露出来的乳罩,那他就有点变坏了。肖弟老带着我摸到桑园去敲丹玉的窗户,当涂过桐油的窗子悄没声打开,肖弟弓着身子钻进去后,我真是寂寞得要死,但是我愿意站在桑园里黑黝黝的树影里,想一些很让人神往的事情,我知道桑园里有六棵桂花树,长在丹玉家院里的是棵迟桂花,就是开花最晚的那棵树。

　　以后世界上发生了一件不大不小的事。这要说到一个邻居女孩辛辛。辛辛家住石码头隔壁,她家沿河的石阶和我家后门正对着。我小时候培养了朝河里撒尿的习惯,好几次在撒尿时回头看见辛辛蹲在石阶上洗衣服,要命的是她一点不害臊,还是把小嘴撅得像个喇叭筒,拼命揉搓着她那些花花绿绿的衣服。她老要做出一副很勤快很懂事的样子。有一个傍晚我看见辛辛站在她家门口看着河水发呆,那样子显得优美自然。我朝她打了个口哨,做了个鬼脸,没想她竟回应了一个甜甜的微笑,我马上就意识到我应该跟辛辛发生点什么事情啦,于是我向她招起手,让她上我家来,她向我摇着头,我又招手,她溜进院子里去了。我离开河边回屋,正琢磨辛辛是怎么回事呢,木板门"吱呀"响了一下,辛辛缩着肩膀站在我面前,她一只手扶着摇晃的门,好像怕门又合上。我把她领到小房间去。我先让她欣赏一下屋里漂亮的陈设,可辛辛的心思不在这儿,她急急忙忙地把她的脑袋靠在我的肩膀上。女孩子一长大就懂这一套了。我觉得这么做并不说明什么,就让她坐在沙发上,然后转身过去关门。但就在这时我听见辛辛尖厉的喊声："别关门！"这声音听来很恐怖，辛辛的两只樱桃一样的圆眼睛直直地瞪着那扇摇摇晃晃的木板门。我很失望，原来她紧张万分地跑来就为了把脑袋靠在我肩膀上，而且只靠两秒钟。后来我又让她坐在屋角的藤椅上，她还是不愿意，那个角落在她看来充满危险。辛辛几乎是僵立着站在屋子中央，后来我哥哥放在床头柜上的小闹钟"丁零零"响起来了，把我和辛辛都吓了一跳。本来小闹钟应该在早晨五点钟响的，可它竟在下午五点钟响了。小闹钟也和我哥哥一样老发"神经"，我死也忘不了这个过错。辛辛逃走的时候说了一句很让人泄气的话："你们家里人要来了。"

　　隔天我和肖弟、毛头他们站在桥头，我老想着昨天那事，憋了半天才忍住没跟他们提。毛头严肃地说，他喜欢一个女人的话一定要在她脸上咬一口，让她留着他的牙齿印。我觉得有点道理，但我发现辛辛的眉心那儿最可爱，有点青黛色的，微微隆起，要让我干首先得在眉心那亲一亲。不过我不会去咬辛辛那张红扑扑的脸蛋的。

　　那一阵我以为跟辛辛搞上了，但辛辛睡了一觉后好像把什么都忘了，她不再一个人到石阶上去了，我没法跟她联络。她爷爷武功挺棒，不知听得什么风声，开始保护他的孙女儿了。我想要是夏天我可以游过河去敲她的窗子，但那时天渐渐凉了，人们都开始套上流行的黑色毛线衣了。终于有一天我看见辛辛端着盆衣服，一步一步走下台阶。当她撅起嘴洗衣服的时候，我拾起河边的瓦片抡过去，水花溅了她一身，可她只是抬起手臂擦擦脸，一副忍辱负重的样子。这一招气得我两眼直冒金星。

　　我认识丹玉后，注意过丹玉的眉心，她跟辛辛不一样，她那儿长了一颗黑痣。我想这颗痣怎么不长到看不见的丹玉后背上去呢。但毛头说尼泊尔王后和《流浪者》中的丽达眉心也都有这颗痣,推断丹玉的眉心长得不错。但说来说去,丹玉的漂亮在她的眼睛,深深陷下去的眼睛。我记得,丹玉第一次教我跳探戈的时候,我老看着她的眼睛。我们的眼睛是一样的,我内心充满幸福感。丹玉的舞跳得绝了,据说她跳舞的时候大腿老擦着小伙子的敏感部位,因为她的腿比一般小伙子还要长。那天她和我跳舞的时候,我眼睛时不时往下溜,发现事情并不像别人说的那样,也许因为我和她长着一样的眼睛,也许是因为我的年龄比她小三岁,我有点茫然。丹玉注视我的目光总像我姐姐,我很恼怒这点,所以跳舞的时候使劲拽她的胳膊,她不喊不叫,只是用眼睛制止我。这个女人就是有非凡的本事。我想肖弟使她受孕时她大概也是那么看着肖弟的,"那丫头真行,我在门外听,就是听不到她喊。"肖弟把丹玉带到医院三次,每次都这么跟我说。这肯定是真的,丹玉从来不喊,因为她没有什么怨恨。说这事时毛头坐在桥栏上,他喜欢用右手托着他方方正正的脸,后来他就托着脸对我说:"丹玉完了,以后生孩子麻烦了。"他怕我不相信,又说,"真的,我懂得这个,丹玉完了。"

就是那年秋天,桑园那儿热闹了一阵。长影为了拍部什么片子到石桥上选了个外景。我记得有一个跳芭蕾舞的男演员在里面混主角。纠察队把围观的人堵在两侧桥口,把我和肖弟他们也堵住了。肖弟说等一会儿要把那个跳舞的骗进桑园揍一顿,我点点头,倒不觉得他目光太傲,我主要是不喜欢让他演电影。演电影跳芭蕾根本不是一回事。电影开拍了。我看见桥上走来几个穿长衫马褂的人,一开始我以为是演员,走近了才发现是街上的。辛辛也在那堆人里,她穿着月白色的小褂和黑长裙,很认真地扭着屁股走下桥。这是在拍电影,丫头片子乐开了花。

拍电影的时候丹玉躺在桑园她家里。我听说她把窗户戳了个小洞，从里面往外张望。她大概想看到点什么，我想导演要是知道窗户纸后面有丹玉的一双眼睛，他会给镇住的。问题在于他不会知道。永远也不会知道。

我跟肖弟闹翻是以后的事。现在想起来我的潜意识里早就跳跃着跟肖弟格斗的画面了，原因很可能是当初在桥上的初遇。那时我跟肖弟处得很好了，但我知道我厉害起来后非跟他打一架不可，一定要赢。否则我会老在心里痛骂自己是脓包。我想我要是打赢了内心就会变一变的。那天夜里我突然从桑园的一棵树上跳下来，站到肖弟和丹玉面前。肖弟醒过神后说："打就打吧。"我和他开拳的时候，丹玉倚着树干看，一声不吭，后来肖弟趴在地上起不来时，她一转身跑回家去了。她连扶都没扶肖弟，有点出乎意料。

那是我最后一次看到丹玉。一开始街上传说丹玉失踪了，我不相信。我肯定她不会被人拐走，她很明白自己该往哪里走。我还肯定她不会独自出走，我想丹玉清楚自己走不到哪里去。几天后我才听说丹玉是和毛头在一起的，死了。我蹬着车找到北郊那片幽深的竹林，人群围着他们，我看见丹玉和毛头抱在一起。我撞进去把他们分开了，然后抱起毛头，毛头的脑袋垂了下去，他是真死啦。我不敢去抱丹玉，是真的不敢。我注意到她脸上有一圈明显的牙印，我想那应该是毛头咬的。没想到他们是这么死的。我觉得事情前前后后发生了差错。他们为什么要死呢？他们不会害怕谁，因为谁都用不着害怕。也许他们就是害怕这个"差错"。

以后的几天里我想着一件事，我要在桑园的石桥上刻下毛头和丹玉的名字。我带去一把小刀和一把斧子，"叮叮当当"干了起来。但名字还没出来，街道里的几个老头老太跑来夺下我的刀。

他们没有闹明白我在干什么。所以他们不让我在好端端的石桥上刻字。

那年我从北方回去探家时，曾经特意跑到桑园去。经过石桥时我看见毛头和丹玉的名字不知让谁刻在石栏上了。那名字刻在那儿跟"某哪哪到此一游"不太一样。我正要下桥的时候，碰到一个腆着大肚子的女人。我一眼认出那是辛辛，我盯着辛辛隆起的肚子看，顿时觉得世界上发生的差错越来越多、越来越大啦。我看着辛辛上桥、下桥。我想辛辛也会看我几眼或者对我笑笑的，但是没有。她目不斜视，我没弄明白这狗女人是怎么回事。

山上的小屋

残雪　　　　　　　　　　　　　　　　1985

在我家屋后的荒山上，有一座木板搭起来的小屋。

我每天都在家中清理抽屉。当我不清理抽屉的时候，我坐在围椅里，把双手平放在膝头上，听见呼啸声。是北风在凶猛地抽打小屋杉木皮搭成的屋顶，狼的嗥叫在山谷里回荡。

"抽屉永生永世也清理不好，哼。"妈妈说，朝我做出一个虚伪的笑容。

"所有的人的耳朵都出了毛病。"我憋着一口气说下去，"月光下，有那么多的小偷在我们这栋房子周围徘徊。我打开灯，看见窗子上被人用手指捅出数不清的洞眼。隔壁房里，你和父亲的鼾声格外沉重，震得瓶瓶罐罐在碗柜里跳跃起来。我蹬了一脚床板，侧转肿大的头，听见那个被反锁在小屋里的人暴怒地撞着木板门，声音一直持续到天亮。"

"每次你来我房里找东西，总把我吓得直哆嗦。"妈妈小心翼翼地盯着我，向门边退去，我看见她一边脸上的肉在可笑地惊跳。

有一天，我决定到山上去看个究竟。风一停我就上山，我爬了好久，太阳刺得我头昏眼花，每一块石子都闪动着白色的小火苗。我咳着嗽,在山上辗转。我眉毛上冒出的盐汗滴到眼珠里,我什么也看不见,什么也听不见。我回家时在房门外站了一会,看见镜子里那个人鞋上沾满了湿泥巴,眼圈周围浮着两大团紫晕。

"这是一种病。"听见家人们在黑咕隆咚的地方窃笑。

等我的眼睛适应了屋内的黑暗时,他们已经躲起来了——他们一边笑一边躲。我发现他们趁我不在的时候把我的抽屉翻得乱七八糟,几只死蛾子、死蜻蜓全扔到了地上,他们很清楚那是我心爱的东西。

"他们帮你重新清理了抽屉,你不在的时候。"小妹告诉我,目光直勾勾的,左边的那只眼变成了绿色。

"我听见了狼嗥,"我故意吓唬她,"狼群在外面绕着房子奔来奔去,还把头从门缝里挤进来,天一黑就有这些事。你在睡梦中那么害怕,脚心直出冷汗。这屋里的人睡着了脚心都出冷汗。你看看被子有多潮就知道了。"

我心里很乱,因为抽屉里的一些东西遗失了。母亲假装什么也不知道,垂着眼。但是她正恶狠狠地盯着我的后脑勺,我感觉得出来。每次她盯着我的后脑勺,我头皮上被她盯的那块地方就发麻,而且肿起来。我知道他们把我的一盒围棋埋在后面的水井边上了,他们已经这样做过无数次,每次都被我在半夜里挖了出来。我挖的时候,他们打开灯,从窗口探出头来。他们对于我的反抗不动声色。

吃饭的时候我对他们说:"在山上,有一座小屋。"

他们全都埋着头稀里呼噜地喝汤,大概谁也没听到我的话。

"许多大老鼠在风中狂奔。"我提高了嗓子,放下筷子,"山上的砂石轰隆隆地朝我们屋后的墙倒下来,你们全吓得脚心直出冷汗,你们记不记得?只要看一看被子就知道。天一晴,你们就晒被子，外面的绳子上总被你们晒满了被子。"

父亲用一只眼迅速地盯了我一下，我感觉到那是一只熟悉的狼眼。我恍然大悟。原来父亲每天夜里变为狼群中的一只，绕着这栋房子奔跑，发出凄厉的嗥叫。

"到处都是白色在晃动，"我用一只手抠住母亲的肩头摇晃着，"所有的东西都那么扎眼，搞得眼泪直流。你什么印象也得不到。但是我一回到屋里，坐在围椅里面，把双手平放在膝头上，就清清楚楚地看见了杉木皮搭成的屋顶。那形象隔得十分近，你一定也看到过，实际上，我们家里的人全看到过。的确有一个人蹲在那里面，他的眼眶下也有两大团紫晕，那是熬夜的结果。"

"每次你在井边挖得那块麻石响，我和你妈就被悬到了半空，我们簌簌发抖，用赤脚蹬来蹬去，踩不到地面。"父亲避开我的目光，把脸向窗口转过去。窗玻璃上沾着密密麻麻的蝇屎。"那井底，有我掉下的一把剪刀。我在梦里暗暗下定决心，要把它打捞上来。一醒来，我总发现自己搞错了，原来并不曾掉下什么剪刀，你母亲断言我是搞错了。我不死心，下一次又记起它。我躺着，会忽然觉得很遗憾，因为剪刀沉在井底生锈，我为什么不去打捞。我为这件事苦恼了几十年，脸上的皱纹如刀刻的一般。终于有一回，我到了井边，试着放下吊桶去，绳子又重又滑，我的手一软，木桶发出轰隆一声巨响，散落在井中。我奔回屋里，朝镜子里一瞥，左边的鬓发全白了。"

"北风真凶，"我缩头缩脑，脸上紫一块蓝一块，"我的胃里面结出了小小的冰块。我坐在围椅里的时候，听见它们叮叮当当响个不停。"

我一直想把抽屉清理好，但妈妈老在暗中与我作对。她在隔壁房里走来走去，弄得"踏踏"作响，使我胡思乱想。我想忘记那脚步,于是打开一副扑克,口中念着:"一二三四五……"脚步却忽然停下了,母亲从门边伸进来墨绿色的小脸,嗡嗡地说话:"我做了一个很下流的梦,到现在背上还流冷汗。"

"还有脚板心,"我补充说,"大家的脚板心都出冷汗。昨天你又晒了被子。这种事,很平常。"

小妹偷偷跑来告诉我,母亲一直在打主意要弄断我的胳膊,因为我开关抽屉的声音使她发狂,她一听到那声音就痛苦得将脑袋浸在冷水里,直泡得患上重伤风。

"这样的事,可不是偶然的。"小妹的目光永远是直勾勾的,刺得我脖子上长出红色的小疹子来。"比如说父亲吧,我听他说那把剪刀,怕说了有二十年了?不管什么事,都是由来已久的。"

我在抽屉侧面打上油,轻轻地开关,做到毫无声响。我这样试验了好多天,隔壁的脚步没响,她被我蒙蔽了。可见许多事都是可以蒙混过去的,只要你稍微小心一点儿。我很兴奋,起劲地干起通宵来,抽屉眼看就要清理干净一点儿,但是灯泡忽然坏了,母亲在隔壁房里冷笑。

"被你房里的光亮刺激着,我的血管里发出怦怦的响声,像是在打鼓。你看看这里,"她指着自己的太阳穴,那里爬着一条圆鼓鼓的蚯蚓。"我倒宁愿是坏血症。整天有东西在体内捣鼓,这里那里弄得响,这滋味,你没尝过。为了这样的毛病,你父亲动过自杀的念头。"她伸出一只胖手搭在我的肩上,那只手像被冰镇过一样冷,不停地滴下水来。

有一个人在井边捣鬼。我听见他反复不停地将吊桶放下去,在井壁上碰出轰隆隆的响声。天明的时候,他咚的一声扔下木桶,跑掉了。我打开隔壁的房门,看见父亲正在昏睡,一只暴出青筋的手难受地抠紧了床沿,在梦中发出惨烈的呻吟。母亲披头散发,手持一把笤帚在地上扑来扑去。她告诉我，在天明的那一瞬间，一大群天牛从窗口飞进来，撞在墙上，落得满地皆是。她起床来收拾，把脚伸进拖鞋，脚趾被藏在拖鞋里的天牛咬了一口，整条腿肿得像根铅柱。

"他，"母亲指了指昏睡的父亲，"梦见被咬的是他自己呢。"

"在山上的小屋里，也有一个人正在呻吟。黑风里夹带着一些山葡萄的叶子。"

"你听到了没有？"母亲在半明半暗里将耳朵聚精会神地贴在地板上，"这些个东西，在地板上摔得痛昏了过去。它们是在天明那一瞬间闯进来的。"

那一天，我的确又上了山，我记得十分清楚。起先我坐在藤椅里，把双手平放在膝头上，然后我打开门，走进白光里面去。我爬上山，满眼都是白石子的火焰，没有山葡萄，也没有小屋。

命若琴弦

史铁生

1985

莽莽苍苍的群山之中走着两个瞎子，一老一少，一前一后，两顶发了黑的黑帽起伏攒动，匆匆忙忙，像是随着一条不安静的河水在漂流。无所谓从哪儿来，也无所谓到哪儿去，每人带一把三弦琴，说书为生。

方圆几百上千里这片大山中，峰峦叠嶂，沟壑纵横，人烟稀疏，走一天才能见一片开阔地，有几个村落。荒草丛中随时会飞起一对山鸡，跳出一只野兔、狐狸或者其他小野兽。山谷中常有鹞鹰盘旋。

寂静的群山没有一点阴影，太阳正热得凶。

"把三弦子抓在手里。"老瞎子喊，在山间震起回声。

"抓在手里呢。"小瞎子回答。

"操心身上的汗把三弦子弄湿了。弄湿了晚上弹你的肋条！"

"抓在手里呢。"

老少二人都赤着上身，各自拎了一条木棍探路，缠在腰间的粗布小褂已经被汗水湿润了一大片，蹚起来的黄土干得呛人。这正是说书的旺季。天长，村子里的人吃罢晚饭都不待在家里；有的人晚饭也不在家吃，捧上碗至路边去，或者到场院里。老瞎子想赶着多说书，整个热季领着小瞎子一个村子一个村子紧走，一晚一晚紧说。老瞎子一天比一天紧张、激动，心里算定：弹断一千根琴弦的日子就在这个夏天了，说不定就在前面的野羊坳。

暴躁了一整天的太阳这会儿正平静下来，光线开始变得深沉。远远近近的蝉鸣也舒缓了许多。

"小子！你不能走快点吗？"老瞎子在前面喊，不回头也不放慢脚步。小瞎子紧跑几步，吊在屁股上的一只大挎包叮啷哐啷地响，离老瞎子仍有几丈。

"野鸽子都在窝里飞啦。"

"什么？"小瞎子又紧走几步。

"我说野鸽子都回窝了，你还不快走！"

"噢。"

"你又鼓捣我那电匣子呢。"

"嘿——鬼动来。"

"那耳机子快让你鼓捣坏了。"

"鬼动来！"

老瞎子暗笑：你小子才活了几天？"蚂蚁打架我也听得着。"老瞎子说。

小瞎子不争辩了，悄悄把耳机子塞到挎包里去，跟在师父身后闷闷地走路。无尽无休的无聊的路。

走了一阵子，小瞎子听见有只獾在地里啃庄稼，就使劲学狗叫，那只獾连滚带爬地逃走了，他觉得有点开心，轻声哼了几句小调儿，哥哥呀妹妹的。师父不让他养狗，怕受村里的狗欺负，也怕欺负了别人家的狗，误了生意。又走了一会小瞎子又听见不远处有条蛇在游动，弯腰摸了块石头砍过去，"哗啦啦！"一阵子高粱叶子响。老瞎子有点可怜他了，停下来等他。

"除了獾就是蛇。"小瞎子赶忙说，担心师父骂他。

"有了庄稼地了，不远了。"老瞎子把一个水壶递给徒弟。

"干咱们这营生的，一辈子就是走。"老瞎子又说，"累不？"小瞎子不回答，知道师父最讨厌他说累。

"我师父才冤呢。就是你师爷，才冤呢。东奔西走一辈子，到了儿没弹够一千根琴弦。"

小瞎子听出师父这会儿心绪好，就问："什么是绿色的长乙（椅）？"

"什么？噢，八成是一把椅子吧。"

"曲折的油狼（游廊）呢？"

"油狼？什么油狼？"

"曲折的油狼。"

"不知道。"

"匣子里说的。"

"你就爱瞎听那些玩意儿。听那些玩意儿有什么用？天底下的好东西多啦，跟咱们有什么关系？"

"我就没听您说过，什么跟咱们有关系。"小瞎子把"有"字说得重。

"琴！三弦琴！你爹让你跟了我来，是为了让你弹好三弦子，学会说书。"

小瞎子故意把水喝得咕噜响。

再上路时小瞎子走在前头。

大山的阴影在沟谷里铺开来。地势也渐渐地平缓，开阔。

接近村子的时候，老瞎子喊住小瞎子，在背阴的山脚下找到一个小泉眼，细细的泉水从石缝里往外冒，淌下来，积成脸盆大小的水洼，周围的野草长得茂盛，水流出几十米便被干渴的土地吸干。

"过来洗洗吧，洗洗你这身臭汗味。"

小瞎子拨开野草在水洼边蹲下，心里还猜想着"曲折的油狼"。

"把浑身都洗洗。你那样儿准像个小叫花子。"

"那你不就是个老叫花子了？"小瞎子把手按在水里，嘻嘻地笑。

老瞎子也笑，双手捧起水来往脸上泼。"可咱们不是叫花子，咱们有手艺。"

"这地方咱们好像来过。"小瞎子侧耳听着四周的动静。

"可你的心思总不在学艺上。你这小子心太野。老人的话你从不着耳听。"

"咱们准是来过这儿。"

"别打岔！你那三弦子弹得还差着远呢。咱这命就在几根琴弦上，我师父当年就这么跟我说。"

泉水清凉凉的。小瞎子又哥哥妹妹地哼起来。老瞎子挺来气："我说什么你听见了吗？"

"咱这命就在这几根琴弦上，您师父我师爷说的。我就听过八百遍了。您师父还给您留下一张药方，您得弹断一千根琴弦才能去抓那付药，吃了药您就能看见东西了。我听说过一千遍了。"

"你信不信？"

小瞎子不正面回答，说："干吗非得弹断一千根琴弦才能夫抓那付药呢？"

"那是药引子。机灵鬼儿，吃药得有药引子！"

"一千根断了的琴弦还不好弄？"小瞎子忍不住嗤嗤地笑。

"笑什么笑！你以为你懂得多少事？得真正是一根一根弹断了的才成。"小瞎子不敢吱声了，听出师父又要动气。每回就是这样，师父容不得对这件事有怀疑。

老瞎子也没再作声，显得有些激动，双手搭在膝盖上，两颗头一样的眼珠结着苍天，像是一根一根地回忆着那些弹断的琴弦。盼了多少年了呀，老瞎子想，盼了五十年了！五十年中翻了多少架山，走了多少里路哇，挨了多少回晒，挨了多少回冻，心里受了多少委屈呀。一晚上一晚上地弹，心里总记着，得真正是一根一根尽心地弹断了才成。现在快盼到了，绝出不了这个夏天了。老瞎子知道自己又没什么能要命的病，活过这个夏天一点不成问题。"我比我师父可运气多了，"他说，"我师父到了儿没能睁开眼睛看一回。"

"咳！我知道这地方是哪儿了！"小瞎子忽然喊起来。

老瞎子这才动了动，抓起自己的琴来摇了摇，叠好的纸片碰在蛇皮上发出细微的响声，那张药方就在琴槽里。

"师父，这儿不是野羊岭吗？"小瞎子问。老瞎子没搭理他，听出这小子又不安稳了。

"前头就是野羊坳，是不是，师父？"

"小子，过来给我擦擦背。"老瞎子说，把弓一样的脊背弯给他。

"是不是野羊坳，师父？"

"是！干什么？你别又闹猫似的。"

小瞎子的心扑通扑通跳，老老实实给师父擦背。老瞎子觉出他擦得很有劲。

"野羊坳怎么了？你别又叫驴似的会闻味儿。"

小瞎子心虚，不吭声，不让自己显出兴奋。

"又想什么呢？别当我不知道你这心思。"

"又怎么了，我？"

"怎么了你？上回你在这儿疯得不够？那妮子是什么好货！"老瞎子心想，也许不该再带他到野羊坳来。可是野羊坳是个大村子，年年在这儿生意都好，能说上半个多月。老瞎子恨不能立刻弹断最后几根琴弦。小瞎子嘴上嘟嘟囔囔的心却飘飘的,想着野羊坳里那个尖声细气的小妮子。

"听我一句话,不害你。"老瞎子说,"那号事靠不住。"

"什么事?"

"少跟我贫嘴。你明白我说的什么事。"

"我就没听您说过,什么事靠得住。"小瞎子又偷偷地笑。

老瞎子没理他,骨头一样的眼珠又对着苍天。那儿,太阳正变成一汪血。

两面脊背和山是一样的黄褐色。一座已经老了,嶙峋瘦骨像是山根下裸露的基石。另一座正年青。老瞎子七十岁,小瞎子才十七。小瞎子十四岁上父亲把他送到老瞎子这儿来,这是让他学说书,这辈子好有个本事,将来可以独自在世上活下去。

老瞎子说书已经说了五十多年。这一片偏僻荒凉的大山里的人们都知道他:头发一天天变白,背一天天变驼,年年月月背一三弦琴满世界走,逢上有愿出钱的地方就动琴弦唱一晚上,给寂寞的山村带来欢乐。开头常是这么几句:"自从盘古分天地,三皇五帝到如今,有道君王安天下,无道君王害黎民。轻轻弹响三弦琴,慢慢稍停把歌论,歌有三千七百本,不知哪本动人心。"于是听书的众人喊起来,老的要听董永卖身葬父,小的要听武二郎夜走蜈蚣岭,女人们想听秦香莲。这是老瞎子最知足的一刻,身上的疲劳和心里的孤寂全忘却,不慌不忙地喝几口水,待众人的吵嚷声鼎沸,便把琴弦一阵紧拨,唱道:"今日不把别人唱,单表公子小罗成。"或者:"茶也喝来烟也吸,唱一回哭倒长城的孟姜女。"满场立刻鸦雀无声,老瞎子也全心沉到自己所说的书中去。

他会的老书数不尽。他还有一个电匣子,据说是花了大价钱从一个山外人手里买来,为的是学些新词儿,编些新曲儿。其实山里人倒不太在乎他说什么唱什么。人人都称赞他那三弦子弹得讲究，轻轻漫漫的，飘飘洒洒的，疯疯狂放的，那里头有天上的日月，有地上的生灵。老瞎子的嗓子能学出世上所有的声音。男人、女人、刮风下雨、兽啼禽鸣。不知道他脑子里能呈现出什么景象，他一落生就瞎了眼睛，从没见过这个世界。

小瞎子可以算见过世界，但只有三年，那时还不懂事。他对说书和弹琴并无多少兴趣，父亲把他送来的时候费尽了唇舌，好说歹说连哄带骗，最后不如说是那个电匣子把他留住。他抱着电匣子听得入神，甚至没发觉父亲什么时候离去。

这只神奇的匣子永远令他着迷，遥远的地方和稀奇古怪的事物使他幻想不绝，凭着三年朦胧的记忆，补充着万物的色彩和形象。譬如海，匣子里说蓝天就像大海，他记得蓝天，于是想象出满天排开的水锅。再譬如漂亮的姑娘，匣子里说就像盛开的花朵，他实在不相信会是那样，母亲的灵柩被抬到远山上去的时候，路上正开遍着野花，他永远记得却永远不愿意去想。但他愿意想姑娘，越来越愿意想；尤其是野羊坳的那个尖声细气的小妮子，总让他心里荡起波澜，直到有一回匣子里唱道，"姑娘的眼睛就像太阳"，这下他才找到了一个贴切的形象，想起母亲在红透的夕阳中向他走来的样子。其实人人都是根据自己的所知猜测着无穷的未知，以自己的感情勾画出世界。每个人的世界就都不同。

也总有一些东西小瞎子无从想象，譬如"曲折的油狼"。

这天晚上，小瞎子跟着师父在野羊坳说书。又听见那小妮子站在离他不远处尖声细气地说笑。书正说到紧要处——"罗成回马再交战，大胆苏烈又兴兵。苏烈大刀如流水，罗成长枪似腾云，好似海中龙吊宝，犹如深山虎争林。又战七日七夜，罗成清茶无点唇……"老瞎子把琴弹得如雨骤风疾，字字句句唱得铿锵，小瞎子却心猿意马,手底下早乱了套数……

野羊岭上有一座小庙,离野羊坳村二里地,师徒二人就在这里住下。石头砌的院墙已经残断不全,几间小殿堂也歪斜欲倾,百孔千疮,唯正中一间尚可遮蔽风雨,大约是因为这一间中毕竟还供奉着神灵。三尊泥像早脱尽了尘世的彩饰,还一身黄土本色、返璞归真了,认不出是佛是道。院里院外、房顶墙头都长满荒藤野草,翁翁郁郁倒有生气。老瞎子每日到野羊坳说书都住在这儿,不出房钱又不惹是非。小瞎子是第一次住在这儿。

散了书已经不早,老瞎子在下殿里安顿行李,小瞎子在侧殿的檐下生火烧水。去年砌下的灶火稍加修整就可以用。小瞎子撅着屁股吹火,柴草不干呛得他满院里转着圈咳嗽。老瞎子在正殿里数叨他:"我看你能干好什么。"

"柴湿嘛。"

"我没说这事。我说的是你的琴,今儿晚上的琴你弹成了什么。"

小瞎子不敢接这话茬,吸足了几口气又跪到灶火前去,鼓着腮帮子一通猛吹。"你要是不想干这行,就趁早给你爹捎信把你领回去。老这么闹猫闹狗的可不行,要闹回家闹去。"

小瞎子咳嗽着从灶火边跳开,几步蹿到院子另一头,呼哧呼哧大喘气,嘴里一边骂。

"说什么呢?"

"我骂这火。"

"有你那么吹火的?"

"那怎么吹?"

"怎么吹?哼,"老瞎子顿了顿,又说,"你就当这灶火是那妮子的脸!"

小瞎子又不敢搭腔了,跪到灶火前去再吹,心想:真的,不知道兰秀儿的脸什么样。那个尖声细气的小妮子叫兰秀儿。

"那要是妮子的脸,我看你不用教也会吹。"老瞎子说。

小瞎子笑起来,越笑越咳嗽。

"笑什么笑!"

"您吹过妮子的脸?"

老瞎子一时语塞。小瞎子笑得坐在地上。"日他妈。"老瞎子骂道,笑笑,然后变了脸色,再不言语。

灶膛里腾的一声,火旺起来。小瞎子再去添柴,一心想着兰秀儿。才散了书的那会儿,兰秀儿挤到他跟前来小声说:"哎,上回你答应我什么来?"师父就在旁边,他没敢吭声。人群挤来挤去,一会儿又把兰秀儿挤到他身边。"噫,上回吃人家的煮鸡蛋倒白吃了?"兰秀儿说,声音比上回大。这时候师父正忙着跟几个老汉拉话。他赶紧说:"嘘——我记着呢。"兰秀儿又把声音压低:"你答应给我听电匣子你还没给我听。""嘘——我记着呢。"幸亏那会儿人声嘈杂。

正殿里好半天没有动静。之后,琴声响了,老瞎子又上好了一根新弦,他本来应该高兴的,来野羊坳头一晚就又弹断一根琴弦,可是那琴声却低沉、零乱。

小瞎子渐渐听出琴声不对,在院里喊:"水开了,师父。"

没有回答。琴声一阵紧似一阵了。

小瞎子端了一盆热水进来。放在师父跟前,故意嘻嘻笑着说:"您今儿晚还想弹断一根是怎么着?"

老瞎子没听见,这会儿他自己的往事都在心中。琴声烦躁不安,像是年年旷野里的风雨,像是日夜山谷中的溪流,像是奔奔忙忙不知所归的脚步声。小瞎子有点害怕了:师父很久不这样了,师父一这样就要犯病,头疼、心口疼、浑身疼,会几个月爬不起炕来。

"师父，您先洗脚吧。"

琴声不停。

"师父，您该洗脚了。"小瞎子的声音发抖。

琴声不停。

"师父！"

琴声戛然而止，老瞎子叹了口气。小瞎子松了口气。老瞎子洗脚，小瞎子乖乖地坐在他身边。

"睡去吧，"老瞎子说，"今儿个够累的了。"

"您呢？"

"你先睡，我得好好泡泡脚。人上了岁数毛病多。"老瞎子故意说得轻松。

"我等您一块儿睡。"

山深夜静，有一点风，墙头的草叶子响。夜猫子在远处哀哀地叫。听得见野羊坳里偶尔有几声狗吠，又引得孩子哭。月亮升起来，白光透过残损的窗棂进了殿堂，照见两个瞎子和三尊神像。

"等我干吗，时候不早了。"

"你甭担心我，我怎么也不怎么。"老瞎子又说。

"听见没有，小子？"

小瞎子到底年轻，已经睡着。老瞎子推推他让他躺好，他嘴里嘟囔了几句倒头睡去。老瞎子给他盖被子时，从那身日渐发育的筋肉上觉出，这孩子到了要想那些事的年龄，非得有一段苦日子过不可了。唉，这事谁也替不了谁。

老瞎子再把琴抱在怀里，摩挲着根根绷紧的琴弦。心里使劲念叨：又断了一根了，又断了一根了。再摇摇琴槽，有轻微的纸和蛇皮的摩擦声，唯独这事能为他排忧解烦。一辈子的愿望。

小瞎子做了一个好梦。醒来吓了一跳，鸡已经叫了。他一骨碌爬起来听听，师父正睡得香，心说还好。他摸到那个大挎包，悄悄地掏出电匣子，蹑手蹑脚出了门。

往野羊坳方向走了一会儿，他才觉出不对头，鸡叫声渐渐停歇，野羊坳里还是静静的，没有人声。他愣了一会儿，鸡才叫头遍吗？灵机一动扭开电匣子。电匣子里也是静悄悄。现在是半夜。他半夜里听过匣子，什么都没有。这匣子对他来说还是个表。只要扭开一听，便知道是几点钟，什么时候有什么节目都是一定的。

小瞎子回到庙里，老瞎子正翻身。

"干吗哪？"

"撒尿去了。"小瞎子说。

一上午，师父逼着他练琴。直到晌午饭后，小瞎子才瞅机会溜出庙来，溜进野羊坳。鸡也在树荫下打盹，猪也在墙根下说着梦话，太阳又热得凶，村子里很安静。

小瞎子踩着磨盘，扒着兰秀儿家的墙头轻声喊："兰秀儿——兰秀儿——"

屋里传出雷似的鼾声。

他犹豫了片刻，把声音稍稍抬高："兰秀儿！——兰秀儿！"

狗叫起来。屋里鼾声停了，一个闷声闷气的声音问："谁呀？"

小瞎子不敢回答，把脑袋从墙头上缩下来。屋里吧唧了一阵嘴，又响起鼾声。

他叹口气，从磨盘上下来怏怏地往回走。忽听见身后嘎吱一声院门响，随即一阵细碎的脚步声向他跑来。

"猜是谁？"尖声细气。小瞎子的眼睛被一双柔软的小手捂上了。——这才多余呢。兰秀儿不到十五岁，认真说还是孩子。

"兰秀儿！"

"电匣子拿来没?"

小瞎子掀开衣襟,匣子挂在腰上。"嘘——别在这儿,找个没人的地方听去。"

"咋啦?"

"回头招好些人。"

"咋啦?"

"那么多人听,费电。"

两个人东拐西弯,来到山背后那眼小泉边。小瞎子忽然想起件事,问兰秀儿:"你见过曲折的油狼吗?"

"啥?"

"曲折的油狼。"

"曲折的油狼?"

"知道吗?"

"你知道?"

"当然。还有绿色的长椅。就一把椅子。""椅子谁不知道。"

"那曲折的油狼呢?"

兰秀儿摇摇头,有点崇拜小瞎子了。小瞎子这才郑重其事地扭开电匣子,一支欢快的乐曲在山沟里飘荡。

地方又凉快又没有人来打扰。

"这是《步步高》。"小瞎子说,跳着哼。一会儿又换了支曲子,叫《旱天雷》,小瞎子还能跟着哼。兰秀儿觉得很惭愧。

"这曲子也叫《和尚思妻》。"

兰秀儿笑起来:"瞎骗人!"

"你信不信?"

"不信。"

"爱信不信。这匣子里说的古怪事多啦。"小瞎子玩着凉凉的泉水，想了一会儿。"你知道什么叫接吻吗？"

"你说什么叫？"

这回轮到小瞎子笑，光笑不答。兰秀儿明白准不是好话，红着脸不再问。

音乐播完了一个女人说："现在是讲卫生节目。"

"啥？"兰秀儿没听清。

"讲卫生。"

"是什么？"

"嗯——你头发上有虱子吗？"

"去——别动！"

小瞎子赶忙缩回手来，赶忙解释："要有就是不讲卫生。"

"我才没有。"兰秀儿抓抓头，觉得有些刺痒，"噫——瞧你自个儿吧！"兰秀儿一把搬过小瞎子的头。"看我捉几个大的。"

这时候听见老瞎子在半山上喊："小子，还不给我回来！该做饭了，吃罢饭还得去说书！"他已经站在那儿听了好一会儿了。

野羊坳里已经昏暗，羊叫、驴叫、狗叫、孩子们叫，处处起了炊烟，野羊岭上还有一线残阳，小庙正在那淡薄的光中，没有声响。

小瞎子又撅着屁股烧火。老瞎子坐在一旁淘米，凭着听觉他能把米中的沙子拣出来。

"今天的柴挺干。"小瞎子说。

"嗯。"

"还是焖饭？"

"嗯。"

小瞎子这会儿精神百倍，很想找些话说，但是知道师父的气还没消，心说还是少找骂。两个人默默地干着自己的事，又默默地一块儿把饭做熟。岭上也没了阳光。

小瞎子盛了一碗小米饭，先给师父："您吃吧。"声音怯怯的，无比驯顺。

老瞎子终于开了腔："小子，你听我一句行不？"

"嗯。"小瞎子往嘴里扒拉饭，回答得含糊。

"你要是不愿意听，我就不说。"

"谁说不愿意听了？我说'嗯'！"

"我是过来人，总比你知道的多。"

小瞎子闷头扒拉饭。

"我经过那号事。"

"什么事？"

"又跟我贫嘴！"老瞎子把筷子往灶台上一摔。

"兰秀儿光是想听听电匣子。我们光是一块儿听电匣子来。"

"还有呢？"

"没有了。"

"没有了？"

"我还问她见没见过曲折的油狼。"

"我没问你这个。"

"后来，后来，"小瞎子不那么气壮了，"不知怎么一下就说起了虱子……"

"还有呢？"

"没了，真没了！"

两个人又默默地吃饭。老瞎子带了这徒弟好几年，知道这孩子不会撒谎，这孩子最让人放心的地方就是诚实、厚道。

"听我一句话，保准对你没坏处。以后离她远点好。早年你师爷这么跟我说，我也不相信……"

"师爷？说兰秀儿？"

"什么兰秀儿,那会儿还没她呢,那会儿还没有你们呢……"老瞎子阴郁的脸又转向暮色浓重的天际,骨头一样白色的眼珠不住地转动,不知道在那儿他想能"看"见什么。许久,小瞎子说:"今儿晚上您多半又能弹断一根琴弦,"想让师父高兴些。

这天晚上师徒在野羊坳说书。"上回说到罗成死,三魂七魄赴幽冥,听歌君子莫嘈嚷,列位听我道下文。罗成阴魂出地府,一阵旋风就起身,旋风一阵来得快,长安不远面前存……"老瞎子的琴声也乱,小瞎子的琴声也乱,小瞎子回忆着那双柔软的小手捂在自己脸上的感觉,还有自己的头被兰秀儿搬过去的滋味。老瞎子想起的事情更多……

夜里老瞎子翻来覆去睡不安稳,多少往事在他耳边喧嚣,在他心头动荡,身体里仿佛有什么东西要爆炸。坏了,要犯病,他想。头昏,胸口憋闷,浑身紧巴巴的难受。他坐起来,对自己叨咕:"可别犯病,一犯病今年甭想弹够那些琴弦了。"他又摸到琴。要能叮叮当当随心所欲地疯弹一阵,心头的忧伤或许就能平息,耳边的往事或许就会消散。可是小瞎子正睡得香甜。

他只好再全力去想那张药方和琴弦:还剩下几根,还只剩最后几根了。那时就可以去抓药了,然后就能看见这个世界——他无数次爬过的山,无数次走过的路,无数次感到过她的温暖和炽热的太阳,无数次梦想着的蓝天和月亮和星星……还有呢?还有什么?他朦胧中所盼望的东西似乎比这要多得多……

夜风在山里游荡。

猫头鹰又在凄哀地叫。

不过现在他老了,无论如何没年活头了,失去的,已经永远失去了,他像是刚刚意识到这一点。七十年中所受的全部辛苦就为了最后能看一眼世界,这值得吗?他问自己。

小瞎子在梦里笑，在梦里说："那是一把椅子，兰秀儿……"

老瞎子静静地坐着，静静地坐着的还有那三尊分不清是佛是道的泥像。

鸡叫头遍的时候老瞎子决定，天一亮就带这孩子离开野羊坳。否则这孩子受不了，他自己也受不了。兰秀儿不坏，可这事会怎么结局，老瞎子比谁都"看"得清楚。鸡叫二遍，老瞎子开始收拾行李。

可是一早起来小瞎子病了，肚子疼，随即又发烧。老瞎子只好把行期推迟。

一连好几天，老瞎子无论是烧火、淘米、捡柴，还是给小瞎子挖药、煎药，心里总在说："值得，当然值得。"要是不这么反反复复对自己说，身上的力气几乎就要垮掉。"我非要最后看一眼不可。""要不怎么着？就这么死了去？""再说就只剩下最后几根了。"后面三句都是理由。老瞎子又冷静下来，天天晚上还到野羊坳去说书。

这一下小瞎子倒来了福气。每天晚上师父到岭下去了，兰秀儿就猫似的轻轻跳进庙里来听匣子。兰秀儿还带来熟的鸡蛋，条件是得让她亲手去扭那匣子的开关。"往哪边扭？""往右""扭不动。""往右，笨货，不知道哪边是右哇？""咔嗒"一下，无论是什么便响起来，无论是什么俩人都爱听。

又过了几天，老瞎子又弹断了三根弦。

这一晚，老瞎子在野羊坳里自弹自唱："不表罗成投胎事，又唱秦王李世民。秦王一听双泪流，可怜爱卿丧残身，你死一身不打紧，缺少扶朝上将军……"

野羊坳上的小庙里这时更热闹。电匣子的音量开得挺大，又是孩子哭，又是大人喊，轰隆隆地又响炮，嘀嘀嗒嗒地又吹号。月光照进正殿，小瞎子躺着啃鸡蛋，兰秀儿坐在他旁边。两个人都听得兴奋，时而大笑，时而稀里糊涂莫名其妙。

"这匣子你师父哪买来？"

"从一个山外头的人手里。"

"你们到山外头去过？"兰秀儿问。

"没。我早晚要去一回就是，坐坐火车。"

"火车？"

"火车你也不知道？笨货。"

"噢，知道知道，冒烟哩是不是？"

过了一会儿兰秀儿又说："保不准我就得到山外头去。"语调有些恓惶。

"是吗？"小瞎子一挺坐起来，"那你到底瞧瞧曲折的油狼是什么。"

"你说是不是山外头的人都有电匣子？"

"谁知道。我说你听清楚没有？曲、折、的、油、狼，这东西就在山外头。"

"那我得跟他们要一个电匣子。"兰秀儿自言自语地想心事。

"要一个？"小瞎子笑两声，然后屏住气，然后大笑："你干吗不要俩？你可真本事大。你知道这匣子几千块钱一个？把你卖了吧，怕也换不来。"

兰秀儿心里正委屈，一把揪住小瞎子的耳朵使劲拧，骂道："好你死瞎子。"

两个人在堂殿里扭打起来。三尊泥像袖手旁观帮不上忙，两个年轻的正在发育的身体碰撞在一起，纠缠在一起，一个把一个压进身下，一会儿又颠倒过来，骂声变成笑声。匣子在一边唱。

打了好一阵子，两个人都累得住手，心怦怦跳，躺着喘气，不言声儿，谁却也不愿意再拉开距离，兰秀儿呼出的气吹在小瞎子的脸上，小瞎子感到了诱惑，并且想起那天吹火时师父说的话，就往兰秀儿脸上吹气。兰秀儿并不躲。

"嘿,"小瞎子小声说,"你知道接吻是什么了吗?"

"是什么?"兰秀儿的声音也小。

小瞎子对着兰秀儿的耳朵告诉她。兰秀儿不说话。老瞎子回来之前,他们试着亲了嘴儿,滋味真不坏……

就是这天晚上,老瞎子弹断了最后两根琴弦。两根弦一齐断了。他没料到。他几乎是连跑带爬地上了野羊岭,回到小庙里。小瞎子吓了一跳:"怎么了,师父?"

老瞎子气喘吁吁地坐在那儿,说不出话。小瞎子有些犯嘀咕:莫非是他和兰秀儿干的事让师父知道了?

老瞎子这才相信一切都是值得的。一辈子的辛苦是值得的。能看一回,好好看一回,怎么都是值得的。

"小子,明天我就去抓药。"

"明天?"

"明天。"

"又断了一根了?"

"两根。两根都断了。"

老瞎子把那两根弦卸下来,放在手里揉搓了一会儿,然后把他们并到另外的九百九十八根去,绑成一捆。

"明天就走?"

"天一亮就动身。"

小瞎子心里一阵发凉。老瞎子开始剥琴槽上的蛇皮。

"可我的病还没好利索。"小瞎子小声叨咕。

"噢,我想过了,你就先留在这儿,我用不了十天就回来。"

小瞎子喜出望外。

"你一个人行不?"

"行！"小瞎子急忙说。

老瞎子早忘了兰秀儿的事。"吃的、喝的、烧的全有。你要是病好利索了，也该学着自个儿出去说回书。行吗？"

"行。"小瞎子觉得有点对不住师父。

蛇皮剥开了，老瞎子人从琴槽中取出一张叠得方方正正的纸条。他想起这药方放进琴槽时，自己才二十岁，便觉得浑身上下都好冷。

小瞎子也把那药方放在手里摸了一会儿，也有了几分肃穆。

"你师爷一辈子才冤呢。"

"他弹断了多少根？"

"他本来能弹够一千根，可他记成了八百。要不然他能弹断一千根。"

天不亮老瞎子就上路了。他说最多十天就回来。谁也没想到他竟去了那么久。

老瞎子回到野羊坳时已经是冬天。漫天大雪，灰暗的天空连接着白色的群山。没有声息，处处也没有生气，空旷而沉寂。所以老瞎子那顶发了黑的草帽就尤其攒动得显著。他蹒蹒跚跚地爬上野羊岭，庙院中衰草瑟瑟，窜出一只狐狸，仓惶逃远。

村里人告诉他，小瞎子已经走了些日子。

"我告诉他等我回来。"

"不知道他干吗就走了。"

"他没说去哪儿，留下什么话没？"

"他说让您甭找他。"

"什么时候走的？"

人们想了好久，都说是在兰秀儿嫁到山外去的那天。老瞎子心里便一切全明白了。

众人劝老瞎子留下来，这么冰天雪地的上哪去？不如在野羊坳说一冬天书。老瞎子指指他的琴，人们见琴柄上空荡荡已经没了琴弦。老瞎子面容也憔悴，呼吸也孱弱，嗓音也沙哑了，完全变了个人。他说得去找他的徒弟。

若不是还想着他的徒弟，老瞎子就回不到野羊坳。那张他保存了五十年的药方原来是一张无字的白纸。他不信，请了多少识字而又诚实的人帮他看，人人都说那果真是一张无字的白纸。老瞎子在药铺前的台阶上坐了一会儿，他以为是一会儿，其实已经几天几夜，骨头一样的眼珠在询问苍天，脸色也变成骨头一样的苍白。有人以为他是疯了，安慰他，劝他。老瞎子苦笑：七十岁了再疯还有什么意思？他只是再不想动弹，吸引着他活下去、走下去、唱下去的东西骤然间消失干净。就像一根不能拉紧的琴弦，再难弹出悦耳的曲子。老瞎子的心弦断了，准确地说，是有一端空无所系了。一根琴弦需要两个点才能拉紧。心弦也要两个点——一头是追求，一头是目的——你才能在中间这紧绷绷的过程上弹响心曲。现在发现那目的原来是空的。老瞎子在一个小客店里住了很久，觉得身体里的一切都在熄灭。他整天躺在炕上，不弹也不唱，一天天迅速地衰老。直到花光了身上所有的钱，直到忽然想起他的徒弟，他知道自己的死期将至，可那孩子在等他回去。

茫茫雪野，皑皑群山，天地之间攒动着一个黑点。走近时，老瞎子的身影弯得如一座桥。他去找他的徒弟。他知道那孩子目前的心情、处境。

他想自己先得振作起来，但是不行，前面明明没有了目标。

他一路走，便怀恋起过去的日子，才知道以往那些奔奔忙忙兴致勃勃的翻山、走路、弹琴，乃至心焦、忧虑都是多么欢乐！

那时有个东西把心弦扯紧,虽然那东西原是虚设。老瞎子想起他师父临终时的情景。他师父把那张自己没用上的药方封进他的琴槽。"您别死,再活几年,您就能睁眼看一回了。"说这话时他还是个孩子。他师父久久不言语,最后说:"记住,人的命就像这琴弦,拉紧了才能弹好,弹好了就够了。"……不错,那意思就是说:目的本来没有。不错,他的一辈子都被那虚设的目的拉紧,于是生活中叮叮当当才有了生气。重要的是从那绷紧的过程中得到欢乐,老瞎子知道怎么对自己的徒弟说了。可是他又想:能把一切都告诉小瞎子吗?老瞎子又试着振作起来,可还是不行,总摆脱不掉那无字的白纸……

在深山里,老瞎子找到了小瞎子。

小瞎子正跌倒在雪地里,一动不动,想那么等死。老瞎子懂得那绝不是装出来的悲哀。老瞎子把他拖进一个山洞,他已无力反抗。老瞎子捡了些柴,打起一堆火。

小瞎子渐渐有了哭声。老瞎子放了心,任他尽情尽意地哭。只要还能哭就还有救,只要还能哭就有哭够的时候。

小瞎子哭了几天几夜,老瞎子就那么一声不吭地守着。火光和哭声惊动了野兔子、山鸡、野羊、狐狸和鹞鹰……

终于小瞎子说话了:"干吗咱们是瞎子!"

"就因为咱们是瞎子。"老瞎子回答。

终于小瞎子又说:"我想睁开眼看看,师父,我想睁开眼看看!哪怕就看一回。"

"你真那么想吗?"

"真想,真想——"

老瞎子把篝火拨得更旺些。

雪停了。铅灰色的天空中,太阳像一面闪光的小镜子,鹞鹰在平稳地滑翔。

"那就弹你的琴弦,"老瞎子说,"一根一根尽力地弹吧。"

"师父,您的药抓来了?"小瞎子如梦方醒。

"记住,得真正是弹断的才成。"

"您已经看见了吗?师父,您现在看得见了?"

小瞎子挣扎着起来,伸手去摸师父的眼窝。老瞎子把他的手抓住。

"记住,得弹断一千二百根。"

"一千二?"

"把你的琴给我,我把这药方给你封在琴槽里。"老瞎子现在才懂了师父当年对他说的话——你的命就在这琴弦上。

目的虽是虚设的,可非得有不行,不然琴弦怎么拉紧,拉不紧就弹不响。

"怎么是一千二,师父?"

"是一千二。我没弹够,我记成了一千。"老瞎子想:这孩子再怎么弹吧,还能弹断一千二百根?永远扯紧欢跳的琴弦,不必去看那无字的白纸……

这地方偏僻荒凉,群山不断。荒草丛中随时会飞起一对山鸡,跳出一只野兔、狐狸,或者其他小野兽。山谷中鹞鹰在盘旋。

现在让我们回到开始:

莽莽苍苍的群山之中走着两个瞎子,一老一少,一前一后,两顶发了黑的草帽起伏攒动,匆匆忙忙,像是随着一条不安静的河水在漂流。无所谓从哪儿来、到哪儿去,也无所谓谁是谁……

鱼骨

迟子建

1988

他们说这条江在几十年前是用麻绳捕鱼的。他们说这话的时候，眼睛里闪烁着陶醉的光辉。

漠那小镇的人们一到冬天就谈论起关于这条江的故事。风雪像销甲一样包围了镇子的时候，无论从哪一个角度去望大地，都给人一种白茫茫的感觉。而逼人的寒冷也像瘟疫一样弥漫了整个小镇。

也记不得是哪一天了，总之是有那么一天，漠那小镇最敏感的女人旗旗大婶忽然向全镇的人宣告了一条重要的消息：

镇长成山家门前晃着一堆鱼骨。其中有一根鱼脊骨像大拇指那般粗。它们是鲜鱼的鱼骨，鱼骨上缠着带着红色腥味的血丝。

于是，镇子上男女老少就像去赶着看一场露天电影似的，纷纷走出自家的门院带着惊喜和疑惑去看那一堆鱼骨。

那真的是一堆鱼骨，旗旗大婶没有说错。它们很生动地躺在一片白雪地上，极北的太阳很冷清地照出它们象牙般的肤色。

"嗬呀，这么漂亮的鱼骨，一定是条二三十斤的大鱼！"旗旗大婶在人群中感慨着，然后把目光投在我的身上说，"外乡人，你没有见过这样的鱼骨吧？"

"这么粗的我见过,但这么漂亮的没见过。"

"就是,你们看,这鱼骨是没有下过锅的。"旗旗大婶像一头母熊似的笨拙地挤出人群,蹲在那一堆鱼骨旁,把那块最粗的拣在手中,嘀呀呀地大叫着,好像是意外拾到一块狗头金似的,潮红的双颊不由得微微抖动起来:

"是用刀剔下来的,这条小细纹就是刀痕。这么的嫩,我的天哪,多少年没有见过这么好的鱼骨了!我说,我们这条江开了怀了!"

"是啊,这条江开了怀了!"有人跟着说。

漠那小镇的人们把这条江看得跟女人一样亲切。这条江在几十年前,可以很随意地用麻绳系起一张网,撒在江中,然后鱼就像爬满了篱笆的葫芦似的钻了一网。起网时鱼尾翻卷,鳞光闪烁,那真是让人百思不厌的美好时光。

可是几十年后,这条江就像女人过了青春期,再也生不出来孩子了。江水不似往昔那般喧嚣,它平静而沉稳,就像个行将入土的人。而漠那小镇的人们,一到漫漫长冬的时候,就热切地思恋起她的过去。

人们议论了一番,兴致就蓬勃起来了。大家纷纷回家,准备着捕鱼的工具。旗旗大婶很慷慨地把那块最精彩的鱼骨送给我了。那么鲜嫩,那么凉爽,那么美丽的一块鱼骨。

傍晚,天气骤然冷起来。白蒙蒙的江面上弥漫着无边的寒气。旗旗大婶凿好了第一口冰眼,将一张插三的大网甩进江底。

平素寂静的江面霎时活跃起来了。远远近近的都是人影。近处的人影像被风摇摆的黑橡树,而远处的人影则模模糊糊得像夜空中的云彩。

旗旗大婶的鬓角出了许多汗,蒙蒙的湿气很快把她露在围巾外的头发裹上一层白霜。她还没吃晚饭,她已经打算让旗旗回镇子给她取点吃的。

旗旗是个十岁的女孩,是旗旗大婶在三十五岁还不能生孩子时抱养的。她聪颖而又美丽,一双乌溜溜的眼睛总是像星星一样闪个不休。旗旗大婶常常说旗旗的眼睛晃得她直头晕。

旗旗在生火盆。她已经把小碎桦子架在里面,再往缝隙间塞桦树皮。她穿着一件枣红色的棉袄,圆鼓隆咚的,更显出她的可爱来。

旗旗大婶走上前划着了火柴,火盆像触了电似的猛地抖动了一下,接着,红红的火苗就蹿了起来。旗旗伸出手去烤火,整个脸被映得通红。

"妈妈,你看开花袄爷爷。"

旗旗指着十几米外的人影说。

"外乡人,你看看,人一来了精神,病也就没了,那老开花袄病了两三年,不也出来了吗?"

我一到漠那小镇就听说过"开花袄"这个人物。如今旗旗大婶又提起他来,倒有一种非见他不可的欲望了。

"你别去看他,他这人一辈子见着两种东西眼睛要放绿光:一种是鱼,一种是女人!"

旗旗大婶刚一说完,旗旗就嘻嘻地笑了。我问旗旗为什么笑,旗旗趴在我的肩头说:

"开花袄爷爷爱睡女人,一辈子睡了好几大炕。"

"旗旗,你在跟人家说什么?"

"我在向她要那块鱼骨呢。"旗旗冲我乖巧地眨了眨眼睛。

"你马上就要有一块更漂亮的鱼骨了,你怎么还要?"

"那块鱼骨好像是透明的。"旗旗又说。

"你马上也会有一块更透明的!"旗旗大婶从手腕上解下钥匙,把它挂到旗旗的脖子上,"去回镇子拿点吃的来。"旗旗大婶在旗旗的耳朵边吩咐了一会，旗旗点点头，就走了。

天色越来越昏暗，寒冷越发像刀子一样地逼人了。江面上到处是青凛凛的冰堆，冰眼上用于控网的木杆子黑黝黝地探入江中，只露出一米左右的端头。

旗旗大婶握着冰钎，开始凿第二口冰眼了。她边干边跟我说她多少年没这么痛快地干过活了，不然怎么会养下这一身的肥肉？她那口气和动作，好像一定要在这次捕鱼中刮掉几斤肉，变得苗条一点不可。可我却觉得，旗旗大婶胖起来才更有风度。我把这种想法告诉她，她弯着腰惊天动地大笑了一通，那笑声仿佛要把松枝上的雪团都震下来：

"老天爷，我还有风度？我这辈子连个孩子都生不出来——够风度的了！"

我知道，旗旗大婶年轻时因为生不出孩子，她男人就像甩一条老狗似的把她扔了。所以，旗旗大婶这十几年一直是独居。

"那么你男人现在到哪去了？"

"十几年了，连个消息也没有。不想他是说瞎话，想他又让人气得慌。听人说，女人生不出孩子来，多半怪男人！那时我气得真想跟老开花袄睡几宿，看看能不能怀上！"

"那你怎么没那样做呢？"

"开花袄年纪太大，不是养孩子的年龄了。别的男人呢，有媳妇的有媳妇，没媳妇的都盯着花姑娘看，我也不能做损人的事。"

旗旗大婶说的时候毫无怨恨之情。我想那是痛苦埋得太深，就把它看得平淡了。

旗旗送来了晚饭。旗旗大婶分一半给我，然后就顾自坐在冰堆上，围着火盆吃起来。

这一宿我们都要守在江面上。一般的渔汛期，要接连几天不合眼。每隔半小时就要起一次网,那种紧张感和幸福感,就像打了一场漂亮的伏击战。

一个小时过去后,旗旗大婶打算起第一片网了。起网前,她先让旗旗远远地走开。因为旗旗的外号叫"猫咪"。镇里的人都忌讳捕鱼时带上这样的孩子。

"旗旗,你先到江岸上玩一会儿。"

"江岸上有什么好玩的?我要看起网。"

"你到那里拿两根树枝来。"

"拿树枝做什么呢?"

"起网用。"

"起网要用树枝呀?"旗旗惊叫了一声,就欢呼着去拿树枝了。旗旗长这么大,还是第一次赶上捕鱼。

旗旗大婶冲我笑笑,把棉巴掌脱掉,抽出冰眼中的木杆,然后解下网头。借着火盆的猩红的火苗,我见旗旗大婶的脸紫红得像鸡冠花。

"这网头很轻,好像是……"旗旗大婶顾自说着,蹲在冰眼前熟练地拽起网来。

银白的渔网从黑沉沉的江水中被提出来了。一出水面,它们就变成了一块大花布。网上有的地方恰恰被火光照着,就成了一片霞光;有的地方隐在夜色中,就变成了灰蓝。旗旗大婶沉默着,我沉默着,寒风也冷峭地沉默着,只有火盆热烈地响着,那些贪婪的火舌活跃地舔着夜色。

整片网起出来了,没有一条鱼。旗旗大婶一屁股坐在冰上,阴郁地抽起烟来。旗旗大婶抽烟抽得很凶。

"你骗我!"旗旗看到网已经起出来了,就把两根树枝扔在江上,哭着跑了。

"旗旗，回来！"我起身去撵。

"别管她，让她跑吧。这只小猫咪，在这会把鱼吓跑的。"

旗旗大婶掐灭了烟，又把网抖搂着下到江里。我担心着旗旗，便起身去寻。

开花袄佝偻着背，正被旗旗驱使着起网。旗旗见了我，竟理都不理，那神情，分明是说我和旗旗大婶合伙骗了她。

"旗旗，要逮不着大的，你可有个啥看头？"开花袄说她。

"逮条小鱼也行，逮不着也行！"旗旗带着哭腔执拗地说。

结果，这一网比旗旗大婶要幸运一些，有一条筷子般长的狗鱼撞上了网。漠那小镇的人戏称狗鱼是穿花裙子的，因为它的身上全是斑斓的花纹。

"我有了一条穿花裙子的鱼了！"旗旗提着鱼，在江面上跑着，呼喊着。

开花袄今年八十岁了，年轻时一直是淘金汉。解放后，他在合作社里喂牲口，闲时出去打鱼，是远近闻名的捕鱼能手。人们说他的金子多得可以再建一个漠那小镇。从六十岁开始，一听说没儿没女的老太婆没人要了，他就把她背回家。这样，一共背了七个老太婆，他为她们送了终，然后把她们埋葬在一片坟地上，竖起木碑。我倒觉得开花袄有些侠义之举。

开花袄见了我，就问城里的女人都像我这样单薄么。我摇摇头，他就笑着说：

"漠那小镇的女人才叫女人。"

"你是说她们胖，是吧？"

"不光是胖。"开花袄诡秘地笑了。夜色中他的笑声显得很凄厉，有点像猫头鹰叫。

"听说你的金子足足可以再建个漠那小镇。"

"那是鬼话，我有什么金子。"

"可你给七个老太婆送了终。"

"只要我有口气，没人要的老太婆我仍要去背。"

"你背她们有什么用呢？"

"女人不能孤零零地一个人死。"开花袄坐在江上，捅了捅火盆。火盆腾起一束璀璨的火星，烟花似的闪耀。

"是女人把我带到这世上的，不能亏待了她们。"

旗旗展览够了那条狗鱼，兴高采烈地回来了。开花袄跟我们说，这条江现在没开怀，旗旗大婶的判断错了。

"旗旗大婶是最精明的人，怎么会说错呢？"

"我熟悉这条江就像熟悉女人一样，这不是渔汛。"

"可那堆鱼骨怎么说呢？"

"那鱼骨是鲜的不错，可那不是这条江的。"

"你怎么知道？"

"我说了，熟悉这条江我就跟熟悉女人一样。"开花袄说。

"那你为什么还要守在这里？"

"因为这是我最后一次守江了。"

开花袄说得够庄严的。我不知道他这一辈子守过多少次江了，但我想他每次的守江历史一定是辉煌的。

我走上江岸，把皮袄裹紧，站在黑沉沉的柳毛丛中。此时的漠那小镇，在风雪中静静地沉睡了。镇子中听不见狗吠，所有的房屋都融在蒙蒙的夜色中，成为自然的一部分。而这条冰封的大江，却渔火点点，人影绰绰，全然一幅原始村落的平和的生活图画。

旗旗大婶起了三片网，都空，她忽然怀疑起那一堆鱼骨来。旗旗终究还是孩子，现在早就跟旗旗大婶说个不休了。旗旗大婶让她回家睡觉，她说什么也不肯。她说她长这么大了，还没有得着像我这块这么漂亮的鱼骨。

后半夜是最难挨的时光。寒冷、饥饿、疲乏同时袭来。我觉得双腿已经冻得麻木不堪,真想带着旗旗回镇子了。夜空中的繁星好像离我们这般的近,又那般的远。

开花袄喝了一瓶白酒,坐在江上对着火盆唱起沙哑的歌子。歌词大意是讲一个女人思夫的情绪。那歌子虽然很低沉,但却饱含着一种深沉的韵味。旗旗便又跟我说:

"开花袄爷爷不光爱睡女人,还爱唱歌子呀?"

我笑笑,不知该如何对旗旗讲。后来旗旗大婶对她说:

"是人就爱唱歌子。"

"那你为什么不爱唱呢?"

旗旗大婶不出声了。我见她的眼睛湿润了。她使袄袖子抹了一下眼角,然后深情地唱起一支歌来:

> 在冰封的河流上,
> 跑着我心爱的雪橇。
> 雪橇上有我的粮食
> 和取暖的干草,
> 还有一个
> 美丽的姑娘,夕阳下
> 抱着我的小娃娃。

旗旗大婶唱完就哭了,哭完又笑了,笑过之后就找开花袄要酒喝去了。我和旗旗抱在一块,痴迷地望着朦胧的漠那小镇和远方的大山。

如果让我说出对生命的认识的话,那么我会说漠那小镇是个有生命的地方。

凌晨四点多钟,旗旗大婶已经起了十二片网了。冰面上扔着几条杂鱼。这些杂鱼初出江水时还活着,可只要过了几分钟,就黯然死去,冻成一个硬条。

天有些灰蒙蒙了,灿烂的群星也显得不那么灿烂。江面上泼墨似的摊着一堆堆火盆燃尽的残渣,而寒气把每个人的脸都弄得又红又粗的,像是松树皮。

旗旗大婶守了一夜,虽然哈欠连天,但精神却很饱满。她说这几斤杂鱼可以美美地吃它一顿了。于是她又讲起这条江的过去。她说每次渔汛到时,捕上来的鱼摆满了江面,家家都要套上狗爬犁才能把鱼装回去。旗旗便冻得嘶嘶哈哈地从牙缝中挤着话问:

"那时怎么不生我呢?"

"那时就是生不下来嘛。"旗旗大婶把旗旗抱在怀中,摩挲着她的脸蛋,问:"旗旗以后还来守江么?"

"还来。"

"守江好吗?"

"守江真有意思。"旗旗哭了,"就是逮不着一条大鱼,我没有好看的鱼骨——我的脚都冻得不敢站了。"

"旗旗,你的脚怎么了?"

"我的脚是冻坏了。我开始是冷,我就跺脚,后来脚就暖和点了,我又坐在江上。再过一会,我的脚就扎针一样的疼,疼过就不疼了,也不觉冷了。"

"哎哟,那一准是冻坏了。旗旗,你为什么不早说?"

"我看你在起网,我怕你让我回去。"

"那你冻坏了脚,怎么不该回去?"我插言道。

"我第一次守江,连一夜都守不了,那多丢人哪。开花袄爷爷都八十岁了,还站着哪。"

旗旗的哭声更响了。

旗旗大婶和我赶紧为旗旗扒下棉靴,然后用雪给旗旗搓脚。旗旗呆呆地看着自己的脚,一手搭在我的肩头,一手搭在旗旗大婶的肩头,说:

"等天亮了再让我回镇子,我就可以说是守了一夜了。"

江面上残灭的渔火忽明忽灭。而远方大山的轮廓却渐渐澄澈起来。八点左右,在东边天出现一团毛茸茸的太阳,被寒气包裹着的像堆羽毛的太阳。漠那小镇的上空升起了一缕缕迷茫的炊烟。

这时,镇长成山突然出现在江面上。他像巡逻兵似的从南走到北,又从北走到南,然后把江面上所有捕鱼的人召集在一起,庄重地宣布了一桩秘密。

那堆鱼骨是他故意摆在那的。因为他们接到了一个任务:要把这山林中的一头大黑熊活活捉住。他们已经多年不做这样的事了,他担心他们胜任不了猎熊的工作。所以,就试探着摆出鱼骨,看他们是否还像几十年前一样的敏感而有耐力。

跟着,他点了猎熊人员名单。旗旗大婶是第一位,开花袄也在其列。

江面上的网都起了出来。漠那小镇的人们无言地走回被朝霞映照的镇子里……

冬天总是寒冷,漠那小镇又下了一场铺天盖地的大雪。旗旗大婶他们准备了三天,决定在第四天早晨出发去猎熊了。

旗旗的脚冻坏了,伤口正在溃烂,夜里常常痒得睡不着觉。旗旗大婶让我从旅店搬出来住在她家里,好照顾一下旗旗,等着她猎熊回来。

旗旗大婶要出发的前一晚,是个灰蒙蒙的时刻,我正要到园子中解手。忽然发现一个男人瞪着鹰一样的眼睛盯着我,我急忙喊来旗旗大婶。旗旗大婶口中还塞着饭,她见了那男人,竟吓得魂不附体了:

"你是鬼吧?啊?你成鬼了吧?"

"我不是鬼,是人!我对不起你。我又和一个女人过日子了,我才知道,生不出孩子不是你的错。"

那男人蹲在地上,头埋得很低很低。他的鬓角还冒出一股股的汗气。我知道,这是旗旗大婶走了十多年的男人回来了。

"你这不要脸的,你还回来?!"旗旗大婶骂着,操起一根桦木杆,就像打一条死狗似的狠狠地打了他一下,那男人没动,但是泪水却出来了。我见他的脸苍老褶皱得像晒干了的蘑菇。

那男人说着"我错了,我该杀",然后就站起来跟跟跄跄地往外跑。旗旗大婶愣了一下,跟着又拼命地追上他,哭着说:

"你要是再想回这个家的话,你就去给我们旗旗弄一个漂亮的鱼骨吧,要透明的鱼骨!"

那男人像块石头一样沉默着。突然,他痉挛地扩张开双臂,紧紧地把旗旗大婶抱进怀里。而旗旗大婶则像一只刚被关进笼子中的老虎一样,不停地抓那男人的胸,不停地哭,不停地喊。

顷刻,男人慢慢地轻轻地放开旗旗大婶,向落日的地方去了。他的弯曲的腿在雪地上面支成一个圆拱形,极北的傍晚的寒气在往来穿梭,他就好像拤着一个灰蒙蒙的太阳在行走。

旗旗大婶站在绵延无尽的雪地上,揉着红肿的眼睛,冲着他渐渐远去的背影高声地告诉他:

"你不要去江里捕鱼,江里的鱼都跑到河里去了!成山镇长有个漂亮的鱼骨就是从河里弄来的!你去河里吧!弄到了鱼骨你就回来!"

第二天早晨,旗旗大婶他们带着粮食和干草,坐着雪橇去猎熊了。

狩猎

阿来

1995

我们三人是狩猎的伙伴。就像许多身份脾气极不相同的男人因为下棋打牌之类的事情凑在一起一样,我们三个偶然凑在一起,并发觉凑在一起总能有所收获,于是就成为长期搭档了。

军分区的侦察参谋,银巴;我;农牧局的小车司机,秦克明。我们打猎的地方行政上属于四川,地理上属于西藏,目前总称为中国西部的地方。但我们三个人中没有一个人是美国或中国的西部电影中塑造的男人的形象。或许把我们的侦察参谋刻意打扮一番,可以勉强达到这个标准,尽管他打过仗,杀过人,藏族,但也只能勉强。秦克明总像是睡眠不足,青脸青色的样子,而且怕老婆。至于我自己嘛,穿了一身牛仔服,但依然敏感,身体一般,专业给文工团两个民歌手填写冒牌的民歌歌词。

总而言之,我们在我们这个叫作马尔康的镇子上,按照全中国人共同的准则生活,按照镇子上约定俗成的较为特殊的准则生活。追逐猎物使我们忘掉许多,从而获得一些自在而且超脱的感觉。

每到周末,凑巧三个都在镇上,没有外出,就在电话上相约:

"搞一次民族团结吧。"我们使用隐语。千百年来,猎人们都有自己特殊的一套隐语。我们喜欢我们这个隐语中神秘与调侃的味道。何况因为《野生动物保护法》,几乎我们渴望到手的飞禽走兽都受到法律保护了。马鹿、黑熊、苏门羚、獐子、马鸡、环颈雉等等,所有这些都是数量稀少,而且善于奔走和飞翔的动物。除非顺便,我们不打那些小猎物。

之所以选用"民族团结"作为狩猎的隐语,也是因为我们各自血缘的关系。秦克明和银巴一汉一藏,我本人则本来就是两个民族亲密团结的成果。

像通常一样,星期六下午,我们把农牧局那辆因换日本轿车才宣布报废而性能很好的北京213吉普猛开上几十公里,然后藏进树丛。背上枪、食品,还有一个帆布背包,沿着猎人小径向深山里进发。四周一片静谧。这种高山森林里几乎没有什么花朵。空气中的清新味道多半来自地上的苔藓以及云杉细密的针叶。这天似乎一切顺利。脚下的小径隐约可辨,上面布满松软的苔藓。这说明,以前曾有猎手云集的小径沉寂已经两三年了。后来,在树林变得稀疏的地方,出现了黑色圆润的新鲜獐子粪便。不开玩笑的秦克明也开起玩笑来了:"你,"他是指我,"闻闻是公的还是母的。"我说:"是母的也不会给你打那种电话。"看着他的脸色黯淡下去,我意识到不该这样来打趣他。

沉默一阵,就看到了那个棚寮,那个以前许多猎手相继过夜,相继修缮过的棚寮。它有结实的白桦木的柱子,厚厚的苔藓和严密的杉树皮的棚顶。从幽暗潮润的密林中出来,看见被阳光照耀得一片金黄的稀疏灌木丛中的棚子,我们坐下来歇气,望着一阵轻风掀动了棚子四周曾经用来作为帘子的残腐的兽皮。

秦克明被自己的口水呛住了,低着头猛地咳嗽起来。一只獐子从棚子里飞窜而出,连银巴也来不及举枪就窜下山坡了。

银巴说:"呛了口水要吃肉。"猎手们都有世代相传并信奉的禁忌与预兆。呛了口水就能有所猎获也是猎手们相信的预兆之一。银巴特别相信,他说他在越南能够立功杀敌也是相信这些东西的结果。

当我们在棚子里生起火来的时候,那只獐子出现在对面一座孤立的小山冈上,秦克明端枪瞄准,银巴按住他的手说:"明天吧,距离太远了。""好吧,明天。"他口气里有点无可奈何的味道。并和枪一起躺到了干燥的地上。那只獐子仍然立在岩石之上向我们瞭望,以那些灌木忽起忽止的声响判断,还有另外的一只就在附近逡巡不去。看来,是闯到獐子的窝里来了。这是一件比较稀奇的事情。獐子这种多疑胆小的动物竟用猎人的棚寮做了栖身之所。我们周围的腥膻的气味证明稀奇的事情不是不可能发生。

"这又是什么预兆呢?银巴。""老祖宗们没有遇到过。"讨论一阵遇到稀奇事情好还是不好,天就黑了。

我把就近采来的木耳和猪肉罐头煨在一起,香气就在火光照亮的范围内聚集起来,压过了棚寮中野物的腥膻味道。

这时谁都不知道棚子里还有一只獐子。那是一只刚生下不久的獐子,就在棚子深处那堆干枯的松枝下面。不然我们就会知道那只母獐在周围逡巡不去的缘故了。它一直在周围弄出许多声响。银巴说:"要出来你就出来吧。"不久,那獐子果然就从一团灌木后探出了脑袋,双眼十分明亮。我端起小口径运动步枪,瞄准两颗宝石之间的地方,那是致命的额头的中央。勾动枪机时,只听到咔嗒一声。我连弹夹也忘了上了。等枪里有了子弹再瞄准时,獐子纵身一跃,黑暗中传来一串树枝摇动的声音。

"你看它比你感觉还要好哩。"秦克明用了干我这行的人喜欢用的词来打趣我。

银巴说只要在有效射程内，枪膛里有子弹时，被瞄准的部位像被蚂蚁叮咬一样，酥麻酥麻的。空枪则不是这样。我禁不住抬手摸了摸双眼之间的那个位置。秦克明却说："真是怪事啊。"这几天他有点精神恍惚。

"你这样明天回去车子银巴来开，我不能让你来了结我的伙食账。""这辆车，"他看看我，"又不是那辆车。"那辆车是丰田越野轿车。因为有那辆车才有了供我们驱使的七成新的报废的北京吉普。就在上个星期他在单位楼前清扫车子，听到车上的收音机自动跳了台。收音机里传出了办公室主任的声音，主任在打电话到下属单位，说局长要去检查工作。局长上车后，他问："是去畜科所开会吗？"局长盯他一眼说："开车吧。"两个小时后，局长说："以后不要打听你工作以外的事情。"他很怕局长进一步追问他怎么知道他要去畜科所。但局长没问，但他注意到局长每一次下车都拎走了公文包。望着那些跟着车路延伸的电话线，他觉得里面有更多的秘密。路上，他利用机会偷听三次。一次是一组组数字，一次是一个领导在电话会议上的讲话，内容是关于社会治安问题。一次是一方通知另一方一个人死亡的消息。

后来，就什么也听不到了。他很高兴这样，谁也不希望知道那么多隐秘与不祥的事情。无论如何，事物，生活，人，这些世界的表面还是给人一种干净明亮的感觉。但也不能说他一点也不感到遗憾。不然，他就再也不会在第一次收听到长途电话的单位楼前拨弄那台收音机了。

这次，他又听到了一对男女在电话两头进行的一次完全由语言完成的花样百出的性交过程。

"我没想到是她。""谁？""白秘书，她平常还写诗呢？她和那个人边跳舞边就能干那种事情。""难怪你抱怨你老婆那么爱跳舞。""算了,睡吧。"我躺上了吊床,秦克明裹件大衣半倚在底下藏过獐子的松枝上,银巴钻进了睡袋。有一阵子,我可以看到周围的树丛,这些树丛的轮廓由树叶叶面上反射的星光勾勒出来。我还望见灿烂耀眼的星光。

睡着一阵,醒来。天上的星光消失了。只听到树叶在雨声中沙沙作响。恍惚中,我还似乎看到了雾气从谷底慢慢升向我们过夜的这个地方。这一切都像在梦中一样,环境和际遇都有些不太真实。

轰然一声枪响,这才把我从似梦似醒的状态中彻底震醒了。心头猛然有一种空荡荡的痛楚的感觉。

"麝香!"银巴端起枪大叫,显出一副极不平静的样子,"我都看到它的獠牙了!你们不相信吗?""是啊,公獐子都有獠牙,它们的肚脐眼就是价比黄金的麝香,谁不相信。""你。"他说。

这个自谓在战争中见识了许多鲜血与死亡,因而大大咧咧的家伙竟然这么激动,真叫人不可思议。而经常为一点小事神经过敏的秦克明这时倒过分平静了。他说:"我在做梦。好多白色的,圆的东西一个个长出来。""什么东西?白的,圆的。""蘑菇吧。我没看清楚就被惊醒了。""这又是什么预兆呢?"我问。

"屁!"银巴狠狠瞪我一眼,"你家老娘才信这个。""我家老娘信的也是你信的,你们是一个民族。"我知道,银巴也知道这个梦是一个不祥的预兆。我把枪提上来,脸腮贴在冰凉的、因为磨损有些毛糙的枪托上,这样一来,心里就感到稳妥,感到切实了。

他们两人重新拨燃火,喝起酒来了。

我的吊床在轻轻地左右摇晃。他们有心事。而我想深入他们的内心吗?我们只是在狩猎时建立起一种短暂的伙伴关系,这种关系会非常持久吗？我不知道。我也不知道现在隔天亮还有多少时间。我们竭力要把自己变得像够格的猎人，所以才把手表留在家里，像过去的猎人那样在晴天依靠星星和太阳，阴天依靠各种鸟叫判断时间。但现在所有鸟都闭嘴睡觉了。我只知道我们三人都是较有经验的猎手，熟悉枪支和区分各种兽迹的方法。

终于，那些松鸡嘎嘎地叫开了。这是叫得最早的一种鸟，至多还有半个小时，天就要亮了。雨仍然下着，发出刚刚飒然而至时那种满有兴头的声响。我从吊床上下来："你们一直没睡啊？""他睡了。"银巴努努嘴。

"我又做梦了，梦到我爱人在文化宫跟别人跳舞。"他揉揉眼睛，"我要把收音机换了。""不收也就完了。""我忍不住不收。"鸟叫声终于响成一片了，雨仍然下着，但曙色还是从雨云背后透射下来。要是天气正常，这时正是野兽们频繁活动的时候。一下雨，它们就要修改作息时间了，要等到雨后初霁，明天我们还要回去上班，能等到那个时间吗？

雨水渐渐被天色照亮，被雨水淋湿的树叶也被渐渐照亮了，那是一种柔和、纯粹、圣洁的光亮，一股香气慢慢升起，竟然令人产生置身于仙境的感觉。就在我们附近的潮湿的泥地里，一夜之间长出了蘑菇！香气就来自那一个个菌体！我们就用它们充作早餐了。在菌伞里面撒上盐，烤熟，丢进嘴里。

银巴说："我打个赌，你吃不完这些蘑菇。"果然，周围地上，那些被松针覆盖的土正被一点点拱起，开裂，最多半个来小时，一群蘑菇又破土而出了。"我就赌昨晚那只麝香。"说完，他就提枪钻进了树林。看到雨水很快加深了他军衣后背的颜色，他就从树林中消失了。我一边采食那些不断生出的蘑菇，一边想，当以后我们分手，我已经忘了中尉面容的时候，还会记住那被雨水打湿的背影。

"你别吃了，别吃了。"秦克明盯着那些仍然快快乐乐生长不息的圆圆的白色的东西，"我梦见的就是它们。"他的脸上显出惊恐的神情，"它们就像梦中出现的一模一样。"而我们背后突然传来羊子似的叫声。

一声，两声，又突然中止。叫声悲哀而又凄凉。蘑菇们因为我停止采食，来得及撑开菌伞，慢慢有了将要变得硕大无朋的样子。那羊子似的叫声又从雨中传来，并渐渐近了。终于一只母獐子从雨水中走了出来，獐子被雨水完全淋湿了。这是一只正在哺乳期的母獐，丰满的乳房里奶水自己渗漏出来。看来，它很久没有给幼獐喂奶了。

它的叫声焦灼而又凄凉，它的眼中甚至露出了狼的光芒。这时，棚寮深处的干枯松枝底下传出了一只幼獐的声音，它和我们悄然过了一夜而我们竟然毫无知觉。我们两人同时跃起扑向那堆松枝，底下传来一声惨叫。我们抱出那只哆嗦不已的幼獐。把它放在地上，可它已经不能站立了。一只腿在我们的扑击下折断了。我采下一片蘑菇，送到它嘴边，它竟也慢慢咀嚼起来。那只母獐仍然在前后左右奔窜跳跃，用越来越凄凉的叫声搅得我们心烦意乱。秦克明脸上肌肉绷得紧紧的，眼里泪水就要流下来了。接着他端起了他的大口径双筒猎枪，子弹射到獐子的脚下，掀翻了一大片泥土，獐子也被翻了个肚子朝天，滚下了山坡。

"我没有打死它。"我赶紧点点头，我们两个一人削好一个桦木片。再把这木片当成夹板固定到幼獐的断腿上，用不久就会腐烂的棉布条扎好。棉布条用去了我内衣上的两个袖口。也就是这个时候，雨水渐渐停了。

不远处传来半自动步枪清脆的点射声。这是银巴的特别嗜好。

首先惊动猎物，使它们迅疾奔逃，然后用漂亮的姿势连续射击，直到射中猎物。奔跑中的猎物被射中时，不是立即倒地，而会更加猛力地跃起，比跳高选手更优美地在空中划出一个漂亮的弧形，落地时就爽快地断气了。银巴说他这不是炫耀枪法，而是喜欢猎物的这种死法。呆立不动时被击中的猎物总有时间有一点力气用于最后的挣扎，让猎手在一瞬间有负罪之感。

最后一声枪响在山谷中激起的回音也消失了。

"他打中了。"一抹阳光终于钻破了云层，照亮了我们，照亮了周围的景物。

银巴回来了。

他遇见一只狼吃掉了昨晚那只麝香，他又打死了那只狼。他把那只麝香掏出来，放在我们面前，说："每人到手二三百块了吧。"他想我们会吃惊的。后来倒是他吃惊地看到我们把饼干泡软一点点喂那只小獐。

呆立一阵，他从我手中接过茶缸细心地喂了起来。

喂完，他又采来一把嫩草放在小獐的嘴边，说："我为你爸爸报了仇了。"小獐子像小羊一样叫了一声。真像是小小羔羊的声音。

我禁不住也学叫了两声。

——咩——两个伙伴说："不枉是写歌的人，学野物叫也这么好听。"而我写的什么歌呢？冒牌的、矫饰的藏族民歌。现在团里又有了一个摇滚歌手。这个前高中生，刚刚劳教释放，劳教期间参加了一个什么新生艺术团。现在我又要专门为他谱写摇滚歌词了。其实，我不太明白什么是民歌，什么是摇滚。但实实在在，我脑子里突然冒出了一串歌词：

我不是羊，不是羊，虽然对苍天我俩叫声相仿。

我会长出长长的牙齿，姿势优美，飞奔跳跃，我是一只雄獐，通身散发无比的异香。

　　风流过我，阳光流过我，啊，我在远远的翠绿山冈。

　　如果有一个好作曲家配曲，这首歌可以由迈克尔·杰克逊或是麦当娜演唱。我抑制不住又咩咩地叫了起来。现在，是小獐子跟着我叫了起来。

　　"不要叫了，"秦克明说，"母獐子就要来了。"我和银巴大笑起来。

　　"笑什么！我害怕母獐子来了我会开枪打它！""笑话，我们不是来打猎的吗？"说话间，母獐就来了。这只孩子被生擒，丈夫被狼吃掉的母獐。我们听见它穿过树林时一路碰掉露水的声音，很快就出现在我们眼前。我一伸手摸枪，它就跳开了。

　　这时，秦克明说："叫它来吧，没听说过哪个真正的猎手要杀喂奶的东西。"我和银巴又笑，并听从他的吩咐放下了枪。

　　"你真的打死了一只狼？""真的。""我去把狼皮剥来我们就回家吧。狼皮做个褥子，我老婆有风湿病。""这个季节的狼皮不好。掉毛。"秦克明摸一摸小獐子的头就走了。银巴张张嘴，冲着他的背影想说点什么，但终究什么也没说。

　　我们弄灭了篝火，收拾好东西。银巴从我口袋里掏出一个瓶子，装进麝香，用木塞塞好，又用打火机把蜡熔化，封住瓶口。奇异的香气就渐渐淡薄并消失了。

　　然后，两人并肩在温煦的阳光中坐了下来，等秦克明剥了狼皮回来，等那只母獐来领走它的孩子。獐子，我们不会杀死你的孩子，除非它已离开了，长成了一只真正的雄獐，它的肚脐眼散发异香，变成了值价的宝贝。我在心里向躲在附近的担惊受怕的母獐默诵猎人千百年来遵循的准则。同时在想这样是不是有点过于神经质了。

远处传来一声惊叫打断了我的遐想。

银巴和我立即提枪向发出叫声的地方飞奔而去。

叫声是秦克明发出的。

他就那样仰面朝天和狼躺在一起。狼的肚子已被他划开了，露出绿莹莹的一大堆肠子，腥臭无比。秦克明的肚子上也有一片猩红的血迹。原来，狼中了枪后，没有彻底断气，当他用刀挑开狼肚的时候，那家伙用最后的力气弹动后腿。就有那么碰巧，锋利的狼爪哧拉一下就划破了他的肚皮。

现在，他做出宗教图画中那种被天谴、遭受苦难的人的那种样子，和狼躺在一起，像是一对难兄难弟。血从狼的五道爪痕中慢慢洇出。狼死了，他活着，在一片略带甘甜的血腥味中享受阳光的爱抚。他躺在那里，又像是一个沉迷于自己小小过失，充分享受那么一丁点负罪感的敏感的孩子。

"肠子流出来了吗？"他平静地问。

最深的那一道伤口露出了护在肠子外面的脂肪。

"没有。""但你不要动。""那就是出来了，"他平静地说，"昨晚的梦肯定不好。我就是怕肠子出来才不动弹的。那些蘑菇长出来时，我想梦就破了。看来有些梦是破不了。"中尉侦察参谋用部队的急救包给他包扎，我就把那张狼皮剥下来。伤员乘坐在血糊糊的狼皮上，我和银巴用四只手捉住四只狼爪把他抬往宿营地。

我们是从一个洼地的底部向上攀登。休息时，银巴问我："为什么不把狼头割了？""制一个标本。"他手中亮光一闪，狼头骨碌碌滚下了陡峭的山坡。我明白他的意思了。人家秦克明弄狼皮是为了做一条治老婆风湿病的褥子，我却想到制一个标本。在这里，许多代杰出的人从未留下过什么向同时的人或后来的人炫耀点什么。

秦克明说："看哪！"我们抬头仰望，先看到山包上棚寮的剪影，继而看到那只母獐正在给受伤的小獐子哺乳。此情此景确实有些令人胸口发紧发热。银巴说："我们的伤员只有回家才有奶吃了。"秦克明咧咧嘴笑了。

随着我们渐渐走近，母獐子领着小獐子一点点退让，最后站定在隔我们二三十公尺远的地方。

现在，它注视我们在狼皮两侧绑上两根凑手的桦木，上面铺了吊床，这就是一副临时担架了。秦克明捧着肚子走过来，慢慢躺下。

银巴对獐子挥挥手，说："×你妈，回你家里去吧。"我们从来不阻止银巴说脏话。他十四五岁刚学汉语学会的就是这一句话。现在，他说汉语还有很重的口音，只有这句脏话才说起来顺口，吐字清晰，且有韵律感，你不能阻止他享受一下熟练操作一门异族语言的快感。

"其实，我还不想下山。"伤员说。

"伤口会感染。"我说。

"×你妈，走吧。"我们抬起担架，下山去了。不断回头，望到的都只是满眼夕阳下熠熠生辉的绿树的不可思议的光芒。

出租车司机

薛忆沩

2000

出租车司机将车开进公司的停车场。他发现他的车位已经被人占用了。他没有去留心那辆车的车牌。他看到北面那一排有一个空位。他将车开过去，停好。出租车司机从车里面钻出来，他环顾了一下四周。然后，他走到车的尾部，把车的后盖打开，把那只装有一些零散东西的背包拿出来。接着，他又把车的后盖轻轻盖上。他轻轻说了一句什么，并且在车的后盖上轻轻拍了两下。然后，他抬起头来。有一滴雨正好滴落到他的脸上。

出租车司机平时遇到有人占用了他的车位，一定会清楚地记下那辆车的车牌。他会在下一次出车的时候，呼叫开那辆车的同事："你他妈怎么回事？！"他会恶狠狠地骂。但是刚才出租车司机没有去留心那辆车的车牌。他走进值班室，将车钥匙交给正在值班的那个老头儿。老头儿胆怯地看了出租车司机一眼，马上又侧过脸去，好像怕出租车司机看到了他的表情。出租车司机迟疑了一下，然后用手轻轻拍了拍老头儿的肩膀。老头儿顿时激动起来。他用颤抖的声音说："她们真可怜啊。"

出租车司机好像没有听到老头儿说的话。他很平静地转身，走了出去。但是，老头儿大声叫住了他。他停下来。他回过头去。

老头儿从值班室的窗口探出头，大叫着说："经理让你星期四来办手续。"

"知道了。"出租车司机低声回答说，好像是在自言自语。

雨没有能够落下来。空气显得十分沉闷。出租车司机沿着贯穿整个城市的那条马路朝他住处的方向走。现在高峰期还没有过去，马路上的车还很多。不少的车都打开了远光灯，显得非常刺眼。

出租车司机横过两条马路，走进了全市最大的那家意大利薄饼店。刚才就是在这家薄饼店的门口，那个女人坐进了他的出租车。这时候，整个薄饼店里只有两个顾客。在这座热闹的城市里，意大利薄饼店总是冷冷清清的。这正是出租车司机此刻需要的环境。此刻他需要宁静。

出租车司机要了一杯大号的可乐和一个他女儿最爱吃的那种海鲜口味的薄饼。在点要这种薄饼的时候，出租车司机的眼眶突然湿了。服务员提醒了三次，他才意识到自己还没有付钱。他匆匆忙忙把钱递过去，并且有点激动地说："对不起。"

出租车司机在靠窗边的一张桌子旁坐下。他的女儿有时候就坐在他的对面。她总是在薄饼刚送上来的时候急急忙忙去咬一口，烫得自己倒抽一口冷气。然后，她会翻动一下自己小小的眼睛，不好意思地笑一笑。从这个位置，出租车司机可以看到繁忙的街景，看到马路上川流不息的车队。这就是十五年来他生活于其中的环境。他熟悉这样的环境。每天他都开着出租车在这繁忙的街景中穿梭。他习惯了这样的环境。可是几天前他突然对这环境感到隔膜了。他突然不习惯了。刚才他没有去留意占用了他车位的那辆车的车牌。他对停车场的环境也感到隔膜了。出租车司机已经不需要去留心并且记下那辆车的车牌了，因为他不会再有下一次出车的安排。在他将车开进停车场之前,他已经送走了自己出租车司机生涯中的最后一批客人。整个黄昏,出租车司机一直都在担心马上就会下一场很大的雨。出租车的雨刮器坏了,如果遇上大雨,他就不得不提早结束这最后一天的工作。出租车司机不想提早结束这最后一天的工作。他也许还有点留恋他的职业,或者留恋陪伴了他这么多年的出租车?出租车司机如愿以偿:他担心的雨并没有落下来。只是在停车场里,在他向出租车告别之后的一刹那,有一滴雨正好滴落到了他的脸上。

出租车司机擦去眼眶中的泪水。他深深地吸了一口可乐。他好像又看见了那个表情沉重的女人。她坐进了出租车。他问她要去哪里。她要他一直往前开。出租车司机有点迷惑,他问那个女人到底要去哪里。她还是要他一直往前开。

出租车司机从后视镜里瞥了那个女人一眼。她的衣着很庄重,她的表情很沉重。她显然正在思考着什么事情。不一会,电话铃声响了。那个女人好像知道电话铃声会在那个时刻响起来。她很从容地从手提包里取出手提电话。她显然很不高兴电话铃声打断了她的思考。"是的,我已经知道了。"她对着手提电话说。出租车司机又从后视镜里瞥了她一眼。"这有什么办法!"那个女人对着手提电话说。

出租车司机从这简单的回答里听出了她的伤感。

"也许只能这样。"那个女人对着手提电话说。

出租车司机注意到她将脸侧了过去,朝着窗外。

"我并不想这样。"那个女人对着手提电话说。

出租车司机有了一阵迷惘的好奇。他开始想象是一个什么样的人给他的乘客打来了这个让她伤感的电话。

"这不是你能够想象得出来的。"那个女人对着手提电话说。

是的，出租车司机想象不出来。他开始觉得那应该是一个男人。可是他马上又觉得，那也完全可能是一个女人。最后他甚至想，那也许是一个孩子呢？这最后的想法让他的方向盘猛烈地晃动了一下。

"你完全错了。"那个女人对着手提电话说。

出租车司机想到了自己的女儿。一个星期以来，接听所有电话的时候，他都希望奇迹般地听到来自另外一个世界的童音。他不知道他的女儿还会不会给他打来电话，那个他绝望地想象着的电话。

"不会的。"那个女人对着手提电话说。

出租车司机迷惑不解地瞥了一眼后视镜。他注意到了那个女人很性感的头发。

"你不会明白的。"那个女人对着手提电话说。

出租车司机减慢了车速，他担心那个女人因为接听电话而错过了目的地。

"这是多余的担心。"那个女人对着手提电话说。

她果断的声音让出租车司机觉得非常难受。他很想打断她一下，问她到底要去哪里。

"我会告诉你的。"那个女人对着手提电话说。她显然有点厌倦了说话。她极不耐烦地向打来电话的人道别。然后，她很从容地将手提电话放回到手提包里。她看了一下手表，又看了一眼出租车上的钟。她的表情还是那样沉重。"过了前面的路口找一个地方停下来。"她冷冷地说。

出租车司机如释重负。他猛地加大油门，愤怒地超过了一直拦在前面的那辆货柜车。

出租车刚停稳，那个女人就递过来一张一百元的钞票。然后，她推开车门，下车走了。出租车司机大喊了几声，说还要找钱给她。可是，那个女人没有停下来。她很性感的头发让出租车司机感到一阵罕见的孤独。出租车司机本来把那个女人当成他的最后一批客人。几次从后视镜里打量她的时候，他都是这样想的。他想她就是他的最后一批客人。他很高兴自己出租车司机生涯中最后的客人用他只能听到一半的对话激起了他的想象和希望。可是，在他想叫住这最后的客人，将几乎与车费相当的钱找回给她的时候，另一对男女坐进了他的出租车。他们要去的地方正好离出租车公司的停车场不远。出租车司机犹豫了一下，但是他没有拒绝他们。

那一对男女很在意他们彼此之间的距离。出租车司机一开始就注意到了这一点。他还注意到了那个男人几次想开口说话，却都被那个女人冷漠的表情阻止。高峰期的交通非常混乱，有几个重要的路段都发生了交通事故。最严重的一起发生在市中心广场的西北角。出租车在那里被堵了很久。当它好不容易绕过了事故现场之后，那个男人终于冲破了那个女人冷漠的防线。"有时候，我会很留恋……"他含含糊糊地说。

"有时候？"女人生硬地说，"有什么好留恋的！"

女人的回应令男人激动起来。"真的。"他伤感地说，"一切都好像是假的。"

"真的怎么又好像是假的？！"女人的语气还是相当生硬。

马路还是非常堵塞，出租车的行进仍然相当艰难。出租车司机有了更多的悠闲。但是，他提醒自己不要总是去打量后视镜。他故意强迫自己去回想刚才的那个女人。他想那个打电话给她的人一定不是一个孩子，因为她的表情始终都那样沉重，她的语气始终都那样冷漠。这种想法让出租车司机有点气馁。一个星期以来，他一直在等待着来自另外一个世界的童音,那充满活力的童音。

后排的男人和女人仍然在艰难地进行着对话。男人的声音很纤细,女人的声音很生硬。

"我真的不懂为什么……"

"你从来都没有懂过。"

"其实……"

"其实就是这样,你永远也不会懂的。"

"难道就不能够再想一想别的办法了吗?"

"难道还能够再想什么别的办法呢?"

因为男人的声音很纤细,这场对话始终没有转变成争吵。这场对话也始终没有任何的进展,它总是被女人生硬的应答堵截在男人好不容易找到的起点。"你不要以为……"男人最后很激动地说,他显然还在试图推进这场无法推进的对话。

"我没有以为。"女人生硬地回应说,又一次截断了男人的表达。

出租车司机将挡位退到空挡上,脚尖轻轻地踩住了刹车。出租车在那一对男女说定的地点停稳。那个女人也递过来一张一百元的纸币。出租车司机回头找钱给她的时候,发现她的脸上布满了泪水。

出租车司机将一张纸巾递给他的女儿。"擦擦你的脸吧。"他不大耐烦地说。大多数时候,她就坐在他的对面。她的脸上沾满了意大利薄饼的配料。出租车司机一直是一个很粗心的人。他从来就不怎么在意女儿的表情,甚至也不怎么在意女儿的存在。同样,他也从来不怎么在意妻子的表情以及妻子的存在。他很粗心。他从来没有想象过她们会"不"存在。可是,她们刹那间就不存在了。这生活中突然出现的空白令出租车司机突然发现了与她们一起分享的过去。一个星期以来,他沉浸在极深的悲痛和极深的回忆之中。他的世界突然失去了最本质的声音，突然变得难以忍受地安静。而他的思绪却好像再也无法安静下来了。他整夜整夜地失眠。那些长期被他忽略的生活中的细节突然变得栩栩如生。它们不断地冲撞他的感觉，他甚至没有勇气再走进自己的家门了。他害怕没有家人的"家"。他害怕无情的空白和安静会窒息他对过去的回忆。出租车司机一个星期以来突然变成了一个极为细心的人，往昔在他的心中以无微不至的方式重演。

出租车司机知道自己的这种精神状态非常危险。他向公司递交了辞职报告。一个星期以来，他总是看到自己的女儿和妻子。她们邀请他回到他们共同的过去。从前那种他不怎么在意的生活一下子变得有声有色了。他用细腻的回忆体会她们的表情和存在。他不想放过生活中的任何一个细节。当然，他不愿意看到她们突然出现在出租车的前面。她们惊恐万状的神情会令出租车司机措手不及。他会重重地踩下刹车。可是，那肯定为时已晚。出租车司机会痛苦莫及。他痛苦莫及。他误以为自己就是那不可饶恕的肇事者。他陷入了深深的自责。直到又有货柜车出现在他的视野之中，出租车司机才会重新被事故的真相触怒，将自己从自责的旋涡中解救出来。他会愤怒地加大油门，从任何一辆货柜车旁边愤怒地超过去。那辆运送图书的货柜车从他的女儿和妻子身上碾过的时候，出租车司机正在去广州的路上。雇他跑长途的客人很慷慨，付给了他一个前所未有的好价钱。

出租车司机在紊乱的思绪中吃完了意大利薄饼。他觉得自己的吃相与女儿的非常相像。他的妻子总是在一旁开心地取笑他们。出租车司机吸干净最后一点可乐之后，将纸杯里的冰块掏出来，在桌面上摆成一排。这是他女儿很喜欢玩的游戏。他不忍心去打量那一排冰块。他轻轻地闭上了眼睛。尽管如此，他仍然看到了女儿纤弱的手指在桌面上移动。那是毫无意义的移动。那又是充满意义的移动。出租车司机将脸侧过去。他睁开眼睛，茫然地张望着窗外繁忙的街景。这熟悉的街景突然变得如此陌生了，陌生得令他心酸。他过去十五年夜以继日地穿梭竟然没有在这街景中留下任何痕迹。

出租车司机清楚地知道自己不可能在如此陌生的城市里继续生活下去。他决定回到家乡去，去守护和陪伴他年迈的父亲和母亲。他相信只有在他们的身旁自己亢奋的思绪才可能安静下来。他离开他们已经十五年了。他的重现对他们来说也许更像是他的死而复生。他很高兴自己能够给他们带来那种奇迹般的享受。他甚至幻想十五年之后，他的女儿和妻子也会这样奇迹般地回到他的身边来。他决定回到自己的家乡去。他希望在那里能够找回他生活的意义和他需要的宁静。

最后的那两批客人给了出租车司机一点信心。他惊喜地发现自己对生活仍然还有一点好奇。他的听觉被极度的悲伤磨损了，却并没有失去最基本的功能。他还能够听到别人的声音，他还在好奇别人的声音。是的，他其实也听到了公司值班室的老头儿激动地说出来的那句话。他说："她们真可怜啊。"当时，出租车司机的身体颤抖了一下。但是，他没有做出任何反应。他很平静地转身，走出了值班室，好像没有听到老头儿揪心的叹惜。他害怕听到。他害怕他自己。他已经决定要告别自己熟悉的生活了。他要拒绝同情的挽留。星期四办完手续，他就不再是出租车司机了。他决定回到自己的家乡去，去守护和陪伴他年迈的父亲和母亲。

出租车司机将脸从陌生的街景上移开。前方不远处坐着的一对母女好像并没有引起他的注意。他盯着眼前的桌面。他发现刚才的那一排冰块已经全部融化了。他动情地抚摸着融化在桌面上的冰水,好像是在抚摸缥缈的过去。突然,他的指尖碰到了他女儿的指尖。他立刻听到了她清脆的笑声。接着,他还听到了他妻子的提问,她问她为什么笑得那样开心。他们的女儿没有回答。她用娇嫩的指尖顶住了他的指尖,好像在邀请他跟她玩那个熟悉的游戏。他接受了她的邀请,也用指尖顶住了她的指尖。她的指尖被他顶着在冰水中慢慢地后退,一直退到了桌面的边沿。在最后的一刹那,出租车司机突然有大难临头的感觉。他想猛地抓住他女儿的小手,那活泼和淘气的小手。但是,他没有能够抓住。

出租车司机知道这是他最后的机会。他没有抓住。他也知道这是他与他女儿在这座城市的最后一次相遇和最后一次相处。他永远也不会再接触到这块桌面了。他永远也不会再回到这座城市里来了。对这座他突然感到陌生的城市来说,他已经随着他的女儿和妻子一起离去和消失了。这种"一起"的离去和消失让出租车司机感到了一阵他从来没有感到过的宁静,纯洁无比的宁静。这提前出现的神圣感觉使出租车司机激动得放声大哭起来。

猎人

贾平凹

2001

戚子绍在礼拜五的下午去秦岭打猎时要带上一个叫夏清的女子，王老板问是不是情人，戚子绍说才认识的，应该是熟人，女熟人。王老板就认为打猎带女人不好，又累又不安全，而且三天里住宿也不方便。戚子绍噎了一句："你舍不得花钱了？！"王老板便不再嘟囔，将车开到A路B楼外的花坛边按喇叭，一长一短地按得生响。楼道里跑出来的却是两个女人，打头儿的是个胖子，四肢短短的，跑起来像是鸭子。戚子绍迎着阳光，把眉头皱成一疙瘩，等胖子跑过来了，一边替夏清拿了大包小包，一边却对着胖子笑。

"怎么给你拨电话也联系不上！我还担心你不能去呢？"戚子绍说。"怕不是吧，"胖子做着鬼脸。胖子做鬼脸的时候很性感，"认识了夏清就不想见我了？这我知道。可我和夏清是笼沿连着笼襻儿，不拆伴的！"夏清站在车尾，抿着嘴笑，戚子绍又一次笑了。"我怀疑你俩是同性恋！""或许是吧！"王老板已经把车门打开，胖子的一只腿伸出去，又取出来，哇地叫了一下，瞧见了装在里边的长舌帽、爬山鞋、军用水壶、雨伞、毛毯、一袋子矿泉水和三支长长短短的猎枪。说:"戚处长,你还真的是个猎人了!""干啥就要像啥么!"戚子绍在后备箱帮夏清将一个大旅行袋放好,这是一顶军用的野营帐篷。戚子绍低声说:"是你通知了她?"夏清说:"你打电话过来时她就在旁边,我不能瞒了她。"戚子绍说:"傻女子!"夏清说:"我是傻。"蓝底碎白花的裙子在阳光一抖,戚子绍觉得满地都是坠落的花瓣了。胖子在问王老板:"这是你的三菱吉普?多有个性的车,我就喜欢红颜色的!"王老板说:"是小了点,但爬山功能好。"戚子绍关了后备厢盖,悄悄说:"他是我的客户。"揩了夏清手背上的一点土,夏清忙把手塞进了口袋里,戚子绍却冲了胖子说:"车不错吧,老王可是个大老板喽!"胖子说:"你尽结识大老板!"戚子绍说:"也结识美女哇!"走到前面,为胖子拉开车门,很绅士地说:"请!"胖子却说:"是要我坐在前边,你们坐后边呀?我也偏坐在后边!"把吃的喝的用的东西,往前边座位上堆,堆成一个小山。"不愿意我坐后边?"胖子让戚子绍坐在后座位的中间了,自己挤进来。戚子绍说:"这盼不得么,东宫西宫,我过的是皇帝生活么!"故意摇晃着身子,将手在胖子的膝盖上拍了一下,便问:"最近做啥哩?"胖子说:"啥也没做,只做爱。"四个人都噗地笑了,戚子绍说:"这话说得好!王老板,你瞧我这女熟人有意思吧?"胖子说:"我可告诉你,下次再出来玩不首先通知我,我会生气的。你要待我好些,我可以继续给你批发美人,我是胖了点,我的女朋友却没有不漂亮的!"戚子绍确实是先认识了胖子,然后通过胖子认识了夏清的。那日他在一个朋友家搓麻将,麻将桌上有胖子,她是一家公司的职员,询问他们银行能不能采用她经销的UPS不间断电源器,这是微机上使用的配件,一旦使用上了就能长期使用。"这有什么问题呀,"戚子绍是当场拍了腔子,"用谁的配件都是用,辞掉别的供货用你们的就是了！"但过后他却没有动静。有一天胖子又来了，领着的是夏清，夏清是一个瘦高瘦高的女子，戚子绍就有些拘谨。戚子绍是见着了漂亮的女人就拘谨的。"你是上海来的？"他舌头硬硬地说了普通话。女人说："鄂不是。"一听把我念成鄂，戚子绍才知道夏清是本城人，他就说西安还能有这么漂亮的女人呀，而且气质好。那天戚子绍说了许多话，都很幽默，简直是妙语连珠，胖子说你爱上她了他说：哪里？胖子说，这你瞒不了我的感觉，瞧你想象力多好！第二天戚子绍就约了夏清去茶楼吃茶，夏清应约而来，来的还有胖子。戚子绍是有了许多话想要给夏清说，但胖子老在旁边，她们总是一块来一块去，戚子绍没有了机会，但戚子绍还是帮忙推销了。

　　秦岭在城南五十里外，车行驶了半小时，进了沣峪口，路就在峡谷的半崖上蜿蜒盘旋，每每车在拐弯处就倾斜，坐在座位中间的戚子绍就一会靠在胖子的身上，一会挤着了夏清，夏清被挤得嗷嗷地叫。戚子绍说："这是身子要倒的，与道德品质无关啊！"头与头要挨上的时候，戚子绍瞧着夏清的眼睛说贴这么长的睫毛，夏清说不是贴的，戚子绍用手去拔了一下，果然不是贴的，就感叹什么叫天生丽质。王老板故意把车开得很猛，三个人就颠得像在舞蹈，戚子绍就势用双臂搂住夏清和胖子，却叮咛王老板把反光镜拧上去，专心开车。王老板真的把反光镜拧了上去，声明他不会看的，他什么都没看见，就听着他们在后边说女人的高跟鞋和香水，戚子绍的观点是高跟鞋是世界上最伟大的一项发明，但香水却破坏了女人特有的体味。这话惹得胖子坚决反对，因为她今天没有穿高跟鞋而喷洒了强烈的香水。夏清即将双腿收缩在身下，戚子绍也就说了一句胖子的丝袜好，丝袜是女人的第二层皮肤。胖子说："只许看不许摸！你们常进山打猎吗？"戚子绍说:"当然喽,差不多的礼拜都来!"胖子说:"有钱有权的人真会生活!政府不是禁止民间有枪吗,你长长短短三支枪?"戚子绍说:"这没办许可证呀!你需要办不?我可以帮你办一张。"王老板说:"这可是真的,在西安市里戚处长没有什么事情他搞不定的!"夏清说:"这我信的,你就是要颗原子弹,戚处长就说你要圆头的还是方头的?"车突然地一个急刹,胖子和夏清从座位上滚下去,而戚子绍一个前倾头撞在了前边的椅背上,哎哟叫了一声。一辆车从拐弯的对面擦身而过,在后面发出了剧烈的机器响。戚子绍脸色愠怒,随之解嘲说:"王老板你是牺牲我呀?!瞧见了吗,刚才那辆车上坐着一位少妇!"

"你眼睛那么尖的?"胖子重新坐好,但她的丝袜被座位上的硬垫角刮破了。"这就是猎人的眼睛!"戚子绍说,"看女人瞥一眼就知道什么模样了!那少妇倒有些姿色。"三个人扭过头了,看见那辆车在后边二十米远停住,先是司机下来查看轮胎,接着是一个女人也下来,腰身很好,但脸是刀把脸。两个女人同时地噢了一声,汽车也已转过了弯道。

"戚处长是这样个欣赏水平呀?!"戚子绍似乎也不好意思了,从前边的座位上拿起了一支枪,向窗外做着瞄准的姿态。"我是侧面看她的,"戚子绍说,"侧面看想犯罪,正面看了想自卫。""我现在也不能不怀疑你的枪法了。"胖子说。"可以说,来秦岭打猎的没有谁能和我比枪法的!"戚子绍说,"我曾经一枪打下两只鸟的!""是两只鸟,"王老板做证,"鸟落了一树,一枪放上去,掉下来了一只,过一会,又掉下来了一只。""第二只是吓昏了的吧。"夏清说。"不打鸟而让鸟掉下来才是高手!"戚子绍说。两个女人却听不懂这样的话,相视着咯咯地笑。"你瞧着吧,这次打猎我不往崖鸡子身上打一枪,却要猎到十只八条的!"两个女人还是在笑。戚子绍就给女人讲他和王老板上次猎崖鸡子的经历，如何潜伏在一个土沟里，看着对面崖畔上落着一群崖鸡子，咚地朝天放一枪，崖鸡子就扑棱棱地起飞了，飞过沟就落在这崖畔上，咚地朝天又是一枪，崖鸡子又飞落到那边崖畔上。"崖鸡子是没脑子的，就像是夏清。"戚子绍趁机敲了一下夏清的鼻子，夏清回击了，捏了戚子绍的鼻子。戚子绍的鼻子被捏得发红，他继续说，他和王老板不停地朝天放枪，崖鸡子就不停地飞过来又飞过去，崖鸡就累死了，接二连三地从空中像石头一样掉下来。

"哦。"两个女人终于相信戚子绍是个猎人，一个真正的猎人了。车愈往秦岭的深处去，景色愈好，山有开有合，云忽聚忽散，两个女人兴奋不已，后悔着从来没有进过深山，这般好的去处，住十天八天也不想回城了。戚子绍说："那就不回去了，咱们就住在山里，到时候咱们六个人……"胖子说："四个人怎么成了六个人？"戚子绍说："那还有孩子呀！"胖子说："想了个美！"车从一个隧道里穿过去，一阵黑暗，隧洞外是一个小的山村。

山村河的这边有几户人家，河的那边有几户人家，河这边的人家除了路边高高地架着皮管子接引了山泉里的水，为过往车辆冲洗外，又都开着饭馆，洞开的土窗外挂着酱黑色的腊肉、干蕨菜和酱条串成的卤汁豆腐干，卖饭的男人或女人就蹴在门口的石头上。刚才车到的时候，一个肥胖的女人从厕所里出来，站在公路中间，一边系裤带一边乍了一下腿，车就地停了。肥胖女人趴住车窗往里一看，就乐了。

"是戚处长呀，不挡车你还不停哩？又来打崖鸡子啊！""打崖鸡子！""守着凤凰还要崖鸡子呀？""凤凰只能看不能吃么！是漂亮吧？""漂亮得像是狐狸变的。"夏清低声说了句："你是猪托生的！"下了车和胖子看这看那，看啥都稀奇。戚子绍觉得很得意，提醒着山里路不平，走路脚要抬高点，继续和肥胖女人搭讪："近来打猎的多不多？""来得少了，你不知道吧，山顶上有了狗熊啦！都怕啦！""狗熊有啥怕的，以前又不是没出现过狗熊？！""这狗熊可是成了精了！上一个月来了个打猎的，也是开着辆小车来的，遇着了狗熊，狗熊一巴掌把半个屁股挖去了，人昏迷不醒地抬了下来，醒来说狗熊会说人话哩！"

"人会学着野物的声叫，哪里会有野物学人的话？""人都能学着野物的声叫，野物又怎么不能说人的话？""他一定是没打败狗熊，脸面上不能下来，胡诓哩。""反正是风声传得紧，来打猎的人少了。""那你就看着我怎么收拾这狗熊了！"夏清和胖子听到他们说狗熊，已围过来听，听得面色都苍白了，待到戚子绍说他能收拾狗熊，就问："你打过狗熊？"戚子绍说："当然打过狗熊的，不管是什么厉害的野物，你只要摸清它的习性，没有猎不了的。狗熊么，也是个笨，它只会直线扑，你就只拐着弯儿和它斗，如果你碰到了一群狗熊，那你就更好打了，你只需藏在一个方向向它们开枪，一枪或许撂倒一只，另一只便顺着子弹也冲过来，你姿势不动地一个一个打。再如果你能引诱着一只向你扑来，一闪身让它扑下崖畔，后边的也就一条线地扑下崖畔，你可以直接到崖畔下收获罢了！"

两个女人眼里闪动了惊异的光，说道："这太精彩，太刺激了，咱们不打那些崖鸡子了，一定要到山顶去猎狗熊！"王老板用油布一直在擦拭着车身，他不愿意把车继续往山顶的路上开。"怎么能不去呢？"戚子绍说，"咱们不是打过熊吗？"王老板含糊地点着头，说要去的话只能是他和戚子绍去，两个女人就留在这儿，这儿有吃有住的，又好玩，若去山顶遇见狗熊了，是该打狗熊呀还是顾及她们呀？

"咱是老猎手,还保护不了两个女人吗?"两个女人欢喜跳跃,说:"要去么,我们一定要去么!"车重新发动起来,向深山钻去。两个小时后,路拐着之字形向秦岭的主峰爬,两边都是大的松树,路面上不时地出现了松鼠,但都是影子般地穿过公路。两个女人又是大呼小叫,要汽车停下来,王老板没有听使唤,用力扳动着方向盘,因为弯道很大而路面又窄。突然间汽车油门加大,人似乎都飘起来,车的前面一只野兔在拼命地跑,不一会儿,车嘎的一声刹住了,戚子绍首先下去,从路上捡起了一条兔子的尾巴,兔子则泥浆般贴在地上。

到了道班,天就黄昏了。山顶道班是全程公路上最小的一个道班,只是一幢三间木屋,两个上了岁数的养路工。两个女人麻雀一般地喳喳乱叫,说这里是童话的世界,就在松树林子里捡蘑菇,采繁星般的小花。夏清说:"我相信这里有各种各样动物的,动物都会说着人的话!"胖子噎道:"你相信你也会长翅膀的!"两个女人闹起了小小的别扭。

可能是养路工寂寞得太久了,他们应允了客人就歇在这里,又提供吃的和喝的,但言语不多,尤其两个城市的女人向他们问这样那样的时候,显得手脚无措。木屋分两个小房间,原本两个养路工分住着,现在腾出一间来睡胖子和夏清,而在路的北边撑了军用帐篷,只有戚子绍和王老板去睡了。夏清对睡帐篷感兴趣,但帐篷里毕竟潮湿,保不住夜里又有什么野物闯进来,胖子便把木房里的旧的被褥抱出来,替换了带来的毛毯。"如果被褥上有虱子,"她说,"让吸有钱有权人的血去!"

戚子绍换上了一身的猎装,在林子里踱过来踱过去,感觉非常的好,后来采着了一朵红色的七瓣花回到木屋,夏清已烧了一盆水洗脸洗手,戚子绍将花插在她头上了,说:"让我也洗洗。"

手伸进盆了,在水里抓住了一双嫩手。夏清往出抽,抽不动,拿眼睛看了一下帐篷边的胖子,不动了,手觉得越来越小。

"要是只来你一个人多好。""这不可能。""为什么?""第一次见你的时候,她并不想让我见你的,后来想了想,才领我上去……""你要是没上来,我也不用她的配件了。""……""她真会利用你!""她也保护我。""傻姑娘!""……她也漂亮哩。""是吗?我没感觉。"帐篷边胖子在嘎嘎地笑,王老板在系帐篷门口的绳子时说了什么趣话,胖子拿拳头捶王老板的背,嚷叫:"你坏,你坏!"夏清再次要把手抽出来,戚子绍低下头去,迅速地吻了一下那根中指,夏清就鹿一样地跑去了,叫喊着:"打牌,打牌呀!"

帐篷里的光线已经幽暗,四个人并没有玩"升级",戚子绍要教给大家一种扑克算命法。他光是默想了一个念头算了一次,情绪颇高,胖子问你算的是什么,他笑而不答;胖子说你不说我也知道,是谋算着夏清吧。戚子绍说:"即便爱夏清,那也是我的权利,这没什么错呀!"夏清已经脖脸通红,把扑克拨乱,说:"都胡说,胡说!"戚子绍趁机张狂了,当场挑明他就爱上了夏清,爱上了夏清但能不能离掉现在的老婆,会不会最后娶了夏清,这得看天意。就以某种牌代表能结婚,以某种牌代表不能结婚,重新洗牌起牌,大家都屏了气息看翻牌的结果,竟然是代表能结婚的牌首先便翻了出来。戚子绍就说:"夏清,你也是亲眼看了,你要等着我!"夏清一时无语,眼睛扑忽扑忽地闪。胖子说:"夏清真老实,你以为他说的真话?"戚子绍说:"信不了我也该信牌呀!"王老板就让给他的房地产生意算一下,算出来的结果也是好的,王老板就说:"既然做房地产能成功,你得支持我了。"戚子绍没有回应,却问:"你觉得夏清怎么样?"王老板说:"好么。"戚子绍问:"怎么个好?"王老板说:"五官好,身架子也好。"戚子绍说:"夏清有综合之美!"胖子说:"呀呀,世上还有什么好词?可别忘了,这么好的人是谁给你介绍的?"戚子绍说:"这一句话你说得好,得感谢你,晚饭咱要喝酒,炒熊掌吃!"

当戚子绍从帐篷里出来,似乎觉得夏清差不多已经是他的人,哼着小调往木屋去,一进门就喊:"晚饭吃什么呀?"木屋里烟雾腾腾,锅灶边只看到养路工汗油闪亮的脑袋,他还把面条往开水锅里煮。"没有炒熊掌吗?"戚子绍说。"哪儿会有熊掌。"养路工说。"别的野味呢,譬如黄羊,果子狸,崖鸡子?""用菌子做了汤。""只有菌子?"这使戚子绍很丧气。胖子说:"瞧,他的话落实不了吧?"拉了夏清到房间里去了。戚子绍听见夏清在房间里还说了一句:"我就要吃熊掌么!"故意提高了声音和养路工说话:"听说山上又有了狗熊呀?"

"是有吧。"养路工说。"怎么不打了狗熊吃呢?""我们都在这山上。""你们?你是指你和狗熊吗?""是吧。"戚子绍进了房间,说两个养路工是素食主义者,他们常年待在山上认那些野物都是同类了。"我现在明白了,"他说,"山下边嚷道狗熊成精了,会说人话,一定是他们传出来的,为的是不让别人捕猎。你们没注意他们的模样也差不多快要像狗熊了,腰粗屁股圆的,行动迟缓,还不停地吭哧吭哧着。"

戚子绍说没有道理,夏清却仍在说:"我偏要你给我熊掌吃!""我会的,小姐!""戚处长,这可是你说的,"胖子说,"吃不到熊掌我们就不走啦!"吃过面条,两个女人就在房间的炕上歇下了,她们光着脚,披散了头发,脱去了外套而紧窄的内衣使身体该瘦的地方都瘦下去,该胖的地方都胖起来。戚子绍和王老板在房里赞美了一通女人形体的艺术,对面房间里的养路工就起了鼾声,屋外十分地安静,偶尔有车辆呼啸地从公路上驶下山去,听到的就是松塔落地的声音。说好的今晚上都不要睡,直聊到天亮,两个女人却很快就显出倦容。慵懒的姿态是特别惹人爱怜的,戚子绍满嘴的口水,言语开始放荡,王老板就说他是困了,打了哈欠去了帐篷。王老板一走,两个女人就并排靠在炕头上和戚子绍说话,越说身子越往下溜,后来就躺下去,而且胖子的眼睛也合上了。戚子绍真想胖子是睡着了,他就敢去和夏清接近一番,但胖子偏是躺在炕的边上,让夏清躺在靠墙的里边,又不知道胖子是真的睡着了还是假睡,他不敢造次。

"养路工在山上待久了,真的能和野物和平共处吗?"夏清说,"那么,山上所有的野物都能认识他们了?""动物都是有灵性的。"屋外有什么鸟在叫,一声长一声短,长长短短的。"听见了吗,鸟在说话了!""你能听懂它们的话?""我是猎人呀!""这鸟在说什么?""一个说:你在哪儿?一个说:在你心里。一个说:干啥哩?一个说:想你哩!"夏清挤了一下眉眼,她知道戚子绍在给她骚情,戚子绍却走过来,一下子捏住了她伸在炕边的脚,她吓了一跳,用手指指胖子。胖子睁开眼来,说:"你去睡吧,我可困得不行了!"

"那你怎么就睡不着呢?!"戚子绍说了一句,离开了房间,胖子猴一样跳下炕就把房间门关了。戚子绍听见了快速的关门声,心里有些不悦,站在门外发现山顶上的夜黑,黑得伸手不见五指。这时候,公路上有一辆车驶过,他往路边闪了闪,但车依然挂了他的衣服就跌倒了。车剧烈地刹住,司机从车窗探出头来,看见他已经爬了起来,问:没事吧?戚子绍勃然大怒:"你是怎么开车的?你要把我轧死了,我再和你小子说!"但车却忽地一声开走了。

王老板闻声从帐篷里出来,瞧着真的没事,就说:"真把你轧死了你怎么和人家说?!"戚子绍气咻咻又骂了一句，自己也笑了。第二天早上，四个人又坐在车里往山上行驶了一段路，戚子绍和王老板就拿了枪往树林子深处走。胖子和夏清不愿意留在车里，也要厮跟着，和王老板吵了一架，戚子绍没了办法，就叮咛王老板要步不离她们。他们走过了一面斜坡，草丛里就发现了熊粪，胖子不相信是熊的粪，戚子绍便用树棍拨着粪讲解，扭头见王老板和夏清还在后边，就趁势抱了一下胖子的腰。胖子说："你不爱我，你爱夏清的。"戚子绍说："也爱的。"胖子说："我这腰粗，你抱不住的。"戚子绍用力抱了一下，放下了，说："你要不是我乡党的老婆我肯定就把你……"戚子绍知道自己在应付，但胖子也是女人，需要安慰的，果然瞧见胖子高兴了，在说："我其实不是胖，是丰满哩。"

夏清去了坡下的崖坎后小解，三个人坐在坡上等了一会儿，夏清还是没有上来，却有了一声尖叫。戚子绍立即让王老板拉了胖子往坡上去，自个就跑下崖坎。原来是夏清也发现一堆熊粪，而且熊粪是湿的。戚子绍就又喊王老板快把两个女人送回到车上，不管发生了什么事情都不要开车门下来。夏清才一走，他就提枪继续往坡上走，走了一里，果然就看见了一只狗熊，狗熊正蜷成一团在蒿草丛里睡觉哩。

"叭!"戚子绍瞄准着放了一枪。狗熊翻了一个滚儿，滚出了草丛，窝在一块长满了苔藓的石头后。戚子绍兴奋地跑过去，他没有想到今天打猎是这么顺当和容易，在他动手去提狗熊的后腿要把它翻过来的时候，他想到这只狗熊的掌真大，是让养路工来烹饪呢还是拿到山下那个小饭馆去爆炒？"不，养路工是反对吃荤的，"他自言自语道，"让肥胖女人做，要做得没一点腥味。"但是，戚子绍刚刚提住狗熊的后腿，狗熊却忽地站了起来，黑乎乎的一座小山一样，他被压住了，那只熊掌就踩在他的胸口，他有些喘不过气来。

"你想死还是想活？"戚子绍听见了一句人声，扭头看看周围，周围并没有人，声音是从狗熊的口里发出的。狗熊真的会说人话呀，戚子绍眼前一阵漆黑，他知道他是遇见了那只传说中的成了精的狗熊。"想活。"他说，他还能说什么呢？"想活？那让我把你干一下。"戚子绍脑子里还没有转过弯来，他已经被狗熊提起来翻了个身，而且裤子就被抓了下来。他感到了屁眼非常痛。然后，眼看着狗熊顺着一行白桦树一步步走远了。

戚子绍狼狈地返回来，他的衣衫肮脏不堪，屁股撅着，一跛一跛的。大家忙问怎么着，是碰着狗熊了吗，戚子绍说他和狗熊突然遭遇了，他打了一枪，把狗熊的前腿打折了，他去追时狗熊却一抱头从荆棘丛里往下滚，他也滚，滚在半坡被树茬挡住了，只好回来。他们回到道班的木屋里吃饭，王老板和两个女人为戚子绍敬酒，虽然没有猎到狗熊，但他们已为他的不凡的身手而佩服了，戚子绍是喝了很多酒，心里郁闷，脑袋就晕晕乎乎，说要睡觉就睡下了。一觉醒来，又是个黄昏，但这个黄昏比不得昨天的黄昏，月亮早早地就挂在西边山峰上。戚子绍听见王老板和两个女人在房间的土炕上打扑克，他就提了枪往山上去了。

越往山上去，越是风清月明，露水已经潮上来，渐渐湿了裤腿，戚子绍在林子里的一块草坪上长长吁了一口闷气，看见了狗熊在一口山泉边喝水，忙呸了一口，呸出了半截咬断的牙齿，同时开了一枪。狗熊在枪响中一只脚栽倒在了泉里，接着脑袋也栽倒在了泉里，不一会儿整个熊都栽倒在了泉里，水哗啦地扑溅出泉沿。戚子绍跑近去，才要想着怎样才能把死了的狗熊从泉里弄出来，狗熊忽地又从泉里腾跃而起将他压在熊掌下了。

613

"你是想死还是想活?"狗熊又在说人话。"想活。"他说。"那让我再把你干一次。"戚子绍自个翻了个身,把裤子拉下来,他听见了水声,屁眼更是钻心地痛。

戚子绍是踉踉跄跄地赶回来,王老板和两个女人还在木屋土炕上打扑克。他们没有知道戚子绍又出去打猎了,也没有听到枪声,当戚子绍进了木屋,他们嘲笑着戚子绍一醉竟能醉大半天,睡起来还是形容憔悴,衣衫不整!戚子绍只好笑笑,说他也要打牌的。

"你走路怎么啦!"夏清说,"匡着腿?""上了火,痔疮犯了。""烂尻子!"两个女人哈哈笑起来,她们开始用一种暗语对话,音调极轻极快,戚子绍觉得是外语,听起来嗡嗡一团。"请说汉语!"戚子绍有些难堪,他听不懂她们的对话,但他猜想一定是在说着他的坏话了。"我们说的是重叠音。"夏清说。两个女人又对话了一番,戚子绍听出是把每个字音重复一次,但因为说得轻而快,他只能听出前边一句,后边的又不知说什么了,而夏清的脸顿时绯红。

"你们再这样说话,我得抽你们舌头了!""他俩合伙欺负我!"夏清说。"是王老板喜欢上你的搭档了?""是喜欢上了,戚处长,"胖子说,"但你一定不会吃醋的,因为我们决定要牺牲夏清了!"说罢,王老板竟揽了胖子的腰走出了木屋。"哎哎。"戚子绍故意叫着,却把木屋的房间门掩了,笑笑说:"再不牺牲,贷款和推销的事恐怕就吹了。"回过头来,夏清却端端直直坐在炕上。戚子绍去摸了一下她的脚,她的脚缩了,又去拉她胳膊,她往炕角退,说:"他们要牺牲我,我却不愿意哩。你坐好,咱们说说话不行吗?"

但戚子绍一时没话可说。"说狗熊的事吧。"夏清说。"那就说狗熊吧，"戚子绍说，"狗熊是世上最丑的野物，也是最坏的野物，我和它不共戴天，我一定要把它打死，我一定能把它打死！""戚处长，你怎么啦？""你应该叫我戚哥！""戚哥，你怎么突然恨起狗熊啦？"戚子绍哦了一声，恢复了平和，说："我是有过猎狗熊的经历的。那一年我们猎狗熊，我是没经验的，放了一枪，它竟顺着枪子朝我扑来。狗熊的掌只要抓一下你，就会抓下你一个膀子的。旁边人就喊快趴下装死！我告诉你，狗熊是不吃尸体的，但它不知道人会装死。我就趴下装死了。狗熊过来拨我的腿，我不动。狗熊又过来拨我的头，我还是不动。狗熊就把鼻子凑近我的鼻子试，还有没有气儿，我闭住了气，仍是不动。我是猎人，我斗不过狗熊吗？！狗熊真以为我就是尸体了，就坐在那里发呆。我开始摸枪，拉动了枪栓，但拉动枪栓要出响声的，我必须在它扭头过来的瞬间一枪打死它，要不然狗熊即使不挖我，它一屁股坐我身上我也会被压死的。狗熊果然扭过了头，瞧我还活着，就张开了嘴要来咬我，我的枪响了，这一枪就打进它的嘴里，把它打死了。你不信？你到我家去，我家地上铺着一张熊皮，那就是我打死的狗熊的皮。""我信的，戚哥！"夏清说。"好了，我可以把那张熊皮送你了！"夏清简直视戚子绍是英雄了，她的身子放松开来，一双脚从屁股下伸开来，直直地在炕上。戚子绍口里又汪出了水，但他的手没有敢过去。"我真的送给你！"他再一次说。

突然有了一声奇怪的嚎叫，寂静的夜里十分响亮，似乎山林里有了回音，加长了音节和嗡声，传递着一种神秘的恐惧。两个人立即停止了说话，戚子绍侧耳又听了一下，叫道："狗熊来了！"脸色寡白，随之通红，像喝过了酒，一下子跳起来就要往外走。夏清也跳下炕，炕下边却一时寻不着鞋，而在帐篷里的王老板和胖子已经跑了过来，他们拿了枪，惊慌地说狗熊就在附近。

"来了好！"戚子绍极快地把子弹装上膛，说："我非报仇不可，这回我再不打死它，我就再不来打猎了！"从屋里跑了出去。两个女人也要去，王老板这回发怒了，哐当把门拉闭，又在门闩上插上了木棍儿，提枪去撵戚子绍。夏清隔着门缝喊："我真的要吃上熊掌了！"戚子绍是听到了夏清的喊声，他朝林子的深处跑，他的屁股还火烧火燎地痛，仍疯了一般地跑。山坡上没有狗熊，草坪上也没有狗熊。戚子绍又跑到山泉边，狗熊还是没有。王老板是一直追着他的。但王老板没能追上，他自叹不如，就坐下来等待枪响而辨别戚子绍的方位。

戚子绍像一只没头的苍蝇，四处乱撞，越是寻不着狗熊越是复仇的火焰汹汹，又翻过一个崖嘴，终于发现了一个黑影在前边移动，他知道那是狗熊了。但这一次的戚子绍发誓要打死狗熊，又汲取了前两次的教训，他爬上了崖嘴。在崖嘴，他瞧见了月光下的一块平台石上，狗熊在那里蹭身子，就静静地瞄准着放了一枪。"叭！"这一枪是百分之百地打中了，狗熊是从平台石上跌了下去。戚子绍并没有立即下了崖嘴，他又瞄准了跌下去的狗熊放了一枪，狗熊就动也不动了。"我要打烂你的×！"戚子绍骂着从崖嘴下去，站在了狗熊的面前，狗熊是四脚朝天地躺着，他踢了一下，已经不会动了，他端起了枪瞄准狗熊后腿中间的部位准备打三枪，不，打四枪，打它个稀巴烂！

但是，这一次仍和上两次的情况一样，当戚子绍刚刚把四颗子弹装进了镗，狗熊却一下子扑上来抱了他在地上了，这次狗熊不是一只掌压着他，而是两只掌压着了他。

"你是想死还是想活？"戚子绍是彻底地绝望了。他想起了夏清，不能给她吃熊掌，也不能送给她一张熊皮了。狗熊张合着满是牙齿的大嘴，锋利的掌爪搭在他的脖颈，月亮下他瞧见爪甲闪闪发着白光，戚子绍没有再说"想活"，其实他哪里不想能活下去，也没有主动去拉脱裤子，他知道狗熊即使不侮辱他，也不会再让他活着离开了。"随便吧，"他说，"要干要吃你随便吧，我只是想问你一句：你到底是狗熊还是魔鬼，这么厉害?!""你问我？"狗熊说，"我正想问你呢，你到底是猎人还是卖屁股的?!"这个时候，趴在木屋窗口上的胖子和夏清听见了连续的两声枪响，欢叫如雀，急切地盼望戚子绍回来，她们可以吃到稀罕的熊掌了。

谜鸦

葛亮

2005

希区柯克拍摄电影《鸟》的结尾,本来设计的场景是这样的:挤挤挨挨的海鸥,布满了整个金门大桥。

旧金山最终不是男女主角的挪亚方舟。影片的主题于是宿命了,欲罢不能。

环球电影公司拒绝了他的构思。这于希区柯克而言是不幸,于我们是幸事,至少有些希望,留了下来。

一

简简看了电影说,我才不信这个邪,几只鸟而已。我不相信几只鸟就能毁了人类。

说完了这些,简简很激动。跑到洗手间去呕吐。

我知道,是她的妊娠反应上来了。

马桶哗啦一下子,我耐着心给她砸了一上午的核桃也全都付之东流。

简简漱了口,擦擦嘴巴走出来。用很郑重的口气对我说,毛果,我想要一只鸟。我要一只和女主角买的那个一模一样的鸟。

我们在夫子庙的花鸟市场转悠。

简简看什么都像看书,一目十行。

我说,你慢点,这样错过了都不知道。简简不管,在前面急行军。

突然,她停下来。说,看嘛,在这儿哪。

真的是它们,电影里所谓的 Love bird,爱情鸟。我看见笼子里两只小绿鸟,羞答答地挤作了一团。我就说,这鸟见人一点儿不大方,跟早恋似的。

卖鸟的是个败了顶的温州佬,看我们有意思,就说,这鸟老好的。马蛋鹦鹉,买对回去,和和美美。

简简问:马蛋?

马蛋,对,马蛋花。温州佬打着手势,比画出一朵层层叠叠的花来。

我明白了,是牡丹。

简简冷笑了一下,呵,马蛋。说完头都不回地走了。

我从后面追上去,说好好的怎么又不要了。我问她,是不喜欢那个金鱼眼的温州佬?

简简抢白了一句,我买鸟,又不是买那个温州佬回去养,他长什么样和我有什么关系。

简简打比方,有时候有些十三点,道理却是对的。

我说,不喜欢那对鸟了?

简简说,鸟是喜欢,可我恶心那么个蹩脚的名字,什么马蛋。

是你自己听错了,误会而已。

有什么不同,反正我已经烦了。

简简一路往前走,突然停住了。

简简指着一只挺大的笼子说：毛果，你看。

笼子里头是只黑色的鸟，安静地落在架上。它发现简简在盯着它，并没有畏缩的表情，反而侧过头，直勾勾地盯回去。简简对它吹了声口哨，它很迅速地蹦了一下，然后昂然地抬起头，嘴里发出喑哑的一声。

我说，它叫得可真难听。

简简问老板，这是什么鸟？老板坐在暗处，头也不抬地说，八哥。

简简兴奋起来，那会不会说话？

老板说，还没教，不过已经给它剪了舌尖，你们回去一教就会。

简简很遗憾，你为什么不教它呢。

老板很讨好地笑了，我没什么文化，一天到晚说粗话，怕把它教坏了。小姑娘，看你们两个斯斯文文的，回去教它念唐诗吧。

简简看了一会儿，对我说，它的样子好，比别的鸟清醒。

然后又说：就是它了。

简简做事，虽是信马由缰，但是向来速战速决。而我因为瞻前顾后，就显出优柔来了，为了让她觉得我像个男人，我就经常迅速迁就她的决定。

这回也是，我迅速地付了钱，把这只很黑的鸟给她拎回了家。

二

简简把鸟放到露台上。

简简说，这个家没什么好，可是有一个大露台。

在我眼里，这露台却是个很大的败笔。我们没什么钱，买了一个小户型。这露台不是送的,实实在在地算进了平方数里去。这么大的露台有什么好,夏不能避暑,冬不能御寒。大而无当,一无是处。比主卧还大,又不能用来睡觉。我这么一说,简简就说,怎么不能,我巴不得在露台上睡,最好是做爱才好哪。

我说,你疯了,光屁股溜溜地在外面展览,你可别毁我。

简简就说,这叫野合懂不懂,现在时髦着呢。亏你读了一肚子"四书""五经",连孔子哪来的都不知道。

简简这会儿在露台上,对着她的鸟抒情。简简说,噢噢噢,小可怜儿,你爸是个二百五,急吼吼地搬进来,房子里装修的味儿还没散呢。妈咪可是心疼你,怕你呛着,幸好我们有个大露台,噢噢噢。

我一听就火了,我说,哎哎,话说清楚,谁二百五,谁急吼吼的了。还有谁是谁的爸,话可得说清楚。这鸟可算给你买着了,用来变着法地骂我。

简简不理会我,还在那儿结结巴巴,絮絮叨叨的。

鸟却也不怎么理会简简,自顾自地理了理毛,然后就是一脸目无下尘的表情。

我突然有些烦它,就说,看它那副鸟样。

说完觉得自己讨了没趣,它是鸟,自然是一副鸟样。

简简跑到厨房里去,乒乒乓乓的。我进去一看,她正在砸核桃,我就夸了她,说,不错嘛,知道自力更生了。

她哼了一声,一把把我推开,雄赳赳地朝露台走过去。

我跟过去,眼睁睁地看着她把核桃仁一粒粒地放进八哥的食盒里去,脸上堆积着孝子贤孙的神色。我心想我真是命苦,我把她伺候饱了,她去伺候鸟。

那鸟似乎并不领情,挺有抱负地只管望着天。

简简很愤懑地转过头,说,一定是你刚才吓着它了。

我用沉默表示对她的轻蔑。我正沉默着,就看见那鸟飞快地低下头去,衔起一颗核桃仁囫囵地吞了下去。

我赶紧指着它,对简简说:快看。简简回了头。它已经恢复了不受嗟来之食的矜持模样。

简简就痛心疾首地呵斥我,看什么看,看它都给你吓呆了。

在那一瞬间,我对这只鸟产生了恨意。在我的知识结构里,八哥的印象尽管模糊,我觉得基本算得上种磊落的动物。虽然在鸟类里也不出人头地,却是很本分的风格。

这只鸟看上去,就有些诈。

一个小时后,食盒空了,简简终于醒悟过来。她只顾着高兴了,没对这只鸟人前背后的不端品行做深入探讨。

晚上睡觉的时候,简简说家里添了个新成员让她激动得睡不着。结果熄了灯,很快就响起了她轻轻的鼾声。

睡不着的是我。

我披了衣服到了露台上,猛然间产生了错觉,以为笼子里空了。这只鸟黑色的羽毛,已经和暗夜融为一体。它仍然很安静地站着,也许是疲惫了,把头深深地埋进了翅膀里。我突然有些自责,觉得它其实是一只无可厚非的鸟。我咳嗽了一声,它警觉地抬起头来。这一瞬,我看到它眼睛里射出很冷的光芒。

我打了个寒战。它烦躁地动了动,低低叫了一声。

卧室里响起简简很紧张的声音,毛果,它是不是饿啦?

我赶紧回到床边准备哄哄她,让她息事宁人。看见她翻了个身,又沉沉地睡过去了。

三

第二天我回到家的时候,听到简简又对着鸟笼子喃喃自语。

我估计她说的多半和我有关,而且多半对我不利。

果然,简简在说,简简是好人,毛果是王八蛋。

简简一遍遍地翻来覆去只是说这一句。

我说,弱不弱智,没有新词儿了。真以为谎言说上一千遍就成了真理了?

我把皮鞋脱下来,很沉重地扔在地板上。

简简转过头,很严肃地嘘了我一声。轻轻地说,我在教它说话呢。

哦?听她这样一说,我也蹑手蹑脚起来,我问她,有没有成果?

简简就很沮丧地摇摇头,舌头都说麻了,开始教唐诗,它不理我。我想是不是太难了,起点就放低了。这几句都教了好几个小时了,还是没反应。

简简突然又恍然大悟的样子,说,它是不是饿了?

我说,你能不能别老惦记着吃,它又不是饭桶。

我想了想说,可能还是你的教育方法有问题,恐怕没有卖鸟的老头说得那么简单。等我,我去网上 Google 一下。

我很快查到了,就叫简简过来看。

八哥又名鸲鹆、鹦鹆、寒皋、华华。属雀形目,椋鸟科。全世界共有一百一十二种。现在常见的是我国长江以南地区的留鸟。广泛分布于华南和西南地区、台湾地区、海南岛等地。

八哥全身黑色,雌雄同色,体长约二十六厘米,翼长约十三厘米。尾短呈楔形,嘴和脚呈黄色,喙直长而尖,脚长而强健。

飞行速度快，姿势平直。此鸟性情温顺，它的鸣声嘹亮，富于音韵，因善于模仿他种鸟类鸣叫，智商高，学习人类语言及训练做各种表演的能力强，因此成为人们所喜好之宠物笼鸟。驯养八哥要从幼鸟着手，在食物的引诱下，使它去掉对人的胆怯心理，能听从主人的召唤。关键问题要对八哥的音头进行加工，一般称作"捻舌"。用手指蘸上香灰，伸到鸟嘴内，使香灰包住鸟舌，然后从轻到重地进行揉捻，舌端会脱掉一层硬壳，养半个月以后，再进行一次，这样便能教它说话了。另外，还有一种方法，用剪刀把鸟的舌头修成圆形，再进行训练。

每天早晚空腹时教，周围环境要安静，无嘈杂声音。教的话音节应先少后多，一句学会后再教第二句。每"说"清楚一次便赏给鸟喜欢吃的食物。像香蕉、昆虫等。需多次重复，一般学会一句需三至七天，能学会十句话的为优秀者。

看到这里，我和简简相视而笑。简简说，原来如彼。

跟着她又踌躇满志了：可把我折腾得不轻，明天再接再厉。我就知道之前是不得其门而入。

我说，又来了，放什么马后炮。

简简就嬉皮笑脸地说，嘻嘻，过奖，其实放的是马后屁罢了。

我对简简发不来脾气，因为她糟蹋起自己，比我还不遗余力。

吃了饭，我在书房里上了会儿网。外头安安静静的，我心里好生奇怪，想今天见鬼了，简简居然没在客厅里哭哭啼啼地追韩剧。

出去一看，简简安安静静地坐在沙发上，手里是本很厚的书，做失神状。我说，老婆，你可是有阵子没阅读了。我走近了，把封面翻过来，竟然是本《汉语大词典》。简简烦躁地打开我的手，哎呀，我这页做了记号呢，别烦我，起名字呢。

简简捧着本词典，蹙眉沉思，失魂落魄，在酝酿一个名字。我很欣慰地恍然了。

这一刻，我有些感动，觉得简简浑身散发出母性的光辉。不过我还是给出了理性的参考意见，亲爱的，是男是女还不知道呢，不用这么深谋远虑吧，不急。

简简抬起头，一脸茫然：鸟怎么分男女。

我泄气极了，算你狠，以为你在关心我们的下一代呢。

简简不搭理我，专心致志地窝在沙发里继续发癔症。

简简跑到CD架跟前一阵乱翻，突然惊叫一声，举着一张CD郑重地回过头来，对我说，有了，就叫"谜"。

简简手里是一张Enigma，她最爱的"谜"乐队。

我们的，具体说是简简的鸟，被正式命名为"谜"。

简简对着露台大声地喊：谜。

"谜"扑闪了一下翅膀，在笼子里发出一声钝响，它被吓了一跳。

简简说，为谜起了名字，她要庆贺一下。

到了晚上睡觉的时候，简简洗过了澡，光溜溜地钻进我的被窝。

对于我们的夫妻生活，简简向来是采取"明示"的态度。简简说，她要的就是古希腊式健康明朗的性和爱，一切拐弯抹角、遮遮掩掩的面纱都是需要扬弃的。因此，我对她的响应也一向十分"明朗"。因为年轻，我似乎没有力不从心过。

也因为简简的兴之所至，和我缺乏应有的思想准备。稀里糊涂的简简算错了安全期，我们一次燕好之后有了确凿的成果。

关于这个孩子的去留问题，我和简简有过相当激烈的争论，我认为由于简简的年幼无知和我的事业无成，这个孩子的到来将会搞得我们手忙脚乱。简简的态度十分强硬。在做总结陈词的时候，她用了一句很深刻的话一锤定音。她说：这孩子我是要定了。毛果，你别以为你生下来比我多了个把儿就能怎么地，这孩子就是我将来攥住你的把柄了。

由于简简一向把话说得触目惊心，到了我有了还口之力的时候，大势已去。

今天，我搂着简简温热的身体，却突然觉得心不在焉。

简简的体味莫名地发生了某种变化，似乎是身体内部的腺体所分泌出的某种气息，变得温柔醇厚了，有些来自雌性的克制与抗拒的信号，对我发出了警示。

我很诚恳地问她，宝贝儿，这样会不会对孩子不好。

简简说，我问过医生了。医生说，孕期适量的性生活是可以促进胎儿发育的。

我有些吃惊，还有这样诲淫诲盗的"大夫"。

我正在踌躇，简简突然忧心忡忡，毛果，你不会是在外面有女人了吧。

为了证明简简所言为虚，我必须在短时间内一振雄风。

简简的主动终于令我六神无主。我的欲望在刹那间膨胀起来，我们终于交缠在一起了。我们像两只心无城府的小兽，肆无忌惮地堕入了欢愉。

这时候，我正在无边无际的欲海里游弋，我正喘息着，雄心勃勃地要登上一个浪尖。

突然，"嘎！"高亢又刺耳的叫声。我头皮一紧，这没来由的一声，把我实实在在地甩到了礁岩上。我痛不欲生，迅速地疲软下去了。

简简从我身子底下钻出来，没心没肺地大笑。

循着声音的方向望过去,我有些恼羞成怒,捡起一只拖鞋,朝着笼子使劲地砸了去。嘎,又是一声,扑腾完了,谜煞有介事地看着我,直勾勾地,眼里射出了冷漠的光芒。

我垂头丧气了。

第二天是周末,应简简的指示,训练谜说话的工程正式启动。为了表示我的宽容大度,我必须积极地参与进去,尽管心里满怀着恨意。

简简本着赏识教育的原则,准备了一大堆的核桃仁和花生米。

简简把上次我给她找的资料打印下来了,一共几句话,她还十分迂腐地用红笔在上面画了又画。简简重温了一下重点,严肃地说:

现在我们开始给谜捻舌,毛果,把笼子打开。

我说,你捻你的,我在旁边给你当副手。

简简不耐烦地说,让你开你就开,它要是咬我怎么办。

我嘿嘿冷笑,就知道你是叶公好龙。我打开笼门,小心翼翼地把谜捧出来。谜还算配合,并没有一惊一乍的表现。还没咋地,简简又开始对它赞不绝口,我都快给她烦死了。

简简又捧出了一小碟子灰来,我很好奇,问她,你打哪儿弄的香灰,不会是蚊香吧?简简不屑地说,喊,蚊香有毒你知不知道,我会有你那么丧心病狂?她接着轻描淡写地说,昨天晚上,我烧了你几根烟。

我心里一惊,我的万宝路啊。自从简简怀了孕,我烟瘾一上来,就只好楚楚可怜地蹲在角落里嚼茶叶。好你个林简简你在家里搞禁烟运动,为了只破鸟,竟然自己冒自己之大不韪。

"用手指蘸上香灰,伸到鸟嘴内,使香灰包住鸟舌,然后从轻到重地进行揉捻。"简简吐字清晰地读完了以上的段落,然后和我大眼瞪小眼。突然，她很粗暴地吼起来，毛果，你怎么还愣着，揉捻，揉啊。

我也火了，我说林简简，你不要欺人太甚，没看我正攥着鸟啊。简简说，那好，我摁着它，你来揉。

我没心思跟她理论了，避重就轻，世上唯女子与鸟难养也。

我捏了把烟灰，使劲撬开谜的嘴，要往里头塞。简简手腾不出，死命踹了我一脚，说，有你这样的吗，要噎死它啊。讲点策略好不好，核桃仁。

这鸟到底头脑简单，看见我手心里的核桃仁，经不起诱惑，张开了嘴。我趁机把沾了烟灰的手指头伸到它嘴里。我还没捏住它的舌头，它已经醒觉了我的暗算，努力地甩了甩头，把嘴腾了出来，照着我虎口就是一下。

这一下是往死里啄的。没怎么耽误工夫，就看见暗色的血流像条红色的蚯蚓从我手上蜿蜿蜒蜒地爬下来了。谜很敌意地看着我，黑色的眼睛里是很恶很残的光。它在简简手里挣扎了一下，好像不是为了脱身，是准备了更为猛烈的进攻，蓄势待发。

简简惊慌失措地看看谜，又看看我。

我举着血淋淋的手，终于气急败坏地说，靠，比老鹰还凶，有这么样的八哥吗？

四

几天以后，我们楼下的吴胖子解答了我的疑问。

吴胖子是我们这片儿收废品的山东人，隔阵儿就上我们家来，因为跟我们总是"有生意做"。简简心血来潮订了太多的大刊小报，没时间看，归置归置用葱皮绳一捆，新崭崭地就扔给胖子了。

这回吴胖子来了，看我右手上缠着一层层的纱布，就大呼小叫地表示关心：呀，毛老师，受伤了呀，咋弄的？

我心里就有些酸楚，除了林简简，天下人对我都挺好的。

我大事化小地挥挥手，没事儿，给鸟啄了一口。

吴胖子就大惊小怪地问道，啥个鸟，这厉害？

我就朝露台上努努嘴。

吴胖子过去看了，转过头来，是个很迷惑的样子，嘴里嘟嘟囔囔的：你们这些知识分子也是，养什么不好，挂个乌鸦在家里，怪不吉利的。胖子说完了，就看到我比他还要迷惑的脸。我回过神来，终于说，胖子，说话要负点责任啊，这鸟叫八哥。

胖子又过去仔细看了，很负责任地说，八哥我养过，翅膀底下有两道白杠杠，这个没有。这就是乌鸦，我们乡下叫老鸹，专吃死耗子。

我心里泛起一阵恶心，莫名其妙地辩解起来，可这鸟，还吃核桃什么的。

胖子说，这鸟命贱，其实是啥都吃，逮啥吃啥。

结论似乎很确凿了。

可简简的嘴很硬，说，毛果，你有点常识好不好，吴胖子的话你也信。他哪回收我们报纸杂志不短斤少两。

我说，好，林简简，既然你执迷不悟，我就去找个有常识的人来。

第二天，我喊了我们学校生物系的小韩来家里吃饭。

吃过饭有一搭没一搭地把谜引见给了小韩，小韩也有点吃惊，做了论断后，又很实诚地把乌鸦的食性、生活习性什么的口若悬河了一番，跟给本科生上大课似的。

简简的脸红一阵，白一阵。

临走的时候,小韩跟我转文,说,真没想到嫂夫人还有此雅好,真是"金屋藏鸟"啊。

我回他,拙荆不才,小有怪癖耳。你积点口德,别到学校给我添麻烦。

我知道我还是有知识分子的迂劲儿,说一个人有怪癖,总比说他无知听起来体面些。

这回我可理直气壮了,我说,林简简,你还有什么话好说。

简简披头散发地窝在沙发里,像一个罪人。

我说,今天先这样,明天我到花鸟市场找那老头算账。

简简终于小心翼翼起来:毛果,再把谜留一天不行吗。

我看她可怜巴巴的样子,有了恻隐之心:也行,我明天先去瞧瞧那老头,再通知工商,后天把这鸟东西拎过去跟他当面对质。别谜呀谜的了,一假冒伪劣,不配这个名字。

第二天我去了花鸟市场,那老头竟然不在了。那间铺子门锁着,我朝里面一看,是空的。我想坏了,这老头肯定是积怨太多,拍拍屁股暗度陈仓了。

我就问隔壁铺子的小老板,他很诡异地看了我一眼,耳语似的对我说,老头子死了。你是来租铺头的吧?劝你别租了,不吉利,老头死在里面了。

他口气神神鬼鬼的,听得我毛骨悚然。

我知道,我胸中郁结已久的一口恶气这下没地方出了。回去就把这鸟给放了,留着是个祸害。

一路上,我在想着怎么应付简简。跟她晓之以理估计是白搭,由她闹闹情绪是在所难免了。回到家里,喊了一声没人应。走进卧室,简简脸冲着墙在睡大觉。我心想,蛮好,她是面壁思过,思得太多,累了。

我想要不要趁这个机会来个先斩后奏。但这不是君子所为，理在我这边，等她醒过来，光明正大把这事给了结了。

那个谜，这会儿倒像个没事鸟似的，一只脚搭在栖木上，神情淡定得很。我叹了口气，这鸟东西有个好处，就是宠辱不惊，倒比有些人强多了。我还是把它搁在了露台上，对它说，咱们谁也不难为谁，我待会儿打开笼子你就滚蛋，好来好去。

这会儿，我只有上上网打发时间。打开计算机，吓了一跳。墙纸什么时候给换成了一只通体漆黑的大鸟，咧着个大嘴傻笑，好像邻居大婶在菜市场捡到了一百块钱。我知道这是简简干的。我心想这样了，你还要作什么怪，想靠这么个愚蠢的创意力挽狂澜吗。

MSN一登录，就看见简简上线了。她老人家醒了，或者刚才其实是在装睡。她今天的名字叫"谁杀害了一只知更鸟"，看来是准备跟我针尖对麦芒了。这倒没什么出奇。简简跟我闹别扭，全是实实在在的冷战，一言不发。可夫妻俩总得交流吧，这就得感谢微软发明了MSN这个东西。简简抱着个笔记本无线上网，通过MSN向绝对距离不超过十米的台式计算机发送即时信息。起先多半是对我说些非说不可的事情，比如老家里有人来电话啦，明天下午两点有人来抄煤气表啦。但是很快，简简就会忍不住发些小牢骚。我不理她就说我蔑视她，我理了她就找我话里的碴。这样吵架的战场由现实迅速转向了网络虚拟世界。两个人把键盘打得飞快，硝烟四起。到最后简简气得把笔记本一丢，回到现实世界来掐我的脖子，我在疼痛之余欣慰地笑了，这是我们讲和的标志。

我说，简简，那老头死了。

简简发过来一条链接，我打开一看，乱七八糟的一堆标题："乌鸦智商赛过大猩猩，善于猜测别人意图""乌鸦会说话，问好道吉祥样样都拿手""孟加拉故事：乌鸦救女婴""泰制乌鸦巢汤能医百病""英国聪明乌鸦会制作工具"。真是难为简简了，从哪里搜来的这个网页，竟然全是给乌鸦歌功颂德的。

我说，简简，那个卖给我们乌鸦的老头死了。

简简给我发了一句话："乌，孝鸟也。谓其反哺也。"这是许慎的《说文解字》里的。

我说，简简，你冷静一点，这个乌鸦我们不能留。

简简又发过来一句话："慈乌，此鸟初生，母哺六十日，长则反哺六十日。"她怕我不知道这话的出处，注明：李时珍《本草纲目·禽部》

我心里冷笑了，这个林简简，什么时候变成饱学之士了。要不是我给她恶补，当年考文献学差点及不了格。

我说，简简，我知道东西处久了都有感情，可是，养虎还遗患呢。

简简发话——主教训门徒说："你想，乌鸦也不种，也不收，又没有仓，又没有库，神尚且养活它。"（路 12：24）

我说，那老头死了，说明什么，说明它妨主。

隔了一会儿，简简没动静，我想，小丫头终于觉悟了。正想着那边发过来一条：我们都知道鸽子替主人送信的功能，但我们不要忘记《圣经》中记载乌鸦被神差遣每天早晚给先知以利亚送饼叼肉的奇迹（王上 17：2—6）。

我终于烦了，我说，够了，林简简，你少用反动权威来压我。不就是个破鸟吗，你值当吗。

我站起身向卧室走过去，简简坐在床上，手里还在稀里哗啦地翻，身边不知道什么时候摆满了书，上面贴着五颜六色的纸条。我知道了，林简简对我的信息轰炸是有准备的。

简简抬起头望着我,眼睛是血红的。

我说,我对《圣经》没研究。看不大懂。

简简开口了,好,那你总该知道爱屋及乌的道理,我问你,你还爱不爱我了?

我说,这是两码事。

我说,林简简,你已经魔怔了。我不能让你再这么魔怔下去。

我反身走到露台上,拎起鸟笼子,打开笼门,搁在窗口。我说,出去,快给我出去。谜扑扇了一下翅膀,居然一动不动。简简在卧室里喊出凄厉的一声。我不理会她,我对笼子里的鸟粗暴地嚷,出去,快出去。

我终于把笼子在露台沿子上使劲地磕打,我说,滚,滚出去。

谜被我磕出来了,它垂直地坠落了下去。忽然,它本能地扑腾起翅膀,飞起来了,飞得很笨拙,时时有失去平衡的征兆。它飞翔的姿态也是丑陋的,让我嫌恶,它不过是一只一无是处的乌鸦。

它是一只鸟,它触摸到了细微的上升气流。它开始在空气中攀升。它不再惊慌,开始平稳地做盘旋的运动。它在天空中盘旋了一会儿,远远地飞去了。它飞去的时候,突然嘶哑地尖叫了一下,难听得惊心动魄。

这时候,我心里突然冒出了一句诗来,波德莱尔的:麦田里一片金黄/一群乌鸦惊叫着飞过天空。

我立刻抑制住了荒唐的念头。这会儿大脑里居然出现这样的诗意,不仅是不合时宜,简直有些莫名其妙。

这时候,谜却突然又出现在我的视野里。我看到它收紧了翅膀,迅速地斜刺过来,在空中划出了一道黑色的弧线,像一颗陨石。这动作是很优美的,我惊诧了,这动作不该属于这样猥琐的动物。谜靠近了，它笔直地飞向我。它更加近了，它开始忽扇着翅膀，扑打着铝合金窗户的玻璃了。它是要进来，这玻璃是一层透明的坚硬的障碍。它并不知觉，因为里面的世界就清清楚楚地在它眼前。它只是愣头愣脑地，一味地扑打，撞击，想要进来。

简简站在我后面，我用身体拦住她。她企图越过我，我回转身，紧紧抱住了她。

简简终于挣脱了我，冲过去将窗户拉开了。谜正在准备新一轮的撞击，它失控一样一头撞进来，实实在在地撞在客厅的墙上。它被墙的力量狠狠地弹到地面上。谜用力拍打扑扇着翅膀，艰难地想要站起来。简简走过去，捧起了它。这时候我听见简简清清楚楚地说：毛果，你要是再赶谜走，我就和你离婚。

五

谜被合法地留了下来，以一只乌鸦的身份。

我保持沉默，为了简简。简简难得这样执着于一件事情。我必须保持沉默，为了怀孕中的简简。

我想，谜不过是一只鸟，一只软弱的鸟，它和所有的鸟一样软弱。或许比我们人类更软弱。

它不会改变什么。

简简将鸟笼子搬到我们的卧室里来了。我知道，她开始不信任我了。

她信任谜，她给了它最大限度的自由，她将鸟笼子的门敞开着，她把露台的窗户敞开着，她允许谜在家里自由出入。她相信，谜会飞回来。

我说，是的。我心里却巴望着谜永远不要再飞回来。

谜没有辜负简简的信任。每天它都会离开家。很快我们发现，它的出入并非心血来潮，它的往返时间在下午四点到五点整。听到谜扑打翅膀的声音，抬头看看钟，时针与分针精确地摆成一百五十度角。简简说，谜回来了，该做饭了。

简简开始热衷于下厨房，她做饭的时候，谜蹲在她脚边。她开给我的超市单子上是越来越多的荤腥。她手里拿着一块精肉说，可以把边角料给谜吃。我知道，所谓边角料，会占到这块肉体积的一半。简简不愿意承认她对这只乌鸦另眼看待。

我走进厨房，看到谜正在地上啄食一块颜色很新鲜的猪肝。它用爪子按着猪肝，用嘴使劲撕扯着，暴露出了低等的肉食鸟类的本性。它贪婪的样子仍然让我恶心。

谜看见我了，它叼起猪肝，蹒跚着走了几步，躲到简简身后去了。

简简眼神警惕地看着我，像一只保护幼雏的母鸡。

我凑趣地说，你把它养得这么肥，蛮好做一碗乌鸦炸酱面。

简简冷笑了一声，说，你以为天下人都和你一样丧心病狂吗。说完她抬起手中的菜刀，恶狠狠地向案板上的海带卷抡下去。

简简的肚子一天天大起来了，这本来是一桩令人喜悦的事情。然而，她没有兴趣与我分享喜悦，好像我不过是个局外人。

到了晚上，简简一个人躲在卧室里，对着鸟笼子喃喃自语。简简手里捧着一碗核桃仁，往自己嘴里塞一粒，往谜的嘴里塞一粒。她的脸上泛起温情的笑容，这笑容是我很陌生的了，好像对着情人。

我只盼望这种相安无事能够一如既往，这是我的一厢情愿。

有一天，谜回来的时候，嘴里叼着一只死猫。它飞进来的时候，我正在露台上晾衣服。谜充满敌意地看着我，似乎预感到我将要做的事。我必须从它嘴里把肮脏的猎物给夺过来。这甚至根本谈不上是什么猎物,不过是一只出生不久就夭折掉的小猫,这具尸体在谜的嘴里僵直着,散发着腐臭的气味。谜一定是从哪个垃圾箱里把它鼓捣出来的。我轻蔑地看着谜,再怎么锦衣玉食,它也难以改变它低贱的本性。

我拿起一把扫帚,对准了谜拍打下去。谜受惊一样躲开去,嘴里还紧紧叼着那只死猫。我突然想起狐狸和乌鸦的故事,也许乌鸦真的是一种吃软不吃硬的动物。也许我在谜的眼里,是个比狐狸还要凶残的强盗。我顾不上这么多了,继续地拍打下去。谜吃力地飞起来,突然嘎地惨叫了一声,丢下了死猫。肮脏的东西落在八千块钱一套的进口沙发上,发出一声钝响。

我拎起死猫,下了楼。为了杜绝谜找回猎物的妄想,我把小猫深深地埋到了楼后面的小花园里。

回到家,简简走到我跟前,很冰冷地说,你打了谜,我看见了。

我说,我没有。

简简突然扬起手,给了我一个响亮的耳光。

这记耳光让我茫然无措。

我没有和简简解释。我不知道我为什么要掩盖谜那些下作的行径,为了什么?是因为简简爱谜,还是因为我太爱简简。

晚上,在浴室里,我突然感觉到前所未有的空虚与焦躁。焦躁灼烧着我,化作了生理的欲望,我用手仓促地将这欲望解决了。简简已经很久没有和我做爱了,我是为了她,为了我们的孩子。简简为了什么,我不知道。我喘息着,一遍遍地冲洗着自己,感觉有冰冷的水从眼睛里流出来。我说不清为什么,但是,我哭了。

简简怀孕二十周了,我带她去做超声检查。

电子探头在简简光裸的腹部滑动，显示器上出现了一个小小的身体，那是我的孩子，我和简简的孩子。

他让我有些惊讶了。他是那样小，有着小小的耳鼻口，小小的手脚和脏器。但是他又是那么完美，好像一件精妙的艺术品，这是我和简简共同创作出的艺术品，即将问世了。

简简目不转睛地盯着显示器。看看这小小的孩子在她的腹中呼吸，吞咽，看着他每一个轻微的律动。看着他在半透明的羊水里，突然蹬了一下脚。他在妈妈的肚子里撒着欢。

简简轻柔地抚摸了一下自己的腹部。

简简笑了，她转过头来看着我，脸上泛起了柔美的笑容。这笑容是我久违的了。我紧紧拉住了简简的手，深深地吻了下去。

这时候，我听见简简说，毛果，你看，他多么像一只鸟啊。

我心里打了一个寒战。

这孩子紧紧抱着膝盖，真的很像一只蜷在蛋壳里的鸟。

简简和我一样憧憬着这个孩子。

简简买了五颜六色的绒线。她坐在灯光底下，看着一本《针织技巧速成》的参考书，一针一线，开始为我们的宝宝编织小衣服。娇生惯养的简简，笨手笨脚地忙作一团，在编织一顶小小的红色的绒线帽。

满头大汗的简简，时时停下手，用手掌比画一下已经织好的部分，欣慰而骄傲地笑了。

这时候的简简，脸上是个很神圣的表情，让人感动。

谜飞了过来，落在了简简凸起的肚子上。我挥手要赶走她，简简狠狠瞪了我一眼。

简简的腹部弹动了一下，谜也在简简的肚皮上颤动了一下，它好像要失去平衡，喑哑地叫了一声。

简简咯咯地笑了起来。

我一走过去，谜就迅速地逃开了。它真的很识时务，或许它的智商真的赛过大猩猩。

我不再让简简插手任何家务事。

我请了一个钟点工，结果被谜给吓跑了。

简简终于有些觉悟，知道我作为她身边最亲近的人，已经算是很善待谜了。

在我的伺候下，简简与谜过着养尊处优的生活。

简简坐在沙发上，一遍遍地听德沃夏克、威尔第、拉赫马尼诺夫，我们和所有曾经愤俗嫉世的年轻男女一样向主流屈服，开始迷信胎教。

我不允许她看电视，因为电视的辐射可能对胎儿的发育造成伤害。

我不允许她吃盐、味精和酱油。这对一向口味浓重的简简多少是种折磨。作为补偿，给她买最贵的各地进口的反季节水果。

谜不再出去了，它整日栖息在简简的身边。它在饮食上沾了简简很大的光，它似乎不再是一只毛色晦暗的乌鸦了，它一天天地油光水滑起来，变成了一只不那么令人生厌的鸟了。

我虽然身心劳累，但是心里的幸福感也在和简简的肚子一道膨胀着。

一切似乎都沿着好的轨道在发展，我几乎有些欣欣然了。

六

这天，我刚刚讲完一堂课。打开了手机，一条信息跳了出来，是简简发来的。

毛果，我要生了。

这时候离简简的预产期还有一个月零三天。

我发了一分钟的呆，迅速往家里赶。

手机又响起来了，是个陌生而急促的声音，是毛果先生吗，你太太在我们医院待产，请你尽快赶过来。

简简自己拨了 120 急救电话。

我朝医院赶过去。我头脑中是兴奋和莫名的恐惧。我不知道为什么。

我赶到医院。我问医生说，我太太呢，我太太在哪里。

这时候我看到一辆手术担架车推过来，上面躺着简简。我大声地喊，简简。

简简睁开了眼睛，头上渗着薄薄的汗。她看到我，憋足了力气，发出很微弱的声音。简简使劲地说，毛果，为什么他突然不动了呢，毛果，为什么我觉得肚子里这么沉呢。毛果，你听好，要是他们问你要孩子还是要大人，你一定跟他们说要孩子啊。没有这孩子，我也不想活了。

我紧紧拉住简简的手，我说，你胡说什么，再过一会儿，我们就看到我们的儿子了，我们就是一家三口了。

简简笑了。简简说，不，是一家四口，还有谜。

到了产房门口，医生拦住了我，叫我在外面等。

我在电视上看过很多的准爸爸在产房门口度秒如年如坐针毡风度尽失。我嘲笑过他们，这时候我才知道自己曾经是多么的愚蠢。

似乎过了很久，一个医生走出来，对我说，毛先生，你听好，你太太现在情况很危险，在手术过程中大出血，我们已经调动了血库，你要做好思想准备。

我心里一紧。

医生顿了顿,说,还有,孩子死了。

我头脑里轰的一声,一片空白。医生的声音好像从很远的地方传过来:他在产妇子宫里已经死了很久,是个死胎。

我脚下一软,跪了下来。我跪在医生面前,我说,医生,求求你,救救我妻子。

七

简简抢救过来了,但是,永远失去了生育能力。

可是她还活着,这对于我,已经足够了。

我在病床旁边,给简简削一只苹果。简简表情漠然,一只手还放在已经平坦下去的肚子上。

简简突然说,你快回去,你整天待在这里,谁来给谜喂食。

我说,它很好。你放心,我把它照顾得很好。

我不能告诉简简,谜已经不存在了。

我亲手杀死了谜。

医生对我说,产妇已经脱离了危险,可能还需要继续住院观察一段时间。但是有些情况,我作为医生,有责任再向你说明一下。

我说,请讲吧。

你的孩子,不,那个胎儿,非常可惜。他已经发育得相当完全了,但是脑部严重积水,最终造成死胎,这应该是在怀孕后期出现的。有一点,我想向你了解一下,你们家里,是不是养过什么宠物,猫、狗,或者鸟类?

我说,没有。

我想了想又说，我们家养了一只乌鸦。

医生似乎有些惊讶，他沉吟了一下说，这大概就是原因了。经过化验观察，产妇已经感染上了弓形虫病。这种病由一种弓形虫寄生引起的感染造成，主要以猫和猫科动物以及某些鸟类为传染源。孕妇感染弓形虫病，会通过胎盘传染给胎儿，后果相当严重，可能引起流产、死胎，有接近一半的婴儿出生后会有畸形、耳聋、失明、脑内钙化、脑积水、智力障碍等问题，甚至导致死亡。你们家的这只乌鸦，应该就是弓形虫病的传染源，建议你尽快处理掉。

我回到家里。

谜正趴在沙发靠背上睡觉，看见了我，睁开了眼睛，站了起来。它对我扑扇了一下翅膀，好像要飞过来。经过前一段时间的和睦相处，它已经不怎么惧怕我了。我把谜捧在手里，抚摸一下它漆黑的羽毛。

我举起了谜，用尽了力气把它往地板上狠狠地掷下去。

谜抽搐了几下，死了。

这是在一瞬间结束的。天色慢慢暗下去了。我蹲下身子，看着谜的尸体，在黑暗里闪着青蓝色的光。

简简出院了。

她一路上都没有说话。

回到家的时候，我拿出钥匙开门，突然听见简简说，至少，我还有谜。

简简抱着空鸟笼，站在我身后。

我说，谜飞走了。

简简说，你说谎，你杀了谜。

我说，是，我杀了它。它把我们的孩子永远地杀死了。

简简走进卧室里，没有出来。

尾声

第二天，简简拎着她的鸟笼子，从楼上跳了下去。
我想，我不会再娶一个养鸟的女人。

放生羊

次仁罗布

2009

　　你形销骨立，眼眶深陷，衣衫褴褛，苍老得让我咋舌。

　　湖蓝色的发穗在你额际盘绕，枯枝似的右手伸过来，粗糙的指肚滑过我褶皱的脸颊，一阵刺热从我脸际滚过。我微张着嘴，心里极度难过。"你怎么成了这副样子？"我忧伤地问。你黑洞般的眼眶里，涌出几滴血泪，颤颤地回答："我在地狱里，受着无尽的折磨。"你把藏装的袖子脱掉，撩起衬衣的一角。啊，佛祖呀，是谁把你的两个奶子剜掉了，血肉模糊的伤口上蛆虫在蠕动，鲜红的血珠滚落下来，腐臭味钻进我鼻孔。我的心抽紧，悲伤地落下泪水。"你在人世间，帮我多祈祷，救赎我造下的罪孽，尽早让我投胎转世吧。"你说。我握住你冰冷的手，哽咽着放在我的胸口，想让起伏跳动的心焐热这双手。"我得走了，鸡马上要叫。"你的脸上布满惊恐地说。"这是城里，现在不养鸡了，你听不到鸡叫声。"我刚说，你的手从我的手心里消融，整个人像一缕烟雾消散。

　　"桑姆——"我大声地喊你。

　　这声叫喊，把我从睡梦中惊醒，全身已是汗涔涔。睁眼，浓重的黑色裹着我,什么都看不清,心脏击鼓般敲打。我坐起来,啪地打开电灯。藏柜、电视、暖水瓶、木碗等在灯光下有了生命,它们精神爽朗地注视着我。你却不见了,留给我的是噩梦。不,是托梦,是你托给我的梦。刚才的一幕,就像真实发生的事情,让我惴惴不安。一急,我的胃部疼痛难忍,用手压住喘粗气。不久,疼痛慢慢消失,我又被那个梦缠绕。

你去世已经十二年了,这十二年里你一直没有投胎,这,我真的不曾想象过。你离开尘世后,我依旧每天都去转经,依旧逢到吉日要去拜佛,依旧向僧人和乞丐布施,难道说我做得还不够吗?让你一直受苦,我的心里很难受。今早我到大昭寺为你去烧斯乙,再去四方各小庙添供灯,帮你祈求尽早投胎转世。我已经没有了睡意,拉开窗帘向外张望,外面一片漆黑。窗玻璃上映显一张瘦削褶皱的面庞,衰老而丑陋,这就是此时的我了。我离死亡是这么的近,每晚躺下,我都不知道翌日还能不能活着醒来。孑然一身,我没有任何的牵挂和顾虑,只等待着哪天突然死去。我抬头看墙上的挂钟,才早晨五点,离天亮还有两个多小时。我起床,把手洗净,从自来水管里接了第一道水,在佛龛前添供水,点香,合掌祈求三宝发慈悲之心,引领你早点转世。

我把供灯、哈达、白酒等装进布兜包里出门。在路灯的照耀下我去转林廓,一路上有许多上了年纪的信徒拨动念珠,口诵经文,步履轻捷地从我身边走过。白日的喧嚣此刻消停了,除了偶尔有几辆车飞速奔驶外,只有喃喃的祈祷声在飘荡。唉,这时候人与神是最接近的,人心也会变得纯净澄澈,一切祷词涌自内心底。你看,前面一位白发苍苍的老妇人,一步一叩首地磕等身长头;再看那位摇动巨大玛尼的老头,身后有只小哈巴狗欢快地追随,一路洒下啦玲玲的铃声。这些景象让我的心情平静下来,看到了希望的亮光。桑姆，你听着，我会一路上祈求莲花生大师，让他指引你走向转世之路。"退松桑皆古如仁不其，欧珠衮达帝娃亲卜霞，巴皆衮嘶堆兑扎不最，索娃帝所尽给露度岁……嗡拜载古如拜麦索底哄……"

你看，天空已经开始泛白，布达拉宫已经矗立在我的眼前了。山脚的孜廊路上，转经的人如织，祈祷声和桑烟徐徐飘升到空际。墙脚边竖立的一溜金色玛尼桶，被人们转动得呼呼响。走累的我，坐在龙王潭里的一个石板凳上，望着人们匆忙的身影，虔诚的表情。坐在这里，我想到了你，想到活着该是何等的幸事，使我有机会为自己为你救赎罪孽。即使死亡突然降临，我也不会惧怕，在有限的生命里，我已经锻炼好了面对死亡时的心智。死亡并不能令我悲伤、恐惧，那只是一个生命流程的结束，它不是终点，魂灵还要不断地轮回投生，直至二障清净、智慧圆满。我的思绪又活跃了起来。一只水鸥的啼声，打断了我的思绪。

布达拉宫已经被初升的朝霞涂满，时候已经不早了，我得赶到大昭寺去拜佛、烧斯乙。

大昭寺大殿里，僧人用竹笔蘸着金粉，把你的名字写在了一张细长的红纸上，再拿到释迦牟尼佛祖前的金灯上焚烧。那升腾的烟雾里，我幻到了你憔悴、扭曲的面孔。我的胸口猛地发硬，梗得有些喘不过气来。"斯乙已经烧好了，你在佛祖面前虔诚地祈祷吧！"僧人说。我捂着胸口，把供灯递到僧人手里，爬上白铁皮包裹的阶梯，将哈达献给佛祖，脑袋抵在佛祖的右腿上为你祈求。

我又去了四方的各个寺庙，给护法神们敬献了白酒和纸币。等我全部拜完时，时间已经临近中午。这才发现我又渴又饿，走进了一家甜茶馆。这里有很多来旅游的外地人，他们穿那种宽松的、带有很多包的衣服。其中，有个来旅游的女孩子，坐到我的身旁，央求我跟她合影。我笑着答应了。等我吃完面喝完茶时，那些来旅游的人还很开心地交谈着，我悄然离开了。

　　出了甜茶馆，我走进一个幽深的小巷里，与一名甘肃男人相遇。他留着山羊胡，戴顶白色圆帽，手里牵四头绵羊。我想他是个肉贩子。当甘肃人从我身边擦过时，有一头绵羊却驻足不前，脸朝向我咩咩地叫唤，声音里充满哀戚。我再看绵羊的这张脸，一种亲切感流遍周身，仿佛我与它熟识已久。甘肃人用劲地往前拽，这头绵羊被含泪拖走。一种莫名的冲动涌来，我下意识地喊了声，"喂——"甘肃人惊惧地回头望着我。"这些绵羊是要宰的吗？"我凑上前问。"这有问题吗？"甘肃人机警地反问道。我把念珠挂到脖子上，蹲下身抚摩这头刚刚还咩咩叫的绵羊。它全身战栗，眼睛里密布哀伤和惊惧，羊粪蛋不能自禁地排泄出来。我被绵羊的恐惧打动，一腔怜悯蓬勃欲出。为了救赎桑姆的罪孽，我要买回即将要被宰杀的这头绵羊。"多少钱？"我问。"什么？"甘肃人被我问得有点糊涂。"这头绵羊多少钱？"我再次问。"不卖。""我一定要买。我要把它放生。"我说。甘肃人先是惊讶地望着我，之后陷入沉思中。灿烂的阳光盛开在他的脸上，脸蛋红扑扑的。他说："我尊重你的意愿，也不要赚钱，就给个三百三十。"他能改变想法，着实让我高兴，我立刻掏出衣兜里的钱交给了他。甘肃人把钱揣进衣兜里，牵绳递到了我手里。他牵着其他绵羊走了。

　　"你这头绵羊跟我有缘，我把你放生，是因为你上上辈子积下的德今生的回报。"我自然地把绵羊称为了你。你没有理会我的话，冲着其他绵羊的背影又叫唤起来。甘肃人头都没有回，他和其他绵羊消失在小巷的尽头。我为那些即将被剥夺去的生命惋惜，取下脖子上的念珠,为那三只绵羊祈祷。我和你的身上涂抹着金灿的阳光,这阳光却无法驱散我们心头的隐忧。"我的钱只够救你,想想我们还要过日子呢。"我说。你抬起了头,我看到一汪清澈的泪水溢满你眼眶。我再次蹲下来,抚摸你毛茸茸的身子,上面还粘着杂草碎石。真是奇怪,我的脑子里把桑姆和你混合成了一体,从你的身上闻到了桑姆的气息,是那种汗臭和发香混杂的气味。这种久违的气息,刺激着我的感官,让我对你滋生出百般的爱怜来。我把脸埋进你的毛丛里,掉下了喜悦的泪水。幽深的小巷里,我和你相拥着,我为冥冥之中的这种注定而喜泣。

我带你回到了四合院,邻居们惊奇地望着我,小孩们兴奋地跑来围观。"爷爷,这是你的绵羊吗?""是我的。""它吃什么呢?""草和蔬菜。""……"

这下午为了你,我把窗户底下清扫了一遍,把很多拣来舍不得丢掉的垃圾全给扔了。你一直用疑惑的目光注视我,粉色的鼻翼不时嚅动。我对你说:"你的窝被我腾了出来,今后你就要在此度过余生。"你听过我的话,眼睛依旧盯着我。我想你没有听懂我的话。

时针在奔跑,它把太阳送到了西边的山后。我先要给你去买些吃的。从八廓街通往清真寺的小巷里,晚上有很多摆摊卖菜的四川人,我从一个菜摊上买了十斤白菜,再要了一些丢掉的烂菜叶子,回到家切碎喂给你。你显得很优雅,低垂着头,一小口一小口地咀嚼,不时用你那晶亮的眼睛对视我一下。你的眼神变得柔和了些,但不时还有犹豫和惊恐闪现。我心满意足地冲着你呵呵笑。我喜欢你一身的白毛和敏感的双眼。你这头绵羊,为了你我把今天下午的那顿酒都忘了去喝。唉,一下午转眼就消失了,要是以往时间漫长得让我不知所措。

这一晚，我睡得很不踏实，心里老是惦记着你，醒来过三次，每次都要开门去看你。每次你都睡得很沉，在地上佝偻着身子，小脑袋缩在胸前，一副惹人爱怜的模样。桑姆的睡觉姿势也跟你差不多，你俩是何等的相像啊！我蹲在你的身旁，久久注视着你，心里充满温馨。

醒来，四合院里已经有人走动，还听到去上学的小孩叫闹声。

我睡过头了，急忙起来。

我解开套绳，牵你去转林廓时，你咩咩地叫喊，四蹄结结实实地抵在石板上，身子向后缩。来到院子中央打水的邻居见这般情景，过来帮我推你。你拗不过我们，只能顺从地跟在我的身后。我们俩穿过小巷走到了拉萨河边，碧蓝的江水一路陪伴我们，习风飘摇我沧桑的白发。翻越觉布日山时，你又跟我拗起来，死活不上陡峭的山坡。几个转经人从后面推你，我从前面拽。这样僵持一阵后，我的全身出汗湿透，你快把我的体力全耗掉了。疲惫的我愤怒地吼："你再这样，我就把你送回甘肃人那里。"你的眼睛里拂过一丝惊惧，脑袋低沉下去，再也不看我一眼。"别急，你第一次带它来转经，可能有点害怕。""让它休息一下，我们帮你。""它怕了，看，身子都在抖。"七八个人围拢过来，站在爬山的狭窄小道上议论开了。风马旗在徐风中轻轻飘扬，发出微微的声响；刻玛尼石的人，盘腿坐在路边，在岩石板上叮叮咣咣地雕刻六字真言。有个老太婆从自己的包里，抓点揉好的糌粑坨，送到了你的嘴边。你湿漉的鼻翅儿嚅动，伸出舌头舔舐糌粑。"可怜的绵羊，你是被放生的，谁都不会伤害你，用不着害怕。"老太婆说着抚摩你的头。老太婆的手，轻轻地敲击你的背部，你顺从地向山坡上走去。我匆忙牵着绳走在前面。人们的念经声嗡嗡地在背后响起。

没有一会儿,我们来到仓琼甜茶馆,我把你拴在门口,让服务员给你一些菜叶吃。她们从厨房拿些菜叶子去喂你。一名服务员跑进来问我:"准备放生吗?""是放生羊。"我回答。"那你该给它穿耳,或身上涂颜料。"服务员又说。"这些我知道。只是它刚买回来,再说我也不会穿耳。""明天你带它过来,我帮你穿耳。"一位喝茶的老头插话说。他穿氆氇藏装,白色的胡须直抵胸前。"那太好了。谢谢您。"我向他表示感激。他说给绵羊穿耳,是他的一个绝活,绵羊不会感到一点疼痛。他的自信,使我踏实了很多。"把你的包给我,我给你装点菜叶子。"服务员拿走了我的背包。

我背上满满当当的布兜包,领你从小昭寺门口过。街道两旁的店子开门营业了,嘈杂的音乐直冲天际,不时还能听到减价处理的叫喊声。我突然想带你去小昭寺,让你拜拜觉沃米居多吉(释迦牟尼佛),争取来世有个好的去处。我们穿越桑烟的缭绕,进了小昭寺大门,你用奇异的目光审视。有位僧人挡住了我们,不让你进寺庙里,说你会弄脏佛堂的。我向他恳求,说你是昨天刚买来的,是要放生的。他最终允许你进去。我提醒你,好好拜佛,用心祈求。你顺从地跟随我,你的目光落在慈祥的神佛和面目狰狞的护法神上,一种胆怯的虔诚表现出来,身子微弓,步伐轻柔。我从你的眼神里,发现你是一头很有灵性的绵羊,相信你跟着我会积很多的功德,这些以小积多的功德,最终会给你好的报应。

我俩坐在小昭寺院子里,晒着暖暖的阳光休息。空气里弥漫桑烟和酥油的气味,不时传来缓慢的鼓声,它们让我们的心远离浮躁,变得安静。我对你说:"你们羊都是好样的,知道嘛,松赞干布建设大昭寺时,是山羊背土填湖,立下了头等功劳。现在大昭寺里还供奉着一头山羊。"你听完我的话，把下巴抵在我的大腿上。我用手指挠你下巴，你欢喜地眯上了眼睛。我知道你的身子很脏，羊毛都有些发黑，我们回到家我给你洗澡。

你在自来水管底乖巧地站着，银亮的水从你的背脊上迸碎，化成珠珠水滴，落进下水管道里。我赤脚给你打肥皂，十个指头穿行在茸茸的卷毛里，从项颈一直游弋到肚皮底，你的舒服劲我的指头感受着。水管再次拧开，银亮的水顺羊毛落下时变得很浑浊。我再次打肥皂，再次冲洗，你呀，白得如同天空落下的雪，让我的眼睛生疼。唉，十几年前，桑姆还健在的时候，我都是这样帮桑姆洗头，桑姆白净的脖子也在阳光下这般地刺眼。那种甜蜜的时日，在我的记忆里已经空白了很长很长。此刻，我又仿佛寻找到了那种甜蜜。我们坐在自家的窗户下，我用梳子给你梳理羊毛。你把身子贴近我，用脑袋摩挲我的胸口。你那弯曲的羊角，抵得我瘦弱的胸口发痛，我只得赶紧制止。我回屋取来酥油，把它涂抹在你的羊角上，上面的纹路愈发地清晰。你的到来，使我有忙不完的活要干，使我有了寄托和牵挂，使桑姆的点点滴滴又鲜活在我的记忆里。我再不能像从前一样，每天下午到酒馆里喝得酩酊大醉，我要想着你，想到要给你喂草呢。

我口渴难忍，提着塑料桶去买青稞酒。回到家，我坐在一张矮小的木凳上，身披一身的夕阳，一边看你一边喝酒。你站在面前，用桑姆惯用的那种羞怯、温情的眼神凝望着我。这种眼神，剥去了岁月在我心头堆砌的沧桑，心开始变得温柔起来。还有这酒，怎么落到肚子里，变成香甜的了。以往喝酒，怎么没有尝出香甜的余味呢。这是不是心境的变迁引来的，我真说不准。我一口一口地喝，这种香甜从舌苔上慢慢扩散向脑际，整个人被这种香甜沉溺。

这一夜我睡得很死，没有一个梦境出现。

你的两只耳朵被钢针蘸着清油穿了孔，系上了红色的布条，这样你就显得引人注目。

桑姆，为了让你尽早投胎转世，我天天带着放生羊去转经。这头绵羊现在被我视如你了。

桑姆，你现在再没有出现在我的梦里，我不知道你现在的境况，有可能的话你再给我托一次梦吧。

现在，人们每天都能看到我和洁白的绵羊，顺着林廓路去转经。你耳朵上的红色布条，脊背中央点缀的红色颜料，向人们昭示着今生你要平安地度过此生，直到生老病死。

我带着你已经转了近一个月的林廓，你也熟悉了转经路上的一切。从今天开始我不再拴你了，我们相互跟着去转经。我背上布兜包，里面装着我的茶碗和油炸果子，手里拨动念珠。我走走停停，看你是不是紧跟在我的身后。需要横穿马路时，我牵着你过，免得车子把你给撞了。路上我遇到熟人，跟他们唠叨时，你驻足站在我的身旁。认识的人都说："年扎啦，你做了一件了不起的善事，你会有好报的。""这头绵羊懂人性啊！""年扎啦，给它脖子上拴个铃铛，你就用不着老回头。""遇到你，是这头绵羊的福分。"这些话让我听了心里乐滋滋的，你的到来我一直认定是前世注定的一个缘，要不桑姆刚托梦，你和我就不期而遇了，哪有这么巧合的事情。我进仓琼茶馆，你从门帘缝里挤进来，钻到桌子下面。"你待在外面，不能进来。"我对你喊。你蜷缩在桌子底，毫不理会我的叫喊。茶客们看着我，会心地微笑。"就让它躺在那里，它又不占位置。"服务员说。我没有再赶你，我从布兜包里掏出茶杯，搁在桌子上，再伸手取出油炸果子，掰碎了喂你。你用舌头把油炸果子卷进嘴里，用牙齿嚓嚓地嚼碎。我把甜茶喝了个饱,你却静静地躺着,脑袋随着进进出出的人摆动。"南边的三怙主殿正在维修,听说缺人手,要是谁能去帮忙,那功德无量。"有个中年人跟旁边的茶客说。这句话让我很振奋,我想这是一个多好的机会,我要去义务劳动。我把杯子里的那点剩茶倒掉,用毛巾把杯子擦干净,装进了布兜包里。我一起身,你机敏地从地上爬起来,一同出茶馆门,走到喧嚣的大街上。你已经不再注意周围的热闹了,一门心思地跟在我的身边。我们穿过热闹的小巷,回到了四合院里。

我把你拴在窗户底下,从麻袋里拿些干草,搁在掉了瓷的脸盆里;再用另一个盆,从自来水管里给你接上清水。你望着这两个盆,没有表现出饥渴的样子,只是清澈的眼睛里露出疲态来。你把四蹄关节一弯,卧躺在地上,耳朵轻轻地甩动。我知道你已经很累了,该让你休息一下。我进屋脱了鞋,把湿透的鞋垫放在窗台上,让阳光晒干,自己盘腿坐在床上。我在思想,为了桑姆该给三怙主殿捐多少钱,怎样才能让他们把我留在工地上。藏族人都知道,米拉日巴为了救赎自己的杀生罪孽,拜玛尔巴为师,用艰辛的劳动洗涤恶业,即使背部生疮化脓,手足割破,咬着牙坚持,他最后得道了。为了桑姆有个好的去处,我捐五百元钱,再劳动一个月,为桑姆减轻一些恶业。这样想着,不知不觉中黑色的幕布把整个院子给罩住了。明天还要早起,现在我该入睡了。

一阵踢门声,把我惊醒。我匆忙坐起来,往门口喊,"是谁?"门不敲了,外面很安静。我猜不明白谁会这么早来敲门,难道是邻居生病了?"喂,是谁?"我喊着把灯给打开了。嘟嘟地又再敲,而且敲的声音比先前更重更急促了。裤子套在腿上,我急忙去开门。掀开门帘,借着灯光看,一个人都没有。稍一低头,看见你依在黑色的门套上,抬起脑袋咩咩地叫唤。紧张一下从我的头脑里消失,原来是你在敲门,催促我赶紧起床去转经。我嘴里骂你几句,心里却是很高兴。我给佛龛添了供水,烧了香。之后给你喂了些干草,然后我们一路去转经。路灯下的水泥板人行道,把你的蹄音振出来,嗒嗒的足音伴随我的诵经声,一切显得是如此的和谐。当我们走到功德林时,天空落下毛毛细雨,我们俩加快脚步,去找避雨的地方。雨下大了,噼噼啪啪地砸下来,人行道和马路上开始积水。我的鞋里灌进了水,你的身子被水浇透。前面有人喊:"过来,避雨。"我和你向一家餐馆的大门斗拱底跑去。这里已经聚了七八个人,绝大部分是来转经的。你可能太冷了,身子直往里面拱。站在最里面躲雨的小伙子,踢了你一脚。你什么反应都没有。旁边的一位老太婆忍不住,开始骂这个小伙子:"没有看到这是头放生羊吗?你还要踢它,畜生都不如。"小伙子刚要发作,其他的转经人都一同训斥他。他看清了自己的处境,跑进了大雨里,继续赶路。"这些年轻人,没有一点怜悯之心,活着跟牲畜一样。""可能喝了一晚上的酒,现在才回去呢。刚才我还闻到他一身的酒气。""一代不如一代。"我们待在斗拱底,听他们发出的感慨,希望这雨尽早停下来。半个多小时后,雨变小了,我们又继续去转经。

  我们湿漉漉地来到了南边的三怙主殿,找到了管事的僧人。我把钱捐给他,希望他留我们两个在这里当小工。他很爽快地答应了我们的请求,说:"除午饭殿里供应外,还供应两次茶。"听到这个消息,我很高兴,这一天我就忙着装土、和泥。你却被我拴在了三怙主殿阶梯旁。回家我给你用布缝了个褡裢,翌日你背着褡裢运土运沙,来回往返不停,用自己的汗水建设殿堂。僧人们都说:"这头绵羊,活生生地给我们演绎建造大昭寺时的一幕。"

  我俩在三怙主殿义务劳动了二十三天,后头的活路我们俩一点都帮不上忙,那是画师们的事情,他们要在墙上画壁画。结束工作后的第四天,三怙主殿的管事派了一名僧人,他推一辆手推车,送来了六袋鲜草和舍利药丸。我遵从他的指示,把药丸浸泡在水里。每次逢到吉日,我们两个喝上几口。偶尔,我用这圣水帮你清洗眼睛。

每天早晨你都要敲门弄醒我,然后你走在前头,我紧随其后。我路遇熟人,你会只顾往前走,到时候选个舒适的地方,站在那里等待我。到了茶馆,你会钻到我常坐的那个桌子底下,喝茶的人一见你,赶忙端着杯子,坐到别的位置上去,把地方腾给我们。人们都认识你了。

初夜我梦见到了桑姆。你走在一条云遮雾绕的山间小道上,表情恬淡、安详,走起路来从容稳健。后来你变得有些模糊,仿佛又幻成了另外一个人。我笑了,在梦境里我露出了白白的牙齿。这种喜悦使我睡醒过来。我端坐在床上,解析这个梦。我想你可能离开了地狱的煎熬,这从你的安详表情可以得到证明,梦境的后头你变得模糊起来,只能说明你已经转世投胎了。这么想着我很兴奋,于是睡意全无了。到了下半夜,我的胃部一阵疼痛,额头上沁出了颗颗汗珠。我想,这样疼的话,今天可能转不了经。那你怎么办?又想,这胃病,顶多会疼个把小时,之后会没有事的。我起床吃了几粒治胃的藏药,又躺进被窝里。当你踹门时,那酸溜溜的疼痛依然驻留在我胃上,它不会让我走动的。你踹门的力度加强了,我只能硬撑着走到门口,把门打开,给你解了套绳。"我病了,你自己去转,转完赶紧回来。"我对你说。你仰头凝望我,等待我一同出门。我只得牵你到大门口,而后推你往前走。你回头怔怔地望着我。我向你挥挥手,示意向前走。你明白了我的意思,扭头向小巷的尽头走去,留下一阵清脆的蹄音,消失在小巷的尽头。

我躺在被窝里等着疼痛消失。

太阳光照到了窗台上，我躺在被窝里开始担心起你来。这种焦虑，让我心急如焚，忘却疼痛。我穿上衣服，出门寻找你。这疼痛让我头上冒汗，脚挪不动，只能坐在大门口，背靠门框上。疼痛减弱了些，我的眼光瞟向巷子尽头时，你一身的白烁在我的眼睛里。你从巷子的尽头不急不慢地走来，偶尔驻足向四周观察一番。你自己都能去转经了，我喜极而泣。我坚持站立起来，等待你靠近。我把你拴在窗户下，拿些干草喂你。唉，又一阵钻心的疼痛袭上来，我只能蹲下身，用手顶住发疼处。"年扎大爷，你怎么啦？""到医院去看病！""你的脸色怪吓人的，我们送你去医院。""……"邻居们围过来，坚持要送我到医院去。我犟不过他们，只能到医院去检查。医生要我住院，说病得不轻。我却坚持不住院，说给我打个镇痛的针就行。邻居们也坚持要我住院，说，"三顿饭，我们轮流给你送"。我很感激，但我不能住院。医生把几个邻居叫到了外面，进来时各个脸色凝滞而呆板。我从他们的脸上窥视到我的病情，已经到了无法救治的地步。"医生，我孤寡一人，你就把病情告诉我吧！"我向医生央求。"您太累了，需要待在医院康复。"医生说。"您就实话告诉我吧，我刚才从邻居们的眼神里知道我的病情很严重。""别乱想了，病不重，你在医院里先住上。"邻居们好言相劝。"医生，您把病情单给我看看，即使是最坏的结果，我也能平静地接受。"医生的眼光落到了邻居们的脸上，邻居们低下头，谁都不吭一声。"我无儿无女，只能自己拿主意，你就给我看吧。"医生很无奈地把病情单递给了我。胃癌。这两个字跳入了我的眼睛里，心抖颤了一下。我想到时日不多了，要是我死了，你——放生羊该怎么办？这种牵挂让我的心情变得复杂起来，开始有些动摇了。我发现，面对死亡，我做不到无牵无挂。我盯着医生，问，"我还能支持多久？"医生回答，"不好说。配合治疗的话，比不治疗活得要久一些。"我不能住院，一旦住院，每天往我体内要灌输很多药水，那样我有限的时间全部耗掉在医院里了。再不可能天天去转经，去拜佛，那样我的身体没有垮掉之前，心灵会先枯竭死掉。"医生，今天给我打个镇痛的药。回去，我把家里的事情处理一下，明天过来住院。"我为了逃脱，开始跟医生撒谎。医生可能看出了我的伎俩，劝我道："别拿自己的命来开玩笑。"我说了很多保证的话，才得以离开医院。

　　绵羊见邻居们扶着我回来，急忙从地上爬起来，向我靠过来。这不争气的眼泪，顿时哗哗流下来，把我的老脸溅湿了。桑姆也是这样被我们从医院里抱回来的，最后那口气是在自家的房子里断的。我这样流泪多不好，邻居们会以为我贪生怕死呢。他们把你推在一边，将我护送到房间里。我看到了你潮湿的眼睛，低垂下去的脑袋。邻居们围着我，劝我第二天去住院。有些还跑回家，给我送来了鸡蛋、酥油、牛肉。他们还向我承诺，一定看好带好喂好放生羊。这句话贴我的心，使缠绕我的担心减轻了不少。邻居们怕我累着，陆续回了各自的家。

　　我把窗帘拉上，打开电灯。胃还是有一点轻微的灼痛感。我把你领到屋子里，自己坐在了木床上。你卧躺在我的脚旁，抬头凝视着。我身子前倾，给你挠痒。你惬意地眯上了眼睛。"我不知道自己什么时候会突然死去，活着的日子里，我会带你做很多的善事，这样你可以消除恶业，来世有个好的去处。即使我死了，你也会被院子里的人代养，直到老死。今生，我们俩把前世的缘续了下来，来世或几世之后还会接着续下去。"我动情地给你说。你仿佛听懂了我的话，站起来把两只前蹄搭在我的腿上，眼眶里闪耀泪花。我抱住你的脖子,尽情地哭泣。你湿润的呼吸在我的耳边流动,犹如桑姆的气息,它让我的情绪平稳下来。"我在祈求众生远离灾荒、战乱,远离病痛折磨的同时,也会给你祈求来世生在富贵人家,来世遇上慈祥父母,来世再与佛法相遇……"我跟你说了很多的话,好像自己真的明天就要死去一样。外面传来几声狗吠,这才知道时间已经很晚了,我和你该休息了。我把你牵回到院子里,让你早点睡觉。

我没有去住院,一种紧迫感促使我从这一天开始,带你去各大寺庙拜佛,逢到吉日到菜市场去买几十斤活鱼,由你驮着,到很远的河边去放生。那些被放生的鱼,从塑料口袋里欢快地游出,摆动尾巴钻进河边的水草里,寻不见踪影。几百条生命被我俩从死亡的边缘拯救,让它们摆脱了恐惧和绝望,在蓝莹莹的河水里重新开始生活。我和你望着清澈的河水,那里有蓝天、白云的倒影。清风拂过来,水面荡起波纹,蓝天白云开始飘摇;柳树树枝舞动起来,发出沙沙的声响;河堤旁绿草萋萋,几只蝴蝶蹁跹起舞。我和你神清气爽,心里充满慈悲、爱怜。我盘腿坐在河边,打开那桶青稞酒,慢慢地啜饮。手里的念珠飞快地转动,念珠磕碰的轻微声响,让我的心灵宁静。你悠闲地低头啃草,偶尔竖立耳朵,警觉地注视呼啸奔驶的汽车。太阳落山之前,我和你慢腾腾地回家去。

这年的夏末,措门林寺里活佛在讲法。我带你去听法时,寺院院子里黑压压地坐满了人,我和你紧靠着坐在角落里。活佛讲法时,你竖着耳朵安安静静地卧躺在地上,眼睛时不时地瞟向法座上的活佛。待累了,你走向人群后面,转悠一圈,用不了多长时间,又回到我的身旁。看到你的这种表现,人们除了惊讶,还对你产生了怜惜之情。以后的每一天里,许多来听法的人会给你带些鲜草、蔬菜来，他们把这些堆放在你的面前，抚摸着你的背，说，"跟佛有缘，一定会有善的结果。"寺院的僧人们对你格外地开恩，允许你进入庙堂拜佛、转经，还给你赏了挂在耳朵上的红布条。

我和你每天都忙个不停，时间转眼到了中秋。这当中，我的胃虽有疼痛，但没有先前那般了。桑姆再也没有托梦给我，但愿你已投胎成人。我对桑姆的牵挂稍稍一松懈，发现对放生羊的牵挂与日俱增，担心自己死掉后没有人照顾你，怕你受到虐待，怕你被人逐出院子。这种烦恼一直萦绕在我的头脑里，促使我努力多活几年。每天我都要祈祷三宝，让我在尘世多待些时日。趁着中秋时节，我想带你去林廓路上磕一圈长头。我跟你说这件事时，你的眼睛里充满了渴望。我给你重新缝了个褡裢，给我做了个帆布围裙，这样我们算准备停当了。

天，还没有发亮，黑色却一点一点地褪去，渐渐变成浅灰色。我一步一磕，行进速度非常缓慢。你慢腾腾地走在我的身边，不时用眼睛瞟我。你背上的褡裢左侧装着一小袋糌粑和一瓶茶，右边装了一把白菜和一塑料罐水。当阳光照耀时，我和你已经磕到了朵森格路南端。一辆辆大巴车开过来，停在路边，车上下来国内外来的游客。他们一见到我们俩，围拢过来，照相机噼噼啪啪地照个没完。我匍匐在地上又起来，走两步，接着跪拜在地上。你驮着东西，跟在我的身边。有些游客给我们施舍钱币，我把钱收了，合掌说："谢谢！"这些钱哪天我们捐给寺庙吧。我们磕着头把他们甩在了身后。我只祈求三宝保佑我多活些时日，让我能够陪伴你久长一些。

午饭，我们坐在马路边吃的。我盘腿坐在人行道上，从褡裢里给你拿出白菜，掰碎了放在你的嘴下。你太饿了，几口就把它吃完了。我干脆把整坨白菜丢在你的面前，自己开始倒茶揉糌粑。路过的行人不免回头看我们，之后匆忙离开。我再给你喂了几坨糌粑，把水倒进塑料袋里，让你喝了个饱。我们俩在树荫底躺下休息。马路上飞驶的汽车和流动的人群，不能让我们完完全全地放松休息，嘈杂声使人的心悬吊。我们又开始磕起了长头，毒辣的阳光让我汗流浃背，滚烫的水泥板烫得我胸口发热。可这一切算得了什么，我要坚持一路磕下去。

翌日，我们又从昨天停顿的地方开始磕长头。发现，身边有几十个磕长头的人，从穿着来看，他们一定来自遥远的藏东。在嚓啦嚓啦的匍匐声中，我们一路前行，穿越了黎明。朝阳出来，金光哗啦啦地洒落下来，前面的道路霎时一片金灿灿。你白色的身子移动在这片金光中，显得愈加的纯净和光洁，似一朵盛开的白莲，一尘不染。

如果大雪封门

徐则臣

2012

　　宝来被打成傻子回了花街，北京的冬天就来了。冷风扒住门框往屋里吹，门后挡风的塑料布裂开细长的口子，像只冻僵的口哨，屁大的风都能把它吹响。行健缩在被窝里说，让它响，我就不信首都的冬天能他妈的冻死人。我就把图钉和马甲袋放下，爬上床。风进屋里吹小口哨，风在屋外吹大口哨，我在被窝里闭上眼，看见黑色的西北风如同洪水卷过屋顶，宝来的小木凳被风拉倒，从屋顶的这头拖到那头，就算在大风里，我也能听见木凳拖地的声音，像一个胖子穿着四十一码的硬跟皮鞋从屋顶上走过。宝来被送回花街那天，我把那双万里牌皮鞋递给他爸，他爸拎着鞋对着行李袋比画一下，准确地扔进门旁的垃圾桶里：都破成了这样。那只小木凳也是宝来的，他走后就一直留在屋顶上，被风从那头刮到这头，再刮回去。

　　第二天一早，我爬上屋顶想把凳子拿下来。一夜北风掘地三尺，屋顶上比水洗得还干净。经年的尘土和杂物都不见了，沥青浇过的地面露出来。凳子卡在屋顶东南角，我费力地拽出来，吹掉上面看不见的尘灰坐上去。天也被吹干净了，像安静的湖面。

我的脑袋突然开始疼,果然,一群鸽子从南边兜着圈子飞过来,鸽哨声如十一面铜锣在远处敲响。我在屋顶上喊:

"它们来了!"

他们俩一边伸着棉袄袖子一边往屋顶上爬,嘴里各叼一只弹弓。他们觉得大冬天最快活的莫过于抱着炉子煲鸡吃,比鸡味道更好的是鸽子。"大补,"米箩说,"滋阴壮阳,要怀孕的娘们儿只要吃够九十九只鸽子,一准生儿子。男人吃够了九十九只,就是钻进女人堆里,出来也还是一条好汉。"不知道他从哪里搞来的理论。不到一个月,他们俩已经打下五只鸽子。

我不讨厌鸽子,讨厌的是鸽哨。那种陈旧的变成昏黄色的明晃晃的声音,一圈一圈地绕着我脑袋转,越转越快,越转越紧,像紧箍咒直往我脑仁里扎。神经衰弱也像紧箍咒,转着圈子勒紧我的头。它们有相似的频率和振幅,听见鸽哨我立马感到神经衰弱加重了,头疼得想撞墙。如果我是一只鸽子,不幸跟它们一起转圈飞,我肯定要疯掉。

"你当不成鸽子。"行健说,"你就管掐指一算,看它们什么时候飞过来。我和米箩负责把它们弄下来。"

那不是算,是感觉。像书上讲的蝙蝠接收的超声波一样,鸽哨大老远就能跟我的神经衰弱合上拍。那天早上鸽子们的头脑肯定也坏了,围着我们屋顶翻来覆去地转圈飞。飞又不靠近飞,绕大圈子,都在弹弓射程之外,让行健和米箩气得跳脚。他们光着脚只穿条秋裤,嘴唇冻得乌青。他们把所有石子都打光了,骂骂咧咧下了屋顶,钻回热被窝。我在屋顶上来回跑,骂那些混蛋鸽子。没用,人家根本不听你的,该怎么绕圈子还怎么绕。以我丰富的神经衰弱经验,这时候能止住头疼的最好办法,除了吃药就是跑步。我决定跑步。难得北京的空气如此之好,不跑浪费了。

到了地上,发现和鸽子们的关系发生了变化。它们其实并非绕着我们的屋顶转圈,而是围着附近的几条巷子飞。狗日的,我要把你们彻底赶走。这个场景一定相当怪诞:一个人在北京西郊的巷子里奔跑,嘴里冒着白气,头顶上是鸽群;他边跑边对着天空大喊大叫。我跑了至少一刻钟,一只鸽子也没能赶走。它们起起落落,依然在那个巨大的圆形轨道上。它们并非不怕我,我在地上张牙舞爪地比画,它们就飞得更快更高。所以,这个场景也可以被看成是一群鸽子被我追着跑。然后我身后出现了一个晨跑者。

那个白净瘦小的年轻人像个初中生,起码比我要小。他低着头跟在我身后,头发支棱着,简直就是图画里的雷震子的弟弟。此人和我同一步调,我快他快,我慢他也慢,我们之间保持着一个恒定不变的距离,八米左右。他的路线和我也高度一致。在第三个人看来,我们俩是在一块追鸽子。如果在跑道上,即使身后有三五十人跟着你也不会在意,但在这冷飕飕的巷子里,就这么一个人跟在你屁股后头,你也会觉得不爽,比三五十人捆在一起还让你不爽。那感觉很怪异,如同你在被追赶、被模仿、被威胁,甚至被取笑,你有一种莫名其妙的不洁感。反正我不喜欢,但他呼哧呼哧的喘气声让我觉得,这家伙也不容易,不跟他一般见识了。如果我猜得不错,他那小身板也就够跑两千米,多五十米都得倒下。他要执意像个影子粘在我身后,我完全可以拖垮他。但我停了下来。跑一阵子脑袋就舒服了。过一阵子脑袋又不舒服了。所以我自己也摸不透什么时候就会突然撒腿就跑。

第二天,我从屋顶上下来。那群鸽子从南边飞过来了,我得提前把它们赶走。行健和米箩嫌冷,不愿意从热被窝里出来。我迎着它们跑,一路嗷嗷地叫。它们掉头往回飞,然后我觉得大脑皮层上出现了另一个人的脚步声。如果你得过神经衰弱,你一定明白我的意思：我们的神经如此脆弱，头疼的时候任何一点小动静都像发生在我们的脑门上。我扭回头又看见昨天的那个初中生。他穿着滑雪衫，头发变得像张雨生那样柔软，在风里颠动飘拂。我把鸽子赶到七条巷子以南，停下来，看着他从我身边跑过。他跟着鸽群一路往南跑。

行健和米箩又打下两只鸽子。它们像失事的三叉戟一头栽下来，在冰凉的水泥路面上撞歪了嘴。煮熟的鸽子味道的确很好，在大冬天玻璃一样清冽的空气里，香味也可以飘到五十米开外；我从吃到的细细的鸽子脖还有喝到的鸽子汤里得出结论，胜过鸡汤起码两倍。天冷了，鸽子身上聚满了脂肪和肉。

如果我是鸽子，牺牲了那么多同胞以后，我绝对不会再往那个屋顶附近凑；可是鸽子不是我，每天总要飞过来那么一两回。我把赶鸽子当成了锻炼，跑啊跑，正好治神经衰弱。反正我白天没事。第三次见到那个初中生，他不是跟在我后头，而是堵在我眼前；我拐进驴肉火烧店的那条巷子，一个小个子攥着拳头，最大限度地贴到我跟前。

"你看见我的鸽子了吗？"他说南方咬着舌头的普通话。看得出来，他很想把自己弄得凶狠一点儿。

"你的鸽子？"我明白了。我往天上指，那群鸽子快把我吵死了。

"我的鸽子又少了两只！"

"要是我的头疼好不了，我把它们追到越南去！"

"我的鸽子又少了两只。"

"所以你就跟着我？"

"我见过你。"他看着我，突然有些难为情，"在花川广场门口，我看见那胖子被人打了。"

他说的胖子是宝来。宝来为了一个不认识的女孩,在酒吧门口被几个混混打坏了脑袋,成了傻子,被他爸带回了老家。他说的花川广场是个酒吧,这辈子我也不打算再进去。

"我帮不了你们,"他又说,"自行车腿坏了,车笼子里装满鸽子。我只能帮你们喊人。我对过路的人喊,打架了,要出人命啦,快来救人啊。"

我一点儿想不起听过这样咬着舌头的普通话。不过我记得当时好像是闻到过一股热烘烘的鸡屎味,原来是鸽子。他这小身板的确帮不了我们。

"你养鸽子?"

"我放鸽子。"他说,"你要没看见——那我先走了。"

走了好,要不我还真不知道怎么跟他说少了的七只鸽子。七只,我想象我们三个人又吃又喝、打着饱嗝,的确不是个小数目。

接下来的几天,在屋顶上看见鸽群飞来,我不再叫醒行健和米箩;我追着鸽群跑步时,身后也不再有人尾随。我知道我辜负了他的信任,我不知道他是不是也明白这一点。因为不安,反倒不那么反感鸽哨的声音了。走在大街上,对所有长羽毛的、能飞的东西都敏感起来,电线上挂了个塑料袋我也会盯着看上半天。

有天中午我去洪三万那里拿墨水,经过中关村大街,看见一群鸽子在当代商城门前的人行道上蹦来蹦去,那鸽子看着眼熟。已经天寒地冻,年轻的父母带着孩子还在和鸽子玩,还有一对对情侣,露着通红的腮帮子跟鸽子合影。这个我懂,你买一袋鸽粮喂它们,你就可以和每一只鸽子照一张相。我在欢快的人和鸽子群里看见一个人冰锅冷灶地坐着,缩着脑袋,脖子几乎完全顿进了大衣领子里。这个冬天的确很冷,阳光像害了病一样虚弱。他的头发柔顺,他的个头小,脸白净,鼻尖上挂着一滴清水鼻涕。

我走到他面前，说：

"一袋鸽粮。"

"是你呀！"他站起来，大衣扣子挂掉了四袋鸽粮。

很小的透明塑料袋，装着八十到一百粒左右的麦粒，一块五一袋。我帮他捡起来。旁边是他的自行车和两个鸽子笼，落满鸽子粪的飞鸽牌旧自行车靠花墙倚着，果然没腿。他放的是广场鸽。我给每一只鸽子免费喂了两粒粮食。他把马扎让给我，自己铺了张报纸坐在钢筋焊成的鸽子笼上。

"鸽子越来越少了。"他说，又把脖子往大衣里顿了顿。

"你冷？"

"鸽子也冷。"

这个叫林慧聪的南方人，竟然比我还大两岁，家快远到了中国的最南端。去年结束高考，作文写走了题，连专科也没考上。当然在他们那里，能考上专科已经很好了。考的是材料加半命题作文。材料是，一人一年栽三棵树，一座山需要十万棵树，一个春天至少需要十三亿棵树，云云。挺诗意。题目是《如果……》。他不管三七二十一，上来就写《如果大雪封门》。说实话，他们那里的阅卷老师很多人一辈子都没看见过雪长什么样，更想象不出什么是大雪封门。他洋洋洒洒地将种树和大雪写到了一起，不知道从哪里找来的逻辑。在阅卷老师看来，走题走大了。一百五十分的卷子，他对半都没考到。

父亲问他："怎么说？"

他说："我去北京。"

在中国，你如果问别人想去哪里，半数以上会告诉你，北京。林慧聪也想去，他去北京不是想看天安门，而是想看到了冬天下大雪是什么样子。他想去北京也是因为他叔叔在北京。很多年前林家老二用刀捅了人，以为出了人命，吓得当夜扒火车来了北京。他是个养殖员，因为跟别人斗鸡斗红了眼，顺手把刀子拔出来了。来了就没回去，偶尔寄点钱回去，让家里人都以为他发大了。林慧聪他爹自豪地说，那好，投奔你二叔，你也能过上北京的好日子。他就买了张火车站票到了北京，下车脱掉鞋，看见脚肿得像两条难看的大面包。

二叔没有想象中那样西装革履地来接他，穿得甚至比老家人还随意，衣服上有星星点点可疑的灰白点子。林慧聪出溜两下鼻子，问："还是鸡屎？"

"不，鸽屎！"二叔吐口唾沫到手指上，细心地擦掉老头衫上的一粒鸽子屎，"这玩意儿干净！"

林家老二在北京干过不少杂活，发现还是老本行最可靠，由养鸡变成了养鸽子的。不知道他走了什么狗屎运，弄到了放广场鸽的差事。他负责养鸽子，定时定点往北京的各个公共场所和景点送，供市民和游客赏玩。这事看上去不起眼，其实挺有赚头，公益事业，上面要给他钱的。此外你可以创收，一袋鸽粮一块五，卖多少都是你的。鸽子太多他忙不过来，侄儿来了正好，他给他两笼，别的不管，他只拿鸽粮的提成，一袋他拿五毛，剩下都归慧聪。吃喝拉撒、衣食住行，慧聪自己管。

"管得了吗？"我问他。我知道在北京自己管自己的人绝大部分都管不好。

"凑合。"他说，"就是有点儿冷。"

冬天的太阳下得快，光线一软人就开始往家跑。的确是冷，人越来越少，显得鸽子就越来越多。慧聪决定收摊，对着鸽子吹了一曲别扭的口哨，鸽子踱着方步往笼子前靠，它们的脖子也缩起来。

慧聪住七条巷子以南。那房子说凑合是抬举它了，暖气不行。也是平房，房东是个抠门的老太太，自己房间里生了个煤球炉，一天到晚抱着炉子过日子。她暖和了就不管房客，想起来才往暖气炉子加块煤，想不起来拉倒。慧聪经常半夜迷迷糊糊摸到暖气片，冰得人突然就清醒了。他提过意见，老太太说，知足吧你，鸽子的房租我一分没要你！慧聪说，鸽子不住屋里啊。院子也是我家的，老太太说，要按人头算，每个月你都欠我上万块钱。慧聪立马不敢吭声了。这一群鸽子，每只鸽子每晚咕哝两声，一夜下来，也像一群人说了通宵的悄悄话，吵也吵死了。老太太不找碴算不错了。

"我就是怕冷。"慧聪为自己是个怕冷的南方人难为情，"我就盼着能下一场大雪。"

大雪总会下的。天气预报说了，最近一股西伯利亚寒流将要进京。不过天气预报也不一定准，大部分时候你也搞不清他们究竟在说哪个地方。但我还是坚定地告诉他，大雪总要下的。不下雪的冬天叫什么冬天。

完全是出于同情，回到住处我和行健、米箩说起慧聪，问他们，是不是可以让他和我们一起住。我们屋里的暖气好，房东是个修自行车的，好几口烧酒，我们就隔三岔五送瓶"小二"给他，弄得他把我们当成亲戚，暖气烧得不遗余力。有时候我们懒得出去吃饭，他还会把自己的煤球炉借给我们，七只鸽子都是在他的炉子上煮熟的。

"好是好，"米箩说，"他要知道我们吃了他七只鸽子怎么办？"

"管他！"行健说，"让他来，房租交上来咱们买酒喝。还有，总得给两只鸽子啥的做见面礼吧？"

我屁颠屁颠到七条巷子以南。慧聪很想和我们一起住，但他无论如何舍不得鸽子，他情愿送我们一只老母鸡。我告诉他，我们三个都是打小广告的。小广告你知道吗？就是在纸上、墙上、马路牙子上和电线杆子上印上一个电话，如果你需要假毕业证、驾驶证、记者证、停车证、身份证、结婚证、护照以及这世上可能存在的所有证件，拨打这个电话，洪三万可以满足你的一切要求。电话号码是洪三万的。洪三万是我姑父，办假证的，我把他的电话号码刻在一块山芋上或者萝卜上，一手拿着山芋或者萝卜，一手拿着浸了墨水的海绵，印一下墨水往纸上、墙上、马路牙子上和电线杆上盖一个戳。有事找洪三万去。宝来被打坏头脑之前，和我一样都是给我姑父打广告的。行健和米箩也干这个，老板是陈兴多。

"我知道你们干这个，昼伏夜出。"慧聪不觉得这职业有什么不妥，"我还知道你们经常爬到屋顶上打牌。"

没错，我们晚上出去打广告，因为安全；白天睡大觉，无聊得只好打牌。我帮着慧聪把被褥往我们屋里搬，他睡宝来那张床。随行李他还带来一只褪了毛的鸡。那天中午，行健和米箩围着炉子，看着滚沸的鸡汤吞咽口水，我和慧聪在门外重新给鸽子们搭窝。很简单，一排铺了枯草和棉花的木盒子，门打开，它们进去，关上，它们老老实实地睡觉。鸽子们像我们一样住集体宿舍，三四只鸽子一间屋。我们找了一些石棉瓦、硬纸箱和布头把鸽子房包挡起来，防风又保暖。要是四面透风，鸽子房等于冰箱。

那只鸡是我们的牙祭，配上我在杂货店买的两瓶二锅头，汤汤水水下去后我有点晕，行健和米箩有点燥，慧聪有点热。我想睡觉，行健和米箩想找女人，慧聪要到屋顶上吹一吹。他很多次看过我们在屋顶上打牌。

风把屋顶上的天吹得很大，烧暖气的几根烟囱在远处冒烟，被风扯开来像几把巨大的扫帚。行健和米箩对屋顶上挥挥手，诡异地出了门。他们俩肯定会把省下的那点钱用在某个肥白的身子上。

"我一直想到你们的屋顶上，"慧聪踩着宝来的凳子让自己站得更高，悠远地四处张望，"你们扔掉一张牌，抬个头就能看见北京。"

我跟他说，其实这地方没什么好看的，除了高楼就是大厦，跟咱们屁关系没有。我还跟他说，穿行在远处那些楼群丛林里时，我感觉像走在老家的运河里，一个猛子扎下去，不露头，踩着水晕晕乎乎往前走。

"我想看见大雪把整座城市覆盖住。你能想象那会有多壮观吗？"说话时慧聪辅以宏伟的手势，基本上能够观古今于须臾、抚四海于一瞬了。

他又回到他的"大雪封门"了。让我动用一下想象力，如果大雪包裹了北京，此刻站在屋顶上我能看见什么呢？那将是白茫茫一片大地真干净，将是银装素裹、无始无终，将是均贫富、等贵贱，将是高楼不再高、平房不再低，高和低只表示雪堆积得厚薄不同而已——北京就会像我读过的童话里的世界，清洁、安宁、饱满、祥和，每一个穿着鼓鼓囊囊的棉衣走出来的人都是对方的亲戚。

"下了大雪你想干什么？"他问。不知道。我见过雪，也见过大雪，在过去很多个大雪天里我都无所事事，不知道自己想干什么。

"我要踩着厚厚的大雪，咯吱咯吱把北京城走遍。"

几只鸽子从院子里起飞，跟着哗啦啦一片都飞起来。超声波一般的声音又来了。"能把鸽哨摘了吗？"我抱着脑袋问。

"这就摘。"慧聪准备从屋顶上下去,"戴鸽哨是为了防止小鸽子出门找不到家。"

训练鸽子习惯新家,花了慧聪好几天时间。他就用他不成调的口哨把一切顺利搞定了。没了鸽哨我还是很喜欢鸽子的,每天看它们起起落落觉得挺喜庆,好像身边多了一群朋友。但是鸽子隔三岔五在少。我弄不清原因,附近没有鸽群,不存在被拐跑的可能。我也没看见行健和米箩明目张胆地射杀过,他们的弹弓放在哪我很清楚。不过这事也说不好。我和他们俩替不同的老板干活,时间总会岔开,背后他们干了什么我没法知道;而且,上次他们俩诡秘地出门找了一趟女人之后,就结成了更加牢靠的联盟,说话时习惯了你唱我和。慧聪说他懂,一起扛过枪的,一起同过窗的,还有一起嫖过娼的,会成铁哥们儿。好吧,那他们搞到鸽子到哪里煮了吃呢?

慧聪不主张瞎猜,一间屋里住的,乱猜疑伤和气。行健和米箩也一本正经地跟我保证,除了那七只,他们绝对没有对第八只下过手。

我和慧聪又追着鸽子跑。锻炼身体又保护小动物,完全是两个环保实践者。我们俩把北京西郊的大街小巷都跑遍了,鸽子还在少,雪还没有下。白天他去各个广场和景点放鸽子,晚上我去马路边和小区里打小广告,出门之前和回来之后都要清点一遍鸽子。数目对上了,很高兴,仿佛逃过了劫难;少了一只,我们就闷不吭声,如同给那只失踪的鸽子致哀。致过哀,慧聪会冷不丁冒出一句:

"都怪鸽子营养价值高。我刚接手叔叔就说,总有人惦记鸽子。"

可是我们没办法,被惦记上了就防不胜防。你不能晚上抱着鸽子睡。

西伯利亚寒流来的那天晚上,风刮到了七级。我和行健、米箩都没法出门干活,决定在屋里摆一桌小酒乐呵一下。石头剪刀布,买酒的买酒,买菜的买菜,买驴肉火烧的买驴肉火烧;我们在炉子上炖了一大锅牛肉、白菜,四个人围炉一直喝到凌晨一点。我们根据风吹门后的哨响来判断外面的寒冷程度。门外的北京一夜风声雷动,夹杂着无数东西碰撞的声音。我们喝多了,觉得世界真乱。

第二天一早慧聪先起,出了屋很快进来,拎着四只鸽子到我们床前,苦着一张小脸都快哭了。四只鸽子,硬邦邦地死在它们的小房间前。不知道它们是怎么出来的,也不知道它们出来以后木盒子的门是如何关上的。喝酒之前我们仔细地检查了每一个鸽子房,确信即使把这些鸽子房原封不动地端到西伯利亚,鸽子也会暖和和地活下来的。但现在它们的确冻死了,死前啄过很多次木板小门,临死时把嘴插进了翅膀的羽毛里。

"你听见他们起夜没?"我问慧聪。

"我喝多了。睡得跟死了一样。"

我也是。我担保行健和米箩也睡死了,他们俩的酒量在那儿。那只能说这四只鸽子命短。扔了可惜,米箩建议卖给我们煮了吃。我赶紧摆手,那几只鸽子我都认识,如果它们有名字,我一定能随口叫出来,哪吃得下。慧聪更吃不下,他把鸽子递给行健和米箩,说随你们,别让我见。然后走到院子里,蹲在鸽子房前,伸头看看,再抬头望望天。

拖拖拉拉吃完了早饭,已经十点半,慧聪驮着他的两笼鸽子去西直门。行健对米箩斜了一下眼,两人把死鸽子装进塑料袋,拎着出了门。我远远地跟上去。我知道西郊很大,我自以为跑过了很多街巷，但跟着他们俩，我才知道我所知道的西郊只是西郊极小的一部分。北京有多大，北京的西郊就有多大。

拐了很多弯，在一条陌生的巷子里，行健敲响了一扇临街的小门。这是破旧的四合院正门边上的一个小门，一个年轻的女人侧着半个身子探出门来，头发蓬乱，垂下来的鬓发遮住了半张白脸。她那件太阳红的贴身毛衣把两个乳房鼓鼓囊囊地举在胸前。她接过塑料袋放到地上，左胳膊揽着行健，右胳膊揽着米箩，把他们搊到自己的胸前，搊完了，拍拍他们的脸，冷得搓了两下胳膊，关上了门。我躲到公共厕所的墙后面，等行健和米箩走过去才出来。他们俩在争论，然后相互对击了一下掌。

我对他们俩送鸽子的地方的印象是，墙高，门窄小，墙后的平房露出一部分房顶，黑色的瓦楞里两丛枯草抱着身子在风里摇摆。听不见自然界之外的任何声音。就这些。

谁也不知道鸽子是怎么少的。早上出门前过数，晚上睡觉前也过数，在两次过数之间，鸽子一只接一只地失踪了。我挑不出行健和米箩什么毛病，鸽子的失踪看上去与他们没有丝毫关系，他们甚至把弹弓摆在谁都看得见的地方。宝来在的时候他们就不爱带我们俩玩，现在基本上也这样，他们俩一起出门，一起谈理想、发财、女人等宏大的话题。我在屋顶上偶尔会看见他们俩从一条巷子拐到另外一条巷子，曲曲折折地走到很远的地方。当然，他们是否敲响那扇小门，我看不见。看不见的事不能乱猜。

鸽子的失踪慧聪无计可施。"要是能揣进口袋里就好了，"他坐在屋顶上跟我说，"走到哪我都知道它们在。"不怕贼偷就怕贼惦记，越来越少是必然的，这让他满怀焦虑。他二叔已经知道了这情况，拉下一张公事公办的脸，警告他就算把鸽子交回去，也得有个差不多的数。什么叫个差不多的数呢？就眼下的鸽子数量，慧聪觉得已经相当接近那个危险而又精确的概数了。"我的要求不高,"慧聪说,"能让我来得及看见一场大雪就行。"当时我们头顶上天是蓝的,云是白的,西伯利亚的寒流把所有脏东西都带走了,新的污染还没来得及重新布满天空。

天气预报为什么就不能说说大雪的事呢。一次说不准,多说几次总可以吧。

可是鸽子继续丢,大雪迟迟不来。这在北京的历史上比较稀罕,至今一场像样的雪都没下。慧聪为了保护鸽子几近寝食难安,白天鸽子放出去,常邀我一起跟着跑,一直跟到它们飞回来。夜间他通常醒两次,凌晨一点半一次,五点一次,到院子看鸽子们是否安全。就算这样,鸽子还是在丢。与危险的数目如此接近,行健和米箩都看不下去了,夜里起来撒尿也会帮他留一下心。他们劝慧聪想开点儿,不就几只鸽子嘛,让你二叔收回去吧,没路走跟我们混,哪里黄土不埋人。只要在北京,机会迟早会撞到你怀里。慧聪说:"你们不是我,我也不是你们;我从南方以南来。"

终于,一月将尽的某个上午,我跑完步刚进屋,行健戴着收音机的耳塞对我大声说:"告诉那个林慧聪,要来大雪,傍晚就到。"

"真的假的,气象台这么说的?"

"国家气象台、北京气象台还有一堆气象专家,都这么说。"

我出门立马觉得天阴下来,铅灰色的云在发酵。看什么都觉得是大雪的前兆。我在当代商城门前找到慧聪时,他二叔也在。林家老二挺着啤酒肚,大衣的领子上围着一圈动物的毛。"不能干就回家!"林家老二两手插在大衣兜里,说话像个乡镇干部,"首都跟咱老家不一样,这里讲究适者生存、优胜劣汰。"慧聪低着脑袋,因为早上起来没来得及梳理头发,又像雷震子一样一丛丛站着。他都快哭了。

"专家说了，有大雪。"我凑到他跟前，"绝对可靠。两袋鸽粮。"

慧聪看看天，对他二叔说："再给我两天。就两天。"

回去的路上我买了二锅头和鸭脖子。一定要坐着看雪如何从北京的天空上落下来。我们喝到十二点，慧聪跑出去五趟，一粒雪星子都没看见。夜空看上去极度的忧伤和沉郁，然后我们就睡了。醒来已经上午十点，什么东西抓门的声音把我们惊醒。我推了一下门，没推动，再推，还不行，猛用了一下劲儿，天地全白，门前的积雪到了膝盖。我对他们三个喊：

"快，快，大雪封门！"

慧聪穿着裤衩从被窝里跳出来，赤脚踏入积雪。他用变了调的方言嗷嗷乱叫。鸽子在院子里和屋顶上翻飞。这样的天，麻雀和鸽子都该待在窝里哪也不去的。这群鸽子不，一刻也不闲着，能落的地方都落，能挠的地方都挠，就是它们把我们的房门抓得刺刺啦啦直响。

两只鸽子歪着脑袋靠在窝边，大雪盖住了木盒子。它们俩死了，不像冻死，也不像饿死，更不像窒息死。行健说，这两只鸽子归他，晚上的酒菜也归他。我们要庆祝一下北京三十年来最大的一场雪。收音机里就这么说的，这一夜飘飘洒洒、纷纷扬扬，落下了三十年来最大的一场雪。

简单地垫了肚子，我和慧聪爬到屋顶上。大雪之后的北京和我想象的有不小的差距，因为雪没法将所有东西都盖住。高楼上的玻璃依然闪着含混的光。但慧聪对此十分满意，他觉得积雪覆盖的北京更加庄严，有一种黑白分明的肃穆，这让他想起黑色的石头和海边连绵的雪浪花。他团起一颗雪球一点点咬，一边吃一边说：

"这就是雪。这就是雪。"

行健和米箩从院子里出来,在积雪中曲折地往远处走。鸽子在我们头顶上转着圈子飞,我替慧聪数过了,现在还勉强可以交给他叔叔,再少就说不过去了。我们俩在屋顶上走来走去,脚下的新雪蓬松温暖。我告诉慧聪,宝来一直说要在屋顶上打牌打到雪落满一地。他没等到下雪,不知道他以后是否还有机会打牌。

我也搞不清在屋顶上待了多久,反正肚子饿得咕噜咕噜叫。那会儿行健和米箩刚走进院子。我们从屋顶上下来,看见行健拎着那个装着死鸽子的塑料袋。

"妈的她回老家了。"他说,脚对着墙根一阵猛踹,塑料袋哗啦啦直响,"他妈的回老家等死了!"

米箩从他手里接过塑料袋,摸出根烟点上,说:"我找个地方把鸽子埋了。"

逍遥游

班宇

2018

　　我系一条奶白围脖,坐在塑料小凳上,底下用棉被盖着脚,凳子是以前学校开运动会时买的,几块钱,一直用到现在,也没变形。身后是居民楼,东药厂宿舍,一楼做了护栏,扣上铁罩,远看近似监狱,晒蔫的葱和白菜垛在上面,码放整齐,一看就是有老人在住。倒骑驴拴在一侧的栏杆上,我靠着墙晒太阳,风挺冷,吹得脸疼。许福明距我十步之远,在跟刚遇见的老同学聊天,满面愁容。他见了谁都是那套嗑,翻来覆去,我特别不愿意去听,但那些话还是往我耳朵里钻。

　　老同学说,你留个手机号,我跟我们班挺多同学都有联系,大家回头一起想想办法,帮助帮助你。许福明说,我哪有手机啊,都让她拖累死了。老同学说,真不易啊。许福明说,你说前两年,咱在市场里碰见,那时我啥样,现在我啥样,说我七十岁,也有人信。老同学说,那不至于,放宽心,还得面对,日子还得过。许福明说,唉,话说得没错,但问题是,啥时候是个头儿呢。

　　临走之前,老同学从兜里掏出一张五十的,非要塞给许福明,说,我条件也一般,老伴还没退休,给人打更,多少是点儿心意。

我在旁边喊，爸，你别要。许福明假模假式，推脱几番，还是收下来了，从裤兜里掏出掉漆的铁夹，按次序整理，将这张大票夹到合适的位置，当着老同学的面儿。

我坐在倒骑驴上，心里发堵，质问道，你拿人家的钱干啥。许福明不说话。我接着说，好意思要吗，人家是该你的还是欠你的。许福明还是不说话，一个劲儿地往前蹬，背阴的低洼处有尚未融化的冰，不太好骑，风刮起来，夹着零星的雪花，落在羽绒服上，停留几秒又化掉，留下一圈深色的印迹。车过肇工街，有点堵，骑着人力车，非得占个机动车道，许福明办事一直都这样，没一件得体的。后面狂按喇叭，我有点坐不住，便吃力地翻身下车。身体太虚了，没劲儿，我觉得自己像一只趴在树上的熊，笨拙缓慢，几乎是骨碌下去的，半跪在道边，休息几秒后，起身拍了拍土，自己往医院门口走。就这样，许福明也没个动静，服了，任尔东西南北风。

医院冷清，我在长廊上等许福明。一个礼拜得来两次，在二楼做透析，护士都熟了，见我面点头打招呼，说，过来了啊。我说，啊，来了。然后问我，最近感觉咋样。我说，见好。护士还挺高兴，说，那就行，慢慢来。其实我心里知道，这病上哪能好啊，就是个维持。阳光从尽头的窗户里照过来，斜射在我身上，我被晃得有点睁不开眼睛。朦胧之中，看见许福明也进来了，衣服半掖着，裤脚脏了一块，不知在哪蹭的，连跑带颠，去窗口交钱取票办手续，来回来去，忙一脑袋汗。我想，还是医院暖气烧得足，家里要是也这样就好了。前几天看新闻，说温度不达标，能给退一部分采暖费，这钱得要，投诉电话我记在哪儿来着，我不停地回忆着，越想越困。

但一躺在病床上，又什么都忘了。像是进入另一个纯白世界，蒸汽缭绕，内心清澈，一切愿望都摸得着，想喝水，想吃东西，但吃上就吐，时间发生扭曲，像一条波浪线，起伏不定，有时候五分钟过得也像一个小时，挺煎熬。透析过后，有人活蹦乱跳，我是一点力气都没有，根本站不住，说话都累，得眯一会儿，才能稍微恢复，但也走不了几步，蹲着倒是还行，能缓一缓。挪几步，蹲一会儿，挪几步，再蹲一会儿，一般我就是这么走出医院的。许福明在身后，有几次想过来搀我，我都给推开了，不用他。他刚才是咋说的，我可都记着呢，"快要让我拖累死了"。

刚发现得病那阵儿，我跟我妈两人过。之前一年，许福明在外面又找一个，女的在玉兰泉搓澡，外地户口，带个小男孩。也不知道他俩咋认识的。反正许福明成天不回家，借着跑车的名义，在外面租个房过日子，怎么喊也不露面，五迷三道，好不容易过节回来一次，见面就吵架，连踢带踹，脾气见长。本来都挺大岁数了，睁一只眼闭一只眼，对付着过就得了，但他就不行，蹦高要离，魔怔了。

我妈也挺倔，还到澡堂子闹过一次，裤腰里别着菜刀去的，但没用上。回来之后，听我几番开导，心平气和去离婚，也是过够了。办完手续时，正好是中午，我们一家三口还下饭店吃了顿饺子，跟要庆祝点啥似的。许福明情绪特别好，叫了俩凉菜，筷子起开啤酒，倒满一杯，泡沫漾出来，他低头吸溜一口，然后抬手举杯，要敬我和我妈。我没搭理，低头擂拢蒜泥，我妈跟他干了一杯，然后说，瞅你那样儿吧。许福明笑嘻嘻，也不说话。我妈又说，小人得志。许福明还是笑，说道，多吃点儿，不够再要。

可能许福明自己也没料到，好日子没过几天，这场病就将我们再次连在一起。检查结果出来的时候，我刚上班不久，没啥积蓄，根本不够看病的。我妈挺要强，始终也没告诉许福明，后来把房子都卖了，我俩在铁道边上租房子住，就这样，也还没说，不指着他。但钱也还是不太够，四十平方米的老破小，能卖几个钱啊，这病跟无底洞似的。

许福明还是听别人说卖房子的事儿，才知道我得病，灰土暴尘地赶过来，衣服穿得里出外进，气色也差，提溜几样水果，像是来看望不熟悉的朋友。我妈见他来了，也不说话，在厨房拾掇菜，我也不知道跟他说啥好，就一起坐着看电视，辽台节目，《新北方》，一演好几个小时，口号喊得挺大，致力民生，新闻力量。看了半天，许福明问我，咱家现在这种情况，能上这个节目不，寻求社会帮助。我气得要死，给他撵走了。出门之前，我听见他跟我妈说，你放心吧，我肯定管，管到底。我心说，你咋管啊，你能管谁啊，你是玉皇大帝咋的，管好你自己得了。

咣一声，大门关上，许福明的脚步声渐远。我妈把围裙解下来，端上桌好几个菜，还炸了鸡蛋酱，冒着热气，伙食不错。我妈坐在我旁边，我看看她，她看看我，电视里的交警大哥磕磕巴巴地聊着违章，我俩抱在一起呜呜哭。之前也没这样，都挺坚强的，这天就有点受不了。哭了一会儿，该干啥干啥，差不多得了，不然菜都凉了。

我妈走得太突然了，直到现在，我都接受不了，还没正式入冬，清早下趟楼的工夫，摔在水站旁边的井盖上，昏迷过去。我们刚搬到这边，邻居都不熟悉，看这情况也没人敢动弹，后来有人打了急救电话，这才找到我。那时我还没起床，浑身疼得不行，听到这消息，瘫在地上，站不住了，后脊梁直冒虚汗，眼前一片黑暗。

我给许福明打电话，让他赶紧过来，说我妈可能是脑溢血，情况不好，快拉我去医院。他也着急，但正值早高峰，路不好走，花了将近一个小时才过来。接我下楼之后，发现等着我们的是一辆出租车。我问他，你咋不开车来？他也没说。上出租车后，又问一遍。许福明说，想给我拿点钱治病，车就先卖了。我说，用你管吗我，该你出头时，啥也指不上你。

我嘴上生气，其实也有点心疼，许福明指着那车过日子呢，前些年蹬三轮在南塔拉日杂，后来总算攒钱买了辆二手车，四米二的厢货，这还没养两年，就又卖了，肯定是赔。我家就这样，无论干啥，从来赶不上点儿。别人家赚钱了，看着眼红，也跟着往里投，结果轮到自己时，一塌糊涂，人脑袋赔成狗脑袋，没那命儿。

到医院之后，我俩直转向，哪都找不到，后来一顿打听，从里面出来个大夫，直接告诉说，人不行了，没抢救过来，让准备后事。我和许福明当时都傻了，做梦似的，一样不会，别人让干啥干啥，开死亡证明，买装老衣服，遗体送殡仪馆，忙得没空细合计。为数不多的亲戚朋友过来，扔了点钱，都同情我们。许福明还挺客气，对来宾千恩万谢，净扯没用的。晚上守灵时，我实在撑不住，几近虚脱，躺在沙发上睡着了。到后半夜，起来上厕所，看见许福明还没睡，抽着烟，对着我妈的遗像嘀嘀咕咕，好像还掉两个猫崽儿，离都离了，真能整景儿。

上午出殡，看我妈最后一眼，遗体告别时，我才反应过来到底发生了啥，哭得上不来气，心脏也跟着犯抽，口吐沫子，扯着灵床，死活也不撒手，惊天动地，好几个人都拽不走。后来工作人员都过来了，好一顿劝。下午许福明带我去医院做透析，我一句话也没说，躺在床上，感觉自己也像是死了一次，都看见魂儿了。后来想想，怎么也接受不了，下趟楼的工夫，人咋就能没了呢。想着想着，又开始怨恨起来，妈你心可真狠啊，明知道我有病，怎么就能舍得扔下我自己走啊。

许福明搬回来跟我一起住，肩上扛一个包，手里拎着一个，跟他走的时候没区别，同样也是这套装备，像是报了个几日游的旅行团，兜了一圈，又回来了，白折腾。厢货卖了，可还得活，他又买了辆二手倒骑驴，一米二的板，挺宽敞，花了三百七，礼拜二和礼拜五拉我去医院透析，平时在九路家具城拉脚，每车六十，辛苦钱，装多少都得拉，活儿俏的时候，一天能剩一百来块。

从医院回来后，许福明在厨房炒菜，尖椒土豆片，满屋油烟，租的房子没有油烟机，做饭时只能开气窗通风，不顶啥用，冬天特别遭罪，不开窗户呛，开窗户吧还太冷，还好春天马上到了。菜端上桌后，我还是没力气吞咽，只吃两口。许福明嘟囔了句啥，我没听清，便又躺着睡过去。醒来时，已是晚上八点多，望向窗外，黑暗之中，景物飘浮，那一瞬间我竟觉得十分空旷，恍惚之间，想起以前看过的两句诗：山静似太古，日长如小年。闭上眼睛，甚至能感受山风吹拂。屋内没有声音，我就这样坐了很长时间，然后起身喝水，翻开手机，看见赵东阳给我留言了，问我最近怎么样。我回信息说，下午刚做完透析，目前状况良好。赵东阳说，过几天有空来看我。我说，没事，你家里也挺忙的。赵东阳说，也不忙，就是懒，最近跑沈北院区，一直没看见你。我说，转院了，医大二院治不起，冬天以来，一直都在九院做的。

我患病之后，社交极少，跟以前的朋友基本都断了，就跟谭娜和赵东阳还有联系。谭娜不用说了，小学和初中都是一个班的，住得也近，上学放学一起回家，连体婴儿似的。赵东阳是初中同学，当时不太熟，整个三年也没说过几句话，后来我妈带我看病，有一次在病房外面，正好走个对头碰，其实我认出他来了，但没好意思打招呼，多年不见，而且是这种场合，没啥唠的。擦身而过后,他又追上来,碰碰我的胳膊,轻声问我,你是许玲玲不。我还没想好,我妈扭头替我回答,说,是啊,你谁啊。他说,咱俩以前同班同学,一六五中的,我坐你后面,赵东阳。我说,想起来了,你也没咋变样啊。赵东阳说,是不是,保养得还行。我妈看他穿的制服,问他,你在这里上班?赵东阳说,是,给医院开车呢,依维柯,送点医用耗材啥的,几个院区来回跑。我妈说,这工作挺好,是医院的正式员工不。赵东阳说,合同工,其实也不咋的,赚得少,就是稳定,平时不忙,上午一趟、下午一趟。我急着告别,不爱提我生病的事儿,赵东阳还非得追着问,欠儿登似的。我妈跟他讲得很细,还指着他帮联络联络,其实他就是个司机,边缘人物,能力有限。看得出来,赵东阳听见这样的请求,也很为难。第二次见他时,医生没联络到,倒是给我买了不少吃的,还有大罐的营养品,白花钱。我死活不要,那也非得让我收下,其实那些东西都是骗人的,吃完啥效果都没有,我清楚得很。

我在医大二院做了半年多的透析,只要赵东阳当天不出车,就过来陪我坐一会儿,随便聊几句,有时候回忆同学,有时聊聊他们车队的事儿,人际关系啥的,让我帮着出主意。我能说啥,也不熟悉,就是赶着唠。他过得也挺紧,刚有小孩,媳妇还不上班,两人总干仗。我隐约记得他在上学时挺喜欢我的,但不敢肯定,印象模糊,联欢会时好像给我送过明星海报,那时候都兴这个。

谭娜来看我时,则完全认不出赵东阳,提醒了好几次,还是没想起来,也行,当新朋友处。有时候我们仨还一起出去吃个饭,都挺简单,抻面鸡架啥的,赵东阳请客,不好让他破费。吃完回来,谭娜跟我说,我看他对你有点意思啊,没嗑儿硬挤,也要跟你唠。我说,别瞎白话,他都结婚了。谭娜说,我看那眼神儿不太对，暧昧。我换个话题，问她，你咋样，又处对象没。谭娜叹了口气，说，刚处上一个，二婚的，你说我是咋了，小时候也不缺对象啊，没把握好，现在岁数一大，怎么忽然这么不值钱了呢。我说，人好就行，几婚能咋地，都得认真对待。

人品这玩意，没处看去。没得病之前，我也有个对象，处得还挺好呢，在环保局上班，家里安排的，平时没啥爱好，就是喜欢足球，爱看也爱踢，以前是体校的，身体特好。我跟着他去看过几次辽足，坐东三看台，视野不错，骂满九十分钟，心情舒畅，排毒养颜。完后两人拉着手去北四路吃点烧烤，喝几瓶啤酒，半醉不醉时，在旁边的小旅馆开间房，一宿能折腾好几次，第二天照常上班，精力充沛。那段时间，我不爱回家，许福明也不回家，天天就剩我妈自己，谁也顾不上她。后来听说我一得病，对象跑得快极了，百米冲刺速度，直接瞭没影儿了。我妈重新回到我的生活中央，天天数落我，有时候说多了，也心疼，就改骂我以前对象。我也跟着骂，对着空气，啥难听说啥，哄我妈高兴。但其实我一点也不恨他，人之常情，可以理解。现在偶尔想起来，也都是些美好的记忆，我挺知足的，没白处一回。

许福明回来时，将近半夜，我迷迷糊糊正要睡着，听见开门声吓了一跳。我拧亮台灯，问他干啥去了。他回答说，没事儿，你快点睡吧。我说，病历你搁哪了，在你包里没，我瞅一眼。他说，瞅啥，深更半夜，睡觉。我说，看看指标。他说，我看了，都挺好。我不信，下床去翻他包，他一把拽走，不让我看，转身躺在沙发上，头枕着包。不看就不看吧，反正肯定也是不好，我心里有数，看见了反而闹心。我上个厕所，又回到床上。租的房子不大，我睡里屋，许福明睡在过道的沙发上，经过他时，能闻到一股饭菜味儿。我知道他干啥去了，这老家伙，没有消停的时候。

我是上个礼拜发现的,他又处上一个,我家以前房子附近饭店的服务员,瞅着比他岁数都大,一脸褶子,尖嘴猴腮,长相特寡。我也真是服了,许福明到底有啥魅力,一没劳保,二没长相,赚得也少,还有个生病的女儿,就这家庭条件,咋还有人往上贴呢。这女的姓啥不知道,但之前我见过好多次。我高中退学之后,到药房去上班,干收银,她戴个口罩,老过来开药,全是治妇科病的,那时候我对她就没啥好印象。

许福明这几天晚上总不着家,爱往饭店跑,那女的就住那里,凳子一搭,被褥一铺,直接睡在上面。大前天吧,许福明还从家里偷了罐蜂蜜,藏着掖着,给那女的送去了。我没吱声,那蜂蜜是赵东阳以前给我买的,拿就拿呗,反正我也不喜欢那股味道。

我躺在床上,睡不着,就捧了本书看,《诗词大全》。我上学的时候就爱学语文,尤其是古文,觉得写得美,读起来有感觉,"满船明月从此去,本是江湖寂寞人",说得多好啊,我经常也是这个心境。但可惜书没念下去,我那几年正赶上辽宁实行大综合高考,不分文理,总共九门课,全都得学,物理化学啥的,各种公式,真记不住,太难了,于是上完高二就退了,给家里减轻负担,反正也是普高,每年退学得有一半,不稀奇。但我这文化水平,比谭娜和赵东阳多少还是强点儿,他俩都是初中毕业就不念了。赵东阳说要去当兵,后来也没去成,考了个本开车去了。谭娜上了个中专,有阵子挺疯,夜不归宿,总去红番区蹦曲,扑热息痛似的药片子,一把一把地吃。家里人也都不管她,整天迷迷瞪瞪,身边男的总换。那阵子我俩接触得就少了,唠不到一起去。后来她也不玩了,被人害得不浅,打两次胎,伤了元气,不敢折腾了,正好她老姨在西都商场兑了个床子,她就去帮着卖裤衩袜子,一干就是好几年,我身上穿的全是她送的。成天坐在柜台后面，光动弹嘴儿就行，不累。她挺适合卖货的，也乐意干，就是运动太少，导致这两年体重长得有点快。我俩身高差不多，一米六五吧，但她现在比我得重四十斤，充气似的，走道都开始喘了。

后来不知道是几点睡着的，第二天醒来时，差不多八点。我拉开窗帘，阳光明媚，伸着脖子往外面一望，拴在栏杆上的倒骑驴不见了，许福明已经出门。饭菜在盖帘里，还是昨晚那些，洗漱过后，我自己热着吃，一口一口，嚼得很细致，跟昨天相比，我感觉基本是缓过来了。吃过饭后，在家待着实在没意思，我穿好衣服出门，想去找谭娜待一会儿。

坐上公交车，经过铁西广场时，好像看见我以前对象了，就一个背影，但我感觉应该是他。还是那么瘦，穿得立整，小鞋刷白，胳膊肘儿挎个女的，那女的背个金链小粉包，细跟长筒靴，也不怕摔。我没敢下车，有点怕见到他，状态不好，不自信，特意多坐一站，再走回商场。谭娜正在吃午饭呢，还没吃完，筷子放在一旁，我看了一眼，三荤一素，待遇挺高。她冲我点点头，然后继续向顾客展示十块钱五双与十块钱三双的质量区别。我从她与案板的缝隙之间钻进去，一屁股坐在里面的板凳上，开始摆弄手机。板凳上套着海绵垫，倚靠一堆货物，相当舒服。

谭娜将盒饭扒拉干净，一粒没剩，然后横过手背，擦了擦嘴，问我，过来咋不提前说一声。我说，懒得打电话，走到哪算哪。谭娜说，前几天看见你爸了，在那饭店里，挺晚的时候，我去打包俩炒菜。我说，他干啥呢。谭娜说，干坐着，喝水，招人烦不。我说，没皮没脸。谭娜说，是不是跟那个服务员。我说，我看着像。谭娜说，那女的也不容易，下岗多少年了都。我说，许福明就他妈爱扶贫，也不看看自己啥德行。谭娜说，不能这么看，岁数大了，都有情感需求，你得理解，你爸这人不坏。我说，别提他了，你咋样。谭娜说，住一起了。我说，进展挺快，啥时候下一步。谭娜说，住上我就后悔了，脾气不咋地，那方面也不太行。我说，差不多得了，要求还挺高。谭娜说，说两句就好动手。我说，那可不行，不能挨欺负啊，别犯糊涂，赶紧撤。谭娜叹了口气，说，我本来也是这么想的，但我现在身边真没人了啊，只能先将就着，再说他这人其实倒也不坏。我有点急了，跟她说，谁他妈都不坏，最后就你吃亏，再找啊，离了他还不活了咋的。谭娜说，说得轻巧，咱这条件，是要啥没啥，还能像小时候似的啊，想跟谁处就跟谁处。

我给赵东阳发信息，邀他晚上也一起吃饭，来陪谭娜喝点儿，她心情不好。没到四点呢，他就从医院过来了，穿一身牛仔服，歪戴帽子，远看着还行，离近了细瞅，满脸瑕疵，不忍直视。我有点违心，夸赞他说，气色不错啊，挺有型。赵东阳指了指脑袋，问我，咋样。我说，啥咋样。他说，刚铰的头。我说，就为了见我俩呗，特意去理个发。赵东阳说，那必须重视起来，完后又回家换套衣服。谭娜说，你媳妇没问你要干啥去啊。赵东阳说，问了，我直说的，跟你俩喝酒去，能把我咋的，我这一天到晚，累死累活，赚钱养家，出去喝点小酒，有毛病吗。我说，还立起来了。赵东阳笑着说，谁还能总挨收拾啊，想吃点啥，我请，刚过完年，年终奖又发一半。谭娜说，今天谁都不用，我来，烤牛肉去，能多待一会儿，难得聚一起。

商场五点关门，我们刚要走，忽然又来了几个女的，岁数不小，打扮还挺妖，个个皮靴假透肉，要买丝袜，挑来挑去，赵东阳坐在后面，眼神挺不健康，想装作不在意，却又忍不住多瞄几眼。我觉得好笑，小声跟他说，想看就看呗，有啥不好意思的。赵东阳说，拉屁倒吧，太小瞧我了也。谭娜一边应付客人，一边收拾柜台，嘴和手都不闲着，卖货一把好手，弯腰装箱时，露出一截后背以及半个屁股，一圈白肉漾出来，颤颤巍巍。我上前去拍了一巴掌，手感结实，声音响亮。她不好意思地往后拽拽衣服，说，许玲玲，你能老实一会儿不。我乐得不行，来买货的都直瞅我，但我也不知道自己到底在乐啥。赵东阳有些不好意思，点根烟出去了，说在外面等我们。

待到我们出门时，天色已晚，沿着后街走几分钟，来到小六路的千里马烧烤，正是饭点，人还挺多，我们在最里面占了一张桌，贴着墙坐，赵东阳蹭了一身白灰，使劲扑落也不掉，挺狼狈。谭娜点一桌子菜，全是肉，腰子、熟筋、鸡脆骨，就一个拌花菜是素的。我光看着就有点饱，她好像特别饿，吃得很快，烤得半熟就往嘴里塞，还指使赵东阳从门口拎过来好几个笼子，自己烤自己换，万事不求人。我得这病，不能抽烟喝酒，不然就更严重，只能看着他俩互相吹。谭娜酒量特好，从小练出来的，那是美酒加咖啡，一杯又一杯，赵东阳不太行，两三瓶下肚，脸就红了，喘气都带着酒味，眼神发直，话也说不利索。我俩跟小学生似的，听着谭娜一顿大白话，从商场到夜场，从首都到沈阳，政策形势，情感关系，瓜果皮核，分析得头头是道。天南海北，谭娜最美，不服是不行，前提是这事儿里没有她，要是她自己的事儿，那是怎么都捋不清的，混沌一片，小糊涂仙儿。

喝到晚上十点多，就剩两桌了，火炭烧尽，屋内逐渐变凉。不知道怎么聊到旅游，谭娜说她想出门转转，好几年了，铁西区都没出过，我说我也想去，赵东阳说那咱今年就走一趟啊，来个春游。我说，费用得均摊。谭娜说，你俩相好的，还摊个屁啊。她一喝多就这样，满嘴胡咧咧，我也不挑。赵东阳说，到时候借个车，我开着去，看看大海，放松心情。我说，可惜我不能走太远，两天就得回来，还得去医院。谭娜说，近的也行，大连那边好几个岛，我老姨年前去的，风景都还行，不贵，吃住一条龙。我和赵东阳也觉得不错，是个好提议，可做备选。聊得正高兴，谭娜出门接了个电话，回来时满面红光，身边多了个男的，介绍说是她对象，在家不放心，特意来接她了。整景儿呗，饭店离他对象家就几步道儿的距离。她对象长得有点老，干巴瘦，头发快掉没了都，鹰钩鼻子，戴个眼镜，穿了件起球的绿毛衣，看着像她叔，反正跟我们不是一代人。谭娜有点喝多了，依偎在他身上，脸贴着她对象的胳膊，姿势极不协调，看得出来，她对象也挺难受，不方便夹菜。谭娜说，老公，他们要带我出去玩。她对象说，好事啊，你去呗。谭娜说，那你跟我去不，我可不想当电灯泡。她对象夹了一块烤煳的肉，塞进嘴里，然后说，上哪啊，一起去呗，全我安排。我一听这话就特别反感，拉了一下赵东阳，说，你差不多得了，明天还得上班呢，喝完这个就回家，不然又得跟媳妇干仗了。赵东阳挺聪明，点点头，提了一杯，跟谭娜对象说，初次见面，来日方长，杯中酒了兄弟。

  谭娜和他对象住得近，互相搂着往家走。赵东阳送我回去，路上空车少，先陪我走了一段。灯光昏暗，几乎没有行人。昨天还飘雪花，今晚仿佛直接进入春天了，一步到位，这季节总令人产生幻觉。没有风，温度适宜，天空呈琥珀色，如同湖水一般寂静、发亮，我们俩步伐轻快，仿佛在水里游着，像是两条鱼。想到这里，我忽然问赵东阳，我们像鱼不。赵东阳说，啥意思，没吃饱咋的。我说，不是，就是天气挺好，周围没有障碍，身体也还行，有劲儿，走路轻松，自由自在。赵东阳说，像啥都行，只要你好就行。我说，要是能选的话，我想当鲨鱼，前几天看新闻，北大西洋里发现一条，格陵兰睡鲨，五百多岁，目前为止发现的活得时间最长的动物。赵东阳说，那是啥朝代生出来的。我说，可能是明朝。赵东阳说，成精了。我说，这几天我一直在想，你说它每天是啥心情。赵东阳说，什么啥心情。我说，五百多年，别人都活好几辈子了，它这一生还没过完，世间的那些事，反反复复，看了多少遍，曾经的同伴都已静静沉入海底，只剩下它自己，离岸几千米，似睡非睡，缓缓前进，守护着越来越多的时间，这么一想，又有点替它难过。赵东阳说，难过就别想了，给自己增加负担，你得先养好身体。

走回大路，月光洒下来，地面湿润，我们站在道边等出租车，侧方忽然有奇异的浓烟冒出，我们走过去，发现是一棵枯树自燃，树洞里有烛火一般的光，不断闪烁，若隐若现，浓烟茂密，凶猛上升，直冲半空，许久不散。我们眯着眼睛，在那里看了很久，直至那棵树全部烧完，化为一地灰烬，仿佛从未存在。

四月份结束供暖，屋内更加阴冷，我的身体一天不如一天，经常处于睡不醒的状态，起来活动一小会儿，就又要犯困。上次大夫跟我们说，方便的话，一个礼拜来三次也行，我心说，我倒是方便，时间有的是，但钱不方便啊。看这病只能报销一部分，剩下的还得自己承担，当然，主要是许福明承担。他听完这话后，当场也没有表达看法，默默蹬车带我回家，回来也没动静，假装没听着，黑不提白不提。啥人吧。

有时候我挺来气，有时候又挺同情许福明，这辈子过得没少挨累，啥都折腾，但到头来啥也没成。到他这岁数，不说那些有大能耐的，就是以前厂子的普通工人，都找人办个提前退休，坐家里享清福了，他还在这奋斗呢，肩扛背驮，冬练三九、夏练三伏，着实不易。走在路上的时候，我脑子里反复合计这些事儿，觉得也挺对不起他，拖累，但是一到家里，见他那副德行，今天搞破鞋、明天偷蜂蜜的，又气不打一处来。

最近身体状况不好，跟谭娜他们也没怎么联系。有天半夜，她忽然给我打电话，哭得不行，告诉我说让那男的撵出来了，两人又动手了。我说，撵出来挺好，以后也别回去了，少给自己找罪受。谭娜问能来我家对付一宿不，我说那有啥不行的。快十一点吧，谭娜敲门进屋，眼睛红肿，脸色苍白，被泡过似的，没有血色，手里提着一盒草莓。我在厨房洗草莓，她就在屋里愣神。许福明披上衣服出门了，还挺觉景儿，估计是又偷摸去饭店住了，最近他总不在家里睡。

谭娜说，擀面杖。我说，草莓真好吃，好几年没吃了都，你说啥。谭娜说，他拿擀面杖打我。我说，你没还手啊。谭娜说，还了，我给他推桌子底下去了。我说，推得好。谭娜说，然后他跳起来，龇牙咧嘴，照我脑门儿就是一下子，给我干蒙了，站不稳了都，现在感觉脑袋里头还嗡嗡的。我说，太他妈不是人了，你千万可别跟他过了。谭娜说，这回肯定分，再处要出人命。我说，那不至于，你看他那熊样，打仗拿擀面杖，都不敢动刀，也是个窝囊废。谭娜说，不是说他，是我，我怕自己出事，现在有的时候，我看见他睡着了，想起来以前的一些事儿，想起来他是怎么对我的，就想直接上厨房取刀攮他，好几次了。我说，我操，千万控制住。谭娜顿了一下，盯着我说，九九。我说，姐你喊谁呢，别吓唬我啊，我许玲玲。谭娜说，草莓，丹东九九的，可他妈贵了，你给我留点儿啊。

有天赵东阳要来给我送点日用品，从医院顺的口罩洗手液啥的，装在一个黑塑料袋里，见到我时，先问我一句，准备啥时候出去玩，不是周末的话，他要提前请假。我本来都忘了旅游的事情，但他这么一提醒，还真提起兴趣了，我把谭娜的事儿跟他说了，然后说我自己最近也不好。他说，那正好啊，一起出去散散心，咱们赶在中下旬，找个方便的日子，五一假期人就多了，人多玩不好。我说，行，回头问问谭娜，她工作都不干了，天天憋在家里，情绪很差，我也担心。赵东阳说，先担心你自己吧。

那天正好是周六中午，赵东阳说要请我出去吃饭。我翻翻冰箱，还剩了点切面，就说别下饭店了，留着钱出去玩多好，中午我给你做炒面，对付一口。赵东阳说，那行啊，我就愿意吃炒面。他出门买了香肠和咸菜，还换了瓶啤酒，挺不拿自己当外人。我打了两个鸡蛋，还有点菜叶子，搁陈醋酱油，炒了一大锅，面是炒完了，大勺端不动，盛不出来，胳膊没劲儿，最后还是喊赵东阳帮我倒出来的，装了两大盘。我又拨给他不少，屋里挺凉，但他还吃得满头冒汗，我看着高兴，没白做。

许福明拿钥匙开门时，不知为啥，我心里还紧张一下。赵东阳起身打招呼，说，叔。许福明看着他，没反应过来，说，来了哈。赵东阳说，啊，过来送点东西。许福明说，啊，我回来取点东西，马上就走。赵东阳说，啊，东西放这了，我也走，回家。我说，你着啥急啊，刚吃完饭。许福明说，是，多待一会儿呗，再待一会儿，回家不也是待着吗。

许福明刚关上门，我就开始笑，控制不住，赵东阳特别不好意思，说，你乐啥啊。我憋住笑，说，没啥，我看你还挺尴尬。赵东阳说，早知道就不换啤酒了，你不说你爸白天不回来吗，这多不好啊，连吃带喝的。我说，那怕啥。赵东阳说，影响我个人形象。我说，我还没说影响我呢，你有个屁形象啊。赵东阳说，唉，也是。

收拾完碗筷，我俩坐着看电视，总共就能收到三五个台，没好节目，全是不看广告看疗效。我给谭娜打电话，跟她说想一起出去旅游，谭娜听后很高兴，说她都好几天没出门了，我说那你就赶紧准备起来，下个礼拜五，我去医院透析，休息一晚，咱们礼拜六早上出发，礼拜天晚上回来，正好赵东阳还不用请假。谭娜说，那行啊，定好地方没。我说，刚跟赵东阳说呢，觉得秦皇岛挺好，有山有海，离得也近，来回方便。谭娜说，没问题，正好我还没去过呢，我得想想出去玩穿啥。我说，你想吧，好好琢磨，提前一天来我家住，早上咱俩一起走。

我跟许福明要了五百块钱，说要出去旅游。他有点犹豫，但还是给我了，都是零钱，一张一张铺平叠好，我看着难受，有点打退堂鼓，这种家庭条件，还要出去玩，确实不太合适，但是之前都定好了，也是真想去，看看风景，这时再反悔可就太扫兴了。许福明将钱小心翼翼地递给我，然后问，多咱去啊。我说，过两天。然后他又问，五百够不啊。我点点头，没有说话。

谭娜拖了个半人多高的大箱子来找我，知道的是去旅游，不知道还以为要搬家。我说，总共就走两天，用得着这么多东西吗。谭娜说，能想到的，我都带着了，准备了好几天，东西是越装越多。我翻了翻她的箱子，问她，你带泳装干啥，这才几月份，下不了水，没到时候。谭娜说，万一能呢，我备着，这套是去年新买的，一次都没穿过呢。

原本说是开车去，结果赵东阳那边没借到车，我们决定坐火车去，其实正合我心意，开车去费用太高，又是油钱又是过路费的，光让赵东阳自己掏，那过意不去。火车票不贵，五十多块钱，对谁都没负担，1024次，早上五点多出发，九点多到山海关，啥都不耽误。

谭娜兴致很高，定的闹表，三点就醒了，梳妆打扮，我还是困，透析完就是累，怎么都起不来床，最后谭娜硬生生把我拽走的。我俩四点出的门,站在路边打车,冻得直哆嗦。我穿帆布鞋和牛仔裤,上身是卡通帽衫,轻装上阵。谭娜穿了一套豆沙色的衣裤,挺严肃,看着像要去招待所开会,臃肿的身体被捆在其中,极不合适,选了一个多礼拜,咋就穿这套出来呢,不理解。

凌晨温度很低,像是又回到了冬天,空气里有烧沥青的味道。我迷迷糊糊,想起以前许多个冬天,那时候我和谭娜跟现在一样,拉着手,摸黑上学,一切都是静悄悄的,但走着走着,忽然就会亮起来,毫无防备,太阳高升,街上热闹,人们全都出来了,骑车或走,卷着尘土;有时候则是阴天,世界消沉,天边有雷声,且沉且低且长,风自北方而来,拂动万物,一天又要开始了。

我给赵东阳打电话,光响也没人接,都开始检票了,他还没到,也不知道到底是去还是不去,没起来床还是咋的,没个动静,心里有点急。谭娜笑话我说,咋的啊,惦记上小情人儿了。我说,你那嘴能闲一会儿不。谭娜说,爱来不来呗他,咱俩照样玩。我说,问题咱不都提前定好了吗。谭娜说,可能又跟媳妇干起来了。我说,没准真是。谭娜说,他给你说过没,媳妇管他老严了,各种控制,还总拿孩子要挟他。我说,他自己娶的,赖谁啊。

我们正聊着,赵东阳从后面跑来,步伐很大,踩得地面咚咚作响,背了个黑色双肩包,头发蓬乱,眼睛没睁开似的,一看就没睡好,呼哧带喘,跑到我俩跟前,说,起来晚了,差点没赶上车。我说,心挺大啊,也不知道回个电话。赵东阳说,一路小跑来的,呜呜这顿蹽啊,哪有工夫看手机。

我们坐的是绿皮车,主要图便宜,车厢里一股腐败的味道,很难闻,硬座是卧铺改的,没有隔挡,坐着不太舒服,不得靠也不得躺,视线也窄,没法施展。刚上车我就有点困,谭娜让我坐在最里面,我也没精力吃东西,披头散发趴在桌子上,没一会儿就睡着了。他俩在旁边说话，声音很吵，我做了好几个梦，都是一闪而过的片段，不成体系，这一觉睡了两个小时，报站说马上到锦州了，我才醒过来，揉眼一看，谭娜和赵东阳也不聊天了，闷头一顿狂造。谭娜昨天买了一只板鸭，这时候正拆了分着吃，还配着几听罐啤，挺会整，见我起来了，谭娜指了指桌上的残骸，跟我说，味儿还行，特意给你留个大腿。赵东阳说，有点咸其实，就大米饭正好。谭娜说他，你咋那么多事呢，白吃都堵不上你的嘴。

窗外都是石山，形态陡峭怪异，巨大且锋利，谈不上是什么景观，但也让人看得入迷。我想，要是这几个小时的车程，能无限延长就好了，哪怕是极短的距离，你仔细观察，反复体会，总能发现不一样的东西，无法穷尽。山脉过后，又是一片水潭，静止不动，看不出到底多深，我们仿佛驶在桥上，一阵大风吹过来，火车轻轻摆荡。

赵东阳忽然来了一句，掉下去就好了。我说，这是啥话。谭娜跟我说，刚才你睡着了，没听他讲，又跟媳妇吵架了，不愿意让他来，他非得来。我说，那就别来呗，至于吗。赵东阳说，早上还给我下最后通牒，说我今天要是出门，回来就去办手续。谭娜说，吓唬你呢，都是路子。我说，你这么一说，我真有点后悔出来了。谭娜说我，这时候你装啥好人，跟谁一伙儿的你。赵东阳说，那后悔啥，咱该咋玩咋玩，我算看透了，我跟她是过一天少一天。谭娜说，话说得跟放屁似的，你跟谁还能过一天多一天是咋的，那不符合自然规律。赵东阳低着头，不吱声了。我捅了捅谭娜，她瞅我一眼，又找补一句，说，我也没别的意思，咱既然都出来了，就好好玩，别老跟冤种似的，有啥问题回去再解决，来，再开一罐。

火车略有晚点，我们从山海关站出来时，已经将近十点。空气好像比沈阳还凉，水分大，能闻到一点腥味，不重。眼前是深色城墙，倾斜而上，巨人一般矗立，砖缝之间有白沿，不知道有多少年历史，也可能是后来修复的，无所谓，气势还在。我跑过去，展开双臂，抬头眯眼，让他们帮我拍了张照。别白来一趟，虽然目前的状态不好看，但也要留个纪念。背后的城墙凉涔涔，我踩在湿软的泥地上，有雨的气息环绕周身。这边很少有高楼，放眼望去，心旷神怡，远处还有风筝在飞，摇摇晃晃，像是从海里面升起来的。

谭娜记了个地址，带着我们走，非要去吃一个什么包子，当地特产，她都吃一路了，咋还能吃下去呢，我也是纳闷。七拐八转，终于找到了那家饭店。门脸挺大，刚一进去，我就一阵犯恶心，满地油污，手纸筷子都粘在地上，走道发黏，我找了个位子坐下，赵东阳和谭娜去点包子。旁边的服务员大姨走过来，用嘴咬开一袋陈醋，挤入桌上的调料瓶里，我不知道该说啥好。不一会儿，谭娜和赵东阳端上来两大盘包子。我是一点胃口也没有，只喝了半碗粥，包子尝了一个，不爱吃，油太大，他们俩吃得不亦乐乎，但最终也没吃完。倒也行，午饭就此解决了，不耽误时间。

我们先去的天下第一关。刚进去时还挺凉，几乎没有游客，一切尚未苏醒，过了一会儿才逐渐暖和起来，有摊位在卖烤肠和苞米，没精打采，锅里连热气都不冒。我走在最前面，跑上台阶，谭娜在后面喊，你慢点儿啊。我说，你这咋还不如我这个病号呢。谭娜说，吃撑了，迈不动步，直冒虚汗。我说，那我在顶上等你。我爬上去之后，半天也没看见谭娜，赵东阳也磨蹭好一阵儿，才赶上来，跟我说，谭娜在底下坐着呢，歇一会儿，不到这顶上来了，我们一会儿下去找她。我说，啥体力啊，这也没有多高。赵东阳说,是啊,没多高。我说,但不上来也行,没啥损失,景儿也没多好。赵东阳说,是啊,没多好。

虽然景色一般,但我还是愿意多望几眼。近处有红黄标语,扯在树间,远处是土黄与青黑的结合,松柏成林,颇有秩序,回首望去,山脉连绵不断,其间有几趟平房,在云的深处若隐若现,规模不小,不知道是什么人住在里面。

我们下来之后,看见谭娜正在打电话,表情严肃,走得慢悠悠。我也不好偷听,便跟赵东阳走在前面,她在后面跟着。我小声问赵东阳,你猜,跟谁打电话呢。赵东阳说,那我上哪猜去。我说,肯定不是啥好人。赵东阳说,谁说的,净瞎扯。我说,看表情就能看出来,她有啥都写脸上,多少年了都,藏不住事儿。

果不其然,谭娜挂掉电话后,追上来跟我汇报,以前对象打的电话。我说,又要干啥啊他。谭娜说,没啥事,问我过得咋样。我说,你咋说的啊。谭娜说,我说挺好,在外面玩儿呢,不用你操心。我说,然后呢。谭娜说,他说他挺想我的,以前是他不对,会逐步改,让我再给他一次机会。我说,你是不是又要犯糊涂。谭娜说,有点心软,但也没定,我说我得想一想。我说,想啥,挨揍没够咋的。谭娜说,那万一他真改了呢。我说,狗改得了吃屎吗。谭娜想了想,说,也对,妈的,好悬又让他忽悠,我也发现了,现在有时候心太软,前些年真不这样,那时候多潇洒啊,平地一声雷,爱谁谁,平地一声屁,爱咋咋地。我说,这话对,咱可不能越活越回旋啊。

我们从第一关出来后,坐25路去老龙头,我数了数,一共九站,十来分钟就到了,路上车少,车开得也猛,路过个什么工人医院,还有一个中学,我还没坐够呢,就到站下车了。关里关外就是不一样,景致、建筑都有差别,沈阳还比较萧条,没从冬天里彻底挣脱出来,但这里就已经很葱郁了。到了老龙头门口,赵东阳买了三张套票,附带个景点,孟姜女庙,说有空也一起去看了。我要给他钱,他怎么也不收。谭娜在一边说,人家不要,一片心意,你非得硬给啥。听她这么一说,也只好作罢,但谭娜不明白我的心理,我主要是不想欠谁的,尤其是这种情况,别人倒是都不计较,但自己总犯合计,尤其夜深人静时,算来算去,没法还,压力很大,心情也受影响。

老龙头景区不小,刚走一半,我就有点累,想休息片刻,谭娜正相反,大概是消化得差不多了,体能逐渐恢复,一边埋怨我没有长劲儿,一边也陪着我坐在凉亭里。旁边有两门假石炮,也有几个油漆味道很重的房间,用来展示当年驻守军队的日常物资和生活状态。不远之处,有人在烧香,香柱高大,烟雾向上盘旋,到一定高度后,又轻盈散去,录音机放着诵经的声音,咝咝啦啦地传来,始终不停。我听得入神,想起很多事情。当年我妈卖房之后,又租下现在这个铁道边的一楼,她最相中的一点是,原来这间屋是位老人在住,有个小佛堂。搬进去后,她也供了一尊菩萨,摆在架上,不知道从哪请来的,天天拜,烧香供果,念念有词,旁边放唱佛机,一刻都不带停的,特别虔诚,说是在给观世音菩萨建道场,能为我化解业障,但是我的还没化解开呢,她就先走一步,这上哪说理去。不过对她来讲,倒也算是一种解脱。后来我爸搬回来,好一顿收拾,这些东西都不知道被他撇哪去了。

天又有点转阴,我们跟着一个旅行团,蹭导游的讲解听。她说在老龙头,景色最好的地方是澄海楼,有古诗为证:"长城连海水连天,人上飞楼百尺巅",有一截长城伸展到水里,世界奇观,万里长城的起点,长城蜿蜒,如蛟龙一般守卫此处,东临碣石以观沧海,说的正是这里。我听着很心动,但一打听,要上澄海楼,又得额外花钱，于是有点犹豫，我问谭娜和赵东阳，要不要上去看，他们都没啥兴趣，但也看出来我挺想去的，就又说可以在下边等着。我想来想去，决定花钱上去看一把，下次再出来旅游，指不定是啥时候，得尽量不留遗憾。

我继续向上爬，飘了点雨，谭娜和赵东阳停在城楼的暗间里，我走上几步，回头一望，赵东阳点了根烟，正在抽着，谭娜手里也夹着一根，冲我挥挥手，笑容灿烂。我情绪颇佳，一鼓作气，登上楼顶，出了一身汗。钱没白花，风景确实不一样，面前就是海，庞然幽暗，深不可测，风一阵阵地吹来，仿佛要掌控一切，低头是礁石，有卷起来的浪不断冲刷，极目远处，海天一色，云雾被吹成各种形状，像水草、骏马，也像树叶或者帆船，幻景重重，甚至耳畔还有嘶鸣声。我忽然想起以前背过的一篇古文，里面有一句：野马也，尘埃也，生物之以息相吹也。当时不懂，现在身临其境，体验到了，就感觉写得真是好。雨丝落在身上，浸湿头发，风也硬，轻松将我的衣服打透，让人时常要倒吸一口气。我站了很长时间，冻得瑟瑟发抖，但仍不舍离去，有霞光从云中经过，此刻正照耀着我，金灿灿的，像黎明也像暮晚，让人直想落泪，直想被风带走，直想纵身一跃，游向深海，从此不再回头。

赵东阳给我打电话，问我怎么还不下来，怕我有啥事。我说，能有啥事，一切安好，就是景色太美，挪不动步。赵东阳说，没事就好，那你再待一会儿也行，我们原地等你。我说，不了，看够了，这就下去。

雨还在下，但不大。谭娜和赵东阳仍在暗间里，背靠着墙，姿势跟我走时没啥两样，只不过每人手里都多了一个塑料兜子。我问他们，拎的是啥。谭娜说，看我半天也没下来，在景区逛了一圈，买了点纪念品。我说，给我看看，都买啥了。谭娜逐件掏出来,说,买了两件旅游纪念衫,有一件是给你的,还有印画的水杯,回家自用,带脸谱的唱戏小人儿,摇头晃脑,你看好玩不。我翻了一遍,觉得没有特别喜欢的,问赵东阳说,你买啥了。谭娜替他回答说,买了个烟灰缸,死老沉,石头雕的,倒是挺好看,一条龙盘着天下第一关,转圈是长城,还买了一把伞,怕你挨浇。赵东阳挠了挠脑袋,将烟灰缸展示给我看,做工挺糙,但意思到位,另外他还给孩子买了一堆小玩具。我说,花不少了吧。赵东阳说,没多少,东西不贵。我说,还行,知道惦记孩子。赵东阳说,唉,要不咋整,回家不得管我要啊。我说,现在这种情况,要是你一回家,看见媳妇带孩子跑了,能受得了不?赵东阳想了想,说,还不至于,没到这一步呢。

我们又在里面转了半圈,山谷里看见有人在驯马,紧拽勒口,鞭子抽得极凶,人和马离得很近,几乎是四目相对,马的双蹄翘起,驯马者不断呵斥,双方像是在台上进行搏斗。我有点看不了,心里不好受,那几鞭子,也像是抽在我身上。谭娜没见过这个,还挺好奇,不愿意走,赵东阳也不看,背过去又点根烟。我这才想起,之前在澄海楼上听到的,也许正是这匹马的叫声。

我们从老龙头出来时,已经接近下午四点,都有些累,毕竟起来得太早,精神头儿有点不够用。接下来是孟姜女庙,出门一打听,离这儿还有点距离,十几公里。但票都买了,不去也可惜,于是我们坐了个三轮车,一路晃悠到孟姜女庙。刚一进去,就有点后悔,这里十分冷清,一切都是新的,装修味道很重,而且里面也不大,除我们之外,很少有其他游客,十几分钟,我们基本就逛得差不多了。谭娜一个劲儿叨咕着,上当了,上当了,这回可上当了。我说,其实也不算,反正里面没啥消费项目,烧香啥的都是自愿的,就当溜达了。赵东阳也说,是,我看这里还挺好,也长见识，不到这儿来，我还一直以为孟姜女跟小白菜是同一个人呢。

庙的深处，辟出几间屋子，拉着横幅，上面写着"中华巧女手工艺展览"，我们进去一看，墙上挂的全是剪纸，各式各样，十二生肖、蝴蝶燕子、四季与儿童，都有，但剪得也没啥稀奇，算不上精美，底下都写着标价。在最后一间屋子里，我们看见了一位妇女，四五十岁，戴大耳环，围着一条纱巾，黑瘦，穿得很落伍，像是附近村里来的。她握着一把剪刀，极其专注地工作。谭娜凑过去问，你是叫巧女，对不？她没说话，只是微微点头。谭娜跟我说，看，上当了吧，处处是陷阱，看外面的标语，中华巧女，还以为是一群女的，都心灵手巧，结果就一个人，她的名字叫巧女，这扯不扯。我笑着没回答，跟着他们走出门，那位妇女放下剪刀，起身相送，这时，我们看见，她满身的红色纸屑，轻盈、细碎，纷纷扬扬地落了下来。我们继续往庙外走，她到门口就停下来，抬头望天，像是刚刚破茧而出，抖落躯壳，还不知要飞去什么地方。

按照赵东阳的计划，我们今晚住在北戴河，一来这边不是旺季，价格便宜；二来据说海景不错，明天早上看日出也比较方便。但我并不知道北戴河距离山海关还挺远，我们换了两三趟公交车，总共坐了近两个小时，才到达目的地。我在车上醒了又睡，睡了又醒，觉得浑身冷，一直哆嗦，怕是要发烧。等到我们在刘庄下车时，已是晚上七点，天都黑了，人也很少，三三两两，气温比白天低好几度。

赵东阳说，这边都是家庭旅馆，这个季节不用提前订，都有床位，我们往里面走一走，还有更经济实惠的。谭娜搀着我的胳膊说，都行，找一家就行，赶紧让她歇会儿吧，你瞅她，困得滴了当啷的。我强打起精神,说,没事啊,缓过来一点了。

赵东阳向路人打听两次,带我们走进一个胡同,两边都是二层小楼,家庭宾馆,还挺别致,一楼挂着牌子,上面写的是"休闲小屋",我挺好奇,想看看都是怎么休闲的,往里面看一眼,结果发现是麻将社,都在那稀里哗啦打牌呢,屋里满员,烟雾缭绕,跟清冷的街道形成鲜明对比。

我们选了一家顺眼的住,那家底下的标语写着:环境优美,空气怡人,装修静雅。我说,这家好,听着素净。女老板扫一眼我们的身份证,也没登记,帮我们开了一个三人间,位于二楼中央,八十块钱一晚,设施虽然有点简陋,但着实是不贵。水泥地面,摆着三张单人床,彩电、桌椅、衣架都有,室内还带卫生间,能洗淋浴。我躺在中间的床上休息,谭娜守着窗户,又把她那大箱子掀开,开始捣弄东西,还去厕所换了套新衣服,真没白带。赵东阳洗了把脸,然后站在门外,扶着栏杆,跟楼下的女老板聊天,问她附近哪家饭店最好,人均多少钱,哪道菜值得一点。

八点半出的门,没走几步,就是女老板推荐的烧烤店。谭娜十分亢奋,进去菜单全点一遍,各种肉串、扇贝,烤气泡鱼,麻辣烫,锅烙,上来一大桌子,味道确实还可以,锅烙我吃了半盘,韭菜鸡蛋馅,有鲜灵儿劲。他们还叫了两提溜啤酒,各自开战。谭娜撸起袖子,唾星四溅,又是一顿猛白话,边讲边喝,直接对瓶吹。看得出来,她也是太郁闷了,压抑够呛,说着说着还哭了,我听着也特别心疼,然后还管赵东阳要烟。谭娜抽烟的间歇,赵东阳开始倒苦水,也不知这都是咋的了,媳妇、丈母娘这那的,鸡毛蒜皮的屁事儿,但最后搞得矛盾还挺大。其实我不咋爱听,他们的这些问题,总归会有一个解决办法,要么你进我退,要么我退你进,或者各让一步,我的问题就比较难了,基本无解。也可能正是这样，我从来都不爱一次又一次地去讲，没啥必要，自己难过就自己受着呗，往好了说，是不愿意给别人添堵，其实从内心里来讲，是不愿意成为别人日后的谈资或者素材。我活着可不是为了丰富他们的阅历的。所以生病以来，我跟很多亲戚朋友都不怎么来往了，每次听到他们假装关切的询问，我都想说，请收回你的怜悯并且要点脸吧。我也知道这种心态不对，但又调整不过来，总觉得自己委屈，凭啥啊非得是我摊上，越想头越疼，到后来，我干脆也破了戒，跟他们干了两杯啤酒，挺爽口啊，久违了。

　　喝到半夜，谭娜不再兴奋，情绪平复过来，并开始发蔫，眼皮打架，只听赵东阳一个人在说，他今天还挺出息，酒量见长。趁着上厕所的工夫，我悄悄去结了账，这一天都是他们俩在花钱，挺过意不去的，服务员给打了个折，二百八十元，连吃带喝，贵是不贵，但给钱时又有点心疼。我和赵东阳一起扶着谭娜出的门，她嘴上说没事，其实脚步踩不稳了。酒劲儿上头，我也有点迷糊，赵东阳喝得正精神，眼睛冒光，走着走着，还唱起一首老歌，我们也跟着他一起唱。"只怕我自己会爱上你，不敢让自己靠得太近，怕我没什么能够给你，爱你也需要很大的勇气。"各种走调，唱完就傻乐，整条街都有回音，但也不要紧，反正这里没人认识我们。我记得初中时，这首歌和那个电视剧都特别火，一转眼这都多少年了，那些演员好像还是那么年轻，而我们现在却比他们要老得多，真他妈不可思议啊。

　　我躺在床上，伴着谭娜起伏的鼾声，一整天的回忆泛上来，我努力记起更多的细节，留待日后回味，可惜实在精力不济，没过多久也睡着了，最后醒着的几秒里，我仿佛听见浪涛的声音，由远及近，奔涌而至，太阳苍白，晒在上面，晃得人无法睁眼，然后我便彻底进入梦乡。还是场景片段，一截一截，没有逻辑，开始好像是梦见我和我妈，我那时还挺小，左手拉着她，右手拿着一根雪糕，天气很热，雪糕化得特别快，化掉的奶油不断地往下滴，我心里很着急。然后身边的人忽然变成了谭娜，我也长大了一些，她趴在耳畔跟我说了一句什么话，我没听清楚，让她再说一遍，她很着急，又讲一遍，我还是没听清，然后她就被几个戴面具的掳走了，情绪很激动，表情慌乱，气喘吁吁，像是被绑架了。我心里着急，也不知道该去找谁帮忙，到处都找不到人，急得要哭出来，心头一紧，忽然就醒了。我是侧着身子睡着的，睁开眼后，映着窗外的幽光，发现谭娜的那张床是空的，被子掉地上一半，而轻微的喘息声从我背后传来，显然，它不仅存在于梦里。

　　他们做得很小心，动作幅度不大。我猜，谭娜应该是捂着自己的嘴，或者是赵东阳用手堵住的，总之，能听出来，她是在尽力克制，不让自己发出声音来，但却更难听了，十分怪异，不堪入耳，估计脸都皱在一起了吧。

　　好像又冲了一下，然后回到床上。我使劲闭上眼睛，但是泪水还是流了下来，一开始是几滴，后来变成啜泣，我咬住嘴唇，但还是出动静了。我心里说，对不起啊对不起，实在控制不住，也不知道为啥。谭娜和赵东阳反应过来后，都吓坏了，分别坐在床上，不知怎么办是好。后来赵东阳穿上鞋出门了，但也没远走，就在走廊里，靠着栏杆抽烟。谭娜坐过来，摸着我的头发，断断续续地说着，喝多了，对不起，当啥也没发生，行不，求你了，我现在连死的心都有，对不起，玲玲，你接着睡吧，好不。我一把打掉她的胳膊，坐起来接着哭，怎么劝也停不下来，我为什么要这么做呢，为什么要这么对谭娜啊，理解不了自己。我明明一点都不怪他们，相反，我很害怕，怕他们会就此离我而去。我害怕极了。

我不知道是怎么睡过去的，起来时也不知是几点，睁开眼睛，只觉脸皮发紧，大概是泪水浸的，头也痛，昨天真不该喝酒。屋内很亮，我翻了个身，发现只有我自己，起身下床，想找双拖鞋，但怎么也找不到。这时，谭娜推门而入，满脸笑容，腆着肚子，好像什么都没发生过一样，跟我打招呼说，起来了啊，早饭给你搁桌子上了，鸡蛋饼和豆腐脑，还热乎呢，你洗把脸先吃饭。我说，几点了。

谭娜说，九点不到。我说，对不起，起来晚了，没看成日出，你们去了吗。谭娜说，没去，那玩意儿看不看能咋地，谁还没见过太阳啊。我说，赵东阳呢。谭娜说，去旁边的海鲜市场了，买点干贝烤鱼片啥的，这边儿的好吃，还便宜，我让他给你也带了点。我说，不要，到时你都拿走吧，我不吃。

我洗完脸，坐在桌边吃饭，豆腐脑很好吃，又嫩又滑，鸡蛋饼也香，里面还有火腿肠，但我实在没啥胃口，也没心情，只吃两口，便觉得都堵在嗓子眼里，我拧开一瓶白水，喝了几口，想往下顺一顺。谭娜把电视打开，来回调台，又掏出车票，跟我说，晚上六点半的车，估计十点半能到沈阳，时间都来得及，今天咱是啥计划来着。我想了一会儿，也没记起来，胃却开始不舒服，不断地往上返，我跑到厕所里，呕吐起来，吐得还挺邪乎，昨天晚上吃的也都交代了。谭娜吓坏了，冲进来扶着，一个劲儿地给我拍后背，问我，没事吧。我也没回答，吐完之后感觉轻松不少，但浑身没力气，也冷，便躺在床上，盖了两床被。

赵东阳提着好几包东西回来，进屋之后，跟我说，咋还不起床了呢。谭娜在旁边接话说，刚吐了，正难受呢。赵东阳听后有点着急，东西放在地上，非要带我去医院看看。我说，没大事儿，不去医院了，走不动路，就想早点儿回家。赵东阳看了谭娜一眼，谭娜也说，早点走吧，还等啥，不然也不放心。于是赵东阳又去车站，改签车票，临走之前，跟我说，鱿鱼丝特别好，排队买的，你要是嘴里没味儿，可以尝一尝。我点点头，把被子拉过头顶，谭娜搬了把椅子，坐在我身边，手背碰碰我的脑袋，又碰碰自己的，动了动嘴唇，却啥也没说出来。

赵东阳打车去的车站，没过多久就回来了，动作挺快，中午没票，只能改在下午，四点出发，还是动车，一百多块钱，我有点心疼，但仍起身掏钱，赵东阳还是死活不要，他这一天话都很少，情绪也不怎么高。我让他们俩别管我，附近玩一玩，等到时候再一起走，别因为我白来一趟。但他们谁也不去，就在屋子里守着。临出发之前，我跟谭娜说，你买的那件旅游纪念衣服呢，咱俩穿里面吧。谭娜听了很高兴，拍起手来，又把那个大箱子撤开，拿出来递给我，我俩换上衣服，又肥又大，不太合身，质量也不行，互相看着乐，像是往身上套了个面口袋。

我跟谭娜坐在一起，赵东阳的座位在另一节车厢，不方便换过来，跟我们说，有啥情况赶紧给他打电话，随时待命。我觉得状态有所恢复，刚上车就吃了一碗泡面，汤都喝干净了，谭娜看我吃完，也舒了口气。我靠在窗边坐着，胃里有底，精神就好一些，但这一路上也没怎么跟谭娜说话，不知道该说点啥，只好望向窗外，火车开得很快，景物急速飞过，让人来不及仔细辨认。路程过半，暮色降临，远处忽然有浓烟出现，火光在其中萦绕，连成一大片，烟尘浓密，滚滚袭来，不断变幻，仿佛有野马正冉冉升起，飞向天际。谭娜看了半天，挎紧我的胳膊，轻声地问，这咋还着火了。我说，可能是在烧荒，但季节又不太对，也搞不清楚。谭娜没有继续说话，转回身来，闭上眼睛，将头搭在我的肩膀上。

我们到沈阳北站时，六点钟刚过，晚高峰还没结束，一派繁忙景象，人们来来往往，细密如织，看着眼晕。谭娜提议一起再去吃点东西，赵东阳没有接话，我连忙摆手，说现在只想回家，好好休息一下，明天还要去医院，不想再折腾了，你们去吧，我就不陪着了。谭娜赶紧说，没有你，我俩吃个啥劲儿啊。好像还有后半句，但话说到这里，又咽回去了。我说我自己回去就行，但他们执意要送我到家。

公交车上的乘客很多，人挤着人，赵东阳与谭娜一左一右，为我隔开一片空间，坐了几站后，我催赵东阳下去换车，时间还早，没必要非得送我到家，绕很大一圈，不值。临走之前，他将一个塑料袋塞在我手里，说都是零嘴儿，特意给我买的，在家边看电视边吃。我不太爱要，想还给他，但他一转身就没影儿了，喊也没有回应。袋子很沉，我有点拎不动。

下车之后，谭娜陪我走回铁道边上，我说，你赶紧回去吧，我到家了都。谭娜说，都走到这儿了，送你进屋。我指着我家的窗户对她说，看见了吧，亮着灯呢，许福明在家，放心吧，几步道儿，没问题的。谭娜有点不舍，拉着我的手说，那你没事就过来找我。我说，肯定的啊，不然我还能去哪儿。

我目送谭娜离去，穿过楼群，消失在转弯处，然后一步一步往家里走。离近时，我才敢确认，家里正亮着两盏灯，厨房一盏，隔着塑料布也能看见许福明的身影，大概是在炒菜，卧室拉着帘，但也有光从缝隙里钻出来。许福明过日子很仔细，只一人在家的话，是绝对不会点两盏灯的，更不会炒菜，从来都是对付一口就完了。我想了想，许福明还不知道我提前回来了，走之前他问过我,大概几点到家,当时我说的是,十点多到北站,回家肯定要半夜了。

　　我没有进屋,还有一点时间,是要还给许福明的。我绕到窗户后面,看见倒骑驴锁在栏杆上,我将东西放上去,一路拎在手里,愈发沉重,勒得生疼,然后也搭边坐在车上,背后楼群的灯火逐一亮起,有风经过,还是冷,延绵不断的冬季,似乎仍未结束。我缩成一团,不断地向后移,靠在车的最里面,用破旧的棉被将自己盖住,望向对面的铁道,很期待能有一辆火车轰隆隆地驶过,但等了很久,却一直也没有,只有无尽的风声,像是谁在叹息。光隐没在轨道里,四周安静,夜海正慢慢向我走来。

出版说明

一、所选作品，尽量注明原作创作、发表或出版时间。

二、底本误植者，或据校本，或据上下文可明确推断所误为何，由编者径改。通假字，方言用字，象声词，及外国人名、地名译法，仍存旧貌。

三、在早期作品中，作者习惯使用或现代文学创作中尚不规范的"的""地""得""象"等特殊用法，悉按现代汉语规范径改。

四、意义完全相同的同一字，及同一人、地、物名，保持局部（限于一篇）统一。

五、对个别较难理解的地方增加必要的注释。

50: 伟大的中国短篇小说

编者_果麦

产品经理_陈曦　装帧设计_吴偲靓　产品总监_何娜
技术编辑_白咏明　责任印制_梁拥军　出品人_王誉

果麦
www.guomai.cn

以 微 小 的 力 量 推 动 文 明

图书在版编目（CIP）数据

50：伟大的中国短篇小说 / 果麦编. -- 广州：花城出版社，2023.1（2024.9重印）
ISBN 978-7-5360-9791-9

Ⅰ.①5… Ⅱ.①果… Ⅲ.①短篇小说－小说集－中国 Ⅳ.①I24

中国版本图书馆CIP数据核字（2022）第216435号

出 版 人：张　懿
责任编辑：王铮锴
技术编辑：林佳莹
封面设计：吴偲靓
产品经理：陈　曦

书　　名	50：伟大的中国短篇小说 50: WEIDA DE ZHONGGUO DUANPIAN XIAOSHUO	
出版发行	花城出版社 （广州市环市东路水荫路11号）	
经　　销	全国新华书店	
印　　刷	河北鹏润印刷有限公司 （河北省肃宁县经济开发区宏业路1号）	
开　　本	890毫米×1280毫米　32开	
印　　张	22.5　2插页	
字　　数	524,000字	
版　　次	2023年1月第1版　2024年9月第6次印刷	
定　　价	88.00元	

如发现印装质量问题，请直接与印刷厂联系调换。
购书热线：020-37604658　37602954
花城出版社网站：http：//www.fcph.com.cn